译文名著精选

YIWEN CLASSICS

双城记

[英] 狄更斯 著　张玲 张扬 译

Charles Dickens

A Tale of Two Cities

上海译文出版社

图书在版编目(CIP)数据

双城记/（英）狄更斯（Dickens,C.）著；张玲，张扬译.
—上海：上海译文出版社，2011.1（2024.10重印）
（译文名著精选）
书名原文：A Tale of Two Cities
ISBN 978-7-5327-5236-2

Ⅰ.①双… Ⅱ.①狄…②张…③张… Ⅲ ①长篇小说-
英国-近代 Ⅳ.①I561.44

中国版本图书馆CIP数据核字（2010）第230630号

Charle Dickens
A TALE OF TWO CITIES

双城记
〔英〕狄更斯 著 张 玲 张 扬 译

上海译文出版社有限公司出版、发行
网址：www.yiwen.com.cn
201101 上海市闵行区号景路159弄B座
上海信老印刷厂印刷

开本 890×1240 1/32 印张 14 插页 2 字数 280,000
2011 年1月第1版 2024 年10月第17次印刷
印数：57,601-59,600 册

ISBN 978-7-5327-5236-2
定价：45.00元

译本序

狄更斯、雨果、卡莱尔、司各特

十八世纪末发生的那场法国资产阶级革命规模空前，在世界范围内影响深远。这场革命距今已近两个世纪，而我们回顾一下就不难发现，无论是法国本国还是其他各国，在严肃文学领域内，类似《双城记》这类涉及这一伟大历史事件的小说，似乎并不多见。仅以法国而论，它本是一个盛产小说的国家，在近一两百年小说发展的繁荣时期，真可谓大家辈出，竞领风骚，早在这场大革命过去不久，就出现了一位以写历史小说而声驰全球的大仲马。他虽也写过一系列以大革命为背景的作品，但那毕竟属于通俗演义，不过是从大时代中采撷繁衍的枝枝叶叶。在法国历史小说中，最易使人与《双城记》发生联想的，或许应该说是雨果的《九三年》。不过《九三年》只选取了新生革命政权扑灭旺代地区反革命武装叛乱这段历史背景；《双城记》故事的时间跨度则长，上可追溯到革命发生前的二十余年，主要部分是革命发生的当时以及随后一两年那些如火如荼的日子。

狄更斯是一位以反映现实生活见长的小说家，他的作品，不仅是长篇，而且包括中、短篇，绝大多数都是以他所生活的当时当地为背景。他的长篇小说，仅有一部《巴纳比·鲁吉》时间设在一七七九——一七八〇年英国清教徒反对罗马天主教统治的高登暴动时期；仅有一部《马丁·瞿述伟》的部分地点设在美国；唯有这部《双城记》，是他既写十八世纪的历史，又写异邦的书。

《双城记》发表于一八五九年，是年作家四十七岁，就狄更斯这位少年成名而且享年只有五十八岁的作家而言，这已可说是他的迟暮之年；在狄更斯的长篇小说中，是倒数第三部(最后一部未完成的《德鲁德疑案》除外)。这又使人联想到了雨果的《九三年》。它也是雨果的晚年之作，又是雨果的最后一部小说作品。这恐怕并非仅仅是偶然的巧合。起码，负有时代使命感和历史责任感的作家，经历过大半生的探索、追求、呐喊、奋斗，人到晚年，功成名就，继续操一支老练的笔，重新作一番历史的反思，在文学界本不足为奇；再者，雨果又是与狄更斯同时代的作家，狄更斯一八四六年旅居巴黎时，曾受到雨果亲切热情的接待，这两位天才人物的倾心敬慕，出自天然，就文学问题，曾有交流，他们晚年在选择创作题材上，似乎正是灵犀相通。

按照狄更斯自己在这部书的序言中所说，创作《双城记》的念头，始自他作为票友和子女亲友一起演出柯林斯①的剧本《冰海深处》期间，那应该主要指一八五七年。由此可见，这部小说的诞生，不是乘作家一时之兴，而是至少经过了三年的酝酿。如果追溯狄更斯的生活和知识积累以及思想发展的历程，我们更可以看出，为了创作这部作品，狄更斯曾有意无意地进行过长期的准备。

狄更斯的第一部长篇小说《匹克威克外传》，甚至更早发表的特写集《博兹特写集》，就明显表现出揭露和批判的锋芒。在他前期创作《奥列弗·退斯特》、《老古玩店》、《尼古拉斯·尼克尔贝》以至《马丁·瞿述伟》、《董贝父子》、《大卫·考坡菲》等作品的时候，他触及社会尚嫌肤浅，主要是以他所处社会地位最易敏感地觉察到的那些不良现象，诸如贫富悬殊，道德堕落，贫民所过的非人生活，妇女儿童所受的蹂躏摧残，等等，随着他在思想上和社会实践中不断探索，他的作品逐步深入地触及法律、劳资关系等比较重大的社会问题。他创作后期的《荒凉山庄》、《艰难时世》、《小杜丽》等，都包含着这类内容。到了

① 指英国小说家威尔基·柯林斯(1824—1889)，他是狄更斯晚年的好友和创作事业上的合作者。

创作《双城记》的时期，狄更斯对社会问题的思考已经发展到面对整个社会制度的阶段：统治阶级的奢靡暴虐必然导致激烈残酷的报复和社会制度的更换。这既是狄更斯进行历史反思的结论，也是《双城记》的第一主题。

狄更斯的那篇序言，还提到了卡莱尔和他的《法兰西革命》。在研讨狄更斯及其《双城记》等作品的时候，这确实是不可忽略的作家和著作。卡莱尔(1795—1881)是狄更斯的终身好友，又是忘年之交。他是英国历史上著名的思想家、历史学家、文学家、社会活动家和政治改革家，在十九世纪中后期更是名噪一时。在一八四〇年的一次演说会上，已经崭露头角的青年小说家狄更斯初识卡莱尔，并受到他那滔滔雄辩的强烈感染。当时，卡莱尔的历史名著《法兰西革命》(1837)还是一部新作，狄更斯自从那次演说会之后，常将这部作品随身携带、反复阅读。次年，他就创作并发表了第一部历史小说《巴纳比·鲁吉》。我们将《双城记》与《法兰西革命》加以对照也不难看出，《双城记》不仅在思想上深受卡莱尔及《法兰西革命》的影响，而且小说中反映的历史进程和历史事件，大多也以此书为据。无怪英国著名的狄更斯研究者切斯特顿(1874—1936)曾说：在《双城记》中，我们甚至会隐约感到另一位作家的形象或者说是影子，这另一位作家就是托玛斯·卡莱尔①。

然而狄更斯创作《双城记》还有更加久远的历史文化渊源。虽然他是一位自学成才的作家，但对英国的文学传统和欧洲的历史文化并不陌生。在他的青少年时代，著名的不列颠博物馆就是他自学的课堂；他儿童时代阅读的经典文学作品中，曾对英国以及欧洲文学产生过重要影响的司各特的历史小说占有相当重要的地位。狄更斯自己在中年时代(也是他的创作盛期)，还忙中偷闲写过一部《儿童英国史》。

英法是仅有一道海峡之隔的两个国家，其间最短距离仅为二十余海

---

① 见切斯特顿：《双城记》序言。

里。从中古开始，两国间就有频繁往来，在政治、经济、文化、生活、血统等方面不断交流、渗透、融合，两国作家彼此互写对方的历史故事，更是屡见不鲜。虽然狄更斯由于早年家境贫寒，没有受过当时上流社会青年必经的“旅行教育”（Grand Tour），到欧洲大陆去开阔眼界，增长见闻，但他成名并成为职业作家之后，曾不断旅居法国、意大利等欧洲大陆上的国家，在当时被视为世界“时髦”中心的巴黎，狄更斯更是常客。法国的历史、文化、名胜、风习、语言以至巴黎的街道、建筑，狄更斯都曾用心研习，从创作的目的来说，这些也都是必要而有益的准备。

法国大革命的是非功过

《双城记》是狄更斯晚年的力作，它的内容涉及既广，蕴蓄又深。笼统说来，狄更斯是以写法国大革命来反映社会尖锐的阶级对立中各式各样的人和所表现出来的人性。狄更斯像与他同时代的许多所谓资产阶级激进派一样，看到英国维多利亚时代社会的症结，但他们的中产阶级立场决定了他们仅仅提倡积极的社会改良，而不是激烈的阶级斗争和革命。面对三四十年代三起三落的宪章运动和一八四八——一八四九年风起云涌的欧洲大陆各国革命运动，他们忧心忡忡，纷纷以自己的著述（政论的、历史的、文学艺术的）揭露和抨击种种社会弊端，旨在提醒人们，不要被歌舞升平的表面现象迷惑，应该正视现实，积极从事改革；如果听任社会矛盾不断激化，人民会奋起以更加残酷的暴力对加诸他们的剥削、压迫和苦难施行报复。卡莱尔和狄更斯在《法兰西革命》和《双城记》中则又添加了这样一句：看，法国大革命就是前车之鉴！

《双城记》实际上是狄更斯继《巴纳比·鲁吉》之后以历史小说的形式发表的又一部讽喻诗。无疑这是政治色彩很浓的书，它所反映的社会生活领域，也比他的其他小说更深更广。这部书也常遭批评家的贬斥和否定。有的说它歪曲历史，丑化贵族统治者；有的说它从另一方面歪曲历史，丑化革命群众；有的说它是庸俗的政治宣传文字；还有的认为它陈旧过时。面对鲜明突出的政治性思想内容，批评家各持一端，自然会出现此亦一是非，彼亦一是非，盖皆人人政治立场各异，永远难得求同。

其实《双城记》绝非歪曲历史的作品。它虽然也像狄更斯的其他作品一样，人物多属虚构，篇幅大多被这些虚构人物在日常和平生活中的家居谋生、爱情婚姻、交友往来占据，但社会政治生活是其主要内容；即使寻常人物的日常生活和命运，也不同寻常地与社会政治生活紧密交织。狄更斯着重写了三组矛盾：一组通过马奈特大夫在革命前和革命中的遭遇来表现；一组通过德发日太太父兄姐姐一家人的遭遇和她的复仇来表现；一组通过加斯帕孩子遭埃弗瑞蒙德杀害以及他的复仇死难来表现。这些故事从多种角度，形象地反映了十七世纪法国贵族统治阶级对第三等级的平民大众经济上、政治上、人身上、精神上的摧残。这些事实有史记载，并非狄更斯凭空杜撰；诸如断送马奈特大夫前半生的那一纸御赐空白捕票，就是无法抹煞的物证。狄更斯刻画的埃弗瑞蒙德侯爵集文明与野蛮，温雅与凶残于一身的典型。为了以其文明高雅掩盖其野蛮凶残，他必然要随时装假，所以此人言谈虚伪，举止做作。这个人物首次出场，狄更斯在描述其外貌时，就曾点出他的脸好似一副面具，这正是作家的暗示。在涉及其他贵族的场合，狄更斯也从未忽略他们的高贵气派和良好教养。即使在肮脏凄惨的牢狱中，在押赴刑场的前夕，他们仍然从容镇定，不失风度。狄更斯不论是表现他们的野蛮凶残，还是表现他们的文明温雅，都并未有违历史与生活的真实，也未简单地作漫画化处理。

小说中与上层贵族统治阶级直接对立的，是巴黎近郊圣安东区的居民和埃弗瑞蒙德侯爵府邸周围的农民。这两组下层社会的贫穷、饥饿、肮脏、愚昧，足以概括当时法国社会第三等级最底层大众的处境。《双城记》以相当章节，反复交待革命爆发的种种背景和条件，直接叙述了城乡劳动者在革命前默默无声的酝酿，跃跃欲试的反抗；详尽描绘了革命爆发时攻占巴士底狱和烧毁乡间府邸这两桩富有代表意义的事件，无疑是对这场革命首先作了肯定。

关于这场大革命的直接描写，实际上是到小说最后的三分之一处才正式开始，主要包括书中第二卷最后两章和第三卷的部分章节。城市暴动，首先从圣安东区掀起，狄更斯通篇将其比作海水，人的海洋，人声的波涛，像海水冲击堤岸，砰訇大作；乡镇暴动，狄更斯着重描写了火，府邸着起了火，万家点燃了灯火，星星之火，顷刻燎原。这两层描写，用意颇深，旨在说明——革命的激情达到顶峰，会泛滥成灾，不可收拾。于是，从德发日太太在市政厅前手刃老弗隆开始，场院内磨刀石霍霍飞转，革命法庭将无辜者判处死刑，大街上囚车隆隆前进，刑场上断头机吉洛汀嚓嚓操作。这一切是那样地阴森可怖，野蛮凶残！但是，狄更斯在他的作者自序中却明确声言，这些情况，“都是在对最可信赖的目击者确信无疑的情况下如实引述的”；而且，随便翻开一部记述这场大革命的史书，我们也可以为狄更斯的描述找到根据。就连在西德尼·卡屯之前处死的二十二人这个数目，都与雅各宾专政时期处死吉伦特派国民公会委员的人数恰相吻合，根据小说中描述的他们在绑赴刑场时一路上的不同表现，甚至可以查对记载，隐约辨认他们的真名实姓。小说中的那些描绘，在法国大革命那个历史时期，特别是在雅各宾专政实行革命恐怖的时期，都确有其事。当然，狄更斯并非史家，他创作《双城记》更非撰写史书，在这部小说中，他没有全面交待革命的来龙去脉和全部进程，甚至没有提到革命阵营方面任何一个真实的历史人物。他不过是通过艺术的概括，反映了革命的一些方面，表述了它最主要的是非功过。

法国大革命是一桩复杂的历史现象，事先曾经过长期酝酿，其间又经过各种曲折，矛盾纠葛错综复杂，代表各个社会阶层利益的各党各派政治势力纷纷表演，活跃异常。对待法国大革命中的革命群众，即使是对德发日先生和太太这一对志同道合、唱和相随的恩爱夫妇，狄更斯也并未一视同仁。德发日先生是小说中的主要人物之一，是当时巴黎圣安东区一家酒铺的老板，仆役出身。在革命前的秘密酝酿阶段，他的酒铺是革命团体秘密联络的据点；革命发生后，这里又成了号召和组织群众的小小指挥部。他襟怀开阔、仁爱宽厚、沉着坚定、智勇双全，是狄更斯人物百科中较出色的群众首领形象。无论是革命前还是革命中，他的言论行为都合于分寸，不悖情理；他所坚持的革命原则性也并未使他的人性泯灭。特别是在对待革命过激行为上，他渐渐有所疑惑，与他太太之间开始产生分歧。在群众情绪渐趋白热化的时候，他虽然也偕同太太充当了夏尔·达奈的原告，将他再次投入监狱并判处了死刑，但是对于太太欲将马奈特大夫一家斩尽杀绝的密谋，他并未染指，而深解自己丈夫的德发日太太，也故意将他摒除在外。

狄更斯在他的小说中，塑造过各种身份、年龄和性格的女性形象，而给人印象最深的却往往不是他所置于女主人公地位的那些贞淑慧美的大家闺秀或小家碧玉，而是各种类型的下层社会妇女。德发日太太就是法国大革命非常时期应运而生的一个不同凡响的下层社会女性形象，在狄更斯的女性画廊中，几乎也是独一无二的。作家对她的外貌、言行、性格和心理特征，用笔都很精细。尽管作者和读者并不一定对这样的人物产生好感，但这一形象无疑具有比露茜·马奈特多得多的艺术魅力。狄更斯在她的末日对她那富于哲理的概括，更能发人深省。狄更斯通过她反映了那样一种非人的人性，体现了残酷的复仇和暴力；通过她的结局更加鲜明地表达了自己反对暴力的人道主义思想——这就是这部作品的第二主题。

在德发日夫妇周围，狄更斯还安置了他们的一些副将：几名雅克、复仇女、在革命中改行锯木的小个子修路工，虽然笔墨不多，但各有各的面貌、体态和行为特征，代表着更细分类之中的某一种属，几乎无一多余。从表面看，他们都粗俗鄙陋、褴褛肮脏、缺乏教养，但他们复仇时不怕牺牲(加斯帕)，他们对革命事业忠贞执著(几位雅克和复仇女)，就文学形象说，他们既与狄更斯惯于刻画的那些恶人具有本质上的区别，又与《巴纳比·鲁吉》中那些心智不健全、充满贪婪兽欲的反叛者不同。他们并不唤起人们的恶感；在和平生活中，他们令人怜悯；在革命中，他们令人畏惧。他们的粗俗鄙陋、褴褛肮脏和缺乏教养正像狄更斯放在背景上以粗线条涂抹的那些轮廓模糊的群众一样，是封建压迫剥削的结果。不论是在这些人还是在德发日太太身上，我们都可以明显地看出，不理想的社会环境是怎样令人痛心地扭曲了人性。

叟候街角的回声

《双城记》既以较少篇幅直写法国大革命的场景和事件，它的绝大部分章节则用于记叙马奈特大夫在革命前后的坎坷遭遇。

他是一位法国名医，一个正直的知识分子。还很年轻的时候他就以自己的医术医德赢得了比较独立的经济地位和社会地位，但是在大革命前法国的封建专制和封建等级制度下，他是属于第三等级的平民，他的政治地位与德发日夫妇等劳苦大众没有本质差别。由于职业的机会，他偶然目睹了封建贵族埃弗瑞蒙德兄弟践踏人格、草菅人命的暴行，因为打抱不平，反被犯罪者滥施特权投入监狱，在巴士底狱中活活埋藏了十八个年头。

狄更斯最初为这部小说定名的时候，曾拟过《博韦①的医生》和《活埋》。仅此可见马奈特大夫其人，特别是“活埋”一事，在狄更斯心目中的地位。马奈特大夫这段在大革命前的遭遇，是在小说接近尾声的部分追述的。在故事起始，马奈特初次登场，即已是一具白发苍苍、形容枯槁的活尸，一架只会埋头做鞋的机器，完全丧失了理智和感情。他给人从狱中搭救出来，“死”而复生，逃离曾经那样亏待于他的法

---

① 位于巴黎西北方向一城市，狄更斯以此地作为马奈特大夫之故乡。

国、五年之后，已经在伦敦僻静的叟候街角安居乐业，往日遭受迫害，身陷囹圄的阴影仍频频进逼，骚扰他的梦境。在追述马奈特大夫早年遭遇的同一场合，狄更斯更着重追述了德发日太太的姐姐、姐夫、兄长和父亲的悲惨遭遇，但也重在揭示这一家人在人身、人格和精神方面所受到的蹂躏。

然而以马奈特大夫的全部活动来看，狄更斯把他作为主要人物，目的还不仅仅限于揭露压迫者。以马奈特大夫所处的社会地位来说，他本人并非存在阶级压迫的社会结构中最大的重力承受点，似乎有些出于偶然，他真切遭到了与德发日太太娘家一家人同等程度的迫害。可是他出狱后却不计旧恶，仅仅去国远遁，一走了之；他弄清了达奈的身世，发现了达奈与他跟露茜的家仇之后，也能克制住病理性的精神痛苦，化仇为爱。他的见义勇为，克制忍让，踏实务实，都是狄更斯理想的道德标准中不可缺少的内容。马奈特大夫周围的亲朋好友，露茜、劳瑞先生、普若斯小姐和达奈，也无不以自己具体的方式具备这些品德。尤其是达奈，虽然他禀承了母亲的遗训，接受了十八世纪法国启蒙思想的影响，作了封建贵族阶级的逆子，但他所采取的也仅只是消极的逃避，没有丝毫积极的行动。马奈特大夫和这些人物仅仅在革命高潮中由于偶然的原因才被先后吸赴涡流的中心，而他们平时主要活动的地点，则是远离法国的伦敦叟候街角，是一个能够反射回声的地方。狄更斯详尽描绘这里幽僻的环境，反复形容它所反射的种种回声，绝非文风絮聒，而是特有寓意：马奈特大夫虽然告别法国，欲与这个国家再无瓜葛，这里发生的事件却不仅将他吸引回来，而且使他一度似乎成为两种力量较量中维持平衡的支点；于是他也像那能够反射回声的叟候街角一样，成为从某些角度反映法国革命的一面镜子：首先，小说中关于大革命的消息从他这里传出；其次，大夫及其家人在革命前受难，在革命中遭殃的状况，反映了尖锐阶级对垒形势下，夹置其间的无辜者背腹受敌的处境；再次，大夫在革命阵营中奔走斡旋，营救达奈，反映了恕和爱对怨和仇的斗争。但是随着故事发展到几近尾声，大夫这个以恕和爱构成的支点却终难继续支撑：德发日太太利用大夫藏在巴士底狱中的控诉记录，告发了达奈，将他判处死刑；同时又密谋杀害露茜母女，就在达奈和露茜母女之死已迫在眉睫的时刻，大夫却已精殚力竭，再次陷入迷惘，这正是恕与爱的迷惘，是狄更斯所崇尚的人道主义的失败。

《双城记》中所反映的狄更斯对法国大革命的人道主义立场，使我们再一次联想到《九三年》。那部作品所反映的雨果对待法国大革命的人道主义立场，与狄更斯的立场真是惊人地相似！那部作品的高潮，与《双城记》的一样，也是革命公益与个人私情的剧烈冲突；为了实现忠(公益)义(私情)两全的美好愿望，它也与《双城记》一样，以献出崇高人物的宝贵生命作为代价。然而就整个作品的气氛而言，《九三年》的热烈程度则胜于《双城记》，因为雨果毕竟是亲身参加过反路易·拿破仑的共和派战士，而狄更斯则是过着安逸生活的冷静的英国绅士。

失去的和找回的自我

在最后搭救达奈及其妻女当中，马奈特大夫的恕和爱也就是狄更斯的人道主义虽然失败，这位作家却并未甘心，他再作最后努力，将这一重任交付两位笔墨并不甚多的人物去完成；这两位就是西德尼·卡屯和普若斯小姐。

卡屯利用貌似达奈的条件，李代桃僵，打破了德发日太太疯狂的复仇计划，普若斯小姐在德发日太太追杀露茜母女时与她偶然遭遇，促使德发日太太丧命，露茜母女从而得救。卡屯和普若斯扶危济难、舍己为人的行为，是狄更斯在这部小说中完成爱战胜恨、善战胜恶之功的最后一篑。这两桩行为虽然都带有偶然性的契机，但却又都出于带有必然性的动机——爱。卡屯的爱情和普若斯的友爱。两者同样纯洁无私，其最高表现就是牺牲自我。

卡屯并非叱咤风云的英雄人物，但自始至终笼罩着一层神秘浪漫的悲剧色彩。他早年受过良好教育，因不长于计较个人利害而不得发迹，仅在法律界默默无闻地做些下手活儿。在平凡生活中，他不过是一个怀才不遇、彷徨迷惘的知识分子，他寂寞孤独、不修边幅、酗酒无度、落拓潦倒，常怀无用武之地的慨叹，唯独在老贝雷审判达奈的法庭上，他的才华像电光火石般一闪而现，第一次解救了达奈。那是他日后搭救达奈的预演；那个闷热的夏夜，他在马奈特大夫寓所对革命风暴所作的预言，又展示了他的睿智。他虽被上流社会视为堕落，并在平素言行中表现出自甘堕落，内心深处却保留着一座圣洁美好的神龛，供奉着他钟爱的女子，珍藏着他的理想。在这场大革命中，在马奈特大夫一家处于危机的关头，他得到了施展抱负的机会，一跃而为行侠仗义的骑士，以自己的生命换来了己之所爱的幸福。在他人身上找到自我。这就是狄更斯赋予卡屯这一形象的哲理。

普若斯小姐和德发日太太拼搏过后虽然凯旋而归，但这并不说明她不具备牺牲精神。她的舍己为人，主要表现在她平时对露茜及其一家的无私奉献上。狄更斯对她，用笔经济，但很早就作过哲理性的概括。按照狄更斯的评述，她是生来就从他人身上寻找自我的人，因此她的牺牲精神更是出自天然。

通过卡屯和普若斯的故事，狄更斯传达了他的道德准则和社会理想：以爱战胜恨，以牺牲自己求得人与人之间的和谐。这是狄更斯的最高道德理想，也是这部作品的第三主题。狄更斯的很多小说，都有这类主题，他创作的许多重要典型如小耐儿（《老古玩店》）、弗洛伦斯·董贝（《董贝父子》）、坡勾提先生（《大卫·考坡菲》）、贾迪斯先生（《荒凉山庄》）、小杜丽等，都传达过这种理想。这是狄更斯这类社会改良派的道德理想，是民主主义、人道主义作家对欧洲文艺复兴以来道德观的继承，也是基督教国家中文学艺术家对基督教博爱主义的受纳和生发。这部小说中，无论是作家本人还是其中主要人物，都对上帝怀有真诚的虔敬。卡屯自从决计为己之所爱赴死，直至断头前的一刹那，基督教葬礼的那段祷词始终在他脑际萦回。这段祷词中关于复活和永生的概念，与第一卷再三出现的“起死回生”相呼应，纵贯了整个作品。

简约、严整——狄更斯最好的结构

狄更斯为使普若斯小姐和西德尼·卡屯完成重大神圣的使命，在构思上确曾颇费匠心。为了安排那场拚搏，普若斯小姐要在巴黎马奈特大夫一家的临时寓所暂作留守，而且要在起程前先将克软彻打发走，经过多重布置，终于使普若斯与德发日太太单独相遇，从而演出了那场爱与恨、善与恶的决战，其最后胜负，是由德发日太太自己那支早已通体发热、失去判别是非和方向的枪铳所决定的；为使西德尼·卡屯混入监狱，救出达奈，狄更斯更是极尽心曲：早早交待了卡屯与达奈外貌的酷似，老贝雷密探的假出殡，克软彻先生的盗空墓，巴塞德的反复变节投靠，最后还有化学药物的利用，等等，从情节安排上说，可谓环环紧扣，毫无破绽。狄更斯早年就使用过这样一种侦探小说式的结构技巧，即在小说将近结束之处，将故事的千头万绪归诸一缕，然后紧紧抓住这一缕线索步步进逼，直至解开最后的环扣。这能使读者读一部长篇巨著兴趣愈增，直到最终而不感厌倦。《双城记》的结尾，也属于这种模式。不过这部书的结构特色，并不仅见于结尾。它是一部通篇结构简洁完美的作品。这部小说包含着那样丰富的内容，其中有上至王室贵胄下至市井小民以至偷坟盗墓者的种种生活，大至参政、革命，小到家庭琐事、起居细节；场面也是五花八门，有王宫、侯府，有贫民窟、农舍，有监狱、法庭，有银行、酒肆；人物仅有名有姓者就不下数十；时间前后有二三十载，地点包括了英法两个国家，但在篇幅上，它却是狄更斯长篇小说中最短的一部，与他最长的几部小说相比，仅及其二分之一或三分之一。它所以能以较少篇幅包容较多内容，首先要归因于结构简约。

狄更斯是一位深受流浪汉小说传统影响的作家。总体说来，他的小说，特别是前期小说的结构，明显带有松散冗长的特点。他的第一部小说《匹克威克外传》，几乎可以说就是以主要人物的游历串联起来的一系列短篇故事。随后的《尼古拉斯·尼克尔贝》、《老古玩店》、《董贝父子》、《大卫·考坡菲》、《小杜丽》，虽然都有由主要人物的活动构成的中心故事，但又都有很多可以独立成篇的漫衍故事。这些故事对于中心故事来说，甚至并非不可或缺。《双城记》则集中突出地以马奈特大夫的遭遇为主要情节。虽然它也有附带的几则小故事，比如德发日太太一家的悲惨遭遇和仇恨，埃弗瑞蒙德的家族罪恶和族内矛盾，但它们无一不是马奈特大夫故事主线上必不可少的一个有机组成以至伏线，而且比起狄更斯的其他作品，这些小故事数量既少，其本身所占篇幅又有限。即使是马奈特大夫的故事这条主线，各个阶段也疏密不同，有繁有简，有详有略，重点突出。他十八年漫长的监狱生活，仅从巴黎圣安东区阁楼上鞋匠的形象和动作，已可见一斑；迁居伦敦后五年的生活，仅以几行文字就全部交待；埃弗瑞蒙德侯爵兄弟对德发日太太一家及马奈特大夫的迫害，也仅仅包容于万余字的一章叙述当中。经过这样省略或删削，自然节省出了大量可供精雕细刻的篇幅。

狄更斯这部作品的情节既然重点突出，删削果断，而仍流畅自然，不落斧痕，这又要首先归功于运用伏笔或谓设置悬念。小说一开始，就陆续设置了几条伏线，分别暗示：一、马奈特大夫与埃弗瑞蒙德家的旧仇；二、德发日太太与埃弗瑞蒙德家的宿恨；三、克软彻的双重职业；四、巴塞德的密探生涯。随着故事的发展，这些伏线也时隐时现地向前发展，故事几次出现高潮，它们也较为明晰地显现出来，到第三卷第十章，故事发展到了最高潮，它们也升到了表层，渐与主线重合，随后戛然而止。伏笔增添了作品的戏剧性，能引人入胜，这是小说家的重要结构手段之一，狄更斯在《双城记》中比在其他作品中运用尤多。除此之外，狄更斯又善用对比和呼应，与设置伏笔相辅相成。这部作品中有很多明显的对比：伦敦——巴黎，叟候——圣安东区，卡屯——斯揣沃，普若斯小姐——德发日太太；有时事件与事件、人物与人物前后呼应：密探出殡后狂乱的群众——革命爆发后狂乱的群众，偷坟盗墓的克软彻——见义勇为的克软彻；神经错乱的马奈特大夫——神志正常的马奈特大夫——神经错乱的马奈特大夫；潦倒堕落的卡屯——侠义崇高的卡屯。这些对比和呼应，也像伏笔一样，都是作家精心安排，使整个作品的结构更加匀整协调。

《双城记》读来饶有趣味，毫不枯燥，作者构思精巧，就是重要原因。虽然有的批评家也指斥它具有通俗情节剧(melodrama)的性质，但它毕竟不是单纯以情节取胜的通俗小说。它不过向我们证明了在严肃文学作品中，结构也起着巨大的作用。

凝练、精美——狄更斯语言之大成

《双城记》能以较少篇幅容纳较多内容，语言凝练是又一因素。

狄更斯的语言，并非一开始就被批评界普遍承认。维多利亚时代保守的、刻意追求文词含蓄、节制、优美的文人雅士就不欣赏狄更斯的语言。像特罗洛普(1815—1882)这样的作家，对狄更斯的语言甚至作过基本否定的评价，认为他的语言不合规范，有违语法，预言他的那种戛戛独造贻害无穷。尽管如此，特罗洛普还是承认他的语言受到广大读者欢迎这一现实。①

一般说来，狄更斯的语言确有粗糙、冗长的缺点，这或与他幼年失学，未曾经过严格的语言训练，早年又从事记者工作有关，但是正是由于他受教育上的这种缺陷和早年的经历，他的语言更加接近生活、通俗易懂、丰富多彩。也正因如此，他的《匹克威克外传》刚刚开始连载，就广为流传、家喻户晓；他后期以自己的作品从事巡回朗诵表演，才具有那样大的感染力。狄更斯在遣词造句方面，比前辈和同辈文学家确有

① 见特罗洛普《自传》第14章。

很多突破，而历史也已经证明，正是他的这种戛戛独造，大大丰富了英国文学语言的宝库，成为后世一笔珍贵的文化遗产。如今我们翻翻英语字典，总不难找到引用狄更斯作品中的字句的释例。

狄更斯的语言风格，又是随其创作过程的发展而逐渐丰富完善起来的。豪放、夸张、渲染、感伤、细腻、婉约、幽默、滑稽、讽刺等代表其风格的主要特点，在晚期作品《双城记》里，可谓应有尽有，无一遗漏。描述的具体对象(人物、场景、事件等等)尽管与前不同，却具有相同或类似的语势口气。冲没巴士底狱那由血肉之躯组成的喧哗人海，使人想起雅摩斯岸边的狂啸大海(《大卫·考坡菲》)；乡间侯府点燃的燎原之火，使人想起哈瑞戴爵士庄园的大火(《巴纳比·鲁吉》)；露茜·马奈特对待父亲的脉脉温情，使人想到小耐儿和她的外祖父(《老古玩店》)；马奈特一家日夜兼程逃离法国，使人想到独身绅士一路追踪小耐儿祖孙(《老古玩店》)；圣安东区的贫民窟使人想到托姆独院(《荒凉山庄》)；外表凶恶内心善良的普若斯使人想起特洛乌小姐(《大卫·考坡菲》)；改恶从善的克软彻使人想到甘泼太太(《马丁·瞿述伟》)；小杰瑞深更半夜鬼鬼祟祟的跟踪，使人想到约纳斯月黑杀人后的逃跑(《马丁·瞿述伟》)。

比喻、借用、反语、叠句、重复、双关以及阶级和地方的方言俚语等等狄更斯一向熟谙的修辞手段，在这部作品里更是比比皆是，令人目不暇接：克软彻先生和他那位“少爷”的满头铁蒺藜，多次在关键时刻崭露锋芒；劳瑞先生自谦为“开摇钱机器的人”；斯揣沃用办案的术语分析他与露茜婚配的可能性；皇家乔治旅店仆役出于对新到旅客那种庸俗的好奇而在走道上闲逛，被说成是“出于偶然”；德发日太太首次出场，作家就对她以“太太”称呼不迭，此后又多次直呼其为“太太”，令人对她敬而远之；对于露茜在巴黎阁楼上第一次唤醒父亲、女爱国志士坚决处死老弗隆、卡屯临终对未来世界的展望这类表达强烈爱憎或希望的段落，则大量采用排比；对攻占巴士底狱的那段描写，则采用了历史现在时的语法形式，更加强了读者的身临其境之感；法庭上检察总长和律师惯用的那套陈词滥调，则以不加引号的引语陈述，言者振振有词，听者只觉不堪。

狄更斯除为应景，没有发表过诗，在文坛上他向来不能算作诗人，但在他写到激情澎湃的时候，诗意的文句常涌自笔端，在这本书中，也不乏其例。让我们看看西德尼·卡屯在巴黎露面之前的一段文字：

> 和劳瑞先生呆在一起的那个避而不见的人——那件搭在椅子上的骑装的主人——究竟是谁呢？劳瑞先生是从怎样一个新来的人那里走出来，激动而又惊讶地把他心爱的人抱在怀里呢？他提高嗓门，扭过头去对着他刚才出来的那扇门，看来像是重复露茜那颤抖着说出的话："挪到了附属监狱，传讯明天受审。"这话又是对谁说的呢？（第三卷第五章末尾）

还有一类雄辩性、哲理性的语句和段落，在《双城记》中所占比重也比较大。小说卷首关于作品时代背景的一章论述；第二卷第七章对城中贵人的讥讽性评价；对前述普若斯小姐和德发日太太所代表的善恶两类人性的概括，都是凝重隽永的妙语华章。

作品的语言风格往往随作家年龄、心境的变化而变化，狄更斯早年的语言，基调欢快、明朗，幽默滑稽是其有机组成，随着创作的发展和年事的增长，他的语言渐趋沉稳、老练。《双城记》的创作，又值发生家庭龃龉，最后导致夫妻离异的时期，这部作品的语言风格，也发生变化，欢快明朗的风格几近消失，轻松的幽默只存留在对普若斯和克软彻等少数人的描述上；另有一部分则为辛辣的讽刺所代替。作为成熟老到作家的手笔，这部作品遣词造句也明显地较过去考究，描写、叙述和议论的段落，用词都比较典雅，引经据典也较其他作品为多，这无疑又给这部作品增添了一层文雅的色彩。但是故意转文、过分夸张、牵强比附、多用噱头，也使个别段落流于庸俗饶舌。

象征、浪漫、心理分析——不仅仅是现实主义

狄更斯是现实主义小说家，这已早成定论。他为各部小说所作的自序，绝大多数的主要内容都是介绍作品取材的来源，说明它们都是来自现实生活。即使写历史小说，他也注重取材、描写的历史真实性。他的人物和行为，与司各特、大仲马那些充满浪漫传奇色彩的历史小说家的创作，具有明显不同。书中每一人物的衣食住行、言谈礼仪，甚至街道、建筑无不具有十八世纪末法国和英国的时代色彩。然而理想主义又使狄更斯永不排斥浪漫手法。在他的作品中，爱情描写往往是浪漫的；善战胜恶的斗争是浪漫的；人物的悲欢离合、生离死别往往是浪漫的；在《双城记》中，卡屯和普若斯在完成他们的高尚行为时，也极富有浪漫色彩，连克软彻在奋勇救人中焕发出的那种改恶从善的决心，也富有慷慨激昂、令人振奋的浪漫气息。

尽管在狄更斯生活和创作的时代，象征主义还没有形成流派，对英国的小说创作产生明显的影响，象征，这样一种文学创作上的表现手法，在狄更斯作品中却常有运用。焦煤镇那乌烟瘴气的煤烟（《艰难时世》）、伦敦上空那氤氲混沌的浓雾（《荒凉山庄》）、“哈莫尼监狱”那臭气熏天的垃圾堆（《我们共同的朋友》），都是常为批评界称道的象征性形象。《双城记》止是狄更斯运用象征手法较多的一部作品。第一卷篇名“起死回生”，就富有象征意义：对英国绅士劳瑞先生说，把一位长期囚于囹圄的人解放出来，无异于起死回生；对“起死回生”的对象马奈特大夫说，重获自由，平复创伤，再创新业，这是第二次生命的开始；对最后在断头机吉洛汀下死去的卡屯来说，肉体虽然消逝，精神却永存在达奈夫妇及其子子孙孙心中，这更是一种永恒的新生。故事开始就陆续出现的憧憧夜影，时隐时现，最后实实在在地显现出来，这是逐步揭开的马奈特大夫和德发日太太一家受迫害之谜的象征。狄更斯

以他高超的智慧和独出心裁的创造力创作了大量具有象征意义的形象——以不停编织毛线活的德发日太太象征命运女神；以圣安东区流淌成河的红葡萄酒象征革命爆发后流淌的人血；埃弗瑞蒙德侯爵回乡下山时的夕阳残照象征贵族统治的末日；小个子锯木工的嚓嚓锯木象征吉洛汀的砍头动作。这些形象的象征性，再加上侯爵府邸石头人面的叹息、眼泪和表情变化等超自然的神秘性又使这部作品增添了一重艺术感染力。

更深层次的心理分析，是这部小说的又一特色。一般说来，小说创作发展到狄更斯的时代，心理描写已经达到相当的深度，狄更斯也是善作心理描写的小说家，特别是表达儿童心理、爱情心理、恐怖心理、犯罪心理等方面，都能具体而微，这是仅就正常的心理范畴而言。他的许多作品中，还有一些非正常的人，他对这些人物的刻画，一般都停留在外貌、言谈、行为等较肤浅的表层，因此批评界对这些人物向来比较一致的看法是他们存在漫画化的倾向。在《双城记》中，马奈特大夫是一个精神和心理都不健全的人，狄更斯不仅刻画了他的外在表情、动作，而且深入他的内心，表达了他的潜意识活动、无意识的动作，准确刻画了一个具有变态心理的人物的心态。对于正常人在特定情况下的特殊心理活动，《双城记》中也处理得十分精彩：劳瑞先生乘邮车一路上所做的梦；小杰瑞在墓地望见棺材后内心的恐惧；达奈被秘密关押之初一度发生的精神错乱以及赴死前的心理状态；马奈特大夫全家乘车逃离巴黎时的急切慌怵心理，都生动真实地写出了人的意识流动。

复活和永生——《双城记》的今天和明天

在《双城记》的末尾，狄更斯通过西德尼·卡屯临终的意识流动重复了复活和永生的基督教箴言——这是《双城记》的最终主题。狄更斯可以说是在这部书中尽力发挥了他的最高艺术水平，成功地表达了这一主题。他那位散发着理想之光的卡屯——小说的真正主角——璀璨鉴人，相形之下，使那些晦暗、孤独、消沉的“现代”人物形象黯然失色。我国著名作家巴金还曾满怀深情和敬意地回忆起这一形象：“……几十年来那个为了别人幸福自愿献出生命从容地走上断头台的英国人一直在我的脑子里‘徘徊’，我忘不了他，就像我忘不了一位知己朋友。他还是我的许多老师中的一位。他以身作则，教我懂得一个人怎样使自己的生命开花。”

狄更斯创作这部作品的时候，就有意识地要在艺术上有所突破，这部作品本身所取得的艺术成就也雄辩地证明，狄更斯的这一意图已经实现。他在现实主义与浪漫主义结合上，在运用象征手法上，在进行细致心理分析上，在表现意识的流动上，使我们感到，这部古典现实主义作品与现代主义作品之间，并无不可逾越的鸿沟；相反，它们之间存在一股涓细暗流。

《双城记》从发表至今，已近一百三十年。无论是在学术界还是广大读者中间，它仍然是一部为人热爱的作品。诚然，伟大的艺术作品正像它所传达的“永生”的思想一样，也会永生。

张　玲

目　录

第三卷　风踪雨迹

作者序言

我同我的孩子们和朋友们演出威尔基·柯林斯先生的戏剧《冰海深处》的时候，第一次构思了这部小说的主要想法。那时候，我产生了一种强烈的愿望，想亲自把这种想法体现出来；于是我驰骋想象，刻意精心而且兴趣盎然地追踪一个敏锐细致的旁观者非表现出来不可的那种心情感受。

我对这个想法越来越熟悉，同时它也就随之逐渐形成了目前这种形式。在整个写作过程中，我的心神意志完全为它所控制而贯注其中；迄今，我已经证实无误，这些卷页中的所作所为和所遭所受，宛如确实全部都是我自己亲身的所作所为和所遭所受的一样。

无论何时在书中提及(即令是仅仅略为涉及)法国人在革命以前或革命期间的情况，都是在对最可信赖的目击者确信无疑的情况下如实引述的。我的希望之一始终都是想多少增添一点点大家欢迎而且生动的方式，用来了解那个惊心动魄的时代，固然，要想给卡莱尔先生①的那本令人惊叹之作所包含的哲理，增添任何一点点东西，则是谁也不能奢望的。

伦敦，塔维斯托克寓所

一八五九年十一月

① 托玛斯 · 卡莱尔（1795—1881）：英国文学家、历史学家，著有《席勒传》、《成衣匠的改制》、《论英雄、英雄崇拜与历史上英雄事迹》、《过去与现在》等书。1837 年他出版《法国革命史》，奠定了历史学家的地位，获享持久声誉。狄更斯誉此书为“令人惊叹之作”，并根据此书写作《双城记》。

第一卷

起死回生

第一章　时　　代

那是最昌明的时世，那是最衰微的时世；那是睿智开化的岁月，那是混沌蒙昧的岁月；那是信仰笃诚的年代，那是疑云重重的年代；那是阳光灿烂的季节，那是长夜晦暗的季节；那是欣欣向荣的春天，那是死气沉沉的冬天；我们眼前无所不有，我们眼前一无所有；我们都径直奔向天堂，我们都径直奔向另一条路——简而言之，那个时代同现今这个时代竟然如此惟妙惟肖，就连它那叫嚷得最凶的权威人士当中，有些也坚持认为，不管它是好是坏，都只能用“最”字来表示它的程度。

那时候，英国的宝座上坐的是一位地阁方圆的国王和一位容颜欠佳的王后；法国的宝座上坐的是一位地阁方圆的国王和一位容颜姣好的王后①。在这两个国家那些享有高官厚禄的肉食者们看来，有一点比水晶还要明澈透亮，那就是江山永固，国运绵长。

那是我主基督降生后的一千七百七十五年。在那个幸福的年代，英国正如现今一样，得到种种神灵的启示。索斯考特太太②新近才过了她的二十五岁大寿，禁卫军中一个能够预言吉凶的士兵早在她的大驾光临之前就已预先宣告：诸事已安排停当，就要淹没伦敦和威斯敏斯特③。公鸡巷④的鬼魂叩击发出它的种种信息，然后遭到驱逐祓除，也只不过刚刚满了十二个年头；而在刚刚度过的这一年当中，那些精灵鬼怪又叩击发出它们的种种信息⑤，与原先相似得令人惊异。真正符合俗世人间的信息，从美国那些英国治下臣民的一次会上发出⑥，最近已经传到英国朝野。说来也怪，这些信息对于人类，竟比公鸡巷鸡窝里随便哪只鸡雏传出的信息更为重要。

法国，从总的方面来说，有关神灵方面的种种事物，没有她那位以盾牌和三叉戟为记的姐妹⑦那么幸运，正在畅通无阻地走着下坡路，制造纸币，花用纸币。除此之外，她在她那些基督教僧侣的指导之下，竟取得了如此仁慈的成就聊以自娱，诸如给一个年轻人判刑，剁掉他的双手，用钳子夹掉他的舌头，然后把他活活烧死，只因为他没有在雨地里双膝下跪，向从他眼前五六十码处走过的一队龌龊的僧侣致敬。

很有可能，在那个受难者赴难之时，一些植根于法国或挪威森林里正在生长的树木，已经让名为"命运"的伐木人打上标记，以备砍伐，锯成木板，做成一种带口袋的刀子和活动木架⑧，名垂青史，令人心惊胆战。很有可能，在紧邻巴黎的那些黏湿的土地上，一些庄户人家屋子外边搭的简陋窝棚里，有些做工粗糙的大车，就在那一天在那儿躲风避雨。这些车上溅满烂泥，肮脏不堪，猪鼻子在上面嗅来嗅去，家禽在里面栖止休歇。这些大车正是名为"死亡"的庄稼人搁置起来，作为那次革命时供他驱使的囚车。不过，这伐木人和这庄稼人，虽然无休无止地劳作，但他们都是一声不响，而且他们走起路来都蹑手蹑脚，谁也听不见他们的声息；尤其是因为，如果有谁心存怀疑，以为他们已经觉醒，那么谁就要被视为谬天背神，大逆不道。

在英国，几乎没有什么秩序和保障可供国家自矜自诩：明火执仗的夜盗和拦路抢劫在京城之内夜夜发生。各家各户公然得到告诫，离家出城必须先将家具寄存家具商行仓库保管，以策安全。夜深月黑之时的劫

---

① 指英王乔治第三与王后夏洛特·索菲亚和法王路易十六与王后玛丽·安托瓦内特。

② 此人原为一女仆，她利用宗教迷信装神弄鬼，于十八世纪后半叶招摇一时，直至二十世纪初尚有影响。

③ 以当时英国行政区划论，威斯敏斯特为伦敦城以西另一城市。

④ 传说中之公鸡巷 33 号为鬼宅，实为骗局，1762 年揭穿后，行骗人受到刑罚。

⑤ 指迷信者搞降神会，谓神鬼能以叩击表达天机。所谓"刚刚度过的这一年"，指作家写作的当年，时有一位名叫候姆的美国人到英国行招魂术，使许多人受骗。

⑥ 指英国在美国的殖民者召集会议，反对自己身为纳税人而在英国议会内无代表席位。

⑦ 指英国。她以希腊神话中海神的徽记表示自己"海上霸主"的身份。

⑧ 指法国大革命时发明之断头机吉洛汀。

路强人，正是光天化日之下的行商坐贾。他以“头领”的身份，拦劫同路商贾，如果有人认出，并对他明确表示要较量一番，他就飒爽干脆地打穿他的脑袋，策马扬长而去；七个强盗拦住一辆邮车，一个护卫打死了三个强盗，随后自己也被那另外的四个强盗打死，“盖因弹尽之故”，在这之后，不动一刀一枪，邮车就给洗劫一空；那位堂堂一邑之宰、伦敦市长大人，让一个强盗在特恩厄姆草坪①截住，要买路钱，这位声威赫赫的人物就在自己扈从的众目睽睽之下，让这个强盗搜掠殆尽；伦敦监狱中的囚犯和狱卒大打出手，于是司法当局用装好霰弹和子弹的火枪，朝他们中间放射；小偷窃贼在王宫召见厅里从贵族老爷们脖子底下把一个个钻石十字架剪走；火枪手进入圣贾鲁斯区②搜查私货，于是乱民朝枪手开火，枪手朝乱民开火，谁也不认为这些事情有多么越乎常轨。在这些事情当中，绞刑吏屡屡动用，虽说徒劳无益，却又仍然屡屡动用。一会儿，挂起一排排各式各样的罪犯；一会儿，在星期六绞死一个星期二被执的穿窬盗贼；一会儿，在新门监狱③烧炙成打人的手；一会儿，在威斯敏斯特大厅④门口焚毁宣传品；今天结果了一个罪大恶极的杀人凶犯的性命，明天又结果了一个偷了庄户孩子六个便士的小扒手。

所有这些事情，以及成百上千件和这些类似的事情，发生在那令人怀恋的好时候一千七百七十五年⑤，以及紧跟这一年的时候。就在这种种事情纷至沓来的时节，伐木人和庄稼人神不知鬼不觉地继续劳作，而那地阔方圆的两位国王以及那容颜欠佳和容颜姣好的两位王后，则颇起劲儿地忙来忙去，以高压手段行使他们的神授权力。一千七百七十五年

---

① 伦敦郊区地名。

② 为伦敦一区，贫民窟。

③ 为伦敦一著名监狱。

④ 伦敦古建筑，初建于 11 世纪。13 世纪至 1882 年，英国高级法院均在此开庭。

⑤ 为法国国王路易十六登基之次年。

就是如此这般地统领着他们治下的那些赫赫伟人和芸芸细民，沿着铺展在他们面前的条条道路行进；本书所述细民，也忝列其中。

第二章　邮　　车

在十一月下旬一个星期五的夜晚，摆在与本书故事有关的第一个人物面前的那条路，是多佛①大道。那辆多佛邮车叽隆咕隆地爬上射手山②的时候，就他来说，多佛大道是在这辆邮车前边，一直通到前方去的。他跟在邮车旁边踏着泥泞步行上山，其余旅客也是如此；这倒并非由于他们在那种情况下怀有遛腿儿的雅兴，而是因为山路陡，套难拉，泥浆滑，邮车重，几匹马已经三次驻步不前，还一度拉着马车横穿道路，打算抗命把车拉回苍草地③。不过缰绳、鞭子、车夫、护卫联成一气，早已宣读了制止这一意图的檄文。其实这种意图倒是与某些畜类也富有理性的论断完全吻合，于是这套马也就投降归顺，回过头来执行它们的任务了。

它们低着脑袋，颠着尾巴，蹚着深厚的泥浆，步履笨重地一路前进，在泥浆中挣扎，失蹄踉跄，仿佛浑身都散架了。车夫每次小心翼翼地吆喝一声“喔——咿”，让它们缓一缓，停一停，那左侧的辕马就猛力摇晃一下马头以及头上的每件东西（就像一匹特别善于表情达意的马那样），坚决相信这辆马车不能够爬到山上。这匹辕马每次这样一抖擞，这位旅客就像胆小的旅客常有的情形那样，吓一大跳，被搅得心慌意乱。

---

① 英格兰东南部一海港，去法国多由此登船过海峡。

② 为伦敦东南距城数英里的一座小山。

③ 距射手山 3 英里一地名。

所有的低谷洼地都飘动着如拥白絮的雾气，无着无落地游荡到山上，像一个身负罪恶的幽灵①，意欲觅得休憩之所，却毫无所得。可以看得见，黏潮浓重的冷雾一股接着一股，一股盖过一股，在空中缓缓飘过，像混浊海水的波浪。雾气很浓，遮住了车灯，除了它自己所形成的重波叠浪和几码路面，什么也照不见。马奋力拉着车，呵气喷到雾中，仿佛那雾气都是马喷出来的。

除了那位旅客，还有另外两位旅客也迈着沉重的脚步爬上山顶。三个都一直裹到颧骨和耳朵上边，穿着过膝长筒靴。三个当中，谁也不能就他所见到的情形说出另外那两个人是什么样子；而且在这样紧包密裹之下，每个人都蒙得严严实实，不仅避开了他那两位同伴的肉眼，而且避开了他们的心眼。在那种年月，行路的人不敢简单寒暄过后就推心置腹，因为路上不论什么人都可能是强盗或者强盗的眼线。说到强盗的眼线，既然在每座驿馆，每家酒肆都可找到"头领"买通的人，其身份上至老板，下至马厩里最低微下贱不三不四的人，那么这也就是最有可能发生的事情了。正因如此，这多佛邮车的护卫在一千七百七十五年十月份那个星期五夜晚艰难地爬上射手山的时候，心中直犯嘀咕。他站在车后他自己那特设的高高座位上，一边顿着双脚，一边紧紧盯着面前的枪箱，还把一只手放在上面，那里边放着一支实弹的大口径霰弹枪，摆在六至八支实弹马枪的最上边，马枪下边还垫了一层弯刀。

多佛邮车充满了它素有的那种亲切恬适的气氛：护卫猜疑旅客，旅客相互猜疑，也猜疑护卫。他们大家全都猜疑别人，而车夫则除了那几匹马之外，对谁也没有把握。至于对这些畜生，车夫则可以丝毫不昧良心地按着那部《新旧约全书》起誓：这样的跋涉于它们决不胜任。

"喔——吓！"车夫吆喝着。"这就好了，再使把劲儿你们就到山顶见你们的鬼去吧！把你们赶上山，可真够给我招麻烦的！——周！"

---

① 按迷信的说法，善人死后进天堂，有归宿；冤者罪者魂无所归。

“啊!”护卫回答了一声。

“你看看几点钟了，周?”

“十一点，哎呀过十分了。”

“我的天啊!”车夫很着急，使劲喊了一声。“还没到射手山顶呢!嘚——嘚——！嗒！加油!”

那头善于表情达意的马在拼死抗命当中给一鞭子惊醒，拼死命往山上爬，其余那三匹也竞相效尤。多佛邮车又一次奋力前进，它那几位穿长统靴的旅客，跟在车旁咕叽咕叽踩着烂泥。车停住的时候他们已经先停下了，并且紧紧靠近车子。如果这三个当中有哪一个胆敢提出让另一个人朝浓雾和暗处往前走上一点儿，那他明摆着就是想让自己给人当作强盗挨上一枪。

这最后一阵冲刺把邮车拉到了山巅。马又停下来喘气，护卫下来给车轮加上刹车，准备下山，并打开车门让旅客进去。

“嗤！周!”车夫带着警告的语气喊了一声，从他的车座上朝下看。

“你说什么，汤姆?”

两个人都侧耳静听。

“我说一匹马一溜小跑往山上来了，周。”

“我说是一匹马四蹄飞跑呢，汤姆，”护卫回答，放开把着的车门，干脆利索地登上他的位置。“先生们！以国王的名义，全体上车!”

随着这匆匆一声令下，他扳起了他那支大枪的扳机，准备采取攻势。

本书记述的那位旅客，刚刚迈上马车的踏脚板，准备进去；那另外两位旅客紧随其后，也准备进去。这时他仍然踩在踏脚板上，半在车内，半在车外；他们则仍然留在地上，在他下面。他们都看看车夫再看看护卫，然后又看看护卫再看看车夫，同时仔细谛听。车夫朝后边看，护卫朝后边看，连那匹善于表情达意的辕马也竖起耳朵朝后边看，毫不再表示异议。

马车叽隆咕隆奋力前进的声音归于寂静，再加上黑夜本来就寂静无声，这样就确实是万籁俱寂了。那些马的喘息使马车一阵阵颤动，仿佛车也惴惴不安。几个旅客的心跳得很响，简直可以听得见了；不过无论如何，那万籁俱寂的间歇时刻却清清楚楚地传达出了人们气喘吁吁，敛声屏气，由于期待而脉搏加速的情状。

一匹马飞奔的声音疾速猛烈地传到山上。

“喔——咿!”护卫吆喝着，扯着嗓子吼叫。“噢，喂，站住！我要开枪啦!”

那马的脚步突然止住了，随着泥浆噼啪飞溅，雾气中有一个人的声音喊道：“那是多佛邮车吗?”

“是不是关你嘛事!”护卫反唇相讥。“你是什么人?”

“那是不是多佛邮车?”

“你干吗要知道?”

“要是的话，我要找一位旅客。”

“什么旅客?”

“加维斯 · 劳瑞先生。”

我们描述过的那位旅客立即表示这是他的姓名。护卫、车夫还有那另外两个旅客满腹狐疑地看着他。

“先呆在原地别动，”护卫对雾中那个声音喊道。“因为我要是造成了一个误会，你这辈子也就别想改过来了。姓劳瑞的先生直接答话吧。”

“什么事?”这位旅客问。随后用微微发抖的声音问：“谁找我？是杰瑞吗?”

（“要是他是杰瑞的话，我真讨厌杰瑞的声音，”护卫自言自语地咕哝着。“他的嗓音粗哑得让我听不惯，是杰瑞。”）

“是，劳瑞先生。”

“什么事呀?”

“你走后那边追着给你个信儿，台行的。”

“我认识这位送信的人，护卫，”劳瑞先生说着，下到地上，那另外两位旅客与其说是出于礼貌不如说是出于催促，快快帮他下了车，然后便立刻爬进车里，关上车门，推上窗户。“他可以走过来，没有问题。”

“但愿没有，可是我不能他妈的就那么肯定没有问题。”护卫粗声粗气地自言自语。“喂，那个人！”

“嗯，你那个人！”杰瑞说，声音比以前更粗哑。

“一步一步慢慢走过来！听见我说的没有？你的鞍子上要是挂着枪套，可别让我看见你的手往那儿伸。因为我他妈的就是很容易出误会。我要是出个误会，那就是给一颗枪子儿吃。还是让咱们瞧着你吧。”

一匹马和一个骑马人的影子，在打着旋涡的雾气中慢慢走过来，到了邮车旁边那位旅客站着的地方。骑马人弯腰向下，翻着眼珠盯着护卫，把一小张叠起来的纸条交给那位旅客。骑马人的马气喘吁吁，连人带马，从马蹄起直到人戴的帽子上都是泥浆。

“护卫！”那位旅客用从容不迫办理事务那样一种很有把握的口气说。

那位严防紧守着的护卫，右手把着举起来的火枪枪托，左手把着枪筒，眼睛看着骑马的人，粗野无礼地回答了一声，“先生。”

“没有什么可担心的，我是台鲁森银行的。你必定知道伦敦的台鲁森银行。我要到巴黎去办事，这一克朗①你打点儿酒喝吧。我可以看看这个吗？”

“那样的话，你就赶快，先生。”

他借着那一边车灯的灯光打开那张纸念起来——起始是默念，随后就高声念出来：“‘在多佛等那位小姐’，护卫，你看，这并不长。杰

① 英国古币，1 克朗等于 5 先令。

邮车

瑞，你就说我的回复是起死回生。”

杰瑞在鞍子上一愣。“这还真是个怪得邪乎的回复。”他用极其粗哑的语声说。

“把这个口信儿带回去，他们就会知道我已经收到这个字条了，这跟我亲笔写信一样。快回去吧，尽量快走，再见。”

这位旅客说着这些话打开了马车门进到里边，一点儿也没让那两位同行的旅客搀扶。这两位刚才麻利地把他们的怀表和钱包藏在了靴子里，此时则装出一副酣然大睡的样子，其目的不过在于不做任何其他动作，以免引起什么麻烦。

马车又继续叽隆咕隆地前进。开始下山的时候，紧紧包围在它四周的雾团更浓了。护卫立即重新把火枪放在枪箱里，看了看放在其中的其他东西，又看了看挎在他腰带上外加的几把手枪，然后又查看他座位下边的一口小些的箱子。那里边有几样铁匠用的家伙，一对火把和一对火绒匣子。他装备得如此齐全，是因为如果车灯给风雨弄灭(这确实是有时要发生的)，他只要把自己关进车厢里，谨防火镰和火石打出的火星不要落在麦秸①上，就可以(如果运气好的话)相当安全而又不费力气地在五分钟之内点起一个亮儿来。

“汤姆!”他轻轻隔着车篷叫。

“嗳，乔。”

“你听见那个口信儿了没有?”

“听见了，乔。”

“你想那是什么意思，汤姆?”

“一点儿也想不出来，乔。”

“这可是赶上巧劲儿了，”护卫琢磨着，“我也想不出来。”

杰瑞独自留在浓雾和黑暗之中，这时翻身下马，不仅是为了让他那

---

① 当时邮车车厢底多铺麦秸，用以防潮、取暖。

匹筋疲力尽的马轻松一下，而且也是为了擦掉脸上的泥，抖掉帽檐上的水，那里真可能容得下大约半加仑呢。他把缰绳挽在泥泞不堪的胳膊上站着，直到叽隆咕隆的车声已经消失，黑夜重归寂静，才转身步行走下山去。“经过从圣殿栅栏[①]起的这一路紧追快赶，老太太，在走上平地之前，我对你那一对前蹄儿是信不过的。”这个粗声嗄气的信差一边看了他这匹母马一眼，一边说，“‘起死回生。’这真是个怪得邪乎的口信儿。这对你可不行，杰瑞！我说杰瑞！要是这起死回生时髦起来，你可就倒了邪霉了，杰瑞!”

第三章 夜 影

细想起来，这件事真是不可思议：每一个人对另一个人竟会成为深奥秘密和不解之谜。我夜间走进一座大城市的时候就会有一种庄严肃穆的想法：那每一幢黑森森鳞次栉比的房子里都关着它自己的秘密；那每幢房子里的每间屋子都关着它自己的秘密；那千万个胸膛里跳动着的每一颗心，就它自己的某些想象来说，对靠它最近的那颗心，都是一桩秘密！一些令人生畏的东西，甚至死神本身，都与这秘密有关。我再也不能翻阅这本我所挚爱的亲切的书，妄想总有一天把它读完。我再也不能看透那深不可测的水，借助偶尔照进那里的光亮，我一直都隐约瞥见埋藏在那里的珍宝和其他淹没的东西。这本书是注定了在我只读完一页之后就一下趺合[②]起来，永远再也不打开的。这水是注定了在阳光戏照水面，在我茫然站立岸上时永远冰结霜凝的。我的朋友已经长逝，我的邻人已经长逝，我之所爱、我心灵中的至亲已经长逝；这就是那毫不动

① 伦敦地名，为当时伦敦城的西门。

② 当时有些书用一种卡子(clasp)掌握书本的开合。

摇，永垂不朽，亘古独存的秘密，那我将至死永怀的秘密。在我途经的这座城市中某一墓地里，是不是有一个长眠的人就我看来在性格深处比那些纷纷扰扰的居民更加神秘莫测，或者就那些居民看来比我更加神秘莫测?

对于这一点，这位骑在马背上的信差确实也拥有天生的而非让渡性的继承[①]，正与一国之君，首席国务大臣或者伦敦的巨商首富一样；关在这辆隆隆作响的伦敦古老邮车狭窄车厢里那三位旅客也是如此；他们彼此相对都是不解之谜，像是每个人都坐在自己那六匹马拉的马车或是六十匹马拉的马车里，彼此相距有一郡之遥，相互全然不解。

这信差骑马款步归来，时时在路旁酒肆喝上几杯，但是明显表露出一种意向，不让人知道他自己的打算，并且用帽子一直遮到眼睛上。他长了一对与这身打扮十分协调的眼睛，表面一码漆黑，不管是颜色还是形状都没有层次深浅，而且靠得非常之近——仿佛它们害怕如果相距太远就会单个给人发现某些隐情。那对眼睛扣在像是三角痰盂似的老式三角帽下，下面是一条围着下巴和脖子的大围巾，几乎垂到膝头，眼睛里边显出一种凶险的神情。他停下来喝酒的时候，用左手把围巾扒开，用右手一下子把酒倒进嘴里，刚一倒完，就又把围巾捂上。

“不妙哇，杰瑞，不妙!”信差说，一路走一路唠叨着这同一个意思，“这于你可不大行，杰瑞。杰瑞，你这个老实巴交的生意人，这于你的行当可不合适！起死回生——！我要是不把他当成是喝醉了酒，那我就算是倒了邪霉了!”

他带的那个口信儿使他心烦得那么厉害，所以他好几次摘下帽子来抓头皮。他头上那块秃顶周围很不规整，秃圈外面却参差不齐地长着又硬又黑的头发，往下长得几乎垂到了又塌又宽的鼻子上。这很像铁匠的手工，更像结结实实钉了一排排铁蒺藜的墙头，而不像是一头头发，就

① 让渡性继承本为法律名词，指由他人让与的继承权利。

连那最会做跳蛙游戏①的人对他也不敢领教，也把他当作那从他身上跳过去最危险的人。

他骑马一路小跑往回走，带着他要传给圣殿栅栏附近台鲁森银行门房守夜人的口信儿，守夜的人则要把这个口信儿传给里边更管事的人。就在这一路上，那憧憧夜影仿佛是从那口信儿当中浮现出来，向他显现出种种形状，又仿佛是从使那匹母马烦躁不安的种种隐私当中浮现出来，向他显现出种种形状。夜影看来为数不少，因为这匹母马一路上每看到一个就惊退一下。

在那时候，那辆邮车叽隆咕隆、摇摇晃晃、吱吱嘎嘎一路颠簸，载着它里面那三位互不理解的同伴，赶它那单调沉闷的路。那憧憧夜影对他们也同样都是按照他们一开一合的蒙眬睡眼和漫无边际的遐想而显现自己的形状的。

台鲁森银行在邮车里也正在挤兑。那位银行的旅客——他有一只胳膊套在皮带圈里，车颠得特别厉害的时候，可以使他不至于碰到旁边的旅客，把人家挤到车厢的角落里去——眼睛半睁半闭在那里打盹的时候，那些小小的车窗，还有那透过车窗照进来昏暗亮光的车灯，还有对面那个庞大包裹似的旅客，都变成了银行，而且在做一大笔生意。车马挽具叮叮当当的响声，成了硬币叮叮当当的响声，而且在五分钟时间里承兑的支票，比台鲁森银行以及它的国内外全部存户在三倍的时间里兑出的都多。随后台鲁森银行那些地下保险室，据这位旅客所了解的(他对它们的了解还真不少)，藏有那么多价值连城的宝物和机密，在他眼前一一打开，于是他手持一串大钥匙和一支半明不暗的蜡烛，一间一间地走进去。他看到这些保险室都平平安安，牢牢实实，稳稳当当，静静悄悄，恰似他上次看到的一样。

---

① 一种儿童游戏，由一人双手扶双膝躬身做成障碍，另一人冲跑过来手扶前者腰部，从其身上横跨跃过。

不过，虽然银行的事一直伴随着他，虽然邮车（一路上慌乱不安，仿佛吃了鸦片痛苦难挨一样）一直伴随着他，却还有另外一股恍恍惚惚的意识潮流整整一夜始终没有停止活动：他是在赶路，要去把一个人从坟墓中挖出来。

原来憧憧夜影并没有指明，显现在他眼前的许许多多面孔当中，哪一副是那个埋着的人的真实面孔；不过它们都是一个四十五岁年纪的男子的面孔，其间的区别主要在于它们所表现出的种种情感以及它们那种种僵尸般枯槁憔悴的可怕情状。高傲、轻蔑、挑战、倔强、驯顺、悲伤，一种表情紧接着另一种；还有各式各样凹陷的脸颊、死灰的颜色、枯瘦的双手和形体也联翩出现。但是那面孔大体上都是一种，每一个的头上都是未老先白。有上百次，这位打瞌睡的旅客这样询问这个幽灵：

“埋了多长时间了?”

回答总是同样的：“快十八年了。”

“你已经完全打消给人挖出来的希望了吗?”

“很早就打消了。”

“你知道要让你起死回生吗?”

“他们这么告诉我的。”

“我想你是愿意活的吧?”

“我说不上。”

“我可以把她带来吗？你愿意来看她吗?”

对这个问题的回答是多种多样的，而且互相矛盾。有时候，那不成语句的回答是，“慢着！我要是太快看见她，那会要了我的命。”有时候，先是温情脉脉地泪如雨下，然后是，“带我上她那儿去。”有时候，先是目瞪口呆，困惑不解，然后是，“我不认识她，我不明白。”

经过这些想象当中的对话之后，这位旅客又在幻想中不断地挖呀，挖呀，挖——一会儿是用一把铁锹，一会儿是用一把大钥匙，一会儿是用他自己的双手——要把这个可怜的人挖出来。到底弄出来了，脸上和头发上粘着土，他常常一下子化成灰，消失不见了，于是这位旅客就对着自己发愣，拉开窗户，让现实存在的雾和雨落到脸上。

然而，即使他的眼睛睁开望着雾和雨，望着车灯照出来的摇曳不定的光，还有路旁一颠一颠向后撤退的树篱，那车外的憧憧夜影还是落到车内的一串憧憧夜影之上，合为一体。圣殿栅栏旁边那所真的银行，往日那些真的生意，那些保险室，那特别派来追赶他的真信差，那带回去的真口信儿，全都常常在那儿。在这些东西中间，那幽灵似的面孔常浮现出来，于是他又和他攀谈：

“埋了多长时间了?”

“快十八年了。”

“我想你是愿意活的吧?”

“我说不上。”

挖呀，挖呀，一直挖到那两个旅客当中有一个不耐烦地动了一下，这会提醒他把车窗拉上，把胳臂从皮带圈里紧紧地套进去，面对这两个睡着的形体沉思默想，直到他琢磨他们琢磨得走了神，又溜进了那家银行和那座坟墓。

“埋了多长时间了?”

“快十八年了。”

“你已经完全打消给人挖出来的希望了吗?”

“很早就打消了。”

这些话就像刚刚说出来的一样，一直在他耳际萦回——像他在实际生活当中听到的话一样清清楚楚在他耳际萦回——这位又累又乏的旅客感觉到白天的亮光，一下惊醒过来，并且发现憧憧夜影已经消失不见。

他拉开窗户，看着外边的旭日。眼前有一道翻耕起来的犁垄，上边还放着一把犁，那是昨天卸了马以后扔在那里的；再远处，是一片幽静的灌木林，林中还有很多火红和金黄的树叶，仍然挂在树梢。地上虽然寒冷潮湿，天空却一片晴朗，太阳冉冉升起，光辉四射，宁静而又美丽。

“十八年了!”这位旅客看着太阳说。“我的老天爷！给活埋了十八年!”

第四章　准　　备

午前那段时间，邮车圆满到达多佛，皇家乔治旅店的茶房头儿像他往常一样，打开了邮车的门。他开车门的时候带着一点礼节性的夸张动作，因为在冬季邮车一路从伦敦来到这里，对一个冒险旅行的人来说，正是一桩值得庆贺的成就。

在那个时候，只能对剩下的一位冒险旅行的客人庆贺了，因为那另外两位已经在中途他们各自的目的地下了车。那发了霉似的车厢，里边铺的那些又湿又脏的麦秸，散发的那股令人难受的气味，还有它那昏暗的光线；使它简直成了一个大狗窝。那位旅客劳瑞先生，抖抖身子从里面爬出来，他浑身沾满一串串麦秸，毛茸茸的毯子裹作一团，帽檐搭拉下来，两腿都是泥浆，活像一只大狗。

“明天有开往加来①的邮船吧，茶房?”

“有，先生，要是天气一直不变，风还算顺，下午两点赶潮水就最合适了，先生。要床位吗②，先生?”

“我不到晚上不会上床的，不过我还是要个卧房，还要一个理发的。”

“那么早餐要吧，先生？好，好，先生，请那边走，先生。开协和③!

---

① 法国西部一港口，与多佛隔海相望。

② 按当时习惯，旅客如不在旅店睡觉，可不订卧房，而只订起坐间，或在休息厅休息。

③ 当时旅店房间不按数字编号，而是各取雅号。

把先生的旅行袋和热水送到协和，到协和把先生的靴子脱下来。（你进去就会看见用上好的海运煤①生的火，先生。）叫理发的到协和去，喂，给协和张罗张罗！”

协和的卧室总是给乘邮车来的旅客留的，而乘邮车的旅客总是从头到脚裹得严严的，所以虽然见到走进这个房间去的只有一种人，从里边走出来的却是各式各样的人，因此这个房间对整个皇家乔治旅店来说就显得格外有趣。所以，另一个茶房，两个脚夫，几个女招待和老板娘就都出于偶然地在协和和咖啡室之间的走道上到处闲逛起来。这时候，一位年届六十的先生一路走过去吃早餐。他规规矩矩地穿了一身褐色套服，衣服已经磨损得相当可观，可是保管得还非常好，袖头上还带着大方翻边，衣兜上也带着大口袋盖。

那天上午，咖啡室除去这位穿褐色衣服的先生之外，没有其他任何人占用。他的餐桌拉到了壁炉跟前，他落了座，让火光照到身上，等着他的饭食。他那样一动不动地坐着，简直可以让人给他画像了。

他看上去整整齐齐，有条有理，两只手放在两个膝盖上，背心前襟里面有一只怀表大声嘀嗒作响，发出像牧师宣讲教义一样单调的声音，仿佛在以自己这份庄重悠长的声调同烧得正旺的炉火那份轻佻多变相抗衡。他的腿很漂亮，而且他颇有点儿以此自负，因为他那褐色的袜子平平展展地紧紧绷在腿上，袜子质料精细；他的鞋和鞋扣尽管普普通通，也很整齐洁净，他套了一顶柔软鬈曲有点古怪的亚麻色小假发，紧紧贴在头上。可以肯定，这顶假发是用头发做的，可是它看上去很像是用蚕丝或玻璃丝做的。他的衬衫，虽然不像他的袜子那么精细，却是白得像冲到附近沙滩的波浪顶上的浪花，或是远处海面上阳光照耀下闪闪发光的点点船帆。那顶古怪假发下面，一副惯于克制、平静的面孔，让那对

① 指英格兰北部著名煤田中心及煤炭出口港纽卡斯尔所产的煤，此煤主要通过海路运输，故名海运煤。

水灵灵的眼睛一衬托，仍然显得生动开朗。长着这样一对眼睛的人在已经流逝的岁月里想必是付出了殚精竭虑的代价，训练自己学会了台鲁森银行的人那种老成持重的表情。他脸上气色很好，虽然刻上了皱纹，却没有什么经历忧患的印记。不过很可能台鲁森银行那些受重用的单身职员通常总是为他人操心；而且二手操心很可能和二手衣服①一样，来得容易，去得也快。

劳瑞先生开头好像是一个人坐在那里让人画像，后来就陷入了沉睡。早餐送来把他吵醒了。他一边挪椅子凑上去，一边对茶房说：

“我希望做好安排接待一位年轻小姐。她今天说不定什么时候就会来。她会打听加维斯·劳瑞先生，也许她只是打听一位从台鲁森银行来的先生，那就请告诉我一声。”

“是，先生，伦敦的台鲁森银行吧，先生?”

“就是。”

“那好，先生。我时常恭候你们这些先生在伦敦和巴黎之间往来，为你们效劳。台鲁森联合银行来来往往的很多呢，先生。”

“就是。我们是个英国银行，也还真是个法国银行。”

“是的，先生。我想你不大经常这样旅行吧，先生?”

“最近好些年不了。自从我们——自从我最后一次从法国来，已经十五年了。”

“真的吗，先生? 那还是我到这儿以前呢，先生。在我们这些人到这儿以前，先生。那时候皇家乔治在别人手里，先生。”

“我想是这样的。”

“不过我敢担保，先生，像台鲁森这样一家银行，五十年前就生意兴隆了，更不用说十五年以前了，是不是?”

---

① “二手操心”原文为 second-hand cares；“二手衣服”原文为 second-hand clothes。

“你可以再加上两倍，说是一百五十年以前，那也不会差很远。”

“确实，先生！”

茶房张开大嘴，瞪着眼睛从桌子边后退了两步，把餐巾从右胳臂倒到左胳臂上，做出悠闲自在的姿势，站着观看这位客人吃喝，仿佛是站在观测台或者瞭望塔上一样。这是古往今来想不起是什么时候茶房就有的习惯，这位茶房也照做不误。

劳瑞先生吃罢早餐，就到外面海滩上信步闲游。这座狭长曲折的小小市镇，远远地躲开海滩，有一头伸进白垩质的巉岩当中，像是一只海上的鸵鸟。这海滩是层层海浪和杂陈砾石的荒滩；海是为所欲为的，而海所欲为的，就是破坏。它对着这个市镇砰訇作响，对着巉岩砰訇作响，疯狂地将海岸冲垮。那些房子中间的空气，带着那样重的鱼腥味，甚至会让人觉得有病鱼上来在里边浸泡着，就像病人下海去浸泡着一样。海港里只有小规模的捕鱼业，临到夜晚却有很多人闲游散逛，向海上张望，特别是在涨潮并将近满潮的时候。①并未做什么生意的小商小贩有时候意想不到地发了大财，而有一件事又是颇引人注意的，就是这一带没有一个人能容得下点街灯的人。

这一天，天空有时候很晴朗，足以看到对岸的法国海岸，可是过了中午以后，天空重又布满雾气和水汽，这时劳瑞先生心中，似乎也浓云密布。天黑之后，他坐在咖啡室的壁炉前，像他曾经等早饭那样等着正餐。他的思想又忙着在那烧得又旺又红的煤块里挖呀，挖呀，挖。②

正餐之后喝上一瓶红葡萄酒，对一个正在烧得通红的煤里挖着的人是毫无害处的，只不过有一点想让他歇手不干的意味。劳瑞先生优哉游哉地过了好大一会儿，他带着一种心满意足的神情，完全像一位上了年

---

① 此时正是走私者容易上岸的时候。这一段描写暗示这里多走私活动。

② 英国人有坐在壁炉边面对炉火遐想的习惯，狄更斯作品中常有这类描写，可参见《艰难时世》、《我们共同的朋友》等书；这里是一种借喻手法。

纪、气色很好的先生把一瓶酒喝到瓶底儿时，人们可以从他脸上看到的那种神情，倒出他那最后一杯酒，就在这时候，一阵吱嘎吱嘎的车轮声在狭窄的街道上响起来，又叽隆咕隆地滚到了旅店的院子里。

他放下了这杯还没沾唇的酒。“小姐[1]来了!”他说。

两三分钟之内，茶房就进来通报马奈特小姐从伦敦来了，很想见台鲁森银行来的先生。

“这么快?”

马奈特小姐已经在路上吃了点小吃，这时候什么也不要了，而且急如星火地要立即见从台鲁森银行来的先生，只要他愿意并且方便。

这位从台鲁森银行来的先生对此毫无办法，只好硬着头皮把那杯酒一饮而尽，并把他那顶古怪的小假发往两只耳朵上按了按，然后就跟着茶房到马奈特小姐房间去了。这是一间宽大阴暗的屋子，用黑色马毛呢布置得像办丧事的样子，还摆着几张笨重的暗色桌子。这些东西都上了一层又一层的油漆，一直上到屋子正中桌子上那对高大的蜡烛在每一块板面上都隐约照出了影子；仿佛它们是给埋在了深深的黑硬木坟里，不把它们挖出来，就别指望它们能发出什么光亮。

屋子里那么昏暗，什么也看不清，所以劳瑞先生一边在敝旧不堪的土耳其地毯上择路而行，一边估计马奈特小姐这会儿是在隔壁的那间屋子里，直到走过那一对高大的蜡烛，他才看到一位十七八岁的年轻小姐站在灯烛和壁炉之间的桌旁迎候他。她披着旅行斗篷，那顶旅行草帽还拿在手上，手抓着帽带。他看到一个娇小轻盈的漂亮身影，一头丰厚的金发，一双和他的目光相遇时带着询问神情的蓝眼睛，一个具有奇特功能的前额(别忘了那是多么幼嫩光滑)，它在一扬一蹙之间都不是只显出或是困惑，或是惊讶，或是警觉或者仅仅是聪敏专注的某一种表情，而是四项皆备。劳瑞先生的目光停留在这一切上面的时候，和这惟妙惟肖

---

① 原文为法文 Mam’ selle。

的一个孩子的面庞突然在他眼前闪现。那是一个大冷天，冰雹急下，骇浪滔天，他航行穿过那同一道海峡①，怀里抱着那个孩子。这酷肖的面庞一闪而过，像是一股哈气从她背后那座陈旧的穿衣镜镜面上一掠而过，这座穿衣镜的镜框上有一串好客的小爱神，有些缺头，全都瘸腿，正在向那些黑女神奉献一黑篮又一黑篮的死海之果②——于是劳瑞先生向马奈特小姐深施一礼。

“请坐，先生。”声音非常清脆悦耳，略带一点外国口音，但是确实只有很少一点。

当他再次躬身施礼，然后就座的时候，他按照老派的礼节说：“我吻你的手，小姐。”

“先生，我昨天收到台鲁森银行一封信，通知我某些消息——或者说新发现——”

“字眼儿无关紧要，小姐，这两个字眼儿都可以用。”

“——是有关我那从未见过的——故世那样久的——先父一笔不足挂齿的财产——”

劳瑞先生在椅子上挪动了一下身子，带着不知所措的神情向那一串好客的黑色小爱神看了一眼，仿佛他们那些荒唐怪诞的篮子里装着能够对人有所帮助的东西似的！

“——使得我必须得到巴黎去，在那儿和一位为这件事特意派往巴黎的先生接洽。”

“正是我本人。”

“我正是要恭听你的见教，先生。”

她向他屈膝行礼（年轻女士在那个年月都是行屈膝礼的），真心要向

---

① 指英吉利海峡。

② 17世纪法国人泰沃诺（1633—1667）在他的游记中云：死海边上长着苹果树，上结爱情果，但是果子里边全是灰烬。

他表示，她觉得他比自己的年龄智慧都高得多。他向她再施一礼。

“我答复银行，先生，既然那些知情人那样好心向我提出建议，认为我到法国去实属必要；而且因为我本是孤儿，又没有能伴随我去的朋友，如果有幸得到慨允，在旅途中能置自己于那位先生的保护之下，那我将至为珍视。这位先生事先已离开伦敦出发，不过我估计已经随后派了一位信差去，请他惠允在此一候。”

“我很荣幸，”劳瑞先生说，“能够受此重托。我将更加荣幸，如能完成这一重托。”

“先生，我对你至诚感谢，我对你感谢不尽。银行告诉我，这位先生会向我解释这件事的详情，而且具有令人吃惊的性质，我自己必须做好准备。我自己已经尽最大努力作好了准备，同时我自然怀有强烈急切的兴趣，想知道那是些什么情况。”

“自然，”劳瑞先生说。“是啊——我——”

他又把那顶鬈曲的亚麻色假发在两只耳朵上边按了按，停了一下之后又加上一句：

“真不知从哪里说起才好。”

他没有开始说，而且犹犹疑疑地迎着她的目光。那幼嫩的前额向上一扬，显出那种独特的表情——不过，它不仅独特，而且透着灵秀，富有个性——同时她举起手来，仿佛是用一个无意的动作抓住或者留住什么一闪而过的影子。

“我真是从来没见过你吗，先生?”

“难道不是吗?”劳瑞先生摊开双手，面带一种爱好反驳争辩的笑容向外伸着。

她本来一直站在椅子前面，这时心事重重地坐下来。她那眉宇之间，就在那要多精细就多精细的秀气的女性鼻梁上方，表情更加深沉了。他看着她陷入沉思，而在她再次抬起眼睛来的时候，他就继续说道：

“在你客居的国家里，我认为，把你当作一位年轻的英国小姐来称呼，是再好也没有的了。你说是不是，马奈特小姐?”

“你请便，先生。”

“马奈特小姐，我是一个办业务的人。我有一桩事务性的事情要亲自来完成。承蒙见纳，请你除了把我当作一架会说话的机器之外，不要管我别的什么——真的，除此之外我什么也不是。我想要，请你准许，给你小姐讲我们一位顾客的故事。”

“故事!”

他仿佛是故意弄错了她刚才重复了一遍的这个字眼儿，匆匆忙忙地接着说，“是的，顾客；在银行的业务上，我们通常把跟我们打交道的人叫顾客。他是一位法国先生；一位从事科学的先生；一位造诣很高的人——一位医生。”

“不是博韦①人吧?”

“嗯，是的，是博韦人。像你父亲马奈特先生②一样，这位先生是博韦人。像你父亲马奈特先生一样，这位先生在巴黎很有名。我很荣幸在那儿认识了他。我们的交往是业务上的交往，但是很密切。那时候我在我们的法国分行，而且已经——嗷！二十年了。”

“在那个时候——我是不是可以问问，那是什么时候，先生?”

“我说的是二十年前，小姐，他娶了——一位英国太太——而且我是受托人之一。他的业务，像其他许多法国先生和法国人家的业务一样，完全在台鲁森手上。以类似方式，我是，或说我一直是我们行一大批顾客这样那样的受托人。这些都不过是业务上的交往，小姐，这当中没有什么友谊，没有什么特别的爱好，没有什么类似感情的成分。在我一辈子办业务当中，我打发了一桩又一桩，就像我在一天办业务当中打

① 法国地名。

② 原文用法文 Monsieur。下文中亦有类似情况。

发了一个又一个顾客一样，简单说，我没有任何感情；我不过是架机器。不断地——"

"不过，这是我父亲的故事，先生，我渐渐想到，"——她好奇地皱起额头，目不转睛地对他看着。"我母亲在我父亲去世后仅仅两年就去世了，于是我成了孤儿，就是你把我带到了英国。我差不多完全肯定那就是你。"

劳瑞先生握住那只迟迟疑疑地伸过来信任地抓住他的手的小手，带点儿郑重的神态放到自己唇上。然后他把这位年轻小姐立即又引回她的座位，她坐着仰望他的脸，他站着俯视她的脸，这时他一直是左手扶着椅背，用右手一会儿擦擦自己的下巴，一会儿按按两只耳朵边上的假发，一会儿强调一下他刚才说的话。

"马奈特小姐，那就是我。我提到，我没有任何感情，而且我和所有我接触的人保持的交往不过是业务交往，你考虑到从那时以后我从没见过你，也就会看得出来，我刚才说的是多么真切。是没见；从那以后你一直是台鲁森银行的被监护人，而我从那以后又一直为台鲁森银行别的业务奔忙。感情！我没有时间，顾不上，也没有那种机会。我一辈子都在开一架庞大的摇钱机器，小姐。"

劳瑞先生把自己从事的日常工作这样奇怪地描述了一番之后，又用双手把他那顶亚麻色假发在头上按平(这太没有必要了，因为它本来表面就那么光亮，再也没有比那更伏帖的了)，然后又恢复了他原来的姿势。

"到此为止，小姐(正像你所说的)，这都是你那位令人惋惜的父亲的故事。现在出现了不同的情况。如果你父亲死的时候并没有真死——别害怕！你那么吃惊!"

她确实吓坏了。她用双手抓住了他的手腕。

"请，"劳瑞先生用一种抚慰的调子说着，把放在椅子靠背上的左手放在她那抓着他、剧烈地哆嗦着乞求帮助的手指上，"请控制住你自己，不要激动——这是一桩业务上的事。像我刚才说的——”

她的神态使他那样不安，所以他打住了，走了一下神，随后才又重新开始：

“像我刚才说的，假如马奈特先生没有死，假如他是突然之间无声无息地失踪了；假如他是遭人绑架；假如即使没有法子追寻，也不难猜想他到了多么可怕的地方；假如他有一个仇人，还是他的某一个同胞，在海那边，他能够行使我平生所知胆大包天的人也不敢悄声提起的一种特权，比如说，一种填写空白捕票，随便把人投入监狱，一关就是多少年，使人湮没无闻的特权①；假如他妻子乞求国王、王后、朝廷、教会，想得知一点他的音信，但都是徒劳；——那么，你父亲的身世，或许就是这位不幸的先生、博韦的那位大夫的身世。”

“我求你再多讲讲，先生。”

“我很愿意，我就要往下讲，你受得住吗?”

“只要你不像这会儿这样把我弄得疑惑不定，我什么情况都经受得住。”

“你说话很镇静，而且你——是很镇静的。那好!”（尽管他显得并不像他说的那么放心。）“这是一桩业务上的事。请把这当作一桩业务上的事——一笔非办成不可的业务。那么假如这位大夫的妻子，尽管是一位勇气十足、十分坚毅的太太，在她的小孩出生之前因为这些事受了那么剧烈的折磨——”

“这个小孩是个女儿，先生。”

“是个女儿。一——一桩业务上的事——不要难过。小姐，假如这位可怜的太太在她的小孩出生之前受到了那么剧烈的折磨，因此她下定决心尽量让这个可怜的孩子不要一出生就继续遭受任何一点她已经饱尝的痛苦折磨，从小就教育她，让她以为她父亲死了——别，别跪下！老

① 这是当时法国国王赐予法国一些权贵的特权。

天爷，你干吗要对我下跪!”

“因为你讲了真情。啊，诚恳好心的先生，因为你讲了真情!”

“这是——一桩业务上的事。你把我弄得心慌意乱，假如我心慌意乱，我还怎么办业务呢？让咱们的头脑清醒清醒，要是可以烦你现在说一说，比如九乘九便士是多少，或是二十个畿尼[①]是多少先令，那会大有好处，我也就会对你的神志放心多了。”

他十分轻柔地扶起她之后，她一动不动地坐着，没有直接回答这一请求，而那双抓住他手腕一直没有放开的手，比刚才更是紧紧地抓住不放。这样一来，她就使得加维斯·劳瑞先生有些放心了。

“这就好了，这就好了。鼓起勇气来！这是业务！你眼前摆着业务，有利的业务。马奈特小姐，你母亲对你抱定了这样一个宗旨。直到她死的时候——我想是心碎了——始终没有放松到处寻找你那找不到的父亲，她撇下你，才两岁大，希望你长得如花似玉，无忧无虑，希望你的生活不要因为无法确定你父亲是很快就在狱中耗尽心力，还是在那里年复一年地虚掷光阴而蒙上阴霾。”

他说这番话的时候，又赞羡又怜惜地俯视着那披散着的金黄色头发，仿佛是在想象它也许已经染上了灰色。

“你知道你的父亲并没有大笔财产，而且他所有的，已经指定给了你们母女俩，到现在并没有新发现什么钱财或其他什么财产，但是——”

他感到他的手腕给抓得更紧了，就不再说下去。她前额上曾经那样吸引他注意的表情这时固定不动了，而且变得更加深沉，成为一种痛苦和恐怖的表情。

“但是他已经给——给找到了。他活着。大大变了样，这太有可能了；几乎心碎身残，这也有可能；不过我们还是朝最好处着想。还算活着。你父亲已经给人带到巴黎一个过去的仆人家里，而且我们就要到那

---

① 旧英国金币。

里去：我呢，去认出他来，只要我能做到；你呢，去使他重新得到生命、情爱、孝敬、将养、安慰。”

一阵战栗传遍她的全身，而且从她身上传到他身上。她用一种低沉、清晰而又敬畏的语声说：

“我要去看他的鬼魂！那是他的鬼魂——不是他！”仿佛她是在梦中说的这番话。

劳瑞先生不声不响地摩挲着那双抓住他胳臂的手。“好啦，好啦，好啦！你看！你看！现在最好的和最坏的都让你知道了。你到那位受屈含冤的可怜先生那儿去，已经走了一大段路。而且经过一段顺风的水路和一段顺利的旱路，你就会很快地到他本人身边了。”

“我一向自由自在，我一向无忧无虑，他的鬼魂还从来没有找过我呢！”她用同样的口气一遍又一遍地这样说，声音渐渐轻得成了耳语。

“就剩下一件事了，”劳瑞先生加重了说话的语气，作为一种促使她注意的妥善办法。“找到他的时候，他叫的是另外一个名字；他自己的名字，早就给忘记或是早就给隐瞒起来了。我们要是打听他的名字，那不仅无益，反而有害；要是追问他这些年是无人过问，还是给人故意长期囚禁着，那也不仅无益，反而有害。我们要是刨根问底，那不仅无益，反而有害，因为那会很危险。最好不管在什么地方也不管用什么方式都不要提这件事，不论怎样，哪怕是暂时的，也得把他从法国转移出去。即使我，因为是英国人，安全有保障，而且即使是台鲁森银行，对法国的信贷关系那样重要，都绝口不提这件事。我没有带明文谈到这件事情的片言只字。这从头至尾是一桩秘密的服务项目。我所有的凭证、账目、备忘录，全都包罗在‘起死回生’这一句话里，这可以表示任何方面的意思。可是，怎么回事啊！她一点儿也没留神听！马奈特小姐！”

完全没有一点动静和声音，甚至也没有仰倒在椅子里，她在他的手下边坐着，一点知觉也没有；眼睛大睁着，紧紧盯在他身上，额头还带着刚才那种表情，看上去仿佛是雕刻上或是打印上去的一样。她紧紧地抓着他的胳臂，这使他都不敢抽身躲开了，唯恐那样会伤着她；因此他高声喊人来帮忙，自己却动也未动。

一个样子粗野的女人赶在旅店的茶房之前跑进了屋子，劳瑞先生虽然心急如焚，也还是看出她浑身通红，还长着红色的头发，穿着有些奇怪的紧身式样的衣服，还在头上戴了一顶极其惊人的软帽，就像是近卫军的木头量杯，而且还是个分量十足的量杯，或是一大块斯梯顿干酪①，她那只古铜色的手朝他当胸一掌，就打发他飞快地脊背贴在了离他最近的一堵墙上，这样一下子就解决了使他挣脱开那位可怜的年轻小姐的难题。

（“我真以为这一位必定是个男人!”劳瑞先生正往墙上贴的时候，气喘吁吁地这样想。）

“唉，看看所有你们这帮人!”这一位大声吆喝，叫着旅店里的侍役。“你们站在那儿盯着我干嘛？还不去拿东西来？我有那么多可看的，嗯？干吗不去拿东西来？你们要是不快点拿嗅盐、凉水和醋来，我就要叫你们领教领教，快，我会这么干的!”

侍役们立即分头去取各种兴奋剂，她于是把病人轻轻放在一张沙发上，极其熟练而又温柔地照料她，管她叫“我的宝贝!”、“我的小鸟!”还得意洋洋而又小心在意地把她那金黄色的头发披散在她肩头。

“喂，你这个穿褐色衣服的!”她义愤填膺地转过身来对劳瑞先生说，“难道你对她说那些非告诉她不可的事情时，就非把她吓死过去不成？看看她，小脸煞白，两手冰凉。你就管这叫‘银行家’呀？”

劳瑞先生让这个难以答对的问题弄得窘迫万状，他只好怀着已经淡薄得多了的同情和谦卑，远远站在一边观看，而这位健妇，说了一声如果这些旅店侍役再站在那儿傻盯着她，她就要“让你们领教领教”这样一种不可思议的惩罚，并没提究竟是什么，就把他们打发走了。然后她

---

① 一种上等干酪，以在英国亨丁顿的斯梯顿畅销而得名。

继续按部就班，有条不紊地干起她的活儿来，把小姐搭拉着的头靠在她自己的肩头，拍她哄她。

“我想她马上就会好了。”劳瑞先生说。

“就是好了，也一点儿都不感谢你这个穿褐色衣服的。我亲爱的小美人儿。”

“我想，”劳瑞先生怀着一种隐约的同情和谦卑又停了一会儿说，“是你陪马奈特小姐到法国去吧?”

“那也是可能的事!”这个健妇说，“既然打算让我过海，难道你还以为老天爷就注定了要让我呆在一个岛上吗?”

这又是一个难以答对的问题，加维斯·劳瑞先生只好退出去考虑了。

第五章　酒　　铺

一个装酒的大木桶掉在当街砸碎了。这个事故是在从大车上往下卸桶的时候发生的；酒桶从车上颠下来，轱辘了一下，桶箍都松开了。酒桶正好轱辘到酒铺门前那些石头上，像核桃壳一样碰碎了。

附近一带忙活着的人也不忙活了，闲呆着的也不闲呆了，所有人都涌到这地方来喝酒。街上的石头高低不平，棱角不齐，东倒西歪地铺着，让人觉着是故意弄成这样，好把所有踏在上面的活物拐瘸。这些石头把酒圈成了一个一个小小的水洼，每个水洼周围，依水洼的大小而定，挨挨挤挤地围着一伙伙、一堆堆的人。一些男人跪在地上，用两只手捧着呷酒，或是乘酒还没有全从指缝中间流下去的时候，帮着从他们肩膀上伸过头来的女人呷酒。另外一些人，有男有女，用破破烂烂的土陶杯子舀，甚至用女人头上摘下来的头巾蘸，然后往小孩子们的嘴里挤；有些人看到酒流走了，就堆起一道小土岗把酒挡住；有些人按照高处窗口上旁观者的指点左突右撞，把刚开始朝另一些方向流的一小股一小股酒截住；有些人则一个劲儿在那些让酒泡湿了、染上了酒渣颜色的木桶碎片上面舔，甚至还津津有味地嚼那些让酒沤得烂糟糟、湿漉漉的木桶片。这里没有排水沟让酒流走，但却不仅所有的酒都被舀得精光，而且就是烂泥也连同那些酒一起被收拾干净了，所以如果说大街上来过一个清道夫，即使是个熟悉这条大街底细①的人，对此奇迹也会信以为真。

在这个抢酒喝的游戏继续进行当中，街上响彻了男男女女还有小孩大笑逗乐的喧哗。这种消遣并不算怎么粗俗野蛮，倒是非常滑稽有趣。其中包含着一种特别的亲善友爱，一种明显可见的人人都想和他人打交道的意愿，特别是那些运气更佳或是心情更好的人还因此嬉笑拥抱，彼此祝酒，相互握手，甚至十几个人手拉手地跳起舞来。等到酒已精光了，那些一度美酒流溢的地方都让手指头耙成横七竖八的方格子，这些表演就消失了，正像它们出现时一样突然。那个男人，刚才把锯扔在了他正锯着的木柴中间，这时又锯了起来；刚才那个妇人把一小盆热炭扔在了台阶上（她本来是想用这个暖暖自己或是孩子冻坏的手指和脚趾的），这时又回到了那里；那些赤着胳臂，披头散发，面色苍白的男人，刚才从地窖子里钻出来，出现在冬天的阳光下，现在又躲开钻下去了；幽暗阴郁又笼罩了这个地方，看来，对这种地方，幽暗阴郁比灿烂阳光更加协调自然。

这酒是红葡萄酒，在巴黎圣安东区②狭窄街道上洒出来，浸染了那里的地面。这酒也浸染了许多手，许多脸，还有许多赤脚，而且还有许多木屐。那锯木男人手上的红色印在了木头上；那哺育婴儿的妇人把染

---

① 指这里的街道向无清道夫打扫。

② 为巴黎极穷困之一近郊工人区，地近巴士底狱。它是以基督教信徒圣安东命名的。

上红色的旧包头布又缠到头上的时候，把红色印在了额头。那些将酒桶碎片贪婪咀嚼的人，满嘴像老虎吃了活物一样染得通红；一个爱开玩笑的大汉染了个一塌糊涂，大半个脑袋都露在睡帽那高高的帽筒外边，在一堵墙上，用手指蘸了和着泥的酒渣子涂了个字——“血”。

总有那么一天，那种酒也要流到铺路石上，那种酒也要把那里很多东西染红。

倏忽即逝的一缕微光曾将圣安东圣颜上的乌云驱走，如今，乌云重又笼罩了圣安东区。这里黑暗浓重——寒冷、肮脏、疾病、愚昧、贫困，就是侍奉这位圣者的老爷，他们都是有权有势的华族贵胄，而那最后一位尤为显赫。一个民族，曾经令人毛骨悚然地在磨盘上磨来磨去，受尽折磨，这当然不是寓言中那个把人磨得返老还童的磨盘①，他们当中各式各样的人在各个角落里瑟瑟发抖，在每个门口进进出出，从每扇窗口窥伺张望，在每件让风吹得飘来荡去的破袍子片里心神不定。那把他们折腾得精疲力竭的磨盘，是把青年磨老的磨盘；孩子们面目苍老，声音悲怆；在他们身上，在他们苍老的脸上，在每一道岁月犁出的旧纹新皱里，都是“饥饿”的标记，到处都是“饥饿”横行。“饥饿”给赶出了高楼大厦，钻进挂在竿子和绳子上的破衣烂衫；“饥饿”同草秸、破布、木片、纸屑一起把这些衣衫补缀起来；“饥饿”附在那锯木人锯子下面的每一块小小的木柴上；“饥饿”从断了炊烟的烟囱上目不转睛地俯视，沿着污秽的街道起步，那里的垃圾堆中，没有一点可以充饥的残渣余屑。“饥饿”镌刻在面包铺的货架上，写在它那货存匮乏的每一小块发霉变坏的面包上；在腊味铺里，写在每一份专供出售的死狗肉制品上。“饥饿”这副枯骨架子在滚筒里的炒栗子中间吱嘎作响；“饥饿”碾成了颗粒粉末，撒在每一小盘仅用难得的几滴油煎过的带皮土豆片里。

---

① 这是欧洲流传的有关返老还童传说中的一种。

它在一切与它鱼水相得的地方流连不去。一条狭窄弯曲的街道，充满罪过和恶臭，与其他一些狭窄弯曲的街道纵横交错，到处都是穿着破衣烂衫，戴着睡帽的人群，并且到处都是破衣烂衫和睡帽的臭味，而所有看得见的东西都以阴凄凄的眼光看着这些面带病容的人。即使在走投无路的神色中，也还有一种困兽犹斗的想法。尽管他们无精打采，羸弱不堪，他们当中仍然不乏冒火的眼睛，不乏紧闭得发白的寡言罕语的双唇，也不乏拧成像是他们就要引颈自受或使人受刑的绞索似的眉头。商业招牌(它们几乎和店铺一样多)全都是表示“匮乏”的丑恶图画。屠夫肉商涂抹的只是瘦骨嶙峋的带骨肉；面包师傅涂抹的是粗粝不堪的一点儿面包。信手乱画出来的酒铺里的酒客，对着盛有寡酒的小酒杯大发牢骚，在一起蹙眉低语。除了家什和武器，任何东西都显得不景气；但是，刀具商的刀斧刃利锋亮，铁匠的锤子结实沉重，枪械匠的枪杆杀气腾腾。拐角的石头路面，到处是泥坑水洼，根本没有人行便道，都是径直对着各家门口。流水沟为了弥补这种不便，直通到街心——不过是在它真流水的时候，这得是暴雨过后，此时它就像莫名其妙地抽起风来似地，一股一股涌进各家屋子里。从条条长街的一头到另外一头，每隔很远，有一盏粗陋的街灯，用绳子和滑轮吊着；到了晚上，点灯的人把这些灯放下，点着，再把它们吊上去，一束微弱的灯光就在头上半死不活地摇来晃去，仿佛是在海上。它们确实是在海上，而那只船和全体船员正面临风暴的危险。

那一带这些褴褛憔悴的吓鸟草人无精打采、饥饿难挨，看着点灯的人已经看了那么长时间，总有一天他们会看着看着想起了要改进他的点灯方法，用那些绳子和滑车把许多人吊起来，好把他们那暗无天日的生活照亮。但是现在这一天还没有到。每一阵掠过法兰西的风虽然把这些草人的破衣烂衫吹得翻飞抖动，也是枉然，因为歌喉宛转、羽毛丰美的鸟儿并不听从警戒和教训。

这家酒铺设在街拐角上。外表比大多数别家酒铺都像样，等级也高些，酒铺老板早就站在门外，穿着黄背心，绿马裤，看着大家争先恐后争着喝那些洒出来的酒。“这不是我的事儿，”他最后耸了耸肩膀说。“这是市场的人弄的。让他们再送一桶来。”

他的目光突然碰上了正在那儿涂写戏语的那个爱开玩笑的大汉，就隔着马路叫他：

“喂，我说加斯帕，你在那儿干吗?”

那家伙意味深长地指着他的玩笑话，像他们那一伙人常有的那样。玩笑没开到点子上，而且彻底失败了，这也像他们那一伙人开玩笑常有的那样。

“怎么回事，你是不是打算进疯人院?”酒铺老板说着，穿过了马路，特意抓起一把泥糊在这个开玩笑写下的字上，把它涂掉。“你干吗在当街写字? 难道——你告诉我——难道就没有别的地方好写这种字了?”

他在这样规劝当中，用那只干净的手在爱开玩笑的人心口上点了点（也许是无心，也许是有意），爱开玩笑的人用自己的手拍了拍这只手，轻轻巧巧地往上一跳，用一个滑稽的舞蹈动作落了下来，就把一只染脏了的鞋从脚上甩到手里，伸了出来。在那种情况下，看得出来此人特别会开恶作剧式的玩笑，但还不能算是凶狠恶劣的玩笑。

“穿上，穿上，”那一位说。“打酒，打酒，就在那儿喝干。”他这样劝说着，把自己的脏手在爱开玩笑的人穿的那样一件上衣上擦干净。他完全是故意这样做的，因为这手是由于这个人的缘故才弄脏的；后来他又穿过马路，进入酒铺。

这位酒铺老板三十来岁，是个粗脖子、雄赳赳的汉子，而且似乎脾气火暴，因为尽管严寒刺骨，他还没穿上装，而只在肩膀上搭着一件。他的衬衫袖子也往上卷着，褐色的胳臂光到胳膊肘。他头上除了满头浓密鬈曲的黑色短发之外，没有任何东西。他的肤色、眼珠等无一不是深颜色的，眼睛长得很好，两眼距离宽窄合适，整个看来性格不错，但也并不饶人；很显然，这是一个刚强果断、目标坚定的人；一个你在两边都是深渊的羊肠小道向下冲跑之时，最好不要与他狭路相逢的人，因为无论什么也不会让这个人回头。

他走进铺子里的时候，他妻子德发日太太正坐在柜台里面。德发日太太是个粗壮妇人，年龄和他相仿。她眼神警觉，看上去却似乎什么也没有看，一只大手上沉甸甸地套着指环，表情稳重，面相坚定，举止沉着。德发日太太身上有这么一种特点，让人可以依此断定，由她掌管的任何一笔账目都往往是不会出错，使她自己吃亏的。德发日太太对寒冷很为敏感，裹着毛皮衣服，还用一大块鲜艳的披肩围着头颈，不过还不至于把她的一对大耳环遮住。她的毛线活就在眼前，但是她把它放下了，拿着一根牙签剔牙。德发日太太用左手支着右胳膊肘这么干着，她的夫主走进来的时候，她只轻轻干咳了一声，什么话也没有说。这一声咳嗽，连带牙签上方她那界线分明的浓眉微微向上挑了挑，就暗示了她丈夫得好好在铺子里的酒客中间察看一番，因为就在他过马路的时候，有新客进来了。

酒铺老板于是用眼睛四处打量，最后眼光停留在一位年长的先生和一位年轻小姐的身上，他们坐在一个角落里。酒铺里还有其他人：两个在打扑克牌；两个在玩多米诺骨牌；三个站在柜台旁边，一点一点地呷着那一点点酒。他走到柜台后面的时候，注意到那位年长的先生对那位年轻小姐用眼睛示意，“这就是咱们要找的人”。

“你们他妈的跑到那个地方干嘛?①”德发日先生自言自语道，“我可不认识你们。”

可是他假装不去注意这两个生客，一心和柜台那儿喝酒的一伙三位酒客攀谈。

---

① 此话出自莫里哀的《司卡班的诡计》第 2 幕第 11 场，原为“他妈的跑到那条船上去干什么”，后在英语里也成习语。

“怎么样，雅克[1]?”三人当中的一个问德发日先生。“洒了的酒都吞下去了吗?”

“一滴不剩，雅克。”德发日先生回答。

等到这样互称教名完毕，德发日太太用牙签剔着牙，轻轻干咳了一声，又微微挑了挑眉毛。

“这些可怜虫，”三人当中的另一个对德发日先生说，“除了黑面包和死之外，还真不常尝到酒味儿或别的什么味呢。是吧，雅克?”

“是这么回事，雅克。”德发日先生答道。

在这样第二次互称教名的时候，德发日太太仍然泰然自若地摆弄着牙签，轻轻干咳了一声，又微微挑了挑眉毛。

这三人当中的最后一个放下空酒杯，咂着嘴唇，这时才开言说道。

“唉！越来越糟。这些可怜的东西嘴里尝的总是苦味儿，他们过的总是苦日子，雅克。我说的对吧，雅克?”

“说得对，雅克。”德发日先生这样回答。

这第三次互称教名刚完，德发日太太就把牙签放在一边，眉毛一直挑起，在座位上窸窣作响。

“行了！没错!”她丈夫咕噜了一句。“先生们，这是我太太。”

这三个酒客对着德发日太太摘下帽子，摇晃了三下。她一低头，很快向他们扫了一眼，答谢他们的致意。随后她小心谨慎地环视了一下酒铺，带着一种不慌不忙的神气拿起毛线活，聚精会神地织起来。

“先生们，”她丈夫说，他的眼睛一直留神地瞅着她那边，“日安，我出去那阵儿你们正在打听的，说想看看并且订下的那个单人带家具房间就在六楼，楼梯口正对着这里紧靠左面的小院，”他用手指了指，“离我这所房子的窗户很近。可是我这会儿想起来了，你们有一个

---

① 14世纪法国农民暴动时，贵族称农民领袖为雅克·博诺姆，从此雅克成为对农民的习惯称呼。此处为法国大革命时期革命者互称的暗号。

人到过那儿，他能带路。先生们，再见！”

他们付了酒钱，离开了这地方。那位年长的先生从他那个角落里走上前来，请求赏光跟他说句话。这时候，德发日先生一直看着他那位织毛线活的太太的脸色。

“遵命，先生，”德发日先生说，然后一声不响地随同他走到门口。

他们的交谈十分简短，但是十分干脆。差不多刚听到第一个字，德发日先生便吃了一惊，然后就变得十分专注。没过多一会儿，他就点点头，走了出去。于是那位先生就招呼那位年轻小姐，随后他们也出去了。德发日太太飞快地织起毛线活来，不再挑眉毛，也什么都不看了。

加维斯·劳瑞先生和马奈特小姐就这样从酒铺里出来，在楼梯口那里赶上了德发日先生，就在刚才他指给他那一伙人的地方。这门口开在一个臭烘烘、黑黢黢的小院里，是住了好多人的一大堆房子的公用总通道。通向灰暗的铺砖楼梯的灰暗铺砖过道里，德发日先生对他过去主人的孩子单腿跪下，把她的手放在唇边①。这本是一个温文的动作，但却做得一点也不温文。顷刻之间，他身上起了一种非常明显的变化。他脸上已没有一点温和善良的样子，也没有任何一点坦白直率的痕迹，而变成了一个心怀隐秘、怒气冲冲的危险人物。

“楼层很高，上起来有点儿费劲，开始最好慢点儿。”他们开始上楼梯的时候，德发日先生这样对劳瑞先生厉声说。

“他独自一人吗？”劳瑞先生悄声问。

“一个人呗！让上帝保佑那个竟然会跟他在一起的人吧！”这一位用同样低的声音说。

“那么，他总是独自一人了？”

“嗯。”

“是出于他本人的心愿吗？”

---

① 这是当时卑者对尊者行的礼节。

“是出于他本人的需要。因为我头一次看见他的时候他就是这样，那时候他们找到我，问我是不是愿意冒着风险，小心在意地把他带走——他那时候什么样，现在还是什么样。”

“他大变样了吗?”

“变了!”

酒铺老板站住了，用手捶了捶墙，咕噜出一句很厉害的脏话。任何直接的回答都不可能有这话的一半那么厉害。劳瑞先生和他的两个同伴越上越高，他的心情也越来越沉重了。

这种楼梯，连同它那些附加设备，在巴黎那些较为古老拥挤的地区，现在得算是够坏的了；而在那个时代，对于尚未见惯也未僵化的感官来说，则确是糟糕透了。家家户户都住在一幢像个奇臭无比的大窝似的高楼里，这就是说，那些单间房或单元房的门都直通一个总楼梯——他们除了把一部分垃圾从自家窗口倒下去之外，还在自家门口堆着垃圾。大股腐臭就这样不断产生，无法控制，无法根除，即使穷困和赤贫没有把它们那看不见嗅不到的肮脏和它混在一起，这种腐臭也足以污染空气了；而这两股不洁的源泉合到一起，则简直令人难以忍受。这条路就是穿过这样一种空气，沿着肮脏有害、又陡又暗的阶梯向前伸延。加维斯·劳瑞先生不禁越来越心烦意乱，他那位年轻的同伴不禁越来越紧张激动，因此只得站住休息了两次。每次都是停在一扇格子窗旁边。这种窗户可真令人伤心，任何一点剩下没变味的好空气似乎都经过这里逃之夭夭了，而所有腐败变质、令人作呕的湿气却似乎都经过这里缓缓爬进。透过那些生锈的铁栅杆，不用眼看，光凭气味就可以感到附近一带杂乱无章。在比圣母院两个高塔楼尖顶更近、更低的范围之内，毫无健康饱满的生机或是朝气蓬勃的希望。

楼梯顶层好不容易才到了，他们第三次停了下来。要到那间阁楼，还得爬一段更陡更窄的楼梯。这位酒铺老板，一直是稍稍走在前边一点儿，而且总是走在劳瑞先生走的那一边，仿佛他唯恐这位年轻小姐问他什么问题，到了这里，他转身仔细摸索着搭在肩膀上的衣服口袋，拿出一把钥匙。

“这么说门是锁着的了，我的朋友?”劳瑞先生惊诧地问道。

“嗳，就是。”这就是德发日先生冷冰冰的答话。

“你是不是觉得必须把这位不幸的先生这样幽禁起来?”

“我觉得必须拿钥匙开锁。”德发日先生凑近他的耳边，使劲皱着眉头轻声说。

“为什么?”

“为什么！因为他给锁着过了那么长的年月，所以要是他的门开着，他会吓着——乱喊乱叫——把自己撕扯得一塌糊涂——一命呜呼——还有什么我也说不上的灾难。”

“这怎么可能!”劳瑞先生惊呼。

“这怎么可能?”德发日沉痛地重说了一句。“可能。我们既然生活在这样美好的一个世界上，这就有可能，还有很多别的这类事情也有可能，并且不但可能，还发生了——发生了，懂吧!——就在那青天白日之下，每天都有。魔鬼万岁。咱们还是接着走吧。”

这一席对话是用那么低的耳语说的，所以一个字也没有传进那位年轻小姐的耳朵里。但到了这时候，她激动得那样厉害，浑身战抖不已，脸上显得那么急切焦虑，尤其是那样畏惧惊恐，因此劳瑞先生觉得，他义不容辞地要说一两句话来使她宽心。

“鼓起勇气来，亲爱的小姐，鼓起勇气来！办业务！最糟糕的一会儿就过去了；只不过跨过屋门就是了，然后最糟糕的一下就过去了。随后，你给他带来的一切好处，你给他带来的一切解脱，一切幸福，就开始了。让咱们这儿的这位朋友在那边帮助你。这就好了，德发日老兄。来吧，赶快。这是办业务，办业务!”

他们慢慢地、轻轻地往上走。这一截楼梯很短，他们很快就到了顶上。因为那地方有个急转弯，他们一眼就看见了三个人，他们低着头，紧紧凑在门旁，透过墙缝或窟窿，目不转睛地往这扇门后的屋子里边看。这三个人听到脚步声到了跟前，就转过身，站直了，这才让人看出来，他们就是在酒铺喝过酒，叫同一个名字的那三个。

“你们出人意料地来访，让我把他们忘了，”德发日先生解释道。“躲开我们，好小子们，我们在这儿办业务。”

这三个悄悄躲开，不声不响地下去了。

这层楼看来没有其他门，等到就剩下他们的时候，酒铺老板径直走向这扇门，劳瑞先生微带愠怒，轻声问他：

“你把马奈特先生当作一件展览品了?”

“我是用你刚才看到的这种方式展览，只给经过选择的少数人看。”

“这样合适吗?”

“我觉得这样合适。”

“这少数人是什么人？你怎么样选择他们?”

“真正的人，和我叫一个名字的人——我叫雅克——看一看对他们可能有好处。够了，够了，你是英国人，可那是另一码事儿，请你们在那儿等一小会儿。”

他打了一个手势，告诫他们留在后面，然后弯下腰，透过墙上的裂缝往里看。他很快又抬起头来，在门上拍了两三下——很显然这只是要弄出声音而没有其他意图。也是为了同样的目的，他把钥匙在门上划了三四次，才笨手笨脚地把它插到钥匙孔里，尽可能使劲地转动。

门在他手下慢慢朝里打开了，他看着屋里，说了句什么话，一句微弱的声音回答了句什么话。彼此说的都不超过一个字。

他回过脸来，示意他们进去。劳瑞先生用他的胳臂牢牢搂着这个女儿的腰，支撑着她，因为他发觉她正在往下倒。

“办业务，办业务，”他催促着，却有并非出于办业务的某种潮乎乎的东西在他脸颊上晶莹闪亮。“进来，进来!”

“我怕，”她哆哆嗦嗦地答道。

“怕？怕什么?”

“我是指怕他，怕我父亲。”

她既然是这个样子，给他们引路的人又在招呼他们，劳瑞先生就给逼得无可奈何了。于是他把在他肩膀上哆哆嗦嗦的那只胳臂拉过来，搂住他的脖子，再把她稍稍提起来一点儿，催她走进屋去。他一进门口就把她放下来，她紧靠着他，他扶着她。

德发日抽出钥匙，关上门，在里面把门锁上，又抽出钥匙，拿在手上。他有条不紊地做完这些事；还尽可能同时弄出响得刺耳的声音。最后，他小心迈着步子走到屋子那一头有窗户的地方。他停在那儿，转过身来。

这间阁楼，是当作存放木柴之类东西的贮藏室建造的，又黑又暗。因为那个屋顶窗式样的窗户，实际上是开在房顶上的一个门，上面装了一个小吊车，好从街上往里面吊东西。上面没安玻璃，分两扇在中间关着，就像法国建筑上所有其他门一样。①为了御寒，这门有一半关得紧紧的，另一半只开了小小的一道缝。光线由于这样一种情形进来得很少，所以刚走进来的时候，很难看清什么东西；而不管是谁，只有长期待在里面习以为常了，才能养成在这种晦暗不明的条件下从事要求精致细微的工作的习惯。然而，这样的工作还是正在这间阁楼里做着；因为一个白发苍苍的人背对着门，脸朝着酒铺老板站在那儿看他的那个窗户，坐在一个小板凳上，正在匆匆忙忙埋头做鞋。

第六章　鞋　　匠

“日安!”德发日先生朝下看着那埋头做鞋的白发老人说。

---

① 法国式建筑多为双扇门；英国式为单扇门。

他抬了抬头，回答了一声“日安!”声音十分微弱，仿佛是从远处传来。

“我看，你还干得挺起劲儿呢?”

静默了很久，那头又抬了抬，那声音答道：“是——我正在做活。”这一次，那对枯瘪凹陷的眼睛看了看发问的人，然后才又低下头去。

那声音微弱得可怜而又可怕。这种微弱，并不是体力衰竭所致；固然，幽囚监禁，食物粗劣无疑也是原因之一。这声音令人感到特别凄惨可悲，就在于它是由于孤栖独处，言语久废而变得微弱。它像是很久很久以前发出的声响最后一丝轻微低弱的回音余韵。这声音完全失去了人类声音中那种活力与底气，使人感到仿佛是一度娇艳的色彩渐渐褪得只剩下一点点淡淡的渍痕。这声音那么低沉压抑，仿佛来自地下深处。这声音把一个今生无望、来世无救的可怜人的绝望之情表达得淋漓尽致。一个饥肠辘辘的游子，独自踯躅荒野，精疲力竭，他在倒卧待毙之时，就会发出这样的声调怀念骨肉亲朋。

他又不声不响地做了几分钟活，然后那对干瘪凹陷的眼睛又抬了起来，不带任何兴趣和好奇，只有一种呆板机械的直觉，意识到的只是这唯一的来访者所站的地方还没有空出来。

“我想要，”德发日说，他的眼光一直没有从鞋匠身上挪开，“让这儿多照进一点儿阳光，稍微亮一点儿，你受得了吗?”

鞋匠停下活计，用仿佛在倾听什么的那种茫然神情看看他身子这边的地，又用同样的神情看看他身子那一边的地，然后又抬头看说话的人。

“你说什么?”

“稍微再亮一点儿，你受得了吗?”

“你要是让亮光进来，我就得受。”（说到“就得”这两个字的时候，微弱无力地加重了一点语气。）

原来就开着的半截门又开了一点儿，然后就在那个角度上停住了。一大片阳光从上边射进了阁楼，照见这个做活的人，膝上放着一双没缝完的鞋，中途停下手里的活计。他那几种普通的工具和各式各样的碎皮子放在脚旁边和板凳上。他长着白胡子，剪得参差不齐，但是并不太长。他面庞干瘪，目光灼灼。那对眼睛，在仍然很黑的眉毛和乱作一团的白发下面，让那干瘪枯瘦的面庞一衬托，即使原来不大，也会显着很大，更何况它们天生就大，因此这时就显着大得很不自然。他那褴褛的黄衫敞着怀，使人看到他那又瘦又弱的身躯。他这个人，他那件旧帆布褂子，他那双松松垮垮的袜子，他所有破烂不堪的穿着，因为长久幽囚，不能直接见到阳光和空气，全都已经退色，一律变成了羊皮纸似的黄色，简直难以分清什么是什么了。

他用一只手遮住眼前的阳光，手上连骨头仿佛都是透明的。他就这样坐着，一动不动地茫然注视着一个地方，停下活计。他每次看眼前的人影，总是先低头看看自己的这一边，再看看那一边，仿佛他已经失去循声觅迹的习惯；他每次说话，总是先这样盲目地折腾一番，连要说话也忘了。

“你今天要做完这双鞋吗?”德发日问，打手势叫劳瑞先生走上前来。

“你说什么?”

“你打算今天做完这双鞋吗?”

“我说不上是不是打算，我想是吧。我也不知道。”

不过这一问，让他想起了他的活计，于是他又埋头做了起来。

劳瑞先生不声不响地走上前来，把那个女儿留在门那儿。他在德发日旁边站了一两分钟，鞋匠抬头看了看。他看到又来了一个人，毫无惊讶的表示，但是他看他的时候，他一只手上那些瑟瑟发抖的手指不知怎么伸向了嘴边(他的嘴唇和他的指甲同样都是铅灰色的)，然后那只手又落在活计上，于是他再次埋头做鞋。那种表情和动作只占了一会儿工夫。

“你看，有人来看你了，”德发日先生说。

“你说什么?”

“有个客人。”

鞋匠又像以前那样抬头看，但是没有把手从活计上拿开。

“你看!”德发日说，“这位先生一眼就能看出鞋做得好坏。把你正做着的那只鞋给他看看。先生，把那只鞋拿过来。”

劳瑞先生把鞋拿在手里。

“告诉这位先生，这是哪一种鞋，还有做鞋人的名字。”

鞋匠回话比前几次隔的时间长。

“我忘了你问我什么了，你说什么来着?”

“我说你能不能说明鞋的种类，好让这位先生了解。”

“这是一只坤鞋，这是一只年轻小姐太太穿的休闲鞋。这是时新式样的。我从没见过这种式样。我手头有个样子。”他看了那只鞋一眼，露出一点倏忽即逝的得意之色。

“那么做鞋人的名字呢?”德发日问。

现在他没有活计可拿，就把右手指节放进左手手心里，然后又把左手指节放进右手手心里，然后又用一只手从这边到那边把长满胡子的下巴摸一下，就这样循环往复，一刻不停。他经常说完话就陷入茫然状态，把他从茫然中唤醒，就像是把一个气息奄奄的人从一阵晕厥中唤醒一样，或者说像是力图挽留一个处在弥留之际的人的灵魂，希望他能最后道出某些秘密。

“你是问我的名字吗?”

“不错，我问过。”

“北楼一百零五号。”

“就这些吗?”

他发出一种疲惫的声音，既非叹息，又非呻吟，又重新埋头做活，直到又有人打破沉默。

“你不是职业鞋匠吧?”劳瑞先生紧紧盯着他问。

他那对干瘪凹陷的眼睛转向德发日，仿佛把这个问题转给了他；但是因为从他那个方面得不到任何帮助，那对眼睛又向地上搜寻，然后才回到发问人的身上。

“我不是职业鞋匠？对呀，我过去不是职业鞋匠。我——我在这儿学的。我自己学的。我请求准许我——”

他又走神儿了，竟达数分钟之久，在整个这段时间里，两手都周而复始地做前边那些动作。他的眼光终于又慢慢回到刚才他茫然注视的那张脸上。眼光停留在那张脸上的时候，他吃了一惊，于是又接着说话，就像是刚刚睡醒的人，又想起了昨夜的梦境。

“我请求准许我自己学，过了好长时间，费了很大劲儿，我才得到许可，从那以后，我就一直做鞋。”

他伸手取回从他手里拿走的鞋，这时，劳瑞先生仍然紧盯着他的脸问：

“马奈特先生，你一点儿也不记得我了吗?”

鞋掉在了地上，他坐着，定睛打量发问的人。

“马奈特先生，”劳瑞先生把手搭在德发日的胳臂上，“你一点也不记得这个人了吗？看看他，看看我。你脑子里一点儿也想不起过去的事了吗？过去的银行行员，过去的业务关系，过去的仆人，过去的日子，马奈特先生?”

这个久困幽囚的犯人坐着，轮番定睛打量劳瑞先生和德发日。这时候，一些久已消失的生动的睿智皱纹渐渐冲破笼罩他的浓雾，在他的前额中间隐隐出现。随后，它们重又为阴云笼罩，它们淡化退色，它们消失不见；但是它们确实在那儿出现过。就是这种表情，那样真切无误地重现在那个女儿韶秀生动的脸上。她早已沿着墙慢慢蹭到一个可以看到他的地方，现在她站在那里看着他，她那双手，起初如果不是为了挡住他不让自己看见，那也是出于惊恐之情而举了起来；这时这双手却向他伸了过去，由于迫不及待而直发抖，要把那幽灵似的脸拥入她那富于热情、充满活力的怀里，以爱唤它复苏，给它希望；就是这种表情，那样真切无误地重现(虽然更具特点)在她那韶秀生动的脸上，仿佛是一道移动的光芒从他身上转到了她的身上。

黑暗代替了那片光明，又笼罩在他身上。他看着这两个人，越来越心不在焉，那对阴郁而又茫然的眼睛，又照老样子在地上搜寻，左顾右盼。最后，他深深地长叹一声，拿起那只鞋，又继续做起活来。

“你认出他来了吗?”德发日轻声问。

“嗯，认出了一会儿。开头，我觉得简直没有希望，可是毫无疑问，有一小会儿工夫，我看见了我过去那么熟悉的脸。别说话，让我们再往后退退，别说话!”

她已经离开这间阁楼的墙，离他坐的板凳很近。他在埋头做活，可是对于那个伸手就可以碰到他的人，竟然无知无觉，这种情景真是有些令人不寒而栗。

没有人说一句话，也没有人出一点声音。她站在他身旁，像个精灵，而他则埋头做活。

等到后来，恰巧他要放下手里的工具，换上他那把鞋匠刀。刀子放在他身子的那一边，不是她站着的这一边。他已经把刀子拿起来，又躬身做活了，眼睛忽然瞥见了她长裙的下摆。他抬起眼睛，于是看见了她的脸。那两个旁观的人惊慌地走上前来，可是她一摆手止住了他们。她一点儿也不怕他用刀伤着她，虽然他们有这种顾虑。

鞋匠带着害怕的表情盯着她，过了一小会儿，他的嘴唇慢慢做出要说话的样子来，不过却没有任何声音从那里发出来。他的呼吸急促而又艰难，在间歇中间，可以一点儿一点儿地听出他在问：

“这是什么?”

女儿泪流满面，把双手放在唇边，对着他吻这双手[1]；然后双手紧握放在胸前，仿佛是把他那饱经摧残久已毁废的头抱在怀里。

“你不是狱吏的女儿吧?”

她叹出了一声，“不是。”

“你是谁?”

女儿对自己的音调还没有把握，于是就在板凳上他身旁坐下。他朝一边退避，但是她把手放在他的胳臂上。这样一来，他莫名其妙地为之一震，这震动很明显地传遍了他的全身。他坐着注视她，轻轻将刀子放下。

她那一缕缕金黄色的长发卷很快地给撩到了一边，披散在脖子周围。他一点儿一点儿把手伸向前去，把她的头发抓起来看。他这样做的时候，走神儿了，于是深深地叹息一声，又专心做起鞋来。

但是没过多久，她放开他的胳臂，把手放在他的肩上。他疑疑惑惑地把她那只手看了两三次，好像是要肯定一下它确实是在那里，然后放下活计，把手伸向自己的脖子，拿下一个用变黑的线拴着的小破布包。他在膝头小心翼翼地把小包打开，那里边包着很少的一点点头发：不过一两根金黄色的长发。这是往昔某个时候他在手指上缠绕起来的。

他又把她的头发拿在手中，仔细地看。“是一样的，怎么可能！那是什么时候！那是怎么回事呢?”

那种专心致志的表情重新出现在他的前额上的时候，他似乎渐渐意识到是她也长着这种头发了。他把她转过来，正对着阳光，看着她。

“那天晚上我让人叫出去之前，她把头靠在我肩上——她有点儿怕我走，不过我一点儿也没有害怕——等我给带到北楼的时候，他们在我袖子上发现了这几根头发。‘你们肯把这几根头发留给我吗?它们绝不能帮助我的肉体逃脱，虽然可能会帮助我的精神逃脱。’这就是我当时

---

① 这是向对方表示亲爱的一种动作和礼节，也叫飞吻。

说的话，我记得清清楚楚。”

他的嘴唇嚅动了好几次，才把这些话说了出来。不过，他一旦找到要说的恰当字眼儿，它们就连贯而来，虽然很慢。

“那时候是怎么回事呢?——那是你吗?”

他令人吃惊地猛转向她，两个旁观的人又吓了一跳。可是她安安静静地坐在那里，让他抓着，仅仅低声说道：“我恳求你们，两位好先生，不要靠近我们，不要说话，不要动!”

“听!”他惊叫起来，“这是谁的语声?”

他这样叫喊的时候，双手放开了她，举向他的苍苍白发，疯狂地撕扯了一阵。这阵发作停息了，像是除了做鞋之外，一切事情都在他身上停息了，于是他包起他的小包儿，尽量把它在怀里放牢；但他一直还看着她，郁闷地摇着头。

“不是，不是，不是，你太年轻，太青春焕发了。不可能是。看看这个囚犯是什么样子。这不是她过去认得的那双手，这不是她过去认得的那张脸，这不是她过去一直听的那声音。不是，不是。她那时是——而且他那时是——在北楼这些度日如年的岁月之前——多年以前。你叫什么名字，我温柔的天使?”

因为他的语气和神态温和起来，他女儿高兴地喊起来，跪在他面前，张开那双表示恳求的手，并把手伸向他的前胸。

“啾，先生，以后我一定让你知道我的名字，还有我母亲是谁，我父亲是谁，还有我怎么从来也不知道他们那些艰难困苦的经历。可是我不能在这个时候告诉你，我也不能在这儿告诉你。此时此地我可以告诉你的只是：我请求你抚摸我，祝福我。吻我，吻我！啾，亲爱的，亲爱的!”

他那冰冷苍白的头发和她金光闪闪的秀发混在一起，这秀发使他的白头转暖、生辉，仿佛是自由之光照耀在他身上。

“如果你在我的语声里听见了——我不知道是不是听见了，但是我希望是听见了——如果你在我的语声里听见一种声音，和你过去听来像是美妙音乐一般的声音有些相似，那你就为这个哭吧，为这个哭吧！如果你抚摸我的头发的时候，产生了某种感觉，让你想起你年轻而又自由的时候躺在你怀里的那可爱的头，你就为这个哭吧，为这个哭吧！我提醒你，我们眼前有一个家，我要在这个家里忠诚地事亲尽孝，如果我说这些话的时候，使你想起一个家，那个家在你那可怜的心逐渐枯萎衰竭的时候，也长久冷落凄凉了，那么你就为这个哭吧，为这个哭吧！”

她更紧地搂着他的脖子，像摇小孩那样在胸前摇晃他。

“我告诉你，最亲爱的，你的苦难已经到头，我到这儿来是要把你接走，脱离苦海，我们要到英国去休息静养，如果我说这些话使你想起你那有益的生命白白虚度，我们这个法兰西祖国对你那样刻薄毒狠，你就为这个哭吧，为这个哭吧！我还要告诉你我的名字，我那还活着的父亲，我那已死去的母亲，如果这些话使你得知我必得跪在我可敬的父亲膝下，乞求他宽宥，因为我那死去的母亲疼我爱我而对我隐瞒了他所受的折磨，所以我未得因为他的原故而终日奔波劳碌，也未得长夜不眠，哭泣哀念，你就为这个哭吧，为这个哭吧！为她哭吧！然后，为我哭吧！两位好先生呀，感谢上帝吧！我感到他那神圣的眼泪在我脸上流淌，他的抽泣叩击我的心房。啾，看呀！为我感谢上帝，感谢上帝吧！”

他依偎在她的双臂之间，他的脸埋在她的胸前：此情此景如此感人肺腑，同时由于有那已成陈迹的奇冤大难作为背景而又如此惊心动魄，因此那两位目击者不禁捂住了脸。

这间阁楼久已寂静无声，他那猛烈起伏的胸脯和经过剧烈震撼的身体，久已安静下来，这是疾风暴雨过后必然到来的安静——对人类来说，这是安息和宁静的象征，那叫做“生命”的疾风暴雨必在其中归于停歇——这时候，他们走上前来，把父女俩从地上扶起。原来，那位父亲已经渐渐溜到地上，躺在那里，昏昏沉沉，疲惫不堪。那个女儿也顺势躺下依偎着他，让父亲的头可以枕到她的胳臂上；她的头发披散在他

鞋匠

身上，替他遮着阳光。

劳瑞先生接连擤了一会儿鼻涕之后，俯身站在他们前面，这时她举手向他说："如果不惊动他，就能把我们离开巴黎的所有事情马上办好，这样直接从这个门就可以把他接走——"

"不过请考虑一下，他是不是适合作这趟旅行?"劳瑞先生问。

"我觉得比继续呆在这个城市更适合，这个城市对他来说太可怕了。"

"这话不假，"德发日说，他正跪着一边观看一边听。"这比留在这儿更适合。不管从哪种理由说，马奈特先生都是离开法国为好。这么说，我要不要去雇一辆驿车和几匹马?"

"这是业务上的事，"劳瑞先生立即恢复了他那有条有理的态度。"如果要办业务上的事，最好还是由我去办。"

"那就劳你们的驾，让我们留在这儿啦，"马奈特小姐催促说，"你们看，他已经变得多么镇静了，所以现在把他留给我照看，你们用不着担心。你们干嘛担心呢? 你们要是把门锁上，免得有人打扰我们，我准保你们回来的时候，他会像你们离开的时候一样安安静静的。不管怎么说，我会照看他，一直等你们回来，然后我们就直接把他搬走。"

劳瑞先生和德发日都不大赞成这种办法，主张他们两个留下一个。可是，不但要去备好车马，还得备办旅行证件；而且白日将尽，时间紧迫，他们终于就非办不可的事匆匆分了个工，然后就赶忙出发办事去了。

随后，黑夜渐渐降临，这个女儿把头枕在硬邦邦的地上，紧靠在父亲身边，看守着他。夜色越来越重，他们俩都安安静静地躺着，一直躺到一缕灯光透过墙缝照进来。

劳瑞先生和德发日先生已经作好旅途的一切准备，而且不仅随身带来了旅行大氅和其他衣物，还带来了面包、肉、酒和热咖啡。德发日先生把这些吃食，还有他拿着的灯放在鞋匠的板凳上(这间阁楼里除了一个草铺之外一无所有)，然后和劳瑞先生把这个囚徒叫醒，扶他站起来。

他脸上显出那样惊恐惶惑不知所措的神情，人的智慧简直难以猜透他脑子里到底想的是什么。他是不是知道发生了什么事情，他是不是记得他们对他说的那些话，他是不是知道他自由了，这些都不是人的聪明才智所能解决的问题。他们想方设法跟他说话，可是他那么慌乱不安，而且回答得那样迟缓，所以他们都因为他那样神志不清而感到害怕了，于是商量好暂时不再开导他。他有一种难以控制的狂乱举动，有时用双手紧紧把头抱住，这是刚才在他身上没见过的；不过，他唯独听见女儿的语声还感到有些高兴，她一说话，他总是毫无例外地循声转身。

他长期习惯于服从强制命令，所以还是以这种顺从方式行事，他们给他吃喝什么，他就吃喝什么，他们给他穿戴大氅和其他东西，他就穿戴起来。他的女儿伸过胳臂去挽住他的胳臂，他也欣然接受，而且还用双手拉着——一直握着——她的手。

他们开始下楼；德发日先生掌灯走在前边，劳瑞先生则给这小小一队人殿后。他们在这条长长的主楼梯上还没走几磴，他就停下来，注视那屋顶，又环顾四周的墙。

“你记得这个地方吗，我的父亲？你记得你上这里来的事吗?”

“你说什么?”

可是她还没来得及重问，他就喃喃地回答了，好像她已经重问过了似的。

“记得？不，我不记得。那是很久很久以前了。”

他们完全明白，他一点儿也记不得他是怎样从监狱给弄到这所房子里来的了。他们听见他叨念着，“北楼，一百零五号”；他还向周围看，这显然是为了看长期囚禁他的森严壁垒。他们到了院子里，他的步履就不由自主地放慢了，仿佛在等着放吊桥；而这里没有吊桥，他看到马车在宽敞的大街上等着，于是放开他女儿的手，又紧紧抱住头。

门口没有人群聚集；这么些窗口哪一个也看不到有人影；街上就连一个偶尔过路的人也没有。这里是一派反常的安静冷落。只能看到一个人影，那是德发日太太——她靠着门柱织毛线活，什么也没有看。

这个囚徒已经进到车里，他的女儿也跟着进去，劳瑞先生的脚刚踏上马车的踏板就停住了，因为马奈特先生悲悲切切地要起他的制鞋工具和没做完的鞋来了。德发日太太立刻向她丈夫喊着说，她可以去取，于是边织边走进暗处，穿过了院子。她很快就把东西拿下来，递了进去——随后很快就靠着门柱子织起毛线活，什么也没有看。

德发日先生爬到车厢顶上，说了一句："朝关卡去!"赶车人把鞭梢噼啪一甩，他们就在暗淡摇曳的灯光下，踢踢跶跶地走开了。

在摇曳不定的灯光下——在好些的街道上显得亮些，在坏些的街道上显得暗些——经过灯火通明的店铺，欢快热闹的人群，闪光耀眼的咖啡馆，还有戏院门口，走向这座城市的一座城门。哨所那儿的卫兵提着灯笼。"拿出证件来，过路的!""请看吧，长官，"德发日先生一边下车一边说，然后神情严肃地把他带到一边，"这些就是里边那位白发老先生的证件，这些证件是连同他一起交给我的，在——"他放低了声音。那些军用灯忽闪了一下，随后一只穿着军装的胳臂把一盏灯递到马车里。提灯人的一对眼睛用不同寻常的目光把那白发老先生看了看。"好了，走吧!"穿军装的人说。"再见!"德发日说。就这样，他们从那一小簇越来越暗、摇曳不定的灯光之下出来，到了那广大的星空之下。

在这固定不动、亘古不变、繁星点点的苍穹之下，夜影憧憧，浓黑无际。有些星星离这个小小的地球那样遥远，因此那些有学问的人告诉我们，地球不过是茫茫环宇中一颗小小的尘埃，这上面正遭受苦难或成就业绩，而那些如此遥远的星辰的光芒，很可能还没有照见地球。在整个寒冷不安的旅途中，直到破晓，加维斯·劳瑞先生坐在这个从坟墓里挖出来的人对面，寻思着哪些敏锐明辨的能力已经从他身上永远消失，哪些还能恢复如初，而憧憧夜影又在他耳际低声密语，照旧是那个问题：

"我想你愿意起死回生吧?"

照旧是那句回答：

"我说不上。"

第二卷

金色丝线

第一章　五 年 之 后

即使是在一千七百八十年间，圣殿栅栏旁边的台鲁森银行[①]也是个老派的所在，又狭小，又阴暗，又难看，又不便。不仅如此，从道德观念上说，这也是一个老派所在，因为银行那些股东还以它的狭小、阴暗、难看和不便而自鸣得意。他们甚至还夸耀它以这些特点而位高名显，而且还出于一种与众不同的坚定信念而更加飘飘然，那就是：遭反对愈少，受尊重愈小。这不是一种消极防守性的信心，而是一种积极进攻性的武器，用来向更舒适的营业场所炫耀。他们说，台鲁森银行不需要宽绰，台鲁森银行不需要光亮，台鲁森银行不需要装点，诺克斯联合银行或是斯努克兄弟银行也许需要；可是台鲁森银行，谢谢上帝吧！——

那些股东当中不管哪一位的子嗣谈到重建台鲁森银行，他就会褫夺他的继承权。在这个方面，这个银行与这个国家可以等量齐观；这个国家也常常因为它的那些子民提出法律和习俗上的改革建议而确实褫夺了他们的继承权，而这些法律习俗也是长期遭到极力反对，但却因此而愈受尊重的。

这样，台鲁森得以成为一个集不方便之大成者，他们还以此而洋洋得意。随着入口处轻轻地吱嘎一响，那扇冥顽不灵的门砰然而开，你就跨下两级台阶到了台鲁森，而且立即感到置身于一间蹩脚的小铺之中。里面有两个小柜台，那最年长的老人，借着那扇最昏暗的窗户查看签名的时候，把你的支票弄得直抖，仿佛是风把它吹得沙沙作响。这些窗户总是不断洗着弗利特街[②]上泥浆的淋浴，而且还让它们自己那些铁栏杆和圣殿栅栏的浓重阴影遮得暗上加暗。如果你要办事情必须惠顾那位“行长”，那你就算是给投入了后面的一种死囚牢，你会在那儿懊悔光阴虚掷，直等到这位行长双手插在衣兜里走过来，而且在昏暗模糊的光亮之中，你几乎难于眨着眼睛看清他。你的钱钞从那虫蛀的旧木头抽屉里拿出来或者放进去，抽屉开合之际，它的木屑粉末就飞进你的鼻孔，冲进你的嗓子。你的钞票有一种陈腐味，仿佛它们在迅速腐烂，变成原来的破布③。你的名姓牌藏在四周的脏水池中间，各种污染一两天之内就会腐蚀掉它好看的光泽。你的文契归入暂作保险库的厨房和洗碗间。这些文契羊皮纸上的油脂渗出来，熏坏了银行里的空气。你那些装家传文书的轻便匣子送到了楼上一间巴米塞德④式的屋内，那里面总放着一张大饭桌，可是从来不开饭，而且，即使是在一千七百八十年间，你往日恋人或是小儿女们写给你的第一批书信，也只是新近才从一种恐怖之中解脱出来，这恐怖是由挂在圣殿栅栏上枭首示众的人头透过窗户向它们贪婪窥伺而来的⑤，而这种枭首示众之野蛮无理和残酷无情则与阿比西尼亚⑥人与阿散蒂⑦人的不相上下。

但是，在那个年月，处以死刑对各行各业确实是甚为流行的丹方，而台鲁森银行也不例外。死亡既是大自然救治万物的一帖灵丹妙药，法律又何独不加以利用？于是乎，造假文书者处以死刑；使用伪币者处以死刑；私拆信件者处以死刑；偷窃四十先令六便士的窃贼处以死刑；在台鲁森门前为人牵马而却带马逃遁者处以死刑；私铸一先令伪币者处以死刑；全部刑法如果以一个完整的音阶比喻，有四分之三发音的符号要

---

① 此银行是以伦敦弗利特街当时之柴鲁德银行为原型的。
② 伦敦繁华街道，在泰晤士河以北，西接滨河街，东有圣保罗大教堂。
③ 破布是纸币的原料。
④ 典出《一千零一夜》中《理发师讲他第六个兄弟的故事》：富商巴米塞德宴请一穷人，但席上所置杯盘内皆空空如也，巴米塞德却佯装劝酒敬菜，客人亦佯装饮酒进食，最后佯装大醉，痛殴主人，主人方出真酒实菜款待之。
⑤ 英国 17 世纪以前处死犯人后多枭首悬于圣殿栅栏或伦敦桥示众，至作家所述年代，圣殿栅栏处已停止悬头示众。
⑥ 即今埃塞俄比亚。
⑦ 位于西非，属今之加纳。

处以死刑。这样做从防止犯罪来说并没有一点好处——简直完全可以说，事实上适得其反——不过，对现世来说这倒了却了每一桩各别案件的棘手之处，不留任何尚需操心的瓜葛。就这样，台鲁森在它那个时候，像那些比它更大的营业所在，那些它的同行一样，曾经结果了那么多条人命，假如在台鲁森前面落地的那些人头一排排挂在圣殿栅栏上，而不是私下埋掉，那还真可能会毫不含糊地把透进一层楼的那一点点光都遮严呢。

局促于台鲁森各式各样幽暗的小橱大柜之间，那些年迈的人一本正经地办着业务。他们一旦把一个年轻人收进台鲁森的伦敦银行，就把他塞到一个地方，一直到老。他们把他像块干酪似地放在暗处，直到他浑身染上十足的台鲁森味儿，长霉变绿。只有这个时候，才有可能看到他大大方方地查阅大部头账本，并把他的短裤和护腿①投入这家买卖的总分量中去。

台鲁森银行有一个打杂的临时工——除非召请，不得入内——有时跑跑腿，有时送送信儿。他给这座房子提供了一块活招牌。营业时间他从不缺席，除非出差公干，而在那种时候，他儿子就来顶替。他儿子是个十二岁的淘气精，长得令人生畏，和他一模一样。大家都知道，台鲁森银行是宽容大度地默认了这个临时杂役的。这家银行总是默默认可某个人的职位，而时势潮流又已经把这个人推上了这个岗位。他本姓克软彻，而他早年在东部的豪恩兹第契区②教堂的一个场合，由他的代理人宣布弃绝那些黑暗龌龊勾当之时，他又加添了杰瑞这样一个雅号③。

---

① 此为当时一般银行行员的穿着。

② 此为伦敦一教区，位于穷人聚居之伦敦东部。

③ 此段意指克软彻出生受洗时取名杰瑞。按基督教教规，婴儿受洗时由主洗牧师宣布："他要以天父及基督之名义和魔鬼及恶事交战。"（见《公祷书》中的《洗礼文》）

地点是白衣修士区[1]悬剑巷克软彻先生的私人住宅，时间是安诺·多米尼[2]一七八〇年一个刮风天早晨的七点半钟。（克软彻先生总是把我主降生后多少年说成是安娜·多米诺[3]多少年，很显然，在他的印象中基督纪年是由一位女士发明了一种大众化的游戏算起的，她还以她的名字为其命名。）

克软彻先生的公寓可不是在体面宜人的地带，而且，如果把里面那个镶着一块玻璃的盥洗室算上，也才只有两间屋子。不过，它们收拾得还很像样。在三月里那个刮风天的早晨，就在那么早，他躺在里边睡觉的那间屋子就已经擦洗得干干净净了；笨重的松木桌上铺着一块干干净净的白台布，早餐用的杯盘已经摆好。

克软彻先生安卧在杂色碎布缝缀起来的床罩下面，像是一个家中的哈里昆[4]。开头，他睡得很沉，可是渐渐地开始在被子里翻滚蠕动，最后终于翻出来起身了。他那铁蒺藜似的头发看来仿佛要把被单划成一条一条碎布似的。正在这个节骨眼儿上，他用一种怒不可遏的声音大声惊呼：

“真倒霉！她要是没又干那个才怪呢！”

一个显得整洁勤快的妇人从跪着的角落里站起身来，她那慌里慌张哆里哆嗦的样子表明，她就是克软彻所指的那个人。

“怎么！”克软彻先生一边说一边探头到床外边找一只靴子。“你又在干那一套了，是不是？”

用这第二次问候道早安之后，他把一只靴子朝那妇人身上扔去，作为第三次问候。这是一只沾满污泥的靴子，它可以说明克软彻先生治家

---

① 为当时伦敦一区，在弗利特街西面，为一著名藏污纳垢之地。

② 拉丁文 Anno Domini 之译音，即公元。

③ Anna 为女性名字；Dominoes 为一种骨牌。此处系作者讽刺杰瑞误读拉丁文，张冠李戴；这里同时又是影射后文法国大革命中人们为断头台取名的方式。

④ 意大利、英国等国的喜剧或哑剧中穿五颜六色服装之小丑。

的奇特之处；那就是尽管他常常在银行下班之后穿着干净靴子回家，第二天早晨却常常发现这同一双靴子上边满是泥土。

“怎么，”克软彻先生在没有打中之后改变了语气——“你想怎么样，扫帚星?”

“我只是念了几句祷词。”

“念你的祷词。真是个贤惠女人！你跪下咒我打算干什么?”

“我没有咒你，我是为你祷告。”

“你没有。就算有，我也不许可你这么随便胡闹。看吧，小杰瑞，你妈是个贤惠女人，咒你爹倒霉呢。你有一个恭顺尽心的妈，你有啊，儿子。你有一个诚心信教的妈，你有啊，孩子：她跑到那儿去跪在地上，祷告上帝保佑她从她独生子的嘴里把黄油面包抢走。”

身穿内衣的克软彻少爷认为这非常糟糕，转向他母亲，强烈反对任何使他遭受口腹之患的祷告。

“你这个痴心妄想的娘们，”克软彻先生没有意识到自己的话前后矛盾，“你以为你的祷告能值多少钱? 你说说你给你的祷告标多少价儿?”

“这只是出于一片心意，它们再贵也抵不过这个。”

“再贵也抵不过这个，”克软彻把话重说了一遍。“那么，它们值不了多少。管它值不值，我告诉你，我都不要你再替我祷告。我担不起。我不想让你那鬼鬼祟祟的玩艺儿弄得我倒运。要是你非得让自己下跪不可，那就为给你丈夫和孩子带来好处下跪吧，可是别为跟他们过不去下跪。要是我有个随便什么样的只要不是这么个别扭老婆，要是这可怜的孩子有个随便什么样的只要不是这么个别扭妈，我上星期就会弄到些钱，也不会遭咒骂，遭暗算，遭宗教陷害，倒邪霉了。真倒——倒——倒霉!”克软彻先生说这段话的时候，一直都在穿衣服，“我上个星期要是没又遇上诚心敬神，又遇上这件那件不顺心的事儿，上了当，落得像个正经生意人倒上邪霉那样地倒了霉，那才怪呢！小杰瑞，穿好衣服，孩子，我擦靴子的时候，你要好好看着你妈，要是看到一丁点儿又要下跪的苗头，就叫我一声。嗳，我告诉你，”说到这里他又对他妻子说，“照这样子我是再也混不下去了。我摇摇晃晃，就像一辆出租马车，我瞌睡得就像鸦片酊①，我的腰弯得那么厉害，要不是因为疼②，连我也不知道那是我的还是别人的了，再说，我的腰包也没因为这个就好了多少；我还疑心，你从早到晚干那一套，就是为了不让我的腰包会因为这个变得好点儿，我再也受不了那一套了，扫帚星，你这会儿还有什么说的！”

他咆哮着又加上了这么几句：“啊！是啊！你也是真心信教的。你是不会让自己站在反对你丈夫和孩子的利益那边儿的，是吧？你不会！”他一边让自己的愤慨像飞速转动的磨轮一样，又迸出另一些讥诮的火花，一边动手去擦靴子和作平常上班的准备。与此同时，他那个儿子，头上装饰着比较软的铁蒺藜，那两只幼小的眼睛，像他父亲一样也是一对斗鸡眼，一直遵命看着他母亲。他不时从那间他睡觉并兼作盥洗室用的小窝窝里冲出来，压低嗓门喊叫“你又快跪下了，妈——喂，爸爸！”等到引起这样一场虚惊之后，就没大没小地龇牙笑笑，又冲进去。他就这样把这个可怜的妇人弄得心神不安。

克软彻先生来进餐的时候，脾气毫无改变。他对克软彻太太的感恩祷告③特别深恶痛绝。

“喂，扫帚星！你安的什么心？又来那一套了？”

他妻子解释说她只不过做了一次“祈福”。

“别来那一套！”他一边说着一边四下里打量，仿佛很想看到因为他妻子祈福而面包不见了。“我可不打算让你给祷告得没有了房子没有了

① 意指像喝了鸦片酊。
② 因杰瑞夜间外出别有勾当，故出此语。
③ 指基督教徒饭前祷告感谢上帝赐予了食物。

家，我可不想让胡乱祷告给弄得没了吃喝。闭嘴！”

杰瑞·克软彻眼睛通红，面貌狰狞，仿佛参加了一个样样俱全，只欠狂欢滥饮的宴会，通宵未眠。他吃早餐简直是狼吞虎咽，而不是吃，就像野兽笼子里任何一只四足居住者那样，面对吃食咕噜着吼叫。快到九点钟的时候，他舒平了一肚子怒气，摆出一副体体面面、正经办事的样子，尽可能把本性掩盖起来，动身去干他白天的行当。

要不是因为他自己爱把自己说成“一个正经生意人”，他干的那一行简直不能叫做一种生意。他的家什是一个掉了椅子背的板凳，小杰瑞每天早晨走在他父亲旁边，把它带到银行靠圣殿栅栏最近的窗户那儿，再拾起一把过路车辆掉下来的草秸垫在下面，就能给这位临时杂役的脚御寒防潮。这也就算在白天安营扎寨了。克软彻先生在他的这个岗位上，同那座栅栏一模一样，在弗利特街和圣殿区一带无人不知无人不晓——而且也几乎是一样地不堪入目。

九点差一刻安营扎寨，杰瑞刚好可以赶上在那些年迈的长者经过这里进入台鲁森银行的时候用手碰碰他的三角帽①。在三月里那个刮风天的早晨，杰瑞坚守他的岗位，小杰瑞侍立一旁。只要没有过路的小男孩（这种小男孩都是小得足够承受他那友好意图的），他没有穿过栅栏发动突袭，对他们加以某种性质严重的肉体和精神伤害，他就总是侍立一旁。这父子二人，彼此酷肖，一声不响地观看弗利特街早晨来来往往的车辆行人，他们的两个头彼此靠得很近，就像他们两人都长着的那对斗鸡眼一样，两人活脱像一对猴子。当老杰瑞正在边嚼边吐草秸，而小杰瑞一眨一眨的眼睛正像看弗利特街上其他东西一样，把他不停地看了又看的时候，此二人那种酷肖，并未因这种临时发生的情况而有所减损。

这时台鲁森银行正式的内勤信差中有一个把头探到门外，传出话来：

---

① 此为18世纪末及19世纪初普遍流行的一种帽子。以手触帽表示敬礼。

“叫你送口信儿!”

“好哇，爸爸！有早活儿开张了!”

小杰瑞这样向他父亲道了一路平安之后，就稳坐在凳子上，享受着他爸爸咀嚼过的草秸的继承权，并且琢磨起来。

“老——老是锈味儿！他的手指头老——老是锈味儿!”小杰瑞咕哝着。“我爸爸从哪儿弄来的这股铁锈味儿呢？他不是在这儿弄上的!”

第二章　观 者 如 堵

“你很熟悉老贝雷①这没问题吧?”最老的行员当中有一位问杰瑞信差。

“是——是，先生，”杰瑞带着那么一股硬着头皮的劲儿回答。“我的确熟悉那个贝雷。”

“那好，你也熟悉劳瑞先生吧?”

“我熟悉劳瑞先生，先生，比对老贝雷熟悉得多。”杰瑞说，不能不说像是一个出于无奈在那里出庭作证的人。“像我这样一个老实巴交的生意人也愿意对劳瑞先生比对那个贝雷熟悉得多。”

“很好，你去找到那个证人入口处，把给劳瑞先生的这个字条让守门的看看，他就会让你进去了。”

“到法庭里头去，先生?”

“到法庭里头去。”

克软彻先生的一对眼睛仿佛斗得更近了一点，而且仿佛在相互询问，“你看这是怎么回事?”

“我是不是要在法庭里等着，先生?”经过这番切磋之后，他提出了

① 指当时英国刑事案法庭，位于伦敦新门街，靠近圣保罗大教堂。

这个问题。

“我这就告诉你。看门的会把这个字条传给劳瑞先生，你要打个手势，引起劳瑞先生注意，让他看见你站在哪儿。然后你要做的就是，在那儿等着，一直到他叫你为止。”

“就这些吗，先生?”

“就这些。他想要身边有个传信儿的[①]。这字条就是告诉他有你在那儿。”

这位年迈的行员把字条仔仔细细折叠起来，并在外边写上字，在此期间，克软彻先生是默不作声地打量着他，直到他使用吸墨纸的阶段，才开口言道：

“我想今天上午他们是要审判伪造文书罪吧?”

“通敌罪!”

“这是要把人大卸四块的，”杰瑞说，“真野蛮!”

“这是法律，”年迈的行员说道，戴着眼镜的眼睛转过来，吃惊地瞪着他。“这是法律。”

“我觉着法律上规定把人大卸四块太狠了，先生。把他杀死已经够狠的了，把他大卸四块实在狠得出格了。”

“一点儿也不，”年迈的行员答道。“别说法律的坏话，管好你的胸腔和脖子吧，我的好朋友，让法律自己去管好它自己吧。我这是劝你。”

“落到我的胸腔和脖子上就是晦气，先生，”杰瑞说，“我让你给评评，我这条谋生的路子有多晦气。”

“好了，好了，”老行员说，“咱们都有咱们各式各样的谋生路子。有人谋生的路子晦气，有人的路子轻松。这是信，去吧!”

---

① 因台鲁森银行为这天法庭审判的罪犯的财产受理者，他们急需劳瑞及时报告当天审判结果。

杰瑞拿上信，鞠了一躬，却有点阳奉阴违地暗自说道："你也是个老瘪三。"他顺便向他儿子交待了一下他的去向，就上路了。

在那个年月，绞刑在台本①执行，所以新门②外边的大街③还没有获得沾上这种营生以来那种远扬的臭名。不过，那监狱也是个腌臜所在，各种淫邪罪恶的勾当在这里习以为常，各种令人胆寒的疾病孳生繁衍，这些疾病还随着犯人来到法庭，有时从被告席径直冲向首席法官大人本人，把他拉下台来。这样的事并非绝无仅有：那位头戴黑帽的法官给自己宣布死刑，竟像给犯人宣布死刑一样准确无误，而且甚至死在犯人之前④。除此之外，老贝雷还以一种催命的客店场院而著称。面色惨白的旅客坐上马车从这里鱼贯出发，一路颠簸摇晃着进入另外一个世界中去，旅程大约是二英里半的通衢大道⑤，使极为罕见的良民（如果还有的话）感到羞耻。习惯势力竟是如此强大，而且开初就切望蔚然成风。老贝雷还因木枷而著称，这是一种大智大慧的古老刑具，施加的惩罚令人难以估量；它也因鞭人柱⑥而著称，这是另外一种亲切可贵而又古老的刑具，运用中看来甚为人道，使人心性柔和；它又因血腥钱⑦的广泛流行而著称，这是世袭睿智的另一部分，导致普天之下最可怕的唯利是图的罪行，绝非偶然。总而言之，老贝雷，在那个年月，是一幅"凡存在者皆为是"⑧的绝妙图解；这句格言，人们本来视作理所当然，无需多费思索，但它却暗含着这样的推论：往昔不存在者皆为非，这就是出了麻烦。

---

①③ 分别为1783年以前及以后之刑场。

② 为英国古老的著名监狱之一。

④ 此描写均有事实为据。英国民俗史及狄更斯的《博兹特写集》中均有记载。

⑤ 当时死刑犯人受刑前要乘囚车至刑场，一路游街示众。

⑥ 一种刑具，将犯人缚于柱上以鞭抽打。

⑦ 特指作伪证所获不义之财。

⑧ 引自英国著名诗人蒲柏（1688—1744）的著名长诗《人论》。又译作"凡存在的都是合理的"。

在开庭审判的可怕现场，人们到处走来走去，这位信差以惯于悄悄择路者那种娴熟技巧，穿过恶臭的人群，找到他要找的门，把信从门上的活板窗口递进去。因为人们看老贝雷的戏恰和看贝德兰姆的戏①花费一样——唯一不同的是前一种娱乐更为稀罕得多，因此老贝雷所有的门口都戒备森严——而各种罪犯得以进入的那些社会之门，却真都毫无戒备，并且永远大大开敞。

经过一番拖延犹豫，那门才勉强转开铰链，打开了很小的一条窄缝，让杰瑞·克软彻先生挤到法庭里面。

“干什么玩艺儿呢?”他发现自己紧挨着一个人，就轻声问他。

“这会儿还没什么。”

“要干什么玩艺儿呢?”

“审通敌罪。”

“要把人大卸四块的吧，呃?”

“哈!”那人津津有味地答道，“要把他装在囚笼里吊个半死，然后把他放下来，当着他自己的面把他一片一片地切下来，然后让他眼睁睁看着把他的五脏掏出来烧了，然后把他的头砍掉，再卸成块儿，就是这么判。”

“你是指的查明他有罪吧?”杰瑞添了一个附加条款。

“嗷，他们会查明他有罪的，”另一个说。“你用不着担心。”

说到这儿，克软彻先生的注意力转到了看门人的身上，只见他正拿着字条一路向劳瑞先生走去。劳瑞先生坐在一个桌子旁边，和戴假发的先生们②在一起，距一位戴假发的先生不远，这位是犯人的辩护律师，面前有一大堆文件；差不多就在劳瑞先生的对面，还有一位戴假发的先生，双手插在衣兜里，在克软彻先生当时和随后看他的时候，他的全部

---

① 贝德兰姆为伦敦一著名疯人院。当时英国监狱及疯人院均允许人花钱去看热闹。

② 当时，法官、律师、诉讼代理人等有身份的人均戴假发。

注意力好像都集中在法庭的天花板上。杰瑞粗声粗气地咳嗽了一阵，擦了擦下巴，又用手指了指，引起了劳瑞先生的注意，他本来就已经站起身来在找他了，这时默默地点了点头，又重新坐下。

“他跟这个案子有什么关系呢?”杰瑞刚才跟他说话的那个人问。

“我要是知道就该谢天谢地了。”杰瑞说。

“那么，要是可以问问你的话，你跟这个案子有什么关系呢?”

“我要是知道就也该谢天谢地了。”杰瑞说。

法官进来了，法庭内随之起了一阵骚乱，过后又安定下来，这段对话打断了。此时，被告席成了引人注意的中心。两个一直站在那里的狱吏走出去，把犯人带了进来，送到栏板那里。

除了那一位头戴假发、眼望天花板的先生之外，到场的人都眼睁睁盯着犯人。整个在场者的呼吸像一阵浪，一阵风，一阵火，向他卷来。柱子周围和角落里到处都是神情急切的面孔，一心想赶快看到他；后排旁听的人站起身来，不放过他的一丝头发；站在法庭地板上的人双手搭在前边人的肩头，让别人受累帮助自己，以博一观——踮起脚尖站着，抓着壁架，几乎悬空站着，看他身上的每一块地方。杰瑞站在这类人中间，像是新门监狱一堵插着铁蒺藜的墙有一段活了，朝着犯人喷出刺鼻的啤酒味。这酒是他刚才一路走来的时候喝的，此时杰瑞任凭它和其他人喝的啤酒、金酒，还有茶，还有咖啡，还有其他等等气流混在一起，向犯人冲过去，而且形成了一阵污浊的雾和雨，冲上他身后的那几扇大窗户。

这个众目睽睽、众口刺刺的目标，是一位二十五岁左右的年轻人，发育良好，模样端正，面庞饱受日晒，眼睛深黑，是一副年轻上等人的派头。他随便穿着一身黑色或许深灰色的衣服，又长又黑的头发用一根带子拢在脖子背后，与其说是修饰打扮，还不如说是为了不让它碍事。因为内心的情感总会透过身体上任何表面部分表现自己，所以在这位犯人脸上，由于处境之故，透过褐色泛出了苍白，这表明精神的作用胜过了骄阳的作用。尽管如此，他还是十分能够自持，向法官深施一礼，然后就泰然而立。

对此人众目睽睽，窃窃私议，大家所怀的此种兴趣并非能提高人性的那一种。如果他不是处于可能受到那样一种可怕判决的危险之中——如果那些野蛮判决条目中有某一项会偶有删减——那么他就会以同样的比例失却引人的魅力了。这架身躯注定就要给乱砍乱剁成肉泥烂酱，这是一场热闹；这具不朽的作品就要给屠宰切割得七零八落，这会引起一场惊心的轰动。不管各种各样看热闹的以种种自欺的伎俩与能力把这种兴趣说得多么冠冕堂皇，这种兴趣，归根结底都如同吃人夜叉一般。

法庭上寂静无声！夏尔·达奈昨天曾申辩“无罪”，反驳对他的起诉。该起诉书振振有词，不厌其烦，斥其为奸宄，所据之由为彼利用形形色色之机会与形形色色之手段反对贤达、英明、卓绝如此这般之吾王陛下，于法王路易发动之战争中助其反对前述贤达、英明、卓绝如此这般之吾王陛下，亦即所谓往来于前述贤达、英明、卓绝如此这般之吾王陛下与前述法国路易之两国之间，并丧心病狂，背信弃义，奸邪狡诈，以及其他表达恶行劣迹之形容词藻，向前述法国路易泄露前述贤达、英明、卓绝如此这般之吾王陛下准备派往加拿大及北美①之兵力②。杰瑞听着听着，头上就像插满了越来越多的铁蒺藜(仿佛是法律名词使它们直竖起来了似的)，他心满意足地把这套东西听了出来，而且终于拐弯抹角地弄明白了：前面提到的，而且一遍又一遍提到的这个夏尔·达奈，正站在他眼前受审；陪审团正在宣誓就座；检察总长先生正在准备发言。

这里的每个人正在心里给被告判处绞死、斩首、肢解的刑罚。这他自己也知道，但他既不因眼前的处境而畏缩，也不在这种情势下作出任

① 17世纪至18世纪，英法两国一直为争夺加拿大和北美殖民地而激烈斗争。

② 此段作者以嘲讽口吻转述起诉书内容，下文亦有类似之处。

何硬充好汉的神态。他冷静沉着，专心致志，严肃关切地注视着这开审程序，而且，他虽然双手放在前面的木栏板上站着，因为那样泰然自若，竟没有弄乱一片栏板上铺着的药草叶子。法庭里到处铺着药草，洒着醋酸，作为预防狱中浊气和疫病的措施。

在囚犯的头顶上方，有一面镜子，朝他投下反光。一群一群可恶而又可怜的人曾经照在里面，并且离开这个镜面，同时也离开了这个地球的球面。如果这镜子也同大海终究要将海中死尸浮上海面一样，也能再现它过去映照过的东西，那么，这个糟糕的地方就会以极其阴森可怖的景象不断重现。某些含垢忍辱的思想一闪而过(这镜子可能就是为此而设)，大约触动了这罪犯的情怀。可能正是这样，他挪动了一下身子，这使他意识到有一束光扫过他的脸，于是他抬头一看；在他看镜子的时候，他的脸刷地一下红了，他的右手把药草推开了。

恰巧，这个动作使他的脸转到法庭上靠他左边的那一厢。几乎和他的视线平行的地方，在法官席那边的角落里，坐着两个人，他的目光立即停留在他们身上。那么突然，而且他的样子变化得那样显著，因此所有转到他身上的眼睛都转向了这两个人。

旁听的人看着的这两个人，一位是刚刚二十出头的年轻小姐，另一位是绅士，显然是这位小姐的父亲；这位先生头发一律雪白，毫无杂色，又有一副难以言喻地聚精会神的表情，这两点十分引人注目；但他那种表情不是属于生动活跃，而是属于沉思默想那种类型的。这种表情出现在他脸上的时候，他显得苍老；但是在这种表情被打乱驱散的时候——就像现在他对女儿说话的时候这样——他又变成一个英俊男子，未过盛年。

他女儿坐在他旁边，一只手挽着他的胳臂，另一只也按在上边。她对这种景象感到害怕，同时也怜悯那个罪犯，所以一直紧紧挨着她父亲。她的前额一直现出一种明显可见的表情，那是一心想着被告身处险境而流露出的越来越深重的恐惧和同情。这种神态那么引人注目，而且那么强有力，那么自然地流露出来，使得本来并不可怜罪犯的那些探头探脑的人也为之感动了，于是大家交头接耳地问："他们是什么人?"

信差杰瑞本来是以他自己的办法进行他自己的观察的，而且因为看出了神，把手上的铁锈都嘬干净了①，这时他也伸长了脖子想打听出他们是什么人。他周围的人已经把这个询问传过去，逼问靠得最近的旁听者，然后这个询问又从他那里更慢地传了回来，最后终于传到了杰瑞这里：

"证人。"

"哪方面的?"

"反对一方的。"

"反对哪一方的?"

"犯人一方的。"

法官的目光刚才也朝着大家一致看的方向望过去，现在又收了回来。他靠在椅背上，牢牢盯着这个生死都握在他手心里的人，此时检察总长先生则站起身来，搓绳、磨斧，给绞刑架钉上钉子②。

第三章　眼 福 未 饱

检察总长先生不得不向陪审团报告，他们眼前的这一罪犯虽然年齿尚轻，但其出卖我国之行径却甚老练；足以褫夺其生命；此种通敌行为并非始自今朝昨日，甚至去岁前年；该犯确凿无疑远在多年前即经常往来法英之间，从事不可告人之间谍勾当，此种叛逆危国阴谋苟能得逞(幸

① 指克软彻有吮手指的习惯；因他夜间从事的活动，故他手上有铁锈。

② 此处系比喻说法，实为检察总长历数被告罪状，为判处罪犯死刑而提供种种根据。

而绝未如此)，其卑污罪恶勾当或可至今仍不暴露；然天公圣明，致使一无畏无惧、无瑕无疵[1]之君子有所觉察，探得该犯种种阴谋之性质，感其事之可惧，遂向国王陛下之首要国务大臣及至尊至贵之枢密院揭发；此爱国者即将出示于陪审团之前；其身份仪态均属至高无上；彼本为该犯之友，然在一又吉又凶之时，突侦得其劣迹，遂毅然决然将此无法继续视为莫逆之歹徒奉献于祖国神圣祭坛；倘不列颠亦如古希腊罗马，明令为有利公益之人立像，则此光荣公民定获一尊；鉴于无此明令，彼势将无法获得；美德正如诗人之多所吟诵者(检察总长深知其中若干章节已逐字逐句涌向陪审团诸公舌尖，夺口欲出；对此高论，陪审团诸公却面呈愧色，盖彼对此章节其实一无所知)，本富熏染陶冶之性，而爱国主义，或称热爱邦国这一懿德嘉行则尤甚；此为我主圣上作证之纯洁无瑕、不容訾议之崇高楷模，稍有提及，即使最无可称，亦属荣耀。彼之榜样，使该犯之仆亦受熏染陶冶并生神圣决心，搜查其主抽屉衣兜，隐匿其文书；他(检察总长先生)，业已准备听取加诸此足堪称道仆人之若干谤词；但就总体而论，他对此仆之钟爱，甚于对他(检察总长先生)之兄弟姐妹，对此仆之敬重甚于对他(检察总长先生)之父母双亲；他满怀信心，吁请陪审团诸公群起效尤；此两证人之证词，辅以即将出示之彼等所发现之文书，将表明该犯曾将吾王陛下之军力、陆海部署与准备列成表册，并毫无疑问屡将此类情报递交敌国；此类表册尚未证明确系该犯手迹；但此亦无妨，而确将更有利于起诉，盖此恰说明该罪犯精于防范之术；此证明可追溯至五年之前，并说明罪犯恰于英军与美军开战[2]之前数周内，即已从事于此类邪恶使命；以此种种理由，此陪审团，既为忠于皇家之陪审团(正如他所知者)，又为身负重任之陪审团(正如彼

---

① 15、16 世纪间法国英雄贝亚尔以勇敢著称，得“无畏无惧、无瑕无疵骑士”之号，“无畏无惧、无瑕无疵”已成法语习语。

② 指在 1775 年开始之美国独立战争中，法国因支持美国而于 1778 年对英国宣战。

等所知者），必将肯定无疑判定该犯“有罪”，毕其性命，不以彼等个人好恶为据。该犯之头若不落地，彼等之头则绝难安枕，彼等绝不设彼等妻室之头得以安枕之想，亦绝不存彼等儿女之头得以安枕之念，总而言之，于彼等或其家人，绝无高枕无忧可言；检察总长先生凭借搜索枯肠所能想到的一切名义，基于他已确认该犯必死无疑，于是以向陪审团索取该犯之头作为结语。

检察总长讲话停止，法庭上响起一片嗡嗡之声，仿佛一群大绿头蝇已经预见犯人立即就要变成何物而围着他乱飞。这声音又安静下去了，那个不容訾议的爱国人士出现在证人席上。

于是副检察总长先生追随他的上司，验证了这位爱国人士，名为约翰·巴塞德的先生。有关这位先生纯洁灵魂之历史，诚如检察总长先生所述——如有任何瑕疵，也许就是有些过于精确。他那高贵的胸怀释去重负之后，本可谦恭告退，但面前摆着许多文件、坐得离劳瑞先生不远的那位头戴假发的先生却请求问他几个问题。提问题的这位先生对面坐着的那位戴假发的先生，仍旧一直望着法庭的天花板。

这证人本人过去当没当过密探？没有。他蔑视这种曲意逢迎的勾当。他靠什么为生？他的财产。他的财产在哪儿？他记不清究竟在哪儿了。什么样的财产？这与他人无关。是他继承来的吗？是。从谁那儿？远亲。很远？相当远。坐过牢吗？当然没有。从没入过负债人监狱吗？不知这与本案何干？从没入过负债人监狱吗？——来，再答一遍。从来没有？入过。多少次？两三次。不是五六次？也许是。什么职业？赋闲绅士。①挨过踢吗？可能挨过。经常吗？不经常。踢到楼下来过吗？绝对没有；一次在楼梯最顶上一层挨了一脚，自己摔到楼下了。那次是因为掷骰子捣鬼挨踢吗？那个说谎的醉汉踢了我，说我干那种事，不过那不是真的。敢发誓说那不是真的？肯定不是。是不是靠赌博捣鬼为生？

---

① 有一定社会地位及财产，无需求职谋生的人。

绝不是。是不是靠赌博为生？并不比其他先生干得更厉害。是不是向本案犯人借过钱？借过。是不是还过他？没有。这种和犯人非常亲密、实则不值一提的交情，难道不是在马车、客店和邮船上强拉上的吗？不是。肯定他是看见犯人带着这些图表的了？当然。关于这些图表再不知道更多情况了吗？不知道。比如他不是自己弄来的？不知道。想通过这次作证得到什么好处吗？没想过。不是定期拿政府佣金受雇去设圈套陷害人？嗷，绝不是。或者去做任何事？嗷，绝不是。可以发誓吗？可以再三发誓。除了完全出于爱国动机之外，再没有任何别的动机了吗？没有任何别的。

那位品行端正的仆人，罗杰·克莱，一边不断发着誓，一边很快就作完了证。四年以前，他开始给这犯人当差，忠心耿耿，别无他想。他那时候在加莱号邮船上问这个犯人想不想要一个随身干杂活的，这个犯人就雇用了他。他并未要求犯人把雇干杂活的当作一项善举①——从来没想到过这种事。他渐渐有点怀疑这个犯人，并且不久以后就留心观察。旅途当中打点他的衣物之时，他就已经一次再次看到犯人衣兜里和这些差不多的图表。他曾经从犯人的书桌抽屉里把这些图表拿出来。犯人最初并没有把这些图表放在那里。他曾经看见犯人在加莱把这些同样的图表拿给几个法国先生看，还在加莱和布洛涅②两个地方把同这些差不多的图表给几个法国先生看。这位仆人热爱他的祖国，对此不能容忍，并且打了报告。他从来未曾涉嫌偷窃银茶壶，他曾因一个芥末瓶而遭诬陷，但结果发现那只不过是个镀银的。他认识前一个证人已有七八年，但那不过是一种巧合。他不把那称作稀奇的巧合；大多数巧合都是稀奇的。他的唯一动机也是出于爱国主义，他也并不把这事称作一种稀奇的巧合。他是个真正的英国人，而且希望有很多人都像他一样。

---

① 临时雇用无业流浪者为仆，有收容慈善性质。

② 法国港口，与加莱同为由法国过海峡去英国的重要海港。

那些绿头蝇又嗡嗡起来，于是检察总长传加维斯·劳瑞先生。

“劳瑞先生，你是台鲁森银行的行员吗?”

“我是。”

“一千七百七十五年，在一个星期五的夜里，你是不是因为办事坐邮车在伦敦和多佛之间走了一趟?”

“是。”

“邮车里还有其他旅客吗?”

“有两个。”

“那一天夜里他们半路下了车吗?”

“下了。”

“劳瑞先生，认一认这个犯人。他是不是那两个旅客当中的一个?”

“我不能担保说他是。”

“难道不像那两个旅客当中的哪一个?”

“两个都穿戴围裹得那么严实，夜里又那么黑，而且我们又都那么谨言慎行，所以连这我也不能担保说是。”

“劳瑞先生，再看看这个犯人，假定他穿戴围裹得像那两个旅客一样，从他的身量个头来说，看得出有什么地方他不像那两个人中的一个吗?”

“看不出。”

“你不愿发誓，劳瑞先生，说他不是他们中的一个吗?”

“不。”

“那么起码你是说他可能是他们中的一个。”

“是的。不过我记得他们两个都——像我一样——害怕强盗，而现在这个犯人没有害怕的神气。”

“你可曾见过假装害怕的样子吗，劳瑞先生?”

“我当然见过。”

“劳瑞先生，再认一次这个犯人。你确实知道你以前见过他吗?”

“见过。”

“什么时候?”

“在那以后的几天，我从法国回来的时候，在加莱，这犯人上了我坐着回来的邮船，和我同路。”

“什么时刻他上的船?”

“午夜刚过。”

“在那么个夜深人静的时候。在那么早的钟点就上船的，只有他一个客人吧?”

“碰巧只有他一个。”

“不要管什么‘碰巧’，劳瑞先生。他是在那么个夜深人静的时候上船的唯一乘客吧?”

“是。”

“你是一个人旅行，劳瑞先生，还是有旅伴?”

“有两个旅伴。一位先生和一位小姐。他们都在这儿。”

“他们都在这儿。你当时跟那个犯人交谈过吗?”

“几乎没有。天气又是狂风又是暴雨，航程又长又险，我差不多从那岸到这岸一直都躺在一个沙发上。”

“马奈特小姐。”

这位年轻小姐在她坐着的地方站起身来，刚才所有的目光都曾转向她，这时又都转向她了。她父亲也陪她站了起来，一直让她的手挽着他的胳臂。

“马奈特小姐，认一认这个犯人。”

被告面对这样的怜悯同情，面对这样不折不扣的青春美貌，比面对所有这些人更觉尴尬难堪得多。仿佛他是站在自己坟墓的边缘，和她遥遥面对，霎时间，所有惊讶好奇的注视，都难以使他鼓起勇气保持镇静。他的右手急急忙忙把他前面的药草分成了想象中的花园内的一些花坛；他努力控制和平稳自己的呼吸，使得双唇不住颤抖，那双唇的血液霎时间都敛回了心头。那些大绿头蝇的嗡嗡声又响了起来。

“马奈特小姐，你以前见过这个犯人吗?”

“见过，先生。”

“在哪儿?”

“在刚才提到的那只邮船上，先生，而且是同一个场合。”

“你就是刚才提到的那位年轻小姐吗?”

“嗷！十分不幸，我就是!”

她那带着同情的惋惜语声让法官那不很悦耳的声音压下去了，法官带着一股狠劲说：“回答向你提出的问题，不要加以任何议论。”

“马奈特小姐，过海峡的时候你和这个犯人交谈过吗?”

“谈过，先生。”

“回忆一下谈的什么。”

在一片沉寂之中，她开始用微弱的声音说道：

“这位先生来到船上的时候——”

“你是指这个犯人吗?”法官紧锁双眉问道。

“是。法官大人。”

“那就说犯人。”

“这位犯人来到船上的时候，他注意到我父亲，”她满怀深情地把眼光转向站在她身旁的父亲，“他非常疲乏，而且健康状况十分不好。我父亲那么衰弱，我怕他呼吸不到新鲜空气，就给他在甲板上靠近舱房梯子的地方铺了一个铺位，我就坐在他旁边的甲板上照看他。那天夜里，除了我们四个人，甲板上没有别的旅客。这位犯人心地那么好，请求我允许他告诉我，怎样比我所安置的能更好地让我父亲避开风雨。那时我不知道怎样办才好，也不懂得在我们驶出港口的时候风向如何。他替我安置好了。对我父亲处在那种情形下，他表现得那么温柔，那么体贴周到，我肯定他是感觉到我父亲那种情形的。就是在这种情况下我们开始一起谈天的。”

“让我打断你一会儿。他是独自来到船上的吗?”

“不是。”

“多少人陪着他?”

“两位法国先生。”

“他们在一起商量什么事情了吗?”

“他们一直商量到最后一会儿工夫，直到那两位法国先生非下到他们的小船上去不可的时候。”

“他们中间有没有传递什么文件，像这些图表一类的?”

“有些文件在他们中间传递来着，可是我不知道是什么文件。”

“形状和大小像这些吗?”

“可能，不过我确实不知道，虽然他们站在离我很近的地方轻声说话。因为他们站在舱房梯子顶上，好借那儿挂着的那盏灯的光亮。灯光很暗，他们说话声音很低，我听不出来他们说的什么，只看得见他们在看文件。”

“现在说说犯人谈的话，马奈特小姐。”

“这位犯人对我是开诚布公的——这起因于我当时无依无靠的处境——正像他对我父亲是好心、善意和很有帮助的一样。我希望，”她潸然泪下，“但愿我今天不是对他以怨报德。”

绿头蝇又嗡嗡起来了。

“马奈特小姐，如果说这个犯人不能完全理解你是在万般无奈的情况下提供证词——你有义务提供——你必须提供——你无法逃避提供的责任——那么在场的人当中也就只有他一个人作如是想了。请继续往下说。”

“他告诉我，他是为办一件精细微妙而又复杂棘手的事情才上路的，办这种事情可能会让人遇到麻烦，他因此才用化名旅行。他说，这件事情曾经让他在几天之内到法国去了一趟，而且可能在将来很长时期里还得让他不时往返于英法之间。”

“他说到有关美国的什么事情了吗，马奈特小姐？说详细些。”

“他想给我解释清楚那场纷争[①]是怎样引起的，还说，就他判断，英国方面是错误而又愚蠢的。他还开玩笑地加了一句，也许乔治·华盛顿几乎会像乔治第三[②]那样名垂青史，不过他那样说的时候毫无恶意：那是笑着说的，而且是为了消磨时间。”

在众目睽睽之下，一个主要演员在表演极其精彩的一场戏时脸上强烈突出的表情，会让观众无意之间跟着模仿。她提供这些证词的时候，眉宇之间显出焦急难耐而又专心致志的表情，而在她中途打住等法官记录下来的时候，她就注意观察原告和被告辩护律师对这些证词的反应。法庭各个部位旁听的人也都有同样的表情，甚至于使得这里绝大多数人的前额仿佛都成了映照这个证人的一面面镜子，这时，法官从他的记录上抬起头来，对有关华盛顿的异端邪说目瞪口呆。

检察总长先生向法官大人表示，他认为，为稳妥与程序健全起见，有必要传这位年轻小姐的父亲马奈特大夫。于是他给传了起来。

“马奈特大夫，认一认这个犯人。你以前见过他吗?”

“见过一次。是他到我伦敦寓所来访的时候。大约三年或是三年半以前。”

“你能证明他是和你同船的人，或是说说他和你女儿谈话的内容吗?”

“先生，我都不能。”

“有什么特别值得提出的理由，足以说明你做这两件事都无能为力吗?”

他低声答道，“有。”

“你曾经很不幸地在你本国未经审判，甚至未经起诉，就受到长期

---

① 指美国反对英国殖民统治的独立战争。

② 乔治第三，见第 1 卷第 1 章注。

囚禁，是吗，马奈特大夫？”

他用一种感人肺腑的声音答道，“长期囚禁。”

“刚才谈到的那个时候，是你刚刚获释不久吗？”

“他们告诉我是这样。”

“你对那段时间的事什么也记不得了吗？”

“记不得了。从某个时候——我甚至一点也说不上是什么时候——我给囚禁起来，我就干了做鞋这一行，到后来我发现我和这儿这个亲爱的女儿一起住在伦敦，对中间这段时间，我脑子里是一片空白。等仁慈的上帝使我恢复了各种能力的时候，她已经和我很亲了，可是我简直无法说清，她是怎样和我变得很亲的。我对这个过程一点儿也记不得了。”

检察总长先生坐了下去，这对父女也一起坐了下去。

于是这个案件出现了异常的转机。眼前的目标是要证明，这个犯人五年以前在十一月份一个星期五的夜间和某个尚未查到的同谋一起，坐上了去多佛的邮车，而且深更半夜在一个地方又下了邮车，作为一种障眼法，他没有在那里停留，而是从那里又往回走了十几英里，到了一处军队驻扎地兼修船坞，并在那里搜集情报。一个证人被叫了起来，他证明这位犯人刚好在查问的那个明确无误的时间，在那座军队驻扎地兼修船坞的城镇里一家旅店的咖啡厅等另一个人。犯人的辩护律师盘问了这证人，但毫无结果，只问出他在其他任何时候都未见过此犯人，这时，整个审问过程中一直都望着法庭天花板的那位头戴假发的先生在一个小纸条上写了一两个字，搓成纸卷，扔给了这位律师。紧接着，在下一个间歇，律师打开纸条，然后极其注意并充满好奇地仔细看了看犯人。

“你再说一遍，你十分肯定那就是这个犯人？”

证人十分肯定。

“你从没见过任何很像这个犯人的人吗？”

证人说没有见过像到使他会弄混了的。

相似

“好好认一认那位先生，我那位饱学的法界同行，”他指着刚才扔纸条给他的人，“然后再好好认一认这个犯人。你怎么说？他们是不是彼此很像?”

尽管他这位饱学的法界同行[①]外表落拓懒散，不修边幅，姑且不提酗酒纵饮，但当不仅证人，而且在场的每个人都得到提醒而对他们加以比较的时候，这两个人彼此之间那分毫不爽的相像令他们着实吃了一惊。辩护律师要求法官命令他那位饱学的法界同行把假发摘掉，法官大人不很痛快地同意之后，这种相像就变得更加明显了。法官大人问斯揣沃先生(犯人的辩护律师)，他们是否要接下去审问卡屯先生(他那位饱学的法界同行的姓氏)的通敌问题？但是，斯揣沃先生回答法官大人不；不过他想要求证人告诉他，那种发生过一次的事情是否可能发生两次；如果他看到了自己刚才粗心鲁莽的这个例证，他是否还那样满有把握；在已经看到这种例证的情况下，他是否还那样满有把握，等等等等。这样一来的结果是：这证人就像陶土罐子一样打得粉碎，他在这件案子中的作用被砸成了一堆废料。

直到这时候，克软彻先生一边听着证词，一边舔着他手指上的铁锈，已经饱饱加了一餐。现在当斯揣沃先生把这犯人的案情像一套合身的衣服套在陪审团先生们身上的时候，他可得好好听了：他指明这个爱国人士巴塞德如何是个受雇的密探和叛徒，恬不知耻的、以人命作交易的贩子，而且是自从令人发指的犹大以来世界上最罪大恶极的坏蛋之一——他确实看起来很像犹大；那个品行端正的仆人克莱如何就是他的朋友和同伙，而且是堪与朋比；这些作伪证、发假誓的人如何早就盯上了这个犯人，想把他作为牺牲。因为他是法国血统，在法国有些家庭事务确实需要他去作一些跨越海峡的旅行——不过究竟是些什么事，因顾

---

① 此处“他这位饱学的法界同行”似有双重含义：1. 此人系狄更斯笔下的人物；2. 狄更斯早年从事法律，确为其同行。

念到一些与他亲近密切的人，他哪怕要牺牲自己的生命，也不能公之于众；他们如何将这位年轻小姐提供的证词歪曲转换，那位小姐如何痛苦万状，他们有目共睹，而这些证词等于乌有，不过涉及一点点随便哪位年轻先生和年轻小姐邂逅相逢都会相互授受、并无邪念的小小殷勤和礼貌——唯有提到乔治·华盛顿的谈话是个例外，但那充其量也不过是一派狂言，荒谬绝伦，除了把它当作一个天大的笑话，别的就什么也说不上了。利用狭隘的民族排外和恐惧心理争取民望的这种企图，如何成为政府的一种弱点，而检察总长先生又如何对此大加利用；这一案件是如何毫无根据，不过是依仗常使这类案情面目全非的那类卑鄙无耻、臭名远扬的假证，因此在这个国家的国事犯审理案中这类案件才会比比皆是。但是在这里，检察总长先生带着一种仿佛认为这是虚妄不实之词的严肃神情插嘴说，他不能坐在审判席上而容忍这样含沙射影。

于是斯揣沃先生叫起了几个证人，克软彻先生下一次要注意的就是：检察总长先生这时又将斯揣沃先生套在陪审团先生们身上的那全套衣服从里到外翻了过来，指明巴塞德和克莱如何比他原来想的要好上一百倍，而这个犯人则要坏上一百倍。最后，法官大人亲自出马，一会儿翻过来，一会儿覆过去，千翻万覆不离其宗，都是要把它们设计裁剪成这个犯人的寿衣。

此时，陪审团转入酝酿，那些大苍蝇又嗡嗡起来。

卡屯先生，这么长时间一直坐观法庭的天花板，甚至在这个群情激动的时刻也既未挪地方，又未换姿势。他那饱学的法界同行斯揣沃先生收拢起他面前的文件，对坐在他近旁的那些人小声说话，并且不时焦急地看看陪审团；所有看热闹的人都或多或少挪动了一下，又重新组合成群；连法官大人本人也从椅子上站起来，慢慢在台上走来走去，这不能不使观众心中怀疑他心神不安；而那一个人却靠着椅背坐着，披着破旧的律师袍子，戴着乱蓬蓬的假发，正像摘掉以后刚刚又随便扣在头上的那样，他双手插在衣兜里，眼睛盯着天花板，就像这一整天所做的那样。他的举止当中有某种特别满不在乎的味道，这不仅使他显得邋里邋遢，而且也大大削弱了他无疑与那个犯人的极其相似之处(刚才把他们一起比较的时候，他霎时间的严肃认真使这种相似更加突出了)，因此很多旁听的人这时又对他注意起来，彼此说他们几乎又不大觉得这两个人那么相像了。克软彻先生对紧挨着他的人说了他的这个意见，还加上一句，"我敢赌上半个畿尼说，他就是揽不上一点儿打官司的生意。他不像是揽得上官司打的主儿，是不是?"

不过，这位卡屯先生注意到现场上的细枝末节，却比他表现出来的要多；因为现在，当马奈特小姐的头搭拉到她父亲胸前的时候，他是头一个看见的，并且清清楚楚地说道："法警！注意那位年轻小姐。帮那位先生把她送出去。你没看见她就要倒下去了吗?"

挪动她的时候，大家都对她极为怜悯，对她父亲充满同情。让他回忆起遭囚禁的日子，显然使他十分痛苦。在他被传问的时候，他显出强烈的内心激动，而从那以后，使他顿时变得老态龙钟的那种沉思或者说忧虑的表情，就像一片乌云，一直笼罩着他。等他一路走了出去，刚才背转身去稍息片刻的陪审团，通过他们的首席陪审员发表讲话了。

他们意见分歧，并希望暂时休庭退席。法官大人(可能还把乔治·华盛顿的事挂在心上)对他们意见分歧有些惊奇，不过还是表示欣然同意他们可以在监视守护之下退席，于是他本人也退席了。审判拖延了整整一天。此时法庭上已经掌灯。大家渐渐传开说陪审团要把退席耽延很久。旁听的人散开休息吃喝，犯人则退到被告席的后面坐下。

劳瑞先生在那位年轻小姐和她父亲出去的时候也出去了，这时又重新露面，并招呼杰瑞。此时大家已兴味索然，杰瑞能够不费劲儿就到他身边来了。

"杰瑞，你要是想弄点儿东西吃，你就去吧。不过不要走远，陪审团进来的时候，你要保证能听得见。一分一秒也别落在他们后面，因为我要让你把判决带回银行去。我知道你是最麻利的信差，能在我之前很早就赶到圣殿栅栏。”

杰瑞的窄额头刚好够他用手指节去敲的，于是他敲了敲额头，为这番话和赏给他的那一个先令道谢。卡屯先生就在这时走上前来，碰了碰劳瑞先生的胳臂。

“那位年轻小姐怎么样了?”

“她难过极了；不过她父亲正在安慰她，而且她出了法庭以后觉得好点儿了。”

“我就去这样告诉那位犯人。你知道，在大庭广众让人看见你跟他说话，对你这样一位体面的银行界先生不合适。”

劳瑞先生脸红了，似乎意识到他心中也正在盘算这一点，而卡屯先生则向被告席外边走去。走出法庭的路也在那个方向，于是杰瑞的眼睛、耳朵和铁蒺藜似的头发也一齐都跟了过去。

“达奈先生!”

犯人径直走上前来。

“你自然急于要知道那位证人马奈特小姐的消息。她就会好了。你已经看见她那种万分焦急的样子了。”

“这是因我而起的，我非常抱歉。你是否能代我这样转告她，并转达我热诚的感激?”

“可以。只要你要求，我就愿意去。”

卡屯先生的态度满不在乎得好像都有些傲慢无礼了。他站着，转身侧面对着犯人，吊儿郎当地用胳臂肘靠着栏板。

“我是请求你转告，请接受我真诚的感谢。”

“达奈先生，”卡屯说，还是侧面对着他，“你想会有什么结果呢?”

“最糟糕的。”

“这样想是最有见地的，也是最可能的。不过我认为他们退席于你有利。”

在法庭出口的过道上是不允许磨蹭的，所以杰瑞没有听到下文；让他们俩——容貌酷似，神态迥异——留下，肩并肩站着，都照在他们上方的镜子里。

在楼下小偷流氓麇集的走廊里，尽管有羊肉饼和麦酒佐餐助兴，这一个半小时还是过得缓慢难熬。这个嗓音粗哑的信差用过这点小吃之后已经窝窝囊囊地坐在一个条凳上打起盹来了，这时一阵喧哗和一股急速的人流涌上通向法庭的楼梯，把他也卷了进去。

“杰瑞，杰瑞!”等他到了门口，劳瑞先生已经在那儿叫他了。

“这儿呢，先生！再往回挤，可真得拼命了。我在这儿呢，先生!”

劳瑞先生从人群中传给他一个纸条。“快点儿！你已经拿到了吗?”

“拿到了，先生!”

仓促写在纸条上的几个字是“宣判无罪”。

“这次你要是再送‘起死回生’的口信儿，”杰瑞回转身子嘴里咕咕哝哝地说，“我就懂得你的意思了。”

他走出老贝雷之前，没有机会说，或者不如说是没有机会想任何其他事情；因为人群猛然之间涌出来，几乎把他的两条腿架空，将他冲走，震耳的嗡嗡声冲向街头，仿佛没头的绿头蝇在到处乱飞，去另找腐尸臭肉。

第四章　庆 贺 逃 生

法庭走道里沸沸扬扬的一锅人粥折腾了整整一天，最后连那点残渣剩水都从这光线越来越暗的过道里滤干净了。这时马奈特大夫、他女儿露茜·马奈特、劳瑞先生、被告的助讼师兼被告的辩护律师斯揣沃先生一起站在刚刚释放的夏尔·达奈先生周围，为他死里逃生而庆贺。

就是借着比这强烈得多的灯光，也很难从面容聪慧、身姿挺拔的大夫身上认出他就是巴黎阁楼上的那个鞋匠了。不过，没有人能够在看了他两眼之后而不再看他的：即使没有机会深入观察，没有听到他低沉阴郁语声中那种悲怆哀戚的调子，没有看到他一阵阵无缘无故地完全陷入精神恍惚，心不在焉的样子。一种外在的原因，而且是与他那长久盘桓不去的痛苦有关的某种联想，就像在那场审判中一样，常常会从他灵魂深处唤起他的这种状态，但是这也会自然而然地自己显现，给他笼罩上一层阴影，使那些不熟悉他身世的人难以理解。这就好像真正的巴士底狱虽然相隔三百英里之遥，他们却看到确实是这座监狱，在夏季阳光照射下，把影子投到了他的身上。

只有他女儿有力量从他心中祛除这阴郁的忧思。她是一根金色之线，把他受苦遭难之前的“过去”和他受苦遭难之后的“现在”连接起来，而她的语声，她的容光，她的抚爱，几乎总是对他产生有益的强大影响。也并非永远如此，因为她也能想起某些她的力量曾经失败的时候；不过那为数不多又无关紧要，她相信这些都已成过去了。

达奈先生已经热诚感激地吻过了她的手，并转向斯揣沃先生，衷心地感谢他。斯揣沃刚刚三十出头，但是要显得比实际年龄大二十岁，大块头、大嗓门、红脸膛、直性子，而且没有任何娇弱细腻的缺陷，他在精神上和肉体上都用一种硬闯硬钻的劲头挤进去与人结交和交谈。这也很好地说明了他在生活中是硬闯硬钻上去的。

他一直还戴着假发，穿着律师袍子，在他的前当事人面前挺胸凸肚，简直把纯朴善良的劳瑞先生挤到这一伙的外面去了。他一边挤着一边还说：“我很高兴把你体体面面地解救下来了，达奈先生。这是一件可耻的诬告，可耻至极；不过也不是因为这种情况就少有得逞的可能。”

“你救我，使我死里逃生，也使我终生感激①，”这位前当事人握

---

① 原文为：You have laid me under an obligation to you for life-in two senses. “for life”有双重意义。

庆贺

住他的手说。

“我为你是尽了力的，而且我有把握，我尽的力是赶得上随便哪位的。”

在这个当口，显然应该有人义不容辞地说一声“还有过之”，劳瑞先生把它说了；也许并非完全出于无私，而是有意要让自己重新挤进去。

“你是这么想的吗?”斯揣沃先生说。“对了！你整天都在场，你是应该懂得的。你也是个办理业务的人。”

“正因为是这样，”劳瑞先生言道，这时他像刚才给挤出这一伙人一样，又给塞进了这一伙人里面。“正因为是这样，我要请求马奈特大夫结束这场交谈，命令咱们各自回家。露茜小姐看样子不太舒服，达奈先生这一整天都在担惊受怕，咱们大家都累坏了。”

“这是为你自己说的，劳瑞先生，”斯揣沃先生说，“我还有一夜的工作要做呢。这是为你自己说的。”

“我是为我自己说的，”劳瑞先生回答，“也是为达奈先生说的，也是为露茜小姐说的，也是——露茜小姐，难道你觉得我不可以为咱们大家说吗?”他直接对着她问了这个问题，并扫了她父亲一眼。

她父亲的脸变得呆板僵凝，仿佛是在非常好奇地盯着达奈先生，死死盯着看，越看越皱紧眉头，显示不悦和怀疑，甚至并非没有夹杂着恐惧。脸上带着这样一种令人莫解的表情，他的神志又陷入茫然。

“我的父亲，”露茜说着，把手温柔地放在他手上。

他慢慢把那阴影抖掉，转身向着她。

“咱们回家好吗，我的父亲?”

他长长舒了一口气回答说，“好吧。”

由于马奈特大夫本人造成的这种印象，那宣判无罪释放的犯人的这几位朋友心中怀着大夫那天夜里不会心情轻松的想法各自走开了。走廊里那些灯差不多完全熄灭了，那些铁门正在吱吱嘎嘎地关上，这个昏暗的地方阒无人迹了，要到明天早晨，大家对绞刑架、颈手枷①、鞭人柱和打印烙铁发生兴趣，才会使这里重又人山人海。露茜·马奈特走在她父亲和达奈先生中间，到了外面。他们叫了一辆出租马车，父女俩就坐上走了。

斯揣沃先生在走廊里就把他们丢下，硬闯硬钻挤回那间更衣室里去了。另外一个人，刚才没有跟他们聚在一起，也没有跟他们当中任何一个人搭过话，只是一直靠着阴影最黑的墙站着，这时跟着其余的人不声不响地走出来，并且一直看着那辆马车驰去。他现在走到劳瑞先生和达奈先生站着的人行便道前。

"喂，劳瑞先生！办业务的人现在可以和达奈先生说话了吗?"

谁也没有对卡屯先生在这一天审讯过程中所起的作用表示感谢；谁也不知道他所起的作用。他已经脱掉律师袍子，那外表也没有因此就显得好了多少。

"如果你知道了办理业务的人内心由于善良本性的冲动，和公事公办的外表分成了两边，那内心里进行着怎样剧烈的冲突，你是会感到很有意思的，达奈先生。"

劳瑞先生脸红了，激动地说，"你以前就提到过这件事了，先生。我们办理业务的人，为一家银行服务，是身不由己的。我们不得不更多地为银行着想，多于为自己。"

"我懂，我懂，"卡屯先生漫不经心地回答。"别着恼，劳瑞先生。我毫不怀疑，你像别人一样好；我敢说还更好。"

"确实，先生，"劳瑞先生不管他，接着说，"我确实不清楚你和这件事有什么关系。我虚长你这样多，说了这种话，望你海涵，我真不知道这是你办理的业务。"

"业务！上帝保佑你，我什么业务也没有，"卡屯先生说。

① 一种将脖子和双手枷住的刑具。

“真遗憾你没有，先生。”

“我也这样想。”

“如果你有，”劳瑞先生接着说，“可能你就会专心办理了。”

“老天垂顾你吧，不——我不会的，”卡屯先生说。

“哎呀，先生!”劳瑞先生完全被他这种冷漠无情的态度激怒了。“办理业务是件好事，而且是件体面事。而且，先生，如果业务叫你一定要隐忍、沉默、克制，达奈先生身为宽怀大度的年轻先生，是知道如何体谅这种情况的。达奈先生，晚安，上帝保佑你，先生！我想你今天大难不死，将来必有后福。——轿子过来呀!”

也可能是对他自己，也可能是对这个律师有点生气，劳瑞先生匆匆上了轿子，被抬往台鲁森银行去了。卡屯，散发着葡萄酒的酒气，显得并不十分清醒，这时大笑起来，转身对达奈说：

“这是一个不可思议的机会，让你和我碰到一块儿来了。这对你一定是一个不可思议的夜晚吧，独自和跟你一模一样的人一起站在这些路石上面?”

“我似乎还没重新回到人世上来呢。”夏尔·达奈答道。

“我对这一点儿也不奇怪。离现在还不太久的时候，你已经在通向另一个世界的道路上走得相当远了。你说话有气无力的。”

“我现在才感到我的确没有气力了。”

“那真见鬼了，你为什么不吃东西呢？我吃了。那些笨蛋在考虑你应该属于哪个世界——是这个世界还是另一个世界的时候，我自己吃了。让我带你到最近的一个小铺子里好好吃一顿去。”

他拉过他的胳臂挽住自己的胳臂，带他走下拉吉特山来到弗利特街，就这样走了一段带天篷的路，进了一家酒菜馆。在酒菜馆里，他们给让进一间小屋，夏尔·达奈在这儿用了一顿很好的便饭，又喝了些好酒，很快就恢复了气力。这期间，卡屯坐在他这张桌子的对面，眼前另放着一瓶葡萄酒，对达奈满是一种半似傲慢的态度。

“你已经觉得自己又属于这个世界了吗，达奈先生?”

“我的时间和地域概念都混乱得一塌糊涂；不过我现在已经好多了，可以弄清这个了。”

“这就应该大大知足喽!”

他酸溜溜地这样说，并且又把酒杯斟满，那是一只大杯。

“至于我，我有一个最大的愿望，就是忘掉我属于这个世界。这个世界除了像这样的好酒之外对我没有一点好处，我对它也没有好处。所以在这一点上咱们不是很相像的。说实在的，我渐渐觉得，咱们俩，你和我，在任何方面都不是很相像的。”

夏尔·达奈让这一整天强烈的情绪波动搅得迷迷糊糊，又觉得他在这儿跟这个举止粗豪、相貌相同的人一起，仿佛是在梦中，所以不知作何答复；最后也就干脆不去回答了。

“现在你的饭已经吃完了，”卡屯过了一会儿说，“你怎么不祝愿健康呢？达奈先生，你怎么不祝酒呢?”

“祝谁健康？给谁祝酒?”

“得啦，那就在你嘴边儿上，那应该是，必定是，我敢起誓那就在嘴边儿上。”

“那就祝马奈特小姐!”

“那就祝马奈特小姐!”

卡屯干杯的时候直盯着他朋友的脸看着，把酒杯从自己的肩膀头上往后甩到墙上，摔得粉碎①，然后打铃，要来了另外一只。

“黑天扶上一辆马车的可是一位漂亮小姐呀，达奈先生!”他一边说，一边把他那只新高脚杯斟满。

回答只是眉头微微一皱和简短的一声“是的”。

---

① 当时英国有此习惯：与朋友共饮中，每人可以提议为自己心目中爱慕的女性祝酒，干杯后，以摔碎酒杯为快。

“那番怜惜和那番流泪可是来自一位漂亮小姐的呀！你对这是一种什么感觉呢？做这样一种怜悯和同情的对象，受到性命攸关的审判也值得，是不是，达奈先生？”

达奈还是一句话也没回答。

“我把你的口信传给她，她听了高兴极了。并不是她表现出来了她很高兴，不过我想她是那样的。”

这样一说倒是及时提醒达奈想起，这位令人不快的朋友出于自愿帮助他渡过了这一天的难关。他把话题转到了这个方面，并感谢了他的帮助。

“我既不想让人感谢什么，也不应该让人感谢什么，”这就是他漫不经心的答话。“第一，这算不得什么；第二，我也不知道我为什么要那样做。达奈先生，让我问你一个问题。”

“欣然愿闻，这也是对你的帮助的一点小小报答。”

“你觉得我特别喜欢你吗？”

“真的，卡屯先生，”这一位不知所措地答道，“我还从来没问过自己这个问题呢。”

“那么你现在问问自己这个问题。”

“照你的所作所为看，你仿佛喜欢，可是我觉得你并不喜欢。”

“我也觉得我并不喜欢，”卡屯说。“我开始觉得你的理解力很好了。”

“虽然这样说，”达奈一边说，一边站起来打铃，“我希望这丝毫不妨碍我叫人算账，也不妨碍咱们双方都不伤和气地分手。”

卡屯答道，“一辈子也不会！”达奈打铃。“全部账你都付吗？”卡屯说。他得到肯定的回答之后又说，“那么酒保，给我再拿一品脱跟这一样的酒来，十点的时候来叫醒我。”

夏尔·达奈一边付着账，一边站起身来，并祝他晚安。卡屯没有回祝，带着一种有些威吓或是挑衅的神情也站起身来，并且说，“最后再问一句，达奈先生，你认为我醉了吗？”

“我想你一直在喝，卡屯先生。”

“你想？你明明知道我一直在喝。”

“既然我必须这样说，那就说我知道吧。”

“那么你也同样知道是为什么。我是个不得志的苦力，先生。我不关心世上任何人。世上也没有任何人关心我。”

“太令人抱憾了。你本来是可以更好地施展你的聪明才智的。”

“也许是这样，达奈先生；也许不是。不过，别拿你那副清醒的脸子自鸣得意了，你并不知道它可能会落到哪步田地呢。晚安！”

剩下他独自一人的时候，这个怪人拿起一支蜡烛，走到挂在墙上的一面镜子前面，反复端详自己。

“你特别喜欢那个人吗?”他对着自己的形象咕噜着说，“你为什么要特别喜欢一个跟你相像的人呢? 你身上并没什么可喜欢的，这你知道。啊，你这个混蛋！你让自己起了什么样的变化呀！一个人向你表明，你已经沦落到了怎样的地步，以及你本来应该是什么样子的，你就跟他亲近，这可真算得上一个正当理由！要是跟他换个地位，那你就也会像他一样受到那样一对蓝眼睛的青睐，也会像他那样受到那副激动的脸儿的同情? 再接下去说呀，用简单明了的话说出来呀！你恨这个家伙。”

他从他那杯中之物寻求安慰，几分钟之内就把它喝得一干二净，随即枕着胳臂睡着了，头发披散在桌子上，那蜡泪流下来，像一条长长的裹尸布似的，落在他的身上。

第五章　为 狮 猎 食

那是纵酒的年月，①大多数人都滥饮无度。“时光”已经使这种风

① 英国18世纪酒风极盛，妇孺皆饮。

习大大改善，当时一个人一夜之间所吞咽的无损于其正人君子声誉的酒量，如今即使不增不减恰如其分地说出来，似乎都像是荒谬地过甚其词了。对这种巴克坎忒斯①式的嗜好，饱学的法界一点儿也不亚于饱学的其他各界。而斯揣沃先生迅速地硬闯硬钻，这时已生意兴隆，财源茂盛，在嗜酒这方面也像在法界钻营竞争中一样，不比任何法界中人落后。

斯揣沃先生既为老贝雷的宠儿，又为治安法庭②的宠儿，已经小心谨慎地一层层凿通了他爬着的那座梯子低处的几级。这时治安法庭和老贝雷都不能不格外召唤他们的宠儿投入他们那急不可待的怀抱；于是斯揣沃又跻身于高等法院首席法官尊前，他那红光满面的脸儿从假发花坛中开放出来，恰似群芳满园、花枝招展当中硬挤进了一朵硕大无朋的向日葵。

律师界一度曾经注意到，斯揣沃先生能言善辩，而且肆无忌惮，机敏灵活，敢作敢为，但在同时，他却并没有从一堆供述当中撮其精要的本领，而这本是辩护律师业务训练当中至为重要和不可或缺的条件。但是后来，在这方面他渐渐有了明显的进步。他承办的业务越多，他似乎变得越有能力撮取精义要髓；不管他和西德尼·卡屯一起坐着痛饮到夜里多晚，到早晨他对他的论点总是了若指掌。

西德尼·卡屯，这个最懒散也最没有出息的人，是斯揣沃最得力的助手。这两位在希勒里节期到米迦勒节期③之间一起所喝的酒，简直可以浮起一艘皇家的船来。斯揣沃不管在什么地方办理案件，从来少不了双手插在衣兜里，两眼盯着天花板的卡屯；他们一起去进行巡回审判，

---

① 罗马神话中酒神巴克科斯之女祭司，她们于酒神节时狂歌乱舞。

② 为英国地方性处理轻微案件之法庭。

③ 当时英国法庭一年分四期开庭：希勒里节期(1 月 11 日至 31 日)；复活节期(4 月 15 日至 5 月 8 日)；三一节期(5 月 22 日至 7 月 12 日)；米迦勒节期(11 月 2 日至 25 日)。

甚至在那里，他们也把他们的纵酒取乐一直拖延到深夜，于是谣言纷传，说看见卡屯在青天白日偷偷摸摸、摇摇晃晃往他的寓所走，像一只浪荡逍遥的猫。到头来，在诸如对这件事感兴趣的人当中就渐渐传开，说尽管西德尼·卡屯并非一头狮子，他可是狮子的一只了不起的黑背豺①，而且他就以他那种卑贱身份为斯揣沃出庭效劳②。

"十点啦，先生，"酒菜馆的人叫道，刚才卡屯曾嘱咐此人叫醒他——"十点啦，先生。"

"怎么回事?"

"十点啦，先生。"

"你是什么意思？夜里十点了吗?"

"是啊，先生。你老告诉我要叫你。"

"噉，我想起来了。很好，很好。"

他蒙眬之间想再睡一会儿，却因那人不停地把火拨了五分钟而巧妙地把他这种睡意打消了。他站起身，把帽子扣在头上，走了出去。他拐进了圣殿区，在高等法院和纸楼③的石铺路面上来回走了两趟，使自己清醒过来，然后转进了斯揣沃的业务所。

斯揣沃的办事员已经回家，他在这种讨论中是从来帮不上忙的，斯揣沃本人开了门。他穿着拖鞋和一件宽松的睡袍，为了让自己更加舒服，光着脖子。他的眼圈带着粗野、疲劳、冷酷的样子，这从杰弗瑞④之流的画像开始，在他这一阶级所有放荡之徒身上都能看到，而且能够透过各式各样艺术加工、改头换面，从各个"纵酒时代"的画像上找到

---

① 黑背豺相传为一种专为狮子捕食的动物，类似我国传说为虎捕食的伥鬼。狮子在英语中早有红人儿、宠儿之意；黑背豺则成了为人作嫁者的代称。

② 原文 suit and service 为英语习语，本为英国中古时代佃户为封建主出席领邑法庭及对封建主尽忠之意。

③ 伦敦古建筑，坐落在法庭集中的地段，因建造简陋而得名。

④ 杰弗瑞(1648—1689)，英国大法官，以酷吏闻名。

痕迹。

“你晚了一点儿，记事本①。”斯揣沃说。

“跟平常差不多；也许晚了一刻钟。”

他们走进一间屋子，里面乱七八糟地摆着书册，扔着文件，生着旺火。一把水壶坐在炉架上，冒着热气。在糟蹋得不成样子的文件中间，一只桌子闪着光亮，上面放着大量的葡萄酒，还有白兰地和朗姆酒，还有糖，还有柠檬。

“我看得出你已经把你那瓶喝了，西德尼。”

“我想今晚是两瓶。我已经跟白天的当事人一起吃过饭了，或者说看着他吃过饭了——都是一回事！”

“西德尼，你提出有关验明正身的这一点真是难得。你怎么想到了这一点的？你什么时候注意到这一点的？”

“我心想他是个相当漂亮的家伙，于是我又想到，要是我过去哪怕也有一点运气，我多半也就会是像这样的一种家伙了。”

斯揣沃笑得他那过早腆出来的肚子直发颤。“你和你的运气，西德尼！开始干活儿吧，开始干活儿。”

这个黑背豺十分阴郁地解开了他的衣服，走进隔壁一间屋子，带过来一大罐子凉水、一个脸盆，还有一两条毛巾。他一边把毛巾浸在水里，拧个半干，叠起来放在额头上，看上去样子非常难看，一边坐在桌旁说，“现在我准备好了！”

“今天夜里没有很多要摘录的东西，记事本。”斯揣沃看着他那些文件愉快地说。

“有多少？”

“只有两套。”

“先给我最糟糕的那套。”

---

① 斯揣沃给卡屯取的绰号。

“在这儿，西德尼，开动脑筋吧！”

这位狮子大王于是自己怡然自得地背靠沙发，在酒桌一边落座，而这位黑背豺则在这个桌子另一边，坐在他自己那张扔满文件的桌子旁，酒瓶和酒就在手边。双方都毫无节制地寄情酒桌，但是各有各的方式。狮子大王大半个身子斜依着，两手插在腰带里，看着火，间或拿起一份比较次要的文件晃晃；黑背豺紧锁眉头，聚精会神，低头伏案，甚至连眼睛都不随着伸出去拿杯的手转一下——那只手在找到杯子往嘴唇边送以前常常要摸索一两分钟。手头的事情接二连三地出现难解难分的情况，这黑背豺就感到有必要站起身来，重新把毛巾浸湿。他走到水罐和脸盆那边，然后返回来，头上戴着古怪得难以描摹的头饰，因为他那么紧张严肃，这东西就显得更加可笑了。

最后，黑背豺终于为狮子大王拼凑出了一份简单明了的材料，于是就拿来供奉给他。狮子大王小心谨慎地拿起它来，从中撮出要点，并提出意见，黑背豺也帮助做了这两项工作。这些材料经过充分讨论，狮子大王又把手插在腰带中间，躺下琢磨。黑背豺则把一大杯酒灌下嗓子，又把毛巾蘸湿，蒙在脑袋上，来给自己提神，以便他备办第二道菜肴；这仍然是以同样方式提供给狮子大王的，而且直到早晨钟打三点，才处理停当。

“那么咱们现在办完了，西德尼，斟满一大杯五味酒①，”斯揣沃先生说。

黑背豺摘下头上早就又热气腾腾的毛巾，浑身抖了抖，打了个哈欠和冷战，然后遵嘱照办。

“西德尼，你今天对付那些皇家证人②很是精明练达。每个问题都恰中要害。”

---

① 一种英国人当时常用的饮料，以数种酒及柠檬、白糖等兑成。

② 因此案有关国事犯，故提起公诉，其证人则代表皇家。

“我总是很精明练达的，不是吗?”

“我不否定这点。是什么让你的脾气变粗暴了？加点五味酒吧，让它再和顺起来。”

这个黑背豺嘴里咕哝着表示反对，可是又遵嘱照办了。

“往日施鲁斯伯里学校[1]的那个西德尼 · 卡屯，”斯揣沃对比了他的今昔不禁点了点头，“还是那个跷跷板的西德尼 · 卡屯，一会儿上去了，待一会儿又下来了；一会儿兴高采烈，一会儿又垂头丧气。”

“唉!”这一位喟然长叹：“是啊，这同一个西德尼，同样的运气。就是那时候，我也是给别的孩子们做练习，而很少做自己的。”

“可为什么不做呢?”

“上帝知道。我想这是我的处世之道吧。”

他坐着，手插在衣兜里，腿伸到前边，看着火。

“卡屯，”他的朋友说着话，带着恃强称霸的神气挺起胸来，仿佛那炉箅是个铸造持久努力的熔炉，而唯一要为往日施鲁斯伯里学校的那个老西德尼 · 卡屯做的精妙之事就是把他硬塞进去，“你的处世之道是一条蹩脚之道，而且一向如此。你鼓不起干劲儿，找不到目标。看看我吧。”

“噢，真讨厌!”西德尼较为轻柔温和地笑了笑说，“你就别那么一本正经的了。”

“我过去是怎么完成我已经完成的事情的?”斯揣沃说，“我现在又是怎样做着我所做的事情的?”

“我想，一部分是通过雇用我来帮助你吧。不过，就是这样你也还够不上对我呼来喝去、神气活现的；你要干什么，你就干去。你总是走在前排的，而我反正总是呆在后面。”

“我就是得赶到前排去；我不是一落地就在那儿的，是不?”

---

① 英国著名公学之一，学校以其所在地名命名。卡屯早年曾受良好教育。

“我那时候可没参加过你的那个仪式①；不过我认为你那时候在。”说到这里，卡屯又笑了，于是他们俩都笑了。

“在施鲁斯伯里以前，在施鲁斯伯里期间，在施鲁斯伯里以后，”卡屯继续说，“你一直落在你那排里，我则落在我那排里。甚至咱们在巴黎学生区同学的那会儿，随便学点儿法文和法国法律，还有别的对咱们并没有多大用场的法国零碎儿那阵儿，你也总是有点名堂，而我总是没有名堂。”

“可那是谁的错呢?”

“凭良心说，我可不能十分肯定那不是你的错。你猛冲猛拼，硬闯硬钻，那样无休无尽，弄得我简直没有奋斗的机会，而只好怠惰休憩。不过，天慢慢亮了，在这种时候谈论一个人的过去，总有点儿令人丧气吧。趁我还没走，让我转个话题。”

“那么好吧！为了那个漂亮的证人，跟我干一杯，”斯揣沃说着，拿起了他的酒杯。“你是不是转到一个愉快的话题上来了?”

显然没有，因为他又垂头丧气了。

“漂亮的证人，”他嗫嚅着，低头朝自己的酒杯里看。“今天白天和晚上我已经跟证人打够了交道；你那位漂亮的证人是谁?”

“特别引人注目的那位大夫的女儿。”

“她漂亮!”

“难道不?”

“不。”

“唉，我的天哪！她是法庭上下众口交赞的呀!”

“什么法庭上下众口交赞！谁封老贝雷是判断美丑的法官?她不就是个金黄头发的玩具娃娃吗?”

“你知道吗，西德尼，”斯揣沃用锐利的目光看着他说着，还用一

---

① 指斯揣沃出生。

只手在他那面色红润的脸上慢慢抹了一把；“你知道吗？那时候，我相当肯定，你同情那个金黄头发的玩具娃娃，而且很快就看出那个金黄头发的玩具娃娃出了什么事。”

“很快就看出出了什么事！假如一个女孩子，管她是娃娃不是娃娃，在一个男子汉的鼻子尖儿底下昏了过去，那他不用望远镜也能够看见的。我跟你干杯，可是我不觉得她漂亮。现在我不想再喝了；我要去睡了。”

主人手持蜡烛跟随他走在楼梯上，照着他下楼，这时候，清凛的晨光已经透过沾满污垢的窗户在向里窥望了。他走出这幢房子的时候，外边冷冷清清，天空阴沉沉的，河水[1]幽暗浑浊，整个景象犹如一片毫无生气的荒漠。一股一股刮起尘土的旋风在清晨疾风的风头前到处飞旋，仿佛荒漠中的尘沙已经在远方高高卷起，那飞在前头的尘沙已经开始弥漫在整个城市。

这个人身上是荒废了的精力，身边是荒废了的沙漠，他走的那条路穿过一个寂静无人的地坪，他一动不动地站在路上，有一会儿工夫，他看到了一种由崇高志向、自我节制和坚韧不拔所构成的幻景，展现在他眼前。在这幻景中的美丽城市里，空中有游廊画馆，从中爱情和恩宠向他投以青睐；有花圃果园，其中生命之果累累垂枝，希望之泉在他眼前粼粼闪光。这些幻景，倏忽即逝。他走进一群楼房的天井，爬上一间高高的屋子，和衣倒在一张没人收拾的床上，而那床上的枕头则让荒废了的眼泪濡湿。

太阳无精打采地冉冉升起，它所普照的景物再也没有比这个人更令人痛心的了。他富有才能，情感高尚，但却不善于运用这些才能和情感，不善于帮助自己和获取自己的幸福。他意识到自己身上这种病害，但却任凭它将自己蚕食殆尽。

---

① 指泰晤士河。

第六章　宾 客 数 百

马奈特大夫幽静的寓所，坐落在离叟候[①]广场不远的大街上一个幽静的拐角。时间的波涛在那桩通敌案审判事件之后已经翻滚奔流了四个月之久，并载着公众对它的那些兴趣和记忆，长驱入海。就在此时，一个天气晴和的星期天下午，加维斯·劳瑞先生从他居住的克勒肯维尔沿着阳光灿烂的大街步行前去与那位大夫共进正餐。经过数次复发不顾一切地秉公办事的老毛病，劳瑞先生已经成了这位大夫的朋友，而大街上那处幽静的拐角，就是他生活当中一个阳光灿烂的部分。

在那个晴和的星期天下午，劳瑞先生很早就朝叟候走去。这是出于三种习惯性的原因。首先，因为每逢晴和的星期天，他常在正餐前和大夫与露茜一起出去走走；其次，因为在气候不宜人的星期天，他惯于作为通家好友和他们一起聊天、读书、凭窗眺望，一般总是这样度过这一天；再次，他也偶有一些难以精微细致掌握分寸的问题需要解决，并且知道大夫的治家之道是怎样指出那时正是解决问题的恰当时机的。

在伦敦，再也找不到一处比大夫居住的更为古雅别致的拐角了。没有道路从这里穿过，大夫住宅的那排前窗面临一带赏心悦目的小小街景，那街上具有一种令人舒畅的幽静气氛。那些年月，牛津路[②]以北建筑稀少，在如今已经消失的田野上，灌木繁茂，野花盛开，山楂烂漫。正因如此，乡野的空气在叟候畅通无阻，生气勃勃，而不是像一个无家可归的迷路乞丐进入教区那样无精打采；离这里不远的地方还有许多南

---

① 当时伦敦一个多为高级律师、大夫及外国侨民等寓居的地区。在泰晤士河以北，牛津街以南。

② 伦敦市区泰晤士河北部一条主街，在弗利特街以北。

墙，到了节气，那上边的桃树果实累累。

在一天的前半晌，夏日的骄阳明晃晃地射进这个拐角；而在大街给晒得渐渐热起来的时候，这个拐角又有了树荫，尽管树荫并不深邃，你仍然可以隔着它们看到一派耀眼的阳光。这是一处清凉的所在，肃穆但却欢快，是一个能够反射各种回声的奇妙处所，又是一个躲避喧嚣闹市狂风恶浪的港口。

在这样的一所停泊处必有一只宁静的小舟，而这里是有。大夫占用了一所安静房子的两层楼。据揣测，这所房子里白天有好几种行业从事活动，不过哪天也几乎听不见它们的动静，而到了夜晚，则一概停业。住宅背后有一栋大楼，和那所房子只有一院之隔，院内有一棵法国梧桐，绿色的叶子簌簌作响。据说这栋楼里在制作教堂的风琴，雕镂银器，还有个什么神秘的巨人打造黄金，他从前厅的墙上伸出一条金臂①，——仿佛他已经把自己打造成了黄金，而且跃跃欲试，要把所有来访者都变成这样。所有这些生意，或那一个据说是住在楼上的单身住户，或那个自称在楼下有一个不景气的前柜的马车饰物匠，都几乎从未有人听见或是看见，偶尔会有一个走错路的工人身穿上装②穿过前厅，或者一个生人向那里探头探脑，偶尔会隔着院子远远传来叮当一响，金巨人砰地一锤。不过这些只是仅有的几次例外，用来说明房子后面梧桐树上的麻雀和前面街角拐弯处的各种回声，从星期天清晨到下个星期六夜里，一贯是在自行其是。

马奈特大夫在这里接待的病人，都是那些听到他过去的名气和在私相传述他身世当中重振的声誉之后，慕名而来的。他具有科学知识，他进行精巧灵活的实验时小心谨慎、技术纯熟，也使相当数量的人前来就其他一些方面向他求教，所以他的收入，足敷支出。

---

① 此金臂应指金匠置于前厅之招牌。

② 一般工人做工时不穿上装，此应指他们在业余闲暇之时。

那个晴和的星期天下午，加维斯·劳瑞先生拉大街拐角那所安静房子的门铃时，这些都是他所了解、关心和注意的事情。

“马奈特大夫在吗?”

等会儿就回来。

“露茜小姐在吗?”

等会儿就回来。

“普若斯小姐在吗?”

可能在，不过使女却不可能预料普若斯小姐的意思到底是承认还是否认这个事实。

“那么我就自在吧，”劳瑞先生说，“我就上楼去。”

尽管大夫的女儿对于她出生的那个国家一无所知，她却显示出有一种天生就从那里获得的那种花钱少、办事多的本领。这正是这个国家最实惠宜人的特点之一。家具尽管简单，可是配置上了那么多小小的装饰品，虽不值钱，但它们所反映出来的情趣与爱好，却显得赏心悦目。屋中从大到小每个物件的安置，种种颜色的搭配，那优雅的变化和对比，都出自精心构想，出自巧手、明眼、慧心，它们本身让人一见就心情舒畅，而且它们是那样能够表现安排它们的人的无穷意韵，因此，劳瑞先生站在那儿四下打量的时候，就是那些椅子和桌子仿佛也都带着他在这种时候非常熟悉的某种特殊表情向他提问：他是否满意?

在这一层楼上有三间屋子，它们之间的门都是开着的，这样空气就可以在三间屋子里畅行无阻地流通。劳瑞先生从一间屋子走进另一间屋子，愉快地看到，在他周围所看到的一切东西都有一种奇妙的相似之处。第一间是最好的一间屋子，里边有露茜的鸟儿、花儿、书籍、书桌、工作台和一盒水彩颜料；第二间是大夫的诊疗室，也作饭厅用；第三间，院内的梧桐树在里面洒下了摇曳不定的斑驳树影，这是大夫的卧室，在一个屋角，放着已经不用的制鞋凳子和一盘工具，很像放在巴黎圣安东区酒铺旁边那栋昏暗房子五层楼上的那种样子。

“我真奇怪，”劳瑞先生四下打量了一番，停下来说，“这些东西让他想起他所受的那些苦难，可他还保留着!”

“那有什么好奇怪的?”这突如其来的问话使他吃了一惊。

这是由那个粗野、通红、手劲很大的妇人普若斯小姐发出的。劳瑞先生在多佛皇家乔治旅馆初次和她相识，从那以后越来越熟了。

“我本该认为——”劳瑞先生开始说。

“去吧！你本该认为!”普若斯小姐说；于是劳瑞先生就不言语了。

“你怎么样?”那位女士接着问，语气严厉，但却似乎是为了表示她对他并非怀有恶意。

“我很好，我谢谢你，”劳瑞先生柔顺地说，“你怎么样?”

“没什么好吹的，”普若斯小姐说。

“确实?”

“啊，确实!”普若斯小姐说。“我真为我的花大姐①心烦啊。”

“确实?”

“看在老天的分儿上，别再说‘确实’了吧，不然你就要把我烦死了，”普若斯小姐说。她的脾气可和她的块头不相称，是简短精悍的。

“那么是真的?”劳瑞先生为了改正这样说。

“是真的这话，也够糟的，”普若斯小姐回答，“不过好一点儿了。是呀，我正心烦呢。”

“我可以问问是什么原因吗?”

“我不想让整打整打的人，根本配不上花大姐的，上这儿来追她。”普若斯小姐说。

“真有整打整打为这个来的?”

“成百成百的，”普若斯小姐说。

每逢人家对她提出的见解表示疑问，她总要将它加以夸张，这正是

---

① 原文 ladybird，瓢虫。

这位女士的特点，正像是她那个时代以前和以后都不乏见的其他某些人的特点一样。

“我的天!”劳瑞先生说了这样一句他所能想到的最为稳妥得体的话。

“从这个小心肝儿十岁起，我就和她住在一起，或者说是这个小心肝儿和我住在一起，还为这给我付工钱，你可以拿出书面证明来，但凡我不花分文就能供养我自己或者供养她，那她确实就不必这么做了。跟她住在一起可真是为难。”普若斯小姐说。

劳瑞先生弄不清楚她那为难之处，所以摇了摇头。他将自己身上这样一个首要部位当作了一件万能法宝来利用。

“各式各样的人接连不断地来，没有一点点配得上这个宝贝儿的，”普若斯小姐说，“从打你开了那个头——”

“我开了那个头，普若斯小姐?”

“你没有？谁让她爸爸又活过来的?”

“噢！要是这就算是开了那个头的话——”劳瑞先生说。

“我想，那总不算是结了尾吧？我说的是，从打你开了那个头，那可就够为难的了；并不是我要挑马奈特大夫的什么毛病，且不提他不配有这个女儿，当然这不能怪罪他，因为无论在什么情况下，也不能指望有谁能配得上有这样一个女儿。可是从那以后，一大群一大群的人就跟着他来了(对他我还能原谅)，要把花大姐的爱从我这儿抢走，这可就是两倍三倍地叫人为难了。”

劳瑞先生知道普若斯小姐嫉妒心重，但是到这个时候他也了解到，她虽然表面上刁钻古怪，却是一个没有私心的人。这种人只能在女子中间找到，她们为了纯真的爱恋和仰慕，甘愿俯身为奴，侍奉她们已经失去的青春，侍奉她们生来未有的美丽，侍奉她们从未有幸享受的良好教养，侍奉她们自己那惨淡一生从没承受其垂顾的光辉前程。劳瑞先生清楚地知道，在这颗心里，除了忠心耿耿地服侍之外，再也没有其他什么了；它是那么知恩图报，那么毫不掺杂钱财之念，劳瑞先生对此怀有高度的崇敬，因此，按照他在自己心目中所给予她的应得安排——我们大家多多少少都做过这种安排——把她放得比许多女士都更接近那些较低等级的天使①，尽管那些女士在“自然”与“人工”②两个方面所受的恩惠都与她有天壤之别，而且在台鲁森银行的账簿上又有盈余。

“除了一个人以外，从来没有，也不会有配得上花大姐的人，”普若斯小姐说，“那人就是我弟弟所罗门，要是他这一辈子没出过那个差错的话。”

于是又一次，劳瑞先生询问起普若斯小姐个人的身世，结果确定了这样的事实：她弟弟所罗门是个毫无心肝的恶棍，他剥光了普若斯小姐所有的一切，用于投机事业，并使她永远陷于贫困之中，而自己一点也不感到内疚。普若斯小姐对所罗门坚信不疑(这小小一点差错对此的影响是微乎其微的)，这对劳瑞先生是一桩十分紧要、不可忽视的事，并且因此而加深了他对普若斯小姐的好感。

“现在刚好就咱们俩在一起，咱们又都是办业务的人，”他们回到客厅，和和气气地落座以后，劳瑞先生说，“让我问问你——大夫和露茜聊天的时候，还从来没有提到做鞋那个时候的事吗?”

“从来没有。”

“那么还把那板凳和那些工具留在身边?”

“唉!”普若斯小姐摇头答道，“我并不是说他在心里没提到这事儿。”

“你认为他对这事想得很多?”

“我认为是那样，”普若斯小姐说。

“你想象——”劳瑞先生刚一说，普若斯小姐就打断了他。

---

① 据基督教说法，天使共分九级，各有特性。

② 指先天、后天两方面。

“我从来不想象什么事情，根本没有想象。”

“多蒙指正；你推测——你有的时候总会推测一下吧?”

“偶尔也有，”普若斯小姐说。

“你推测，”劳瑞先生继续说，和气地看着她，明亮有神的眼睛含着笑意眨了眨，“马奈特大夫那些年受到那样的迫害，他对这件事的原因，也许还有迫害他的人的姓名，是不是有什么想法?”

“除了花大姐告诉我的以外，我没想过任何这方面的事。”

“那么，那就是——?”

“那就是，她认为他有。”

“那么请你不要因为我问所有这些问题生气；因为我只不过是个干巴巴办业务的人，而你也是个办业务的女人。”

“干巴巴的?”普若斯小姐心平气和地问。

劳瑞先生很想删去他那自谦的形容词，于是答道，“不是，不是，不是。肯定不是。咱们接着谈业务：正像我们大家所肯定的那样，马奈特大夫毫无疑问是无辜的，可是他却从来不触及这个问题，这不是很奇怪吗?我并不是说对我谈，尽管多年以前他和我有业务关系，我们现在又很熟；我是说对那可爱的女儿说，他对她是那么全心全意地依恋，而且又有谁是那么全心全意地依恋着他呢?请相信我，普若斯小姐，我向你提起这个话题并非出于好奇，而是出于热切的关怀。”

“好啦，就按我最好的想法说，他是怕提整个这件事。不过你会跟我说，最好的也很糟①。”普若斯小姐这番话因为带有道歉的意思，所以语气缓和了。

“怕?”

“我总认为，他为什么可能感到害怕，原因很清楚。那事回想起来就让人心惊胆寒。不单这样，而且他发懵就是由这个引起的。不知道自

① 英国谚语。

己是怎么发懵的，也不知道自己又是怎么清醒过来的，他可能老也拿不准他会不会又发懵。我总觉得，单单这一点，就只这件事，就够让人伤脑筋的了。”

这一席话，比劳瑞先生本想知道的还要深刻。“确实，”他说，“回想起来是怕人。不过，普若斯小姐，我心里暗暗地起疑，马奈特大夫心上总是沉重地压着这件事，对他是不是有好处。真的，正是因为这种疑惑和它有时候在我心里引起的不安，才使我现在跟你这样推心置腹的。”

“可真没办法，”普若斯小姐摇摇头说，“一碰到这根弦，他立刻就变得心绪恶劣了。还是把它撂到一边不管的好。简单一句话，必须把它撂到一边去不管，高兴也罢，不高兴也罢。有时候，他深更半夜地起来，我们在楼上听见他在自己屋里走来走去，走来走去。这样花大姐就知道了，他的身心又沉浸在他过去的监狱里，在那里走来走去，走来走去。她赶紧跑到他那儿去，他们就接着一块儿走来走去，走来走去，一直到他镇静下来。但是他为什么这样坐卧不宁，他对她从来只字未提，而她也觉得最好还是不要对他提起这件事。他们默默地一块儿走来走去，一块儿走来走去，直到在她的爱护和陪伴下他又清醒过来为止。”

尽管普若斯小姐否认她自己有想象力，可是在她反复说着走来走去这个字眼儿的时候，却表现出对于不断地遭受某种忧思困扰之苦有一种敏锐的感觉，这证明她是具有想象力这种东西的。

前面提到那个大街拐角是一个反射各种回声的奇妙街角，现在，那里开始洪亮地回荡起由远及近的脚步声，仿佛正是由于刚才提到了那委顿沉闷的徘徊而引起的。

“他们来了！”普若斯小姐说着，打断了谈话；“这一来咱们这里马上就会有几百几百的人来了！”

这又是那样一处传导效果奇妙的街角，是那样一个声音听起来古怪的地方，所以劳瑞先生站在敞开的窗口张望那对父女时，虽然他听见了他们的脚步声，却仿佛觉得他们永远也不会走过来。不仅这些回声消失了，仿佛脚步已经过去，而且那些代之而起的但永远不会到达的其他脚步声的回声，在它们似乎已近在耳边的时候，也永远消失了。不过，父亲和女儿终于露面了，普若斯小姐已经等在街门口迎候他们。

普若斯小姐尽管粗野、通红、吓人，她看上去可真是有趣。她的宝贝儿上楼的时候，她摘下她的帽子；用她的手绢角儿掸，把上边的尘土吹掉；把她的斗篷叠起来放到一边去；抚平她那丰厚的头发，一副得意的样子，倘若她普若斯小姐本人就是个最自负、最标致的美女，她可能为自己的头发而得意的样子也不过如此。她的宝贝儿看上去也很有趣，她拥抱她，感谢她，要她不要这样为她麻烦，不过她只敢以开玩笑的样子这么说说，否则，普若斯小姐会伤透了心，跑回自己卧室去痛哭一场的。大夫看上去也很有趣，他从旁看着她们，对普若斯小姐说她如何如何宠坏了露茜；可是他那语气和眼神却同普若斯小姐宠坏露茜的语气和眼神一模一样，而且，如果可能，还会宠得更厉害。劳瑞先生看上去也很有趣，他戴着那顶小小的假发，看着这一切，满脸容光焕发，庆幸他这个单身汉在垂暮之年福星高照，送他渐渐走向最终的归宿。不过，并没有几百几百的人来看这些有趣的场面，劳瑞先生本以为普若斯小姐的预言会变为现实，此时这种希望落了空。

正餐的时刻到了，仍然没有几百几百的人。在这个小小家庭的家务上，普若斯小姐掌管的是那些较底层的地方①，可是她一直表现得十分出色。她那正餐虽然菜肴平常，却烧得那么好，配得那么巧，调得那么妙。英式法式兼而有之，再没有比那更好的了。普若斯小姐的友情是完全现实的一种。她为了寻找穷苦的法国人，搜遍了叟候和邻近地区，而这些人为了几先令和半克朗的小钱儿，会把种种烹调的诀窍传授给她。

---

① 指厨房等处。

从这些高卢人[①]的没落子孙那里，她得到了那么奇妙的技巧，因此在他们家当帮工的那个妇人和姑娘都把她当作有法术的巫婆或是帮助灰姑娘的那个仙姑，她会派人从园子里拿来一只鸡、一只兔、一两棵菜，把它们变成她所想要的任何东西。

每逢星期天，普若斯小姐上大夫的餐桌吃饭，而在其他几天，她坚持要自己吃饭，也说不定什么时间，或是在干那些底层活儿的地方，或是在三楼她自己的屋子里——那是一个蓝色的房间，除了她的花大姐之外，谁也不得入内。这一次吃饭，因为花大姐的脸那样讨人喜欢，她又使出讨人喜欢的种种手段讨她喜欢，所以普若斯小姐也空前地舒畅，这顿正餐也就吃得非常愉快。

这天又闷又热，晚饭后，露茜提出把酒带到外边梧桐树下去喝，这样他们就可以坐到露天里了。既然什么事情都是围着她转，由她作主，他们就来到了外边梧桐树下。她拿来了酒，特意款待劳瑞先生。在这之前的一段时间，她就已亲自担任给劳瑞先生斟酒的任务[②]，这时他们坐在梧桐树下一边聊天，她就一边不断为劳瑞先生的酒杯斟酒。他们谈话的时候，那些房屋神秘莫测的后墙和侧墙在向他们探头窥视，那棵梧桐则以它自己的方式在头顶上对他们低声细语。

那几百几百的人还没有驾临。他们坐在梧桐树下的时候，达奈先生驾临了，但他只是一个人。

马奈特大夫友好亲切，露茜也是这样。可是普若斯小姐突然变得头摇身颤浑身难受起来，退到屋里去了。她并非不常受这种不适之苦，和熟人谈起来，她把这叫做“一阵抽筋儿”。

大夫此时正处于最佳状态，看上去特别年轻。在这种时候他和露茜

---

① 高卢曾为古罗马帝国的一部分，其人随罗马帝国之扩张而到法国，成为现代法国人之祖先。

② 过去欧洲家庭宴请宾客，一般由仆人为客斟酒。

在梧桐树下

的相似之处就特别明显；他们并排坐着，露茜靠在他的肩头，他把胳臂搭在露茜的椅背上，这种时候辨认他们的相似之处是很有意思的。

他已经聊了一整天，谈了许多事，而且显得不同寻常地活跃愉快。他们坐在梧桐树下随便闲谈，话题偶然触及伦敦古建筑的时候，达奈先生说，“大夫，请问你对伦敦塔仔细看过吗?”

“露茜和我去过那儿；不过只是走马观花。这就足以让我们感到它富有情趣了；仅此而已。”

“你该记得我也去过那儿，”达奈虽然因为愠怒而涨红了脸，还是含笑说道，“那是以另一种身份，而不是以一种可以得到许多方便仔细看的身份去的。我在那儿的时候，他们告诉过我一件奇怪的事。”

“那是什么事呢?”露茜问。

“在改建一些地方的时候，工人们偶然发现了一座旧地牢，那是很多年以前盖起来的，早已给人遗忘了。地牢内墙的每一块石头上，都满是犯人刻的字——许多日期、姓名、怨诉和祈祷。在墙角的一块基石上，一个当初似乎就要被处决的犯人刻下了他最后的遗作，是三个字母。这三个字母是用颤巍巍的手拿着最简陋的工具匆匆刻下的。起初大家把这三个字母看作是‘D. I. C.’；可是经过仔细察看才发现，那最后一个字母是‘G’。不管是凭记载材料还是凭口头传说，都找不出哪一个犯人的名字是用这几个字母开头的。这究竟是谁的名字，猜来猜去都毫无结果。最后，有人想到这几个字母并不是姓名开头的字母，而是一个完整的‘挖’[①]字。于是就在刻着这个字的墙下仔细查看地面，在一块石头，也许是一块瓦片，或是一块铺地砖下面的土中，找到了纸灰，和一个小皮夹或许是皮包的灰混在一起。这个不知姓名的囚犯所写的东西，永远不会给人看到了，但是他的确写了一些东西，并且把它藏起来，不让狱吏知道。”

---

① 即DIG。

“我的父亲!”露茜喊道，“你不舒服了!”

原来是他猛然惊跳了一下，把手伸向自己的头。他的神态表情让他们大家都十分害怕。

“没有，亲爱的，没不舒服。有些大雨点掉下来，吓了我一跳。咱们最好还是进去吧。”

他几乎立刻就恢复了过来。雨果真大滴大滴地下起来了，他给大家看落在他手背上的雨点。但是，对于刚才谈到的那次发现，他只字不提，而他们进到屋里的时候，劳瑞先生那办业务的眼光察觉到，或者说自认为察觉到，大夫的脸转向夏尔·达奈的时候，又出现了在法庭走廊上转向他的时候那种独特的表情。

不过大夫恢复得那样快，使得劳瑞先生简直都怀疑起自己那办业务的眼光来了。大夫站在前厅里金巨人胳臂下面对他们说，他至今还经受不住一点风吹草动(如果将来他可能会经得住的话)，刚才下雨就吓了他一跳。他说的时候镇定自若，真不亚于那金巨人的胳臂。

喝茶的时间到了。普若斯小姐冲茶的时候，又是一阵抽筋儿，可还是没有几百几百的人。卡屯先生蹓蹓跶跶地走了进来，可是算上他也只有两个。

那天晚上非常闷热，虽然他们坐在那里门窗大开，还是让暑气压得透不过气来。喝茶已毕，他们都挪到一个窗口，眺望窗外的苍茫暮色。露茜靠近她父亲坐着；达奈坐在她旁边；卡屯倚着一扇窗户。窗帘又长又白，阵阵狂风夹着雷雨呼啸而入，闯进这个街角，把窗帘卷到天花板上，上下扇动，就像精灵鬼怪的翅膀似的。

“雨点一直在打，又大、又沉、又稀，”马奈特大夫说，“雨来得很慢。”

“它确实来了。”卡屯说。

他们说话的声音很低，人们守候什么的时候，大多这样说话；人们在一间黑屋里守候打闪的时候，总是这样说话。

大街上人们忙作一团，快快跑开，好在暴雨到来之前找到藏身之地。这个反射各种回声的奇妙拐角，回荡着来来去去的脚步声，可这地方还没有脚步。

“真是闹中有静啊！”他们倾听了一会儿之后，达奈先生说。

“你看这不是令人难忘吗，达奈先生？”露茜问。“有时候我整个晚上坐在这儿，一直胡思乱想——可是今天晚上，到处都这么阴沉黢黑，哪怕一点点愚蠢的胡思乱想都会让我打哆嗦——”

“让我们也跟着打哆嗦。我们可以知道是什么想法吗？”

“这对你们似乎是算不了什么的。我觉得这一类怪想头只有我们想的人自己意会，不可言传。有时候，我整个晚上独自在这儿坐着倾听，到最后我觉得，这些声音正是渐渐走进我们生活中来的所有那些脚步的回声。”

“如果是那样的话，那么有朝一日总会有一大群人走进我们的生活中来的，”西德尼·卡屯带着他那种郁郁寡欢的神情插了一句。

脚步声一直不停，而且变得越来越忙乱、急促。这拐角里，到处反复回荡着脚步的回声，有的仿佛在窗下，有的仿佛在屋内，有的来了，有的去了，有的中途停息，有的戛然而止；所有的脚步都在远处的街上，没有一个近在眼前。

“这些脚步注定是要冲着咱们大家来呢，还是咱们各有各自的份儿呢，马奈特小姐？”

“我不清楚，达奈先生；我刚才跟你说过，这是一个愚蠢的遐想，不过是你问起来的罢了。在我陷于这种思想的时候，我总是一个人呆着，然后我就想象，它们就是要走进我的生活和我父亲生活当中来的那些人的脚步。”

“我让它们进入我的生活！”卡屯说。“我可是不提任何疑问，也不订任何条件的。有一股巨大的人流向我们奔腾而来了，马奈特小姐，我已经看见他们了！——借着这电光。”一道光辉夺目的闪电划过夜空，照见他倚窗而立的身影，闪电过后他加上了最后这一句。

“我还听见他们的声音了！”一阵隆隆雷鸣过后，他又加上一句，“它们来了，迅速、凶猛而又狂暴！”

他所形容的是猛冲直泻、狂啸怒吼的大雨。雨打住了他的话头，因为在雨中什么话也听不见了。随着倾盆大雨，掠过一阵惊人的忽雷闪电，于是雷声隆隆，电光闪闪，大雨滂沱，汇成一片，毫无休止，直到午夜月亮升起以后，方告停息。

在清爽的空气中，圣保罗大教堂的大钟敲出了一点，这时候，劳瑞先生由足登长靴、打着灯笼的杰瑞护送，开始沿着回家的路往克勒肯维尔走。在叟候和克勒肯维尔之间的大道上有几处僻静的地带。为了防备拦路抢劫的强盗，劳瑞先生总是留下杰瑞干这桩差事，不过平时总要比这次足足早上两个小时。

“多么闹腾的黑夜天呀！杰瑞，”劳瑞先生说，“简直是能把死人从坟里轰出来的黑夜天。”

“我自己也从来没见过这样的黑夜天，老爷——我也不指望——有什么东西会干出那种事儿来。”杰瑞答道。

“再见，卡屯先生，”这位办业务的人说。“再见，达奈先生。咱们会再次一起遇上这样的夜晚吧！”

或许。或许还会遇上那大群的人流汹涌澎湃，狂啸怒吼，向他们奔腾而来。

第七章　大 人 进 城

大人，这位朝中有权有势的显要之一，在他巴黎的豪华府邸举行两周一次的会客迎宾盛会。大人在他那间内室之中，对外面各间屋子里大群的崇拜者来说，那间内室是神殿中之神殿，圣堂中之圣堂。大人就要用巧克力[1]了。大人可以轻而易举地吞下各式各样的东西，而且有那么几个忧心忡忡的人认为，他正在相当迅速地吞咽着整个法兰西；可是他那份早点巧克力要是除了大师傅之外不再加上四条壮汉相帮的话，却灌不进他的嗓子眼里去。

是的，要把那荣幸的巧克力送入大人口中，得用四条汉子；四条都贴金戴银，闪光耀眼，而他们那个头儿，也仿效大人兴出来的豪华高雅派头，衣兜里至少得装两块金表才能过日子。一个身穿制服的仆从先把巧克力罐送进那神圣的尊前；第二个拿着专用小工具搅拌，让巧克力起泡沫；第三个献上那备受恩宠的餐巾；第四个（就是有两个金表的那个）把巧克力倒出来。在大人看来，这些侍奉巧克力的仆从如果缺少其一而想在这种令人称羡的天下雄踞高位，那是绝不可能的。如果他用巧克力只由三个人不成体统地服侍，那么他的家徽上就要沾上深深的污点；如果是两个，他就得一命呜呼了。

昨天晚上大人外出便宴，席间有迷人的喜剧和大歌剧[2]。大多数晚上大人都外出便宴，由令人神魂颠倒的人物作陪。大人是那样地风雅敏感，以致身处大量俗不可耐的国家业务和国家机密之中，喜剧和大歌剧对他所发生的影响，却远远超过了整个法兰西的需要。这种情况真是法兰西之大幸，也是所有得到类似恩宠的国家之大幸！——举例来说，在欢乐的斯图亚特王朝[3]出卖英国的那些令人遗憾的岁月，这种情况也一直是英国之大幸。

大人对于一般公务，有一个真正高贵的主张，那就是一切顺乎自然；对于特殊公务，大人则另有一个真正高贵的主张，那就是全部遵诸

---

① 指巧克力饮料，当时在欧洲尚为一种时髦饮料。

② 歌剧之一种，构思及演唱皆不自然，无语言对话，为法国音乐家首创。

③ 英国斯图亚特王朝时期（1603—1649，1660—1714），号称“欢乐的国王”的查理第二（1660—1685 年在位）曾允诺与法国共抗荷兰，条件是法国需给查理第二提供军事和经济援助，支持他摆脱英国议会对他的约束。

己意——扩增他的权势和私囊。对于他之所好，普遍的也罢，特殊的也罢，贵人还另有一个真正高贵的主张，那就是，天地均为他们而设。他发号施令所用的词句是："大人云，地和其中所充满的，都属乎我。"① 这话只在原文中更动了一个代名词，并不为多。

然而大人渐渐发现，一些粗俗棘手的现象侵入了他的公私业务，而在这两类业务上，他自己已经被迫和一个税收包办②联手。关于公共财务，是因为大人在这方面根本无能为力，结果必须让贤；关于私人财务，是因为税收包办都很富有，而大人则经过世世代代的挥霍奢靡，正变得越来越穷。为此，大人把他的姐妹从修道院里接出来，在还来得及摆脱即将戴上的修女面罩(这是她所能穿的最廉价的服装)之时，把她当作礼物送给了一个非常富有但却出身低微的税收包办。这个税收包办，拿着一根顶端有金苹果的僭用手杖，此时正在外间屋里那些宾客中间，备受人们顶礼膜拜——但是大人那些高人一等的血亲贵胄却不在此列，这些人，包括税收包办自己的妻子，总是以傲慢透顶的态度对他加以蔑视。

税收包办是一个穷奢极欲的人。他的马厩里拴着三十匹马，他的厅堂里坐着二十四个男仆，他的妻子有六个贴身女仆侍奉。这个税收包办，自命为一个只图尽其所能抢掠搜刮，除此之外无所事事的人——不管他的姻亲关系究竟会将社会道德引向何方——在那天恭候于大人府邸的显要当中，他至少总是一个最实实在在的人物。

至于那些屋子，虽然看上去是些漂亮地方，而且是用那年月的最佳趣味和技巧所能达到的各种各样装饰方法布置起来的，真正说来却不是一桩稳妥的事儿；稍微想想另一处地方那些衣衫褴褛、头戴睡帽的吓鸟

---

① 《圣经 · 旧约 · 诗篇》第 24 章第 1 节："地，和其中所充满的，……都属耶和华。"《新约 · 哥林多前书》第 10 章第 26 节："……地和其中所充满的，都属乎主。"

② 当时法国一种承包税收的人，他们向政府交纳若干数额税款，其余税收则归自己私有。

草人儿(而且并不太远，圣母院与这截然相反的两处地方的距离几乎相等，从圣母院的瞭望塔上，这两方面都能看到)，这也是令人极为不安的事儿——如果在大人的府邸里有人把这当回事儿想想的话。陆军军官没有军事知识；海军军官对军舰毫无概念；文职官员根本没想着办事；厚颜无耻的教士庸俗透顶，眼神淫邪，言谈放浪，生活更为放浪；所有这些人全都名不符实，所有这些人全都在撒弥天大谎，假装对自己的职位得心应手，可是所有这些人都或高或低属于大人这一个阶层，因此强行安插到一切公务职位上去，从中渔利；凡此种种真是难以尽述。与贵人或国家没有直接关系的人也为数不少，但是他们与任何现实的事情或者说与在任何坦途长期旅行可以达到任何真正现实目标的人生，也同样没有关系。医生在大人的前室对着他们那些尊贵的病人谄笑，用种种精致爽口的药物治疗那些并不存在的虚幻病症，大发横财。谋士在大人的招待会上向他们所抓住的任何耳朵里硬灌蛊惑人心的废话，他们发现了各种各样的灵丹妙药，治疗那些触及国家的小小弊病，但却没有一剂良方能使人认真安心从事根除一条罪恶。不信神的哲学家和不信神的化学师在大人举办的这个神奇美妙的集会上交谈。这些哲学家徒托空言改造世界，制造登天的巴别①纸塔；这些化学师则专事点石成金。教养有素的优雅绅士在大人府邸处于最可作为楷模的精疲力竭状态，凡是对人类利害有关的每一项自然应有的题目，这种教养全都漠然视之。正因如此，这种教养就在那个不同寻常的时期——从那以后也一直如此——闻名于世。这些不同品级的华胄贵人，在巴黎的锦绣世界里，留下了那样一户户人家，哪怕是混迹于顶礼膜拜大人之列的一伙密探——他们在那一群文质彬彬的人里几乎占了一大半——也很难在人群里那批施人以爱、宛若天使的妇女中间找到一位从行止风度仪容表现来看都堪称人

---

① 《圣经·旧约·创世记》第11章云，示拿地方的人欲造一通天塔，上帝见后，变乱了他们的语言，塔遂不得建成，该地遂取名巴别(变乱之意)。

母的妻子[①]。确实，除了给这个世界增添一个小淘气这唯一的动作——这本与实现母亲这一称号相去甚远——时髦社会并不知道有母亲这种人存在。农妇们把这些不入时髦的幼儿悄悄带大；而年已六旬、风韵犹存的奶奶姥姥们却像二十岁的时候一样地吃喝穿戴。

虚妄不实就像麻风一样，使凡是侍奉大人的人都传染得病，丑态百出。在最外面的那间屋里，有半打异乎寻常的人，他们数年来怀有朦胧的忧虑，觉得情况并不太妙。作为一种可能匡正时弊的办法，这半打人当中又有一半参加了狂热荒谬的“抽风教派”[②]，甚至在那个时候，他们还在考虑是否应该当场唾沫四溅，暴跳如雷，怒吼狂啸，身僵体硬，不省人事，以此来树立一个极其明白易懂的指向未来的路标，作为大人的向导。除了这三个德维什[③]之外，还有另外三个钻进了另一教派，这一派以一种莫测高深的说法“真理之中心”来补救时弊，认为“人”已脱出“真理之中心”——那是无需过多证明的——但是尚未脱离那“周缘”，这样，此人靠斋戒禁食和通神见鬼，即可不至于飞出“周缘”，甚至可以挤回“中心”。他们还相应地进行了许多通神见鬼的活动，而且起到大量好作用，但肉眼却总看不见。

不过令人宽慰的是，大人华府上所有这些宾客都服饰讲究。如果那最后审判日已经确定不过是服饰衣着审判日，那么这里的每个人都可算是一贯正确了。头发卷得那么弯曲，扑了那么多粉，梳得那么伏贴，皮肤保养涂抹得那样细致娇嫩，佩剑显得那样威武堂皇，香气那样清雅高贵，这些肯定都会使万事久长。教养有素优雅无比的绅士佩带着各种垂吊的小小饰物，他们慵懒地移步慢行，这些东西就铿锵作响；那些金链子响起来像敲打精致的小铃发出的声音；而随着那叮当之声，那丝绸锦

① 这里是指当时社会两性关系淫乱的情况而言。

② 为法国一教派，由狂热分子组成，成立于18世纪。他们周身抽搐松弛、蹦跳疯癫，谓能起奇迹般的医疗作用。

③ 即伊斯兰教托钵僧，以苦行、守贫为务，举行仪式时旋转呼喊。

缎和精纺麻布的窸窣之声，空中扇起了一股轻风，将圣安东区连同它那难忍的饥火，吹向远方。

衣着是永不失效的护身符和迷药，可以用来维持一切事物，使其各就各位。每个人都为参加一个永远不散的化装舞会梳妆打扮。上至杜伊勒利宫[①]，中间有大人和整个朝廷、上下议院、各级法院和整个社会(草人儿除外)，一直下达到“死刑刽子手”那里，到处都是化装舞会，而刽子手为追求迷人惑众，则按照法定要求也要“卷发、扑粉、穿镶金丝的上衣、浅口舞鞋和长筒白丝袜”。在绞架和刑轮[②]——斧头难得一用[③]——之旁，巴黎先生——这是他在各省的同行兄弟，如奥尔良先生及其他人根据正统的风习对他的称呼——身着这种精致考究的服饰，领袖群伦。而在那我主基督一千七百八十年，在大人迎宾会客之际，那些宾客当中难道有谁可能怀疑，一种以鬈发扑粉，身着绣金花边，足登浅口舞鞋和长筒白丝袜的刽子手为根基的制度，会眼见那些福星陨落！

大人已用罢巧克力，使他的四条汉子卸去了重任，下令把那神殿中之神殿的大门打开，步出内室。应声而至的是何等的忠顺服从，何等的摇尾乞怜和阿谀逢迎，何等的奴颜婢膝，何等的寡廉鲜耻！身体和精神上的匍匐礼拜，已经做得无以复加，没有丝毫留下来敬奉上天了——这可能就是大人的崇拜者从来也不去打扰上天的原因之一了。

对这儿投之一诺，对那儿报之一笑，对一个幸福的奴隶低语一声，对另一个挥手一下，大人和蔼可亲地走过他的一间间屋子，来到那“真理之周缘”的边远地区，在这里，大人转身回步，经过一段恰好的时间，他又让侍奉巧克力的那四个精灵把自己关闭在他那座圣堂之内，使人再也看不见了。

---

① 当时法国王宫，现已成为公园。

② 古时一种刑具，状如车轮，缚人轮上，旋转而碾压之。

③ 按当时西欧一般刑律，砍头只在贵族罪犯中实施，为一种殊荣。平民犯罪处死，多施绞刑。

表演到此结束，那股清风这时变成了相当可观的一阵风暴，那些精巧的小铃叮当响着下得楼去。这里全体人众顷刻之间就只剩下一人，他用胳臂夹着帽子，手中拿着鼻烟盒，穿过那两排镜子款步向外走去。

“我把你，”此人走到最后一道门口站住了，转身朝着圣堂那面说，“奉献给魔鬼!”

他一边这样说着，一边把手指上的鼻烟抖掉，仿佛是抖掉脚上的尘土似的，随后安然走下楼去。

他六十左右，衣着华贵，神态傲慢，面容像一副精美的假面具。一副苍白得透明的面容，五官线条分明，面部表情呆板，那鼻子模样虽然很美，不过每个鼻孔上端却略微有点像是捏了一下。这副脸上表示出的唯一一点细小变化，就在这两个像是捏了一下的地方，或说凹沟之中。它们有时会不停地变换颜色，偶尔还像是有点轻微的抽搐把它们鼓得一张一合；这样一来，就使得整个面部显出一种背信弃义、残忍凶狠的样子。细看起来，这种帮助显示表情的本领原来是在嘴部的皱纹和眼窝部分那些过分干直细浅的皱纹上；不过，这副面容给人的印象仍然还是：那是一副英俊的面容，一副引人注目的面容。

长着这么一副面容的这个人下了楼，走进院子，上了他的马车，驱车离去。刚才在招待会上没有多少人跟他交谈过；他孑然独立，而大人的态度本应更热情些。在现在这种情况下，他看到那些寻常百姓在他的马前四散奔逃，而且常常险些被撞倒，似乎显得十分开心。他的车夫像对敌猛冲似地赶着马车，而此人这样肆无忌惮地横突直撞，主人的脸上或嘴上都未以任何示意加以制止。王公显贵在那没有人行便道的狭窄街道上驱车乱闯，这种恶习野蛮地使俚俗平民丧生、致残，即使在这个聋子城市和哑巴时代，有时也能听到怨言，但是他们只把这些当作耳旁风，很少予以考虑。而且，在这件事情上，也像对所有其他事情一样，普通贱民就落得只能竭尽自己之所能消灾免祸。

随着一阵疯狂杂乱的吱吱嘎嘎、踢踢跶跶之声，乘着一种今日难于

车停在水池旁边

理解的毫无人道、恣意妄为之兴，这辆马车冲过街道，掠过拐角，女人在它前面尖声号叫，男人相互扶持，紧紧拉住孩子给它让路。终于，马车猛冲到一处拐角的水池旁边时，一个轮子令人心颤地轻轻震晃了一下，于是众人异口同声地大喊了一声，马匹也随之抬起前腿，接着又竖起后腿。

如果没有刚才这一点小小的干扰，这马车本来是不大可能停下来的，因为尽人皆知，马车往往是把撞伤的人丢下继续往前赶的，为什么不呢？但是吃惊的跟班已经急忙下了车，而且还有二十只手抓住了那些马的缰绳。

“出了什么毛病?”老爷镇定自若地朝外看看问道。

一个戴睡帽的大汉从马蹄中间拾起一捆东西来，放在了水池基座上，在污泥浊水中间，像个发了疯的野兽，趴在那东西上面号啕大哭。

“请侯爵老爷包涵!”一个衣衫褴褛的人毕恭毕敬地说，“那是个孩子。”

“他为什么要发出那么讨厌的声音来？那是他的孩子吗?”

“请原谅，侯爵老爷——真抱歉——正是。”

那水池离开马车还有一点儿距离，因为水池所在的那条街对面有大约十码或十二码见方的一块空地。那个大汉突然从地上爬起，朝马车跟前跑过来，此时侯爵老爷立即用手抓住了剑柄。

“压死了!”这人绝望已极，尖声喊叫，两只胳臂直直地伸过头顶，死死地瞪着他。“死啦!”

人们围拢过来，看着侯爵老爷。那许许多多盯着他的眼睛所流露出来的，只有谨慎而又焦虑的神气；并没有明显的威胁和愤怒。人们也不说一句话；在那头一声嘶喊之后，他们就沉默了，现在他们仍然如此。刚才说话的那个毕恭毕敬的人，语声呆板柔顺得达到了毕恭毕敬的极点。侯爵老爷的眼光在他们所有人身上扫了一遍，仿佛他们不过是一群出洞的老鼠。

他拿出了钱袋。

“你们这些人竟不能管好自己和自己的孩子，”他说，“这真令我吃惊。你们这些人中总有这个或那个挡住我的道。我还不知道你们把我的马弄出什么伤来了呢。接着！把那个给他。”

他扔出一个金币让跟班去拣，所有的头都向前探着，因此所有的眼睛都能看着金币落在地上。那个大汉又发出令人毛骨悚然的惨叫：“死啦!”

很快又来了另一个人，其他人纷纷给他让路。他一来就抓住了大汉。这可怜的家伙一看见他，就趴在他的肩膀上抽泣、喊叫，用手指着水池，那边几个女人正躬身站在那捆一动不动的东西跟前，在它周围轻轻走动。可是，她们也像那些男的一样沉默不语。

“我都知道，我都知道，”最后来的那个人说。“要像个敢作敢为的男子汉那样，我的加斯帕！对这个可怜的小东西来说，这样死了倒比活着强。他没受一点罪一下子就死了。他过过一个钟头这样好的日子吗?”

“你是个哲学家，你这个人，”侯爵笑着说。“他们怎么叫你的呢?”

“他们叫我德发日。”

“干哪行的?”

“侯爵老爷，卖酒的。”

“拾起这个吧，哲学家兼卖酒的，”侯爵说着，又朝他扔出一块金币，“你爱怎么花就怎么花吧。嗳，那些马呢，它们都没事吧?”

侯爵老爷再也没有对这群人降尊赐顾一眼，就在座位上往后一靠，准备让马车把他拉走，他那神气仿佛是一个上等人偶然打破了一个平常物件又赔偿了，而且还是花得起钱赔偿的；这时候，一个金币飞进了他的马车，在车厢的地上当啷滚动，突然扰乱了他的安逸。

“勒住!”侯爵老爷说，“把马勒住！谁扔的?”

他朝刚才卖酒的德发日站的地方望去；可是那个可怜的父亲正在那地方脸朝下趴在石铺路面上，站在他旁边的是一个黝黑矮壮的妇人的身影，她正在织毛线活儿。

“你们这些狗!”侯爵说，但是声调从容，而且除了他鼻子上那两处地方之外，面部表情一概未变。“我会从你们不管哪个人身上碾过去，而且满心高兴这样做，我要把你们从世界上彻底消灭。要是我弄清楚了是哪个坏蛋把金币扔进马车的，要是那个土匪刚好就在附近够得着，他就得让车轮给碾得粉碎。”

他们所处的地位是那样威震慑服，他们的经历又是那样长久艰辛，所以深知这样一个人在法律范围之内和法律范围之外能给他们造成什么灾难，因此，没有一个声音发出来，也没有一只手举起来，甚至没有一只眼睛抬起来。男人当中，一个也没有。可是那个站着织毛线的女人坚定地仰起脸，迎面盯着老爷的脸看。注意这种事情，是有辱他的尊严的；他用傲慢的目光瞥了她一眼，还瞥了所有其余那些老鼠一眼；于是又背靠座位坐了回去，发话道，“走!”

他继续驱车而行，其他马车都一辆接一辆紧跟着飞驰而过；内阁大臣、国家谋士、税收包办、医生、律师、教士、大歌剧、喜剧、整个化装舞会的男男女女都像一股接连不断的耀眼闪光，疾驰而过。老鼠们爬到洞外来观望，他们还要一连几小时地观望下去；士兵警察经常在他们与他们所观望的景物之间走来走去，成为一道篱障，他们就在那篱障后面偷偷走动，透过篱障窥看。那个当父亲的早就抱起那捆东西，带着它一起躲开了。刚才那捆东西放在水池基座上的时候照看它的那些妇人，坐在那边看着潺潺流水和那疾驰而过的化装舞会——这时，刚才引人注目地站在那儿织毛线的妇人一直像命运女神一样坚持不舍地织毛线①。泉水潺潺流动，河水湍急流动，白昼流入黑夜，城市中那样多的生命按照规律流入死亡，时不我待，那些老鼠又挤在一起睡在他们那黢黑的洞里，化装舞会在晚餐时分又欢腾起来，万事按部就班。

---

① 据希腊神话，命运女神为三位：其一司纺织生命之线；其二司决定生命之线的长短，其三司切断生命之线。

第八章　大 人 回 乡

这里一片美景，各种庄稼装点其间，但并不丰饶。一块块本该种麦子的地成了疏疏落落的裸麦田，一块块疏疏落落的豌豆和大豆田，一块块种了最粗陋的蔬菜的地，代替了麦田。在这毫无生气的自然界中，就像在耕作开发它的男男女女身上一样，普遍存在一种并不乐于滋长繁荣的迹象——一种自暴自弃，并且日渐萎靡的神情。

侯爵老爷坐在他那由四匹马拉、两个人赶的旅行马车里(它本是可以轻便些的)，艰难地爬上一座陡峭的小山。侯爵老爷脸上那一抹红晕，一点也不能归咎于他那高贵出身[①]；那并非发自他自身之内；那是由超乎他控制范围的外在事实造成的——就是西沉的落日。

旅行马车到达山顶的时候，那落日把马车里照得通亮，把里面的乘客浸染得浑身血红。“这很快就会消退的，”侯爵老爷看着他的双手说。

实际上那太阳已经落得很低，因此正在这一会儿就沉没不见了。等车轮挂上了沉重的后刹车，马车带着焦土味儿在一溜烟尘中顺着山坡滚下山去，那鲜红的晚霞也迅速消散。夕阳与侯爵一起下了山，等刹车松开的时候，已经没有一点霞光了。

不过，这里还有一片壑谷起伏的山野，突兀而又空旷，山脚下有一个小小的村落，村后是一抹宽阔的坡地和高地，一座教堂高阁、一座风磨磨坊、一带供狩猎的树林，还有一座巉岩，上边有一个作监狱之用的城堡。随着夜幕徐落，侯爵以一个家园在望的人那种神气环顾了一下所有这些阴暗下来的景物。

---

① 当时欧洲贵族以象征出身高贵之“蓝血”而自矜，以面色苍白为美，视面色红润为粗俗低下。

这村庄有它自己的一条寒酸街道，街上有它自己的寒酸啤酒厂、寒酸熟皮厂、寒酸酒菜馆、供邮车换马的寒酸车马场、寒酸水池，一切普通的寒酸设备。这里还有同样寒酸的人民。村里所有的人都很寒酸，有许多人正坐在门口，切一点点葱头之类的东西做晚饭，同时又有许多人在水池那儿洗树叶、洗野菜，还有地里出产的任何一点点人能吃的东西。造成他们寒酸的那些东西，并不缺少明显的标志；国家的赋税、教会的赋税、地主的赋税、地方的和全国的赋税都得按照这座小小村庄郑重登记的名册在这里那里交上去，简直让人奇怪还会有什么村庄剩下没给吞掉。

几乎看不到孩子，连一条狗也没有。至于成年男女，他们的人生选择是按这样的前景规定的——要么在那磨坊①下边的小村庄里，依靠仅够维持生活的最低生活条件为生；要么囚禁并死在巉岩那边高高在上的监狱之中。

等马车走到驿馆大门的时候，侯爵老爷由前面的开道差役和他马车夫噼啪作响的鞭声报信，在马车里坐直了身子。夜色朦胧之中，那鞭梢像蛇一样在他们的头旁盘旋蜿蜒，仿佛它是由复仇女神②奉随而来的。驿馆大门差不多就在水池旁边，农民们都停下手头的活计看着他。他看着他们，观察他们，可是并不了解，那饱经忧患的颜面和身躯确实在渐渐瘦损，这要使英国人在真相大白以后还有几近一百年的时间一直误以为法国人确实生来瘦弱。

侯爵老爷把目光投向他面前低眉顺眼的那些恭顺面孔，他们就像他自己刚才对朝中大人一样地低眉顺眼，唯一不同之点是，他们这样低眉顺眼只是逆来顺受而并非为了逢迎讨好。这时候，一个头发灰白的修路工走进了那一伙人。

① 当时一村之磨坊属地主所有，地主可以据此控制和剥削村民。

② 希腊神话传说之复仇女神，为三姐妹，她们的头发是由许多毒蛇盘结而成，手执一由蝮蛇扭成的鞭子，专司惩罚犯罪之人。

“给我把那家伙带到此处来！”侯爵对差役说。

那家伙给带来了，帽子拿在手中，其余那些家伙也都围拢过来看着，听着，那神气就像在巴黎那座水池旁边那些人一样。

“我是在路上赶过你的吗？”

“大人，一点儿不错。我有幸让你在路上赶过去了。”

“是在上山和山顶上两处地方吗？”

“大人，一点儿不错。”

“你当时在看什么，那样死死盯着？”

“大人，我在看那个人。”

他稍稍弯下腰，用那破烂不堪的蓝帽子指着车下。所有他那一伙都弯下腰朝车底下瞧。

“什么人，臭猪？为什么瞧那儿？”

“求大人包涵，他挂在刹车——后闸的链子上面。”

“谁？”这赶路人追问。

“大人，那个人。”

“让魔鬼把这些白痴都摄了去！你怎么样叫那个人呢？你认识这一带乡下所有的人嘛，他是谁？”

“求大人开恩！他不是这一带乡下的。我这一辈子哪天都算上，也没见过他。”

“挂在链子上？要勒死吗？”

“求大人恕我直言，这事儿透着新鲜。他的脑袋——像这样搭拉着！”

他侧转身子蹭到马车前，背靠着车，仰脸朝向天空，头搭拉下来；随后他又站好，不知所措地摸着帽子，鞠了一躬。

“他什么样子？”

“大人，他比磨面的还白。浑身是土，像鬼魂一样白，像鬼魂一样高！”

这种形容，在那伙人中间引起一阵骚动；可是所有的目光，用不着和别人交换眼色，都一致投向侯爵老爷，很可能是在观察，他良心上是否有什么鬼。

“真是，你干得可真好，”侯爵说，他恰如其分地意识到这样一类蛆虫，是不配搅得他心烦意乱的，“发现了一个贼跟着我的马车，可是一声不吭。呸！加贝尔先生，把他拉到一边去！”

加贝尔先生是驿馆长，还兼管一些收税的差事，他早已出来，奴颜婢膝地为这场盘查帮腔，并且一直以官家派头抓着受盘问人的衣袖。

“呸！一边去！”加贝尔先生说。

“这个生人今天要是想在这儿过夜，就把他抓起来；弄清他是不是干坏事的，加贝尔。”

“大人，蒙您抬举，甘愿为您的命令效劳！”

“喂，那家伙，他是不是跑了？——那个该死的这会儿到哪儿去了？”

那个该死的已经和五六个特别友好的伙伴钻到车底下，用他的蓝帽子指点着链子。这时另外五六个特别友好的伙伴立刻把他拉出来，把他气喘吁吁地带到侯爵老爷跟前。

“你这个傻蛋，这个人在我们停下装刹车的时候是不是跑了？”

“他从山坡上头朝下倒栽下去，就像一个人朝着河里扎猛子。”

“把这件事放在心上，加贝尔。继续走！”

那五六个窥看链子的人，还像一群羊似地一直挤在车轮中间。车轮猛然转动起来，他们侥幸才没有伤了皮肉筋骨，除此之外，他们简直也没有什么可伤着的地方了，否则他们也不会有这样运气。

马车一溜烟冲出村外，上了那边的高地，因为那座山坡度很陡，车立刻放慢了速度。渐渐地，车慢到了和步行一样，在夏夜的种种芳菲之气中颠簸摇摆着向上爬行。两个车夫周围环绕着数不清吐游丝的蚊虫，而不是复仇女神，他们一声不响地挥动着鞭子，以改善自己的处境；跟班随在马旁步行；开道差役小跑上前，消失在暮色之中，脚步声依稀可辨。

在山顶最陡之处，有一小块墓地，上边有个十字架和崭新的救世主大雕像；那是木制的简陋雕像，是个没有经验的乡村雕刻匠做的；不过，他事先在生活——可能是他自己的生活——中把这个雕像琢磨透了，因此这像瘦削得厉害。

面对这不断加深、永无尽头的苦海的凄惨象征，一个妇人屈膝长跪。马车向她驰来的时候，她回过头来，一跃而起，站到了马车门口。

“是你呀，大人！大人，求你一件事。”

大人不耐烦地喊了一声，可是脸上毫无变化，往外瞧着。

“噢，怎么了！什么事？总是求这求那！”

“大人，看在伟大天主的爱的份儿上！我男人，那个看林子的。”

“你男人，那个看林子的怎么了？你们这些人总是一个样。他交不起什么东西是不是？”

“他什么都交了，大人，他死了。”

“好哇！那他就安宁了。那我还能让他给你活过来？”

“哎呀，不是，大人！可是他躺在那边，在一小堆乱草下面。”

“嗯？”

“大人，那边不是有那么多一小堆一小堆的乱草吗？”

“还有呢，嗯？”

她看上去像个老妇人，实际上很年轻，浑身都是哀婉忧戚。她不断地一会儿使劲把两只青筋暴露、骨节突出的手握在一起，一会儿把一只手放到车门上，放的时候那样轻柔，那样爱抚，仿佛那是一个人的胸膛，还能希望它感觉到这种表示哀告的触摸。

“大人，你听我说！大人，你听听我的求告！我男人是穷死的；那么多人都是穷死的；还有更多的人要穷死。”

“还有呢，嗯？难道我能把他们都养着？”

“大人，这好心的天主知道；可是我并不要求这个。我求告的是，在一小块石头或木头上刻上我男人的名字，好安在坟头，能看出来他葬在哪儿。不然的话，那地方很快就记不清了，等我也得那么死了的时候，就更找不着了，我就得安葬在另外哪一堆乱草底下了。大人，有那么多孤坟，它们添得那么快，这儿穷得这么厉害，大人啊！大人！”

跟班把她从车门那儿推开了，马车随着马的一溜小跑被赶走了，车夫把马越赶越快，妇人给远远地甩在了后边，而大人，又由复仇女神护送着，迅速缩短着他与他府邸之间那一里格①或二里格的距离。

他周围，夏夜的芳菲之气四溢，正如甘霖普降，也一视同仁地落在离此不远聚在水池旁边的人身上，他们满身尘垢，衣衫褴褛，筋疲力尽；而那个修路工，仍然在向他们添枝加叶地讲着他那个像鬼怪似的人。他一边讲，一边用那顶蓝帽子指指画画，只要他们还能听下去，他就一直讲下去。如果没有那顶蓝帽子，他就微不足道了。渐渐地，他们再也听不下去了，就一个个地退了回去；于是一扇扇小小的窗扉闪烁起点点灯火，它们闪闪烁烁，等到窗扇变成黑洞时，更多的星光闪现出来了，仿佛是这些灯火射到了天上，而不是熄灭了。

此时，侯爵大人临近一幢高顶大厦和许多垂枝树木的阴影了。等他的马车停住，他那府邸的大门向他打开，这片阴影已变成火把的光亮。

“我候着夏尔老爷；他从英国回来了吗?”

“还没有，大人。”

第九章　女 妖 之 头

侯爵老爷的这座府邸是一堆硕大无朋、重叠累赘的建筑，外加上前面的一个大石头场院。主门前面的石头平台连着两溜石头阶梯。整个都是石头玩艺儿，四面八方都有笨重的石头栏杆、石头坛瓮、石头花朵、

---

① 长度名，在英美约为 3 英里。

石头人面、石头狮首，仿佛是两个世纪以前这府邸建成的时候，就让戈耳工的头一一看过似的[①]。

侯爵老爷由火把引路，从马车里出来，走上一段平缓的宽阶梯，这一来颇惊动了暗夜，惹得远处树林中高大宽敞马棚的棚顶上一只猫头鹰大声抗议。其他一切都寂静无声，连那引路的火把以及另一支举在大门口的火把，都好像是在一间关闭的大厅当中燃烧着，而不是在夜间的露天里。这里除了猫头鹰的叫声之外，只有喷泉落到它那石头水池里的声音，因为这正是那样一种漆黑深夜，它一小时一小时地敛声屏气，然后发出一声低低的长叹，于是又重新敛声屏气。

大门在侯爵老爷身后咣地一声关上了，于是他走过一座大厅，那里陈列着一些古老的猎野猪的梭镖、剑和狩猎用的刀，显得阴森可怖；其中还有笨重的马杖和马鞭，显得更加阴森可怖。许多农民回归到他们的恩人死神那里去之前，在他们的老爷大发雷霆的时候，是感受过这些东西的分量的。

侯爵老爷绕过那些漆黑的、夜晚上锁的大屋子，由他那持火把的仆人在前边带路，走上楼梯，来到走廊里的一扇门前。门打开了，他随即走进他自己这三套间的私室——一间卧室，另外两间作其他用场。这是几间高拱顶房间，地上没铺地毯而显得凉爽，壁炉那边安着粗大的炉架，供冬天生火之用，摆设应有尽有，豪华奢侈，符合一个豪奢时代和国家里的一位侯爵的身份派头。那倒数第二个路易的风格，那永不终缀的世袭王祚——路易十四——的风格[②]，在他们那富丽堂皇的家具上表现得十分明显；不过，由于又摆设了在法国历史典册当中可作说明插图之用的许多东西，这种风格又有所变化。

---

① 戈耳工为古希腊神话中之女妖，为三姐妹，头发为毒蛇，口中长野猪牙，身上长翅膀；其中最小的墨杜萨最危险，任何人一看到她的脸，立即化为石头。本章标题，如照原文直译，应为戈耳工之头。

② 法国路易 14 时代的家具陈设以豪奢绮靡著称。

在第三间屋里，摆了两个人的晚餐，这是一间圆屋子，在这座府邸四座灭烛器形楼顶的塔楼之一的里面。这是一间高高的小屋子，窗户大开着，木板条百叶窗关闭着，因此黑夜只能露出一条条黑色的窄横条，和百叶窗板的石青色宽横条交互杂错。

“我侄子，”侯爵老爷看了一眼晚餐准备的情形说，“他们说他还没有到。”

他没有到，不过原来一直是盼望着他和大人一起来的。

“唉！他今夜大概是不会到了；不过，让餐桌就这样吧。我一刻钟就准备好。”

一刻钟工夫，大人准备好了，独自面对他的盛宴，落座用餐。他的椅子面对窗户，他已经喝完了汤，把一杯波尔多葡萄酒①举到唇边，随即又放下了。

“那个是什么?”他聚精会神地瞅着那交互杂错的黑色和石青色横条，不动声色地问。

“大人，哪个?”

“百叶窗外边。打开百叶窗板。”

百叶窗打开了。

“嗯?”

“大人，没有什么。不过是树和夜色罢了。”

说话的仆人刚才推开了百叶窗，朝着空旷无边的黑暗里看了看，然后背对窗子站着，转过头来听候吩咐。

“那好，”镇定自若的主人说，“再把它们关上吧。”

这也照办了，于是侯爵继续用饭。他吃到半途，听到了车轮的声音，手里拿着杯子又停了下来。车子轻捷地赶了过来，直到府邸前面。

“问问谁来了。”

---

① 波尔多为法国西南一海港城市，出口产于它四周的葡萄酒，此酒遂以该地为名。

大人的侄子来了。午后不久，他在侯爵后面只差几里格路。他迅速地缩短这段距离，但却没有快到能在路上就赶上侯爵，在几个驿馆他都听说侯爵就在他前面。

大人吩咐过，要通知他晚饭准备好了在等着他，请他去就餐。过了一小会儿，他来了。在英国，人们都叫他夏尔·达奈。

大人彬彬有礼地接待他，可是他们没有握手。

“你是昨天离开巴黎的吗，先生?”他在桌旁落座的时候向大人问道。

“昨天。你呢?”

“我直接来的。”

“从伦敦?”

“就是。”

“你来花了很长时间。”侯爵微笑着说。

“正相反；我直接来的。”

“请原谅。我不是指路上的时间长，而是说打算上路的时间长。”

“我让”——这位侄子回答的时候停顿了一下，“各种各样业务给耽搁了。”

“毫无疑问。”这位文雅漂亮的叔父说。

只要有一个仆人在场，他们之间就再也不说一句别的话。等到上了咖啡，只剩他俩在一起了，侄子就看着叔父，对着那副像精致面具一样的面孔上一对眼睛，开始和他谈话：

“先生，我如你所望回来，是为了追求那个让我远走高飞的目标。它把我带进了巨大的、而且是未曾预料的风险当中；但是这是一个神圣的目标，即使它把我带向死亡，我相信它也会一直支持着我。”

“不是死亡，”叔父说，“没有必要说死亡。”

“我疑心，先生，”侄子答道，“如果它把我带到了濒临死亡的境地，你是否会愿意拉我一把，让我在那里止步。”

那鼻子上深陷的凹沟，那凶狠面貌上拉长了的细致笔直的皱纹，对此显出一种凶兆；叔父做了一个表示异议的优雅手势，那显而易见是略微表示良好教养的一种形式，所以令人难以置信。

“真的，先生，”侄子继续说，“据我所知，你还可能特意故布疑阵，使我周围可疑的情况显出更加可疑的样子来。”

“不，不，不，”叔父轻巧地说。

“不过，不管会怎么样，”侄子接着说，以极不信任的眼光瞥了他一眼，“我知道你会施展权谋，千方百计阻止我，而且会是不择手段的。”

“我的朋友，我如此奉告过你，”叔父说，鼻子上那两个记号又微微一颤，“烦劳你回想一下我如此奉告过你的话，那是很久以前了。”

“我想起来了。”

“十分感谢。”侯爵说——确实很为动听。

他的语声在空中回荡，宛如乐器的声音。

“事实上，先生，”侄子继续说，“我相信，就是因为你突然不走运了，而我又走了运，这才使我在法国没给关进监狱。”

“我不十分明白，”叔父答道，呷了一口咖啡。“我敢冒昧地求你解释一下吗?”

“我相信如果你不是失宠于朝廷，要不是在过去那些年里一直被这阴云压盖着，那么一纸空白捕票早就把我送进哪个城堡，无限期地监禁起来了。”

“那可能，”叔父镇定自若地说。“为维护家声，我甚至能下决心委屈你落到那种地步。请原谅我!”

“我觉察到了，前天那番接见也像往常一样，是很冷淡的，这对我可真是幸运!”侄子说道。

“我可不愿说幸运，我的朋友，”叔父彬彬有礼地答道，“我可不敢那么断定。冷落孤寂之际是思考的良机，对你的命运的影响，往往比你自己对它的影响更为有利得多。不过，讨论这个问题一点用处也没有。我正像你所说的，处境不佳。这些小小的补救办法，这些有利于家族权势和荣誉的轻微助益，这些或许会使你如此委屈的菲薄恩宠，现在只有通过晓以利害和苦苦乞求才能获得。对这些东西梦寐以求的人如此之多，而相形之下如愿以偿的人又如此之少！这并非向来如此，可是法国在所有这类事情上是江河日下。离我们不远的前几辈祖先对周围的草芥贱民还握有生杀之权。就是从这间屋子里，好多这样的畜生给拉出去吊死了；就是在隔壁那间屋子里（我的卧室），有一个家伙，据我所知，竟大胆放肆地说他女儿——是他的女儿！——怎么碰不得，就当场用短剑捅死了。我们已经失去了很多特权；一种新哲理已经流行起来；在这种年月，要维护我们的地位，可能（我没有到说势必的地步，而只说可能）引起我们真正的麻烦。什么都一团糟，很糟！"

侯爵吸了小小的一撮鼻烟，摇了摇头，对那个仍然有他自己这样一位中兴栋梁为其一员的国家表示失望，其态度之温文尔雅，则恰合他的身份。

"不管是过去，还是当今，我们都那样维护自己的地位，"侄子忧郁地说，"我真觉得我们的姓氏在法国已经比任何姓氏都更令人憎恨了。"

"但愿如此，"叔父说，"对上等人的憎恨，是下等人的一种不由自主的效忠。"

"在我们周围整个乡间，"侄子用他刚才那种口气继续说，"在我所能看到的瞅着我们的人脸上，除了由于惧怕和奴性而表现出的阴凄凄的恭顺以外，没有一个还有丝毫尊敬的意思。"

"一种对显赫家族的尊敬，"侯爵说，"这个家族保持着自己的显赫地位，对这样的尊敬受之无愧。哈！"于是他又吸了小小的一撮鼻烟，并轻捷地搭起腿来。

可是他的侄子用一只胳膊肘靠在桌子上，忧心忡忡，无精打采地用一只手蒙住眼睛，这时候，那副精致的假面具以一种犀利、细密而又厌恶的专注神情侧目打量着他，这同戴着那副假面具的人伪装出来的冷漠神情很不相称。

"镇压是唯一亘古不变的哲理。我的朋友，那种由惧怕和奴性而生的阴凄凄的恭顺，”侯爵言道，“会使那些畜生服从于鞭下，时间长到只要这个屋顶，”他抬头看着屋顶，“还能遮住青天的时候。”

这可不会像侯爵设想的那么长。如果今后短短几年中这座府邸必然会出现的那种图景，以及今后短短几年中五十座像这样的府邸必然会出现的那种图景在这个晚上能让他看到，那他不知还会不会从那片凄惨可怕的火后余烬、劫后残物的废墟之中认出自己的府邸。至于他所引以自诩的那个屋顶，他也会发现，它那时是以一种新的方式遮住青天了——说句俏皮话，那是它的铅瓦铸成了子弹，从千万支枪膛中射出去，打穿了那些人的身体，永远遮住了他们的眼睛，使它们看不见青天了。

“同时，”侯爵说，“即使你不保持家族的荣誉与安宁，我也要保持。不过，你一定疲乏了，我们是不是结束今晚谈话去就寝?”

“再呆一会儿。”

“假如你高兴的话，呆一小时。”

“先生，”侄子说，“我们一直为非作歹，现在正在自食其果。”

“我们为非作歹?”侯爵带着刨根问底的微笑重复了一遍，还优雅地先指指侄子，然后又指指自己。

“我们的家族，我们光荣的家族，它的声誉对我们两个都非常重要，但方式却那样截然不同。甚至在我父亲那时代，我们就大量为非作歹，每一个生灵，只要有碍我们寻欢作乐，不管是什么样的欢乐，就要遭到伤害。我有什么必要提我父亲那时代呢？那不同样也是你的时代吗？我能把我父亲的孪生兄弟、联合继承人和后继人与他本人分开吗?”

“死神给分开了!”侯爵说。

“还撇下我，”侄子应声说，“硬给束缚在一个我觉得可怕的制度里，要对它负责，可在其中又毫无权力；我在寻求实现我亲爱的母亲最后说出的要求，服从我亲爱的母亲最后流露出来的恳求我心怀慈悲和以功补过的眼神，但是由于寻求不到帮助和力量而备受折磨。”

“如果你想到我这儿来寻求这些东西，我的侄子，”侯爵说着，用食指点了点他的胸口——他们此刻站在壁炉旁边——“肯定你会永远寻求却一无所获的。”

他手拿鼻烟盒站在那儿，静静地看着他侄子，他那白白净净的面容上每一道精细笔直的皱纹都紧紧皱在一起，显得既凶狠又狡猾。他又一次指了指他侄儿的胸口，仿佛他的手指就是一把短剑锋利的剑尖儿，仿佛他是以最精雅优美的姿势用这把剑刺穿了他的身体，随后他说：

“我的朋友，我愿以一死使我赖以生存的这个制度永存不灭。”

他说完这些，又吸了一小撮鼻烟，然后把盒子装进衣兜。

“最好做一个有理性的人，”他打了桌子上一个小铃之后，又加上一句，“安于你天生的命运。可是我看出来，你是没指望了，夏尔先生。”

“这份家产和法兰西对我来说是没指望了，”侄子悲戚地说，“我放弃它们。”

“你放弃它们，难道你对这两样都有所有权吗？对法兰西还可以这么说，可这份家产呢？虽然这简直不值一提，可你现在拥有它吗?”

“我刚才说的话，并没有要求它的意思，如果明天从你那儿把它转给我——”

“这一点我还可以斗胆妄想大概不太可能。”

“——或者是再过二十年——”

“你太看得起我了，”侯爵说，“然而我倒是喜欢这样的设想。”

“——我就放弃它，以别的方式在别的地方生活。其实也没有什么可以放弃的，它所有的只不过是一片汪洋苦海和荒凉废墟罢了!”

“哈!”侯爵说着，环视了一下这间奢华的屋子。

“表面看来这里是够美妙的；不过，把它放到光天化日之下从里到外全都看看，它就是一堆崩塌的堡垒，其中只有奢靡浪费、安排无度、巧取豪夺、负债累累、典当抵押、迫害压榨、饥寒交迫、受苦受难。”

“哈!”侯爵又以一种自满自得的声调说。

“假如一旦成了我的，我就会把它交到更有资格使它慢慢(假如这种事可能的话)从拖倒它的重负下解脱出来的那些人手里，这样，那些不能离开它的人和那些长期遭受煎熬已经忍无可忍的人在下一代就可能少受点儿苦；可是这都由不得我。现在它是遭诅咒的，这整个国家都是如此。”

“那你呢?”叔父说。“请原谅我好奇，你打算根据你的新哲学，幽雅地生活下去啦?”

“我必须以劳作为生，这是我的同胞甚至有高贵出身作靠山的那些同胞有朝一日也不得不做的——劳作。”

“比如说，在英国?”

“就是。家族的荣誉，先生，在这个国家就不会因为我而不得保全，家族的姓氏也不会因为我而受到污损，因为我不用它了。”

刚才打了铃，隔壁卧室点上了灯，从两屋之间的门口，可以看见照得很亮。侯爵看着那个方向，听着他的跟班退出去的脚步声。

“看到你在那儿是那么随随便便就发迹了，英国对你是很有吸引力的，”他一边说着，一边微笑着把他那张镇定自若的脸转向侄子。

“我已经说了，我在那边发迹，我觉得多亏了你，先生。且不说别的，那里是我的避难所。”

“他们那些自吹自擂的英国人说，那是很多人的避难所。你认识一个在那儿找到避难所的我国同胞吗？一个医生?”

“嗯。”

“带着个女儿?”

“嗯。”

“嗯，”侯爵说，“你累了，晚安!”

在他以最有礼貌的姿态点头的时候，他那微笑的脸上有一种诡秘的表情，而且使这句话里也含有了一种莫测高深的意味，这使他侄子感受极为强烈。与此同时，那一对眼眶上又细又直的皱纹，那又薄又直的嘴唇，还有鼻子上那两个特殊的记号，都暗含讥讽地微微弯曲起来，使那副清秀的脸上露出狰狞的凶相。

“嗯，”侯爵重复说。“一个医生带着个女儿。嗯，新哲学就这么开了头！你累了，晚安！”

要想察颜观色从他脸上看出什么名堂，简直就跟从府邸外面那些石头人面上想看出什么名堂一样。侄子从门口走过去的时候看着他，也是徒然。

“晚安！”叔父说。“希望早晨能有幸和你再见。寝安！给侄少爷掌灯，送他去他屋里——如果你愿意，那就把我这位侄少爷烧死在床上，”他又自己在心里加了一句，然后又打了打他那个小铃，把他的跟班叫到他自己的卧室去。

跟班来了又走了，侯爵老爷穿着他那宽松的室内长袍走来走去，让自己心境平和，好在那样燥热寂静的夜晚入睡。他脚上穿着软底便鞋，走在地板上没有一点声音，只是长袍有点儿窸窣作响。他走动起来活像一只温文尔雅的老虎：——像是故事里讲的，一个着了魔，一心作恶而不知悔改的侯爵，他按期幻化，此刻正要由人变成虎，或由虎变成人。

他在那间供他骄奢淫逸的寝室里，从这头走到那头，回想着这一整天旅途当中不知不觉印入他脑海里的许多片断：日落黄昏中缓慢挣扎着爬山，夕阳西下，磨坊，巉岩上的监狱，山谷里的小村，水池那儿的农夫，拿蓝色帽子指点马车下边铁链子的修路工。这个水池令人联想到巴黎的水池，放在基座上的那个小捆包，躬身看着捆包的那些女人，双手高举、大喊“死啦！”的那个大汉。

“这会儿我凉快了，”侯爵老爷说，“可以去睡了。”

于是他只留一支蜡烛在大壁炉上点着，把薄薄的纱帐在他周围放下来，他安心睡觉的时候，听到一声长叹打破了深夜的寂静。

外面围墙上那些石头人面茫然注视着暗夜过了黑沉沉的三个小时。在这黑沉沉的三小时里，马棚里的马在槽头哗啦作响，狗在汪汪吠叫，猫头鹰发出怪噪，但却不像诗人惯于归诸它的那种声音①。不过这些畜

---

① 英诗中常以形声字形容猫头鹰的叫声。如莎士比亚喜剧《爱的徒劳》中一诗《冬》，其中即以Tuwhit！Tuwhoo！形容。

类总是积习难改，根本不按给它们规定好的那样发声。

在这黑沉沉的三小时里，府邸里那些石头面孔，狮子的和人类的，茫然注视着暗夜。所有景物都死气沉沉，一片漆黑。死气沉沉的一片漆黑又把自己的寂静笼罩在所有道路上寂静无声的尘埃上。墓地上那长着乱草的一座座小坟堆几乎连成了一片，难以分辨。十字架上的那尊圣像，如果按照所能看到的情况而论，那就可以说是他从十字架上走了下来。村里那些收税的和纳税的都睡熟了。那些面黄肌瘦的村民沉沉酣睡，可能正在做挨饿的人常做的那种享用盛宴的美梦，以及奴隶和耕牛常做的那种享受安逸休息的美梦，梦见他们都吃得饱饱的，获得了自由。

村里的泉水无形无声地涌流，府邸中的泉水无形无声地喷洒——它们汇合流逝，像是从时光之泉流逝着的分分秒秒——度过了黑沉沉的三个小时。然后，这两股灰色的泉水在曙光中渐渐显得阴影憧憧，府邸里那些石头面孔也睁开了眼睛。

曙色渐明，最后阳光终于射上了静静的树梢头，将光辉洒满全山。在灿烂的光辉中，府邸的泉水仿佛变成了血水，那些石头面孔也都染得绯红。鸟儿高声聒噪，在侯爵老爷卧室大窗户上那久经日晒风吹的窗台上，一只小鸟竭尽全力唱着它那支最为宛转动人的曲子。此情此景，使最近处的那副石头面孔仿佛都看得惊呆了，因此张开大口，伸长下巴，满脸诚惶诚恐。

此时，太阳已经完全升起来了，村里开始活动。窗子都打开了，歪歪斜斜的门拉开了门闩，人们瑟缩着走出来——让清新的空气冻得直打寒战。于是，在村民中间，难图轻松的一日劳作开始了。有些，上泉边，有些，下地去，这里一伙男男女女，又刨又挖；那里一伙男男女女，照看那些疲弱不堪的牲口，牵出瘦骨嶙峋的母牛，赶到大路两旁能找到的草地上去。在教堂和十字架前[①]有一两个人跪着祈祷，随着后面

---

① 欧洲天主教国家村镇交通要道多竖十字架，多为石制，供往来行人随时祈祷。

祈祷的人而来的那头牛，就想用它脚边的草解决一顿早饭。

府邸醒得较迟，因为这样才够派头，不过它还是一步一步醒过来了。首先，那些冷冷落落打野猪的长矛和狩猎的大刀又像往常一样染上了红色；然后，在旭日的光辉中变得锋利尖锐，光芒四射；这时，屋门和窗扇大开，圈棚里的那些马回头往过道照进来的阳光和扑进来的新鲜空气那儿观看，树叶闪闪烁烁，擦着铁格窗扇沙沙作响，那些狗用力拽着身上的链子，不耐烦地直立起来，等着把它们放开。

所有这些琐碎事情都是生活中朝阳重升时的例行公事。真的，府邸里大钟的钟声不是例行公事吧？楼梯上那上上下下的奔跑，阳台上急急忙忙的人影，这儿那儿到处踢踢踏踏的脚步，那匆匆备马、飞驰而去的情景，不都是例行公事吧？

什么风声儿把这种忙忙碌碌的气氛传给了那满身灰尘的修路工？他已经在村子那边的山顶上干起活来，带着他白天的饭食(带得并不多)，裹在一个乌鸦都不屑一啄的包里，放在一堆砂石上。是这些鸟儿带着这风声儿飞到远方去的时候，就像偶然撒下种子那样偶尔撒下了一星半点儿吗？不管是否，修路工在这个闷热的早晨仿佛奔命似地跑下山去，双腿沾满尘土，一直不停地跑到了水池边。

村里所有的人都在水池边，无精打采地到处站着，低声交谈，除了一点阴郁的好奇和惊诧之外，别无表情。那些牵来的牛给匆匆拴在随便什么可以把它们拴住的地方，它们或是呆头呆脑地四处张望，或是就地卧下，咀嚼那些反刍的东西，那本是它们在刚才游逛当中停下来吃进去的，其中并没有什么能抵偿那份咀嚼的麻烦。有几个府邸里的人和驿馆里的人，还有所有的税务官员，或多或少都武装起来，漫无目的地聚在这条窄小马路的另外一边，真是无事瞎忙。修路工已经钻进了五十个特别要好的朋友围成的一伙当中，用他那顶蓝帽子捶打着自己的前胸。所有这一切都意味着什么？那个加贝尔先生一下子跨上马背，坐在一个仆人后面，而且就是提到过的这个加贝尔(虽然坐骑上骑着两个人)，给飞驰着带走了，就像雷奥诺拉的德国民谣①新编一样，这又意味着什么?

这意味着，那边府邸上又增加了一具石头人面②。

戈耳工夜里又光顾这所大厦了，并且添上了这尚缺的一具石头人面。戈耳工等待这具石头人面大约已经二百年了③。

这具石头人面仰卧在侯爵老爷的枕头上。它像一具精致的面具，突然惊醒，显出怒气，然后僵化成了石头。这具石头人面所属的石身的心脏处，有一把刀子直插到心窝，刀柄周围有一圈纸，上边歪歪斜斜地写着：

"快快把他赶进坟墓。

雅克手书"

第十章　两 相 许 诺

岁月流转，又过去了一年。夏尔·达奈先生已经在英国立业，当了一名熟谙法国文学的高级法文教师。如果是在现在这个时候，他可以成为大学教授；而在那个时候，他是个家庭教师。他跟那些有余暇和兴趣学习这种在全世界流行的现代语言的年轻人一起学习阅读，他培养他们对这种语言所蕴含的知识和想象的鉴赏能力。此外，他还能把它们译成准确无误的英文。这种教师在当时并非轻易可寻，因为曾经当过王子、将来要当国王的人，这时尚未加入教师之籍，而且也还没有没落贵族从台鲁森银行的总账上删除姓名，沦为厨师和木匠④。作为私人家庭教

---

① 此民谣为毕尔格所收集，它叙述女主人公海伦抗议上苍使她的情人在战争中遇害，后其情人鬼魂骑马把她带走，到他墓中成亲。

② 当时欧洲贵族家中人死后，有为之雕塑石像饰于宅邸者。

③ 言从此府邸建成即开始等待。

④ 法国王子路易·菲利普 1830 年继承王位以前曾流亡瑞士，化名柯比，以教数学为生；法国大革命后，很多法国王公贵族流亡国外，劳动谋生。

师，他的造诣使学生成绩优异，获益匪浅，作为格调高雅的翻译家，他把字典中所没有的知识注入他的译作，因此年轻的达奈先生很快就颇有名气并受到赞赏。他还对自己国家的情况了若指掌，而这些情况又是愈来愈引起人们关注的。就这样，他以坚忍不拔的毅力和不知疲倦的勤奋，使自己在事业上卓有成就。

在伦敦，他既不希望走在金砖铺的地面上，也不想躺在玫瑰花铺的床榻上；如果他曾有过这种非分之想，他就不可能事业有成。他期望的是劳动，他找到并且干了，而且尽最大努力去干。这是他事业有成的主因所在。

他的时间有相当部分是在剑桥度过的，在那里，他带着还没毕业的学生阅读，仿佛是个得到默认的偷运欧洲语言的走私犯，而不是堂堂正正通过海关运送希腊文和拉丁文①的客商。其余时间，他在伦敦度过。

从过去那种四时皆夏的伊甸园②的日子，落到如今这种常年多半如冬的沉沦凡界的日子，一个男子的生活便无可更改地走上了一条道路——夏尔·达奈的道路——钟情于一个女子的道路。

从他处于危险的时刻起，他就爱上了露茜·马奈特。他从未听过一种声音像她那体贴动人的语声那样悦耳亲切；他从未见过一副容颜像他站在已经为他挖好的坟墓旁边和她相对而立的时候见到的那副容颜那样娇嫩艳丽。不过，他那时尚未对她谈到这个问题；远隔那波涛起伏的海洋，在尘土飞扬的漫长大道那边那座废弃了的府邸——那座结实的石头府邸本身已不过是一场迷梦的烟尘——谋杀事件已过去了一年，而他却还没有用哪怕是一个字，向她袒露自己的心怀。

他知道得很清楚，他这样做自有他的理由。又是一个夏日，他离开自己在学院的工作，很晚才到达伦敦。他又来到叟候那个幽静的大街拐角，力求找到一个向马奈特大夫敞开心怀的机会。这是白日将尽的夏

① 欧洲教育中，规定希腊文和拉丁文为学生必修课，早有历史传统。

② 《圣经·旧约·创世记》中之乐园。

天，他知道露茜必定和普若斯小姐出去了。

他找到大夫的时候，大夫正坐在窗户边上扶手椅里看书。在他身上，支持他挺过往日的苦难，并使这些苦难更加酷烈的那种精力又渐渐恢复了。他现在确实是个精力非常充沛的人，目标坚定，决断有力，行为果敢。像他起初运用其他恢复了的技能的时候一样，他在恢复精力当中，还会间或突然失神；但这常常不易察觉，而且越来越少。

他花在研究上的时间很多，睡眠很少，能轻松地耐受过度劳累，同时又恬适愉快。此时，夏尔 · 达奈向他走来，他一看见他，就把那本书放在一边，伸出手来。

“夏尔 · 达奈！很高兴看到你。我们这三四天一直在估算你会回来。斯揣沃先生和西德尼 · 卡屯昨天都在这儿，他们俩都说，你这次去的时间比往常要长。”

“他们对这事这样关心，真让我过意不去，”他回答说。他虽然对大夫非常热情，对他们却有点儿冷淡。“马奈特小姐——”

“很好，”乘他稍稍停顿的工夫，大夫说，“你回来会使我们都很高兴。她出去办点儿家务事，可是很快就会回来的。”

“马奈特大夫，我早知道她出门儿了，我乘她出门儿的机会，请求和你谈谈。”

一阵无声无息的寂静。

“嗯?”大夫明显局促不安地说。“把你的椅子挪到这儿来，接着说下去。”

椅子的事他照办了，但是似乎感到难于启齿。

“差不多一年半以来，我有幸，马奈特大夫，成为这儿熟悉的常客，”终于，他这样开口了，“因此我希望我所要触及的话题不会——”

大夫伸出手来打断他，他就闭口不说了。大夫的手停在那儿好一会儿没动，然后他把手收回来说：

“话题是露茜吗?”

“是她。”

“不管什么时候谈起她来，我都为难。听到你用那种口气谈起她来，我非常为难，达奈先生。”

“那是一种热烈仰慕、真诚敬重、深沉爱恋的口气，马奈特大夫!”他恭恭敬敬地说。

在她父亲开口之前，又是一阵无声无息的寂静。

“我相信这点，我要对你公正；我相信这点。”

他的克制局促那样明显可见，而且这又是由于他不愿谈论这件事，这一点也是那样明显可见，因此夏尔·达奈犹豫了。

“我可以继续说下去吗，先生?”

又是无声无息。

“嗯，继续说吧。”

“你事先已经知道我要说什么，不过，如果你不知道我是怎样保守我心中的秘密以及长期以来有多少希望、恐惧和焦虑压在我的心头，你就不能懂得，我谈到它的时候是多么真诚，我想到它的时候是多么真诚。亲爱的马奈特大夫，我深情、热切、无私、诚挚地爱着你的女儿，只要说世界上有爱情，那就得说我爱她。你自己也曾爱过；让你往日的爱情为我说话吧!”

大夫坐在那儿，把脸扭到一边儿，眼光落到地上。他听到最后那些话，又急忙伸出手来，喊道：

“不要说那些，先生！让它就那样去吧！我请求你，不要勾起它来!”

他的喊声太像是一阵钻心的痛苦引起的呼喊了，因此他喊过以后很长时间那声音还在夏尔·达奈的耳边回响。他那只伸出来的手动了一下，好像是在哀求达奈不要再说下去。达奈领会了这意思，便保持沉默了。

“我请你原谅，”过了一会儿，大夫用一种克制的声音说。“我绝不怀疑你爱露茜；这点你尽可以放心。”

他坐在椅子里，转身对着他，但并没有看他，也没有抬起眼光来。

他用手托住垂下的下巴，他那头白发遮住了他的脸。

“你跟露茜说过吗?”

“没有。”

“也没有写过?”

“从来没有。”

“如果装作不知你是顾念她父亲才那样克制自己，那也就太心胸狭窄了。她父亲感谢你。”

他伸出手来，可是目光并未随着投过来。

“我懂得，”达奈恭恭敬敬地说，“我怎么能不懂呢，马奈特大夫，我一天又一天地看到你们在一块儿，怎么能不懂得你和马奈特小姐之间有一种深切的感情，那么不同寻常，那么感人肺腑，与培育它的环境那么和谐自然，即使在父母子女之间的骨肉之情中，也是无与伦比的。我懂得，马奈特大夫——我怎么能不懂呢——她把这种深切的感情和已经长成成年女子的一个女儿的孝心融会在一起，在她的心中整个充满了对你的赤子之爱和仰赖。我懂得，因为她童年时代没有父母，所以她如今以她现在这种年龄和特点所具有的坚持不渝和强烈炽热的情感深挚地爱你，其中还包含了她在失去你的那段早年时期所应有的信赖和深情。我完全懂得，即使你离开了这个尘世，又从另一个世界回到她身边来，你几乎也不可能具有比现在在她心目中一贯保持的更为神圣的形象。我懂得，她搂抱你的时候，是一个集婴儿、小姑娘和成年女子三者于一身的人以双手环抱着你的脖颈。我懂得，她在爱你的时候，看见了并且是在爱她那个在她自己如今这个年龄的母亲，看见了并且是在爱在我这个年龄的你，是爱她那心碎了的母亲，是爱经过可怕考验幸得复生的你。自从我在府上结识了你以来，我无时无刻不明白这一点。”

她父亲坐在那儿，低头不语。他的呼吸稍显急促；不过他克制自己，没有显出其他任何激动的迹象。

“亲爱的马奈特大夫，我一直懂得这点，一直看到她和你周身围有这种神圣的光圈，所以我竭尽一个男子所能有的耐性，一忍再忍。我觉得，而且即使现在也还觉得，把我的爱情——即使是我的爱情——带到你们中间，必然会触动你的经历，引起某些不是像它本身那样好的事情来。但是我爱她。苍天明鉴，我爱她！”

“这我相信，”她父亲悲伤地答道，“在这之前我就这么认为了，这我相信。”

“可是，”达奈答道。在他听来，那悲伤的声音里有一种责怪的调子。“如果我命中有缘真会那样，有朝一日会那么幸运地使她成为我的妻子，请不要以为我一定会在某种时候造成她和你之间的某种分离，如果那样，我就不可能也不会吐出一句我现在所说的话。而且，我应该认识到，这是毫无可能的，我应该认识到，这是卑鄙的。假使我有丝毫这样的可能，即使是在遥远的若干年之后，潜藏在我思想深处，隐匿在我心中——假使曾经在那儿——假使可能在那儿——那我现在都不能接触这只尊贵的手。”

他一边说一边把自己的手放在那只手上边。

“不会的，亲爱的马奈特大夫，我像你一样，是个自愿离开法国，背井离乡的人；像你一样，是个受它那疯狂压迫和苦难驱赶而去国的人；像你一样，是以自己的努力去国谋生，并自信未来更为幸福的人，所以我仅仅希望与你共命运，同享生活和天伦之乐，而且对你忠诚到底，至死不渝。我不但不会剥夺露茜作你的孩子、同伴和朋友的权利；而且还要来增进这种权利，并把她更紧地牢系于你膝下，如果这种情况可能的话。”

他的手一直放在她父亲的手上，她父亲只回握了一会儿，随后把双手放在椅子的扶手上，可是并不显得冷淡，并抬起眼睛，谈话开始以来，这是第一次。他脸上表现出了明显的内心斗争，其中还偶尔有一种流露出深切疑惧的神情。

“你说得这样有情有义，这样斩钉截铁，夏尔·达奈，所以我衷心感谢，并愿开诚布公——或者说差不多做到这样。你是不是有什么理由认定露茜爱你?”

“没有，现在还没有。”

“这番倾心交谈的直接目的是不是你想可以根据我的看法立即弄清这点?”

“并不是这样的。我可能再过几个星期对此也不抱希望。我可能(不管是否弄错了)明天就会抱有希望。”

“你想从我这儿得点儿什么指点吗?”

“我不要求什么，先生。不过我认为很可能，如果你认为这合适的话，你是能够给我些指点的。”

“你想从我这儿得到什么许诺吗?”

“我确实想得到。”

“什么许诺呢?”

“我清楚地知道，没有你，我就没有任何希望。我清楚地知道，即或马奈特小姐此刻将我放在她那颗纯洁无瑕的心上——请不要以为我竟敢异想天开作此非分之想——我也不可能在她心中得到任何地位可以和她对父亲的爱相比。”

“假如真是这样的话，那么，从别的方面你还觉得有什么关联吗?”

“我同样知道得很清楚，从她父亲口中说出一句于求婚人有利的话，是举足轻重的，会对她发生巨大影响。由于这种原因，马奈特大夫，”达奈谦恭但却坚定地说，“我不会请求你说这句话来救我自己的命。”

“我相信是这样的，夏尔·达奈，不仅疏远生分会产生神秘莫测的东西，隐秘的爱情也会产生同样的东西，而在第二种情况当中，那些东西是微妙精细，难于猜透的。我女儿露茜在这方面对我来说就是那么神秘莫测，我一点儿也猜不出她的心思。”

“我是不是可以问一下，先生，你是不是认为有——”他迟疑的时候，她父亲接着说出了下半句。

“有什么别的求婚人在追求她?”

“这正是我打算说的。”

她父亲先考虑了一下，然后回答说：

“你自己看见，卡屯先生常来。斯揣沃先生有时候也来。如果真有什么人的话，那只可能是他们当中的一个。”

“也许两个都是。”达奈说。

“我从来没想到两个都是；我想可能两个都不是。你想从我这儿得到许诺，告诉我，是什么许诺。”

“那就是，如果马奈特小姐一旦从她那方面把像我贸然对你袒露的这种肺腑之言向你道出，你会证明我对你所讲过的话和你相信这些话。我希望你能对我有良好的印象，不致施加什么不利于我的影响。对于我命运攸关的这桩事情，我再也没有什么好说的了；这就是我的请求。我这种请求所依据的条件，也是你毋庸置疑有权要求的条件，我愿立即奉行。”

“我给你这种许诺并不要求任何条件，”大夫说。“我相信你的目的纯洁无瑕，真诚可信，像你讲的一样。我相信你的意图是使我和我那更加亲爱得多的另外一半之间的联系更加牢固，而不是受到削弱。如果她什么时候告诉我，说你是使她的幸福完美必不可少的因素，我就会把她交给你。如果有——夏尔 · 达奈——如果有——”

这个年轻人满怀感激地抓住他的手；大夫说到这里的时候，他们的手握在了一起：

“——任何虚妄之念，任何正当理由，任何疑虑忧惧，不管任何事情，新近的也好，过去的也好，反对她真正爱的人——而产生这种情况的责任并不直接应该由他来负——那么，为了她的缘故全都要化作乌有。对我来说她就是一切；对我来说比受苦受难更重要，对我来说比忍辱受屈更重要，对我来说比——得了！这都是多余之谈。”

他渐渐陷入沉默的那种样子那么特别，他止住不说的时候那种呆板的表情那么特别，这使达奈感到，大夫握着他的那只手慢慢放松下垂，把他的手撒开了，这时他自己的手，也变得冰凉。

“你刚才对我说了些什么，”马奈特大夫突然笑着说。“你对我说的是什么呢?”

他一时不知从何答起，后来才想起是在谈一种条件。他想起这点，感到松了一口气，然后答道：

“你对我这样信任，我也一定要以充分信任作为回报。我现在的姓氏，这你会想起来的，并不是我原有的，只是根据我母亲的姓略改了一点。我希望告诉你我姓什么，还有我为什么住在英国。”

“别说出来!”博韦的大夫说。

“我希望这么做，这样我才会更加不辜负你的信任，而且对你不保守任何秘密。”

“别说出来!”

有一会儿工夫，大夫把双手捂在了自己的耳朵上；接着，竟把双手捂在达奈的嘴上。

“等我问你的时候再告诉我，现在别说。假使你求婚成功，假使露茜爱你，你可以在结婚的那天早晨告诉我。你答应吗?”

“从命。”

“伸出手来。她立刻就会回家来了，最好别让她看见今天晚上咱们在一块儿。去吧！上帝保佑你!”

夏尔·达奈离开他的时候，天已经黑了；又过了一个小时，露茜才到家，天也更黑了；她急忙独自走进屋里——因为普若斯小姐已经直接上楼了——她父亲坐着看书的那把椅子空着，她吃了一惊。

“我的父亲!”她叫他。“父亲，亲爱的!”

没有声音回答她，可是她听到他卧室里锤子轻轻敲打的声音。她轻轻穿过中间这间屋子，从他的屋门往里一看，又吓得跑了回来，自言自语地喊着，浑身都起了鸡皮疙瘩。“我怎么办呀！我怎么办呀!”

她这样不知所措，只有一小会儿；很快就又赶过来，轻轻叩门，小声叫他。敲打声随着她的语声停下了，他马上走了出来，于是他们一起走过来走过去，走了很长时间。

那天夜里，她起床下去看他睡得怎么样。他睡得很沉，他那一盘做鞋的家伙，还有他过去没完工的活计，都依然如故。

第十一章　另 一 光 景

“西德尼，”斯揣沃在那同一个夜晚，或说清晨，对他的黑背豺说，“再兑一钵子五味酒，我有点儿事儿要跟你说。”

那天西德尼已经一夜干了两夜的活儿，而且昨天、前天，还有在那以前一连好几天都是这样。他要在漫长的休假日开始以前把斯揣沃先生的文件来一番大清理。最后终于清理好了；斯揣沃拖欠下来的工作都利利洒洒地补上了；诸事轻松，只等十一月会同雾气沉沉的天气和雾气沉沉的法律一起到来，再开张牟利①。

西德尼拼命干了这么多的工作，一点儿也不能更精神、更清醒些了。他额外多用了大量湿毛巾，才挨过了那整整一夜；用湿毛巾之前，也额外多喝了大量的酒。现在他把缠头毛巾摘下来，扔到他在刚才那六个小时里不时浸泡毛巾的脸盆里，此时他完全累垮了。

“你又在兑一钵子五味酒吗?”大块头斯揣沃说，他双手插在腰带里，仰卧在沙发上四处张望。

“我在兑。”

“那么听着！我要告诉你一点儿事儿，它会让你吃惊，也许还会让你觉得我不像你平常觉得的那么精明。我打算结婚了。”

“你真想?”

---

① 指当时英国法庭第四个开庭期到来再开始工作，参见本卷第 5 章注。

“真的。而且不是为了钱财。你觉得怎么样?”

“我不想多说话。她是谁?”

“你猜。”

“我认识她吗?”

“你猜。”

“我可不想猜，早晨五点钟，我脑子里像炸了锅似的。你要是想让我猜，你得请我吃正餐。”

“那么好吧，我来告诉你，”斯揣沃一边说，一边慢慢地坐起来。“西德尼，我真感到失望，没法儿让你了解我，因为你是一个那么迟钝的家伙。”

“而你呢，”西德尼一边忙着搅和五味酒，一边回答，“是一个那么敏感和富有诗意的机灵鬼。”

“唉!”斯揣沃洋洋自得地大笑起来，“尽管我一点儿也不愿自称是个富有浪漫情调的人(因为我想我了解得更清楚)，可是我还是那种比你更温柔细致的人。”

“如果你这么说，那你是比我更走运的人。”

“我不是这个意思，我的意思是，我这个人更——更——”

“说来说去，应该说是你风流倜傥。”卡屯提示说。

“好呀！我就是说风流倜傥，我的意思是，”斯揣沃在他的朋友兑五味酒的时候自吹自擂，“我是个在女人圈子里更注意博取青睐，更下苦功博取青睐，也更懂得怎样博取青睐的人。”

“继续讲，”西德尼·卡屯说。

“不；不过在继续讲之前，”斯揣沃用他那种蛮横霸道的样子摇着头说，“我要先对你说这件事。你到马奈特大夫家去的时候跟我一样多，也许比我还多。唉，我一直为你在那儿的那种阴阳怪气劲儿感到丢人！你的言谈举止又沉默，又阴郁，像一条该吊死的狗。凭良心说，我一直为你感到丢人，西德尼!”

“能对什么事情感到丢人，对于你这种干律师行业的应该是有好处的。”西德尼答道，“你理应多多感谢我。”

“你最好别这样顾左右而言他，”斯揣沃对他耸耸肩膀表示异议，“不，西德尼，告诉你是我的义务——而且当面告诉你是为你好——在那种社会圈子里，你简直糟糕透顶了。你是个不讨人喜欢的家伙。”

西德尼喝了一大杯他刚兑的五味酒，哈哈大笑起来。

“看看我!”斯揣沃端着肩膀说道，“我不像你有那么多必要去讨人喜欢，我的境况比你更独立不倚。我干吗要做那种事呢?”

“我还从来没见你做过那种事呢，”卡屯嘟哝着说。

“我做那种事是因为那是经过深思熟虑的；我做那种事是有原则的。看着我！我前途无量。”

“你还没有解释你的结婚打算呢，”卡屯漫不经心地回答，“我希望你坚持不懈。至于我——难道你就永远也弄不懂我是不可救药的吗?”

他带着有些奚落的样子提出这个问题。

“你不应该不可救药。”这是他朋友的回答，出于一种并非慰藉的口吻。

“我一点儿也不应该那样，这我知道。”卡屯说，“这位小姐是谁呢?”

“那，我宣布姓名可别使你不舒服，西德尼，”因为他马上要对他披露这件事，所以用一种夸张的友好态度让他作好思想准备，“因为我知道你说的话并非句句当真；而且，即使你真这么认为，那也无关紧要。我作这一番小小的开场白，是因为你有一次用轻蔑的词儿对我提到过这位年轻小姐。”

“我提到过?”

“当然啦；还就是在这业务所里。”

西德尼·卡屯看了看他的五味酒，又看了看他那位自满自得的朋友；他喝下他的五味酒又看了看他那位自满自得的朋友。

“你提到这位年轻小姐的时候把她叫作一个金黄头发的玩具娃娃。这位年轻小姐就是马奈特小姐。假如在这个方面你是个感觉稍稍敏锐或是感情稍稍细腻的家伙，西德尼，我对你用的这种称呼本来是会有点儿怨恨的，可你完全不是这样的人。你完全缺乏那种感觉；因此我听到这样一种说法，就跟听一个对绘画没有眼力的人对我画的一幅画发表意见，和听一个对音乐没有辨音力的人对我作的一首曲发表意见一样，我一点儿也不恼怒。”

西德尼用极快的速度喝下了那些五味酒，然后一边看着他的朋友，一边一大杯接一大杯地喝。

“现在你全知道了，西德[1]，”斯揣沃说。“我不在乎财产，她是个迷人的尤物，而我已经下定决心要使自己快活快活：总而言之，我觉得我自己快活得起。她和我结婚，会得到一个已经混得不错的人；又是一个飞黄腾达的人；而且还是一个相当出色的人：这对她来说是一种福分，不过她也配享福。你吃了一惊吧？”

一直在喝五味酒的卡屯反问道：“我凭什么该吃惊？”

“你赞成？”

一直在喝五味酒的卡屯反问道：“我凭什么该不赞成？”

“那好！”他的朋友斯揣沃说道，“你听到这件事比我原来想象的要开通得多，而且不像我想的那样在钱财上为我去斤斤计较；不过，肯定说你现在清楚地知道，你的老挚友是个意志相当果决的人。是呀，西德尼，我已经过够了这种方式的生活，没有一点儿变化调剂。我觉着，对一个男子汉来说，在他觉得想要有一个家的时候，有个家是件好事(在他不想要的时候，他可以离得远远的)，而且我觉着马奈特小姐放在哪儿都得说不错，还总会为我增光。所以我才下了决心。那么好啦，西德尼，老小子，我想就你的前途对你说句话。你混得很糟，你知道；你真的混

---

① 西德尼的爱称。

得很糟。你不懂钱的价值，你日子太苦，总有一天你会弄得筋疲力尽，贫病交加；你真应该考虑找个服侍你的人。”

他说这番话的时候那种屈尊垂顾的姿态，使他的块头显得比原来翻了一番，其令人生厌的程度则翻了两番。

“那么，让我提醒你，”斯揣沃乘势说，“要正视这件事。我是用我自己的方式正视这件事的；你，也用你自己的方式正视这件事吧。结婚。找个人照顾你。在女人圈子里享受不到乐趣，不懂其中的学问，也不会对付它，这都不用在乎。随便找个有点儿财产的体面女人——开旅馆或是开公寓的这一路人——娶了她，未雨绸缪嘛。这就是你得做的事。你就考虑考虑这件事吧，西德尼。”

“我会考虑这件事的，”西德尼说。

第十二章　善体恤者

斯揣沃先生打好主意将这一佳运洪福慷慨赐予医生之女后，决计在离开城里去长期休假之前让她得知。在这点上，经过内心反复较量，他得出的结论是，最好先把一切准备工作办妥，然后他们可以从从容容地安排，究竟是在米迦勒节期以前两个星期还是在圣诞节到希勒里节期之间这短短的圣诞假日①，他慨允和她结婚。

关于他办理的这桩案子的是非曲直，他毫不怀疑，而只是清清楚楚地看到他对这桩案子的裁决。他就实实在在的世俗问题——只有这样的问题才值得考虑——与陪审团据理力争，这桩案子简单明了，而且无懈可击。他把自己当作原告审问，他的证词无法驳倒，被告律师放弃辩护，而陪审团连转入酝酿都不必了。判决以后，斯揣沃大法官满意地认

---

① 参见本卷第5章注。

为，再也没有比这更简单明了的案子了。

于是，斯揣沃先生在长期休假伊始，即正式提出带马奈特小姐到沃克斯豪园林去①；碰了钉子，那么到瑞纳勒②；也莫名其妙地碰了钉子；这样他就得亲自到叟候去，在那儿宣布他那高尚的意图。

因此，斯揣沃先生心怀长期休假期间的绮思遐想，从圣殿区朝着叟候硬闯硬钻。他身子还在圣殿栅栏这边的圣顿斯坦③这里，却设想自己已经跻身叟候，沿着石铺路面猛冲猛撞，推开每一个弱者。不管什么人，如果看到他这种情形，都会领略到他是多么稳健。

他在路上经过台鲁森银行。他既在台鲁森银行存款，又知道劳瑞先生是马奈特家的密友，所以他灵机一动，想到要进银行去，把叟候地平线上的这片灿烂光辉向劳瑞先生揭示出来。于是，他推开了银行入口处轻声咯吱作响的门，踉跄迈下两层台阶，走过两位年迈的出纳员的身边，钻进后柜那间发霉的小办公室。劳瑞先生就在那里，坐在打了格子准备填写账目的大账本旁边，他的窗户上安着一根根直上直下的铁栏杆，仿佛也是打了格子准备填写账目的，而云彩底下的一切事物，则都成了一个总数。

“喂！”斯揣沃先生说。“你好哇，我想你挺硬朗的吧！”

斯揣沃最大的特征就是，不管地盘多大，空间多大，他总是显得块头太大。在台鲁森银行，他就更显得太大了，连远远角落里的那些老行员都带着抗议的神情抬头看他，仿佛他把他们挤得都顶住了墙。那行长本人正襟危坐，在放眼望去显得很远的地方看着那些票证，也紧皱眉头，大为不悦，仿佛斯揣沃的脑袋已经钻进了他那负有重任的背心里。

谨小慎微的劳瑞先生用一种适于那种环境的标准语调说道，“你好

---

①② 均为18世纪后半叶伦敦大众化游乐区。

③ 此圣顿斯坦教堂指西部圣顿斯坦，在弗利特街近西头、圣殿栅栏附近，在叟候以东相当远的地方。

斯揣沃先生在台鲁森银行里

哇，斯揣沃先生！你好哇，先生！”并和他握手。他握手有一种特别的样子。当行长似乎无处不在的时候，随便哪一个台鲁森的行员和雇主握手都是这副样子。他以一种自我克制的样子握手，仿佛他是在为台鲁森银行去握手。

“我有什么能为你效劳的吗，斯揣沃先生？”劳瑞先生用一种办理业务的口气问。

“唉，没事，谢谢你；我这是对你本人的私人拜访，劳瑞先生；我是来说点儿私事儿。”

“啾，真的？”劳瑞先生一边说，一边倾耳恭听，同时眼睛睨视着远处的行长。

“我就要，”斯揣沃先生亲热地把两只胳臂撑在桌子上说。虽然这是个双人写字台，他撑在上面，还显得足足小了一半。“我就要向你那个可人意的小朋友马奈特小姐求婚了，劳瑞先生。”

“哎呀，我的天！”劳瑞先生摸着下巴，将信将疑地看着他这位客人喊道。

“哎呀，我的天，先生？”斯揣沃往后一撤，照样学说了一遍，“哎呀，我的天，先生？你这是什么意思呢，劳瑞先生？”

“我的意思？”这个办理业务的人答道，“当然是竭尽友谊，颇为赞赏，而且这能给你带来极大荣誉，还有——总之，我的意思就是一切你所希望的。不过——真的，你知道，斯揣沃先生——”劳瑞先生打住了，以一种极其古怪的神气摇着头，仿佛他是被逼得无可奈何地在心里又加上一句，“你知道你这样是过分，太过分了。”

“喂！”斯揣沃一边说一边张牙舞爪地用一只手拍着桌子，瞪着眼睛，长长出了口气，“要是我了解你的话，劳瑞先生，那就把我绞死好了。”

劳瑞先生正了正耳朵上边的小小假发，算是把话的意思说完了，然后咬着笔上的羽毛。

“都见它的鬼去吧，先生!”斯揣沃盯着他问，“难道我不够格?”

“哎呀，够！够格。哎呀，你够格!”劳瑞先生说。“要说够格，那你是够格的!”

“难道我不是春风得意的?”斯揣沃问。

“嗽！假如说到春风得意，你的确春风得意。”劳瑞先生说。

“还会青云直上?”

“假如你说青云直上，你知道，”劳瑞先生很乐于能够再承认一番，“没有人能怀疑这点。”

“那么究竟你的意思是什么，劳瑞先生?”斯揣沃追问道。已经看得出来，他显得垂头丧气了。

“唉！我——你是不是现在就到那儿去?”劳瑞先生问。

“直接去!”斯揣沃说着，用拳头在桌子上砰地捶了一下。

“那么我想，我要是你，我就不去。”

“为什么?”斯揣沃说。“好，那我可要把你逼到旮旯里去了。”他像在法庭上辩论似地晃着食指。“你是个办理业务的人，所以必定有什么理由。说明你的理由。为什么你就不去?”

“因为，”劳瑞先生说，“我要是没有找到什么理由相信我会成功，那我是不会去干这种事儿的。”

“见鬼!”斯揣沃喊道，“可这真是从来没有的怪事。”

劳瑞先生瞥了一眼远处的行长，又瞥了一眼怒气冲冲的斯揣沃。

“你是银行里一个办理业务的人——一个上了年纪的人——一个有阅历的人，”斯揣沃说，“而且总结出了取得完全成功的三条主要理由，但却说一条理由也没有！还是肩膀上扛着脑袋说的!”斯揣沃特别强调指出这个特点，仿佛劳瑞先生要是没有扛着脑袋说，这件事的奇特之处也就微乎其微了。

“我谈到成功，是说对这位年轻小姐成功；我谈到可能成功的原因和理由，是说它们本身可以打动这位年轻小姐的原因和理由。是这位年轻小姐，我的好先生，”劳瑞先生说着，轻轻拍着斯揣沃的胳臂，“是这位年轻小姐，得把这位年轻小姐摆在头等重要的地位。”

“那么你是打算告诉我，劳瑞先生，”斯揣沃先生说着，挺了挺两个胳膊弯，“你经过深思熟虑得出的看法是，现在谈论的这位年轻小姐是个装腔作势的傻丫头。”

“完全不是这样。我是打算告诉你，斯揣沃先生，”劳瑞先生说着，满脸变得通红，“我不愿意听到任何人嘴里说出对这位年轻小姐不恭的话；还有，假如我知道有人——我希望不会有——他的趣味那么粗鄙，他的脾气那么跋扈，居然不能约束自己在这个桌子旁边不对这位年轻小姐出言不逊，那么，就连台鲁森银行也不能阻止我向他提出我的一点小小忠告。”

发脾气可又得压低嗓门，这使斯揣沃先生刚才发脾气的时候浑身的血管都快迸裂了；轮到劳瑞先生发脾气的时候，他浑身的血管，往常总是慢条斯理地循环搏动的，现在的情况也不比斯揣沃的更妙。

“这就是我打算告诉你的，先生，”劳瑞先生说。“请不要误会我的意思。”

斯揣沃先生在一把尺子头上嘬了一小会儿，然后用尺子在牙上敲出一连串响声，这很可能弄得他牙都疼了。他终于打破了这难堪的沉默，这样说：

“这是我从来没有碰到过的新鲜事儿，劳瑞先生。你是经过深思熟虑才劝告我别上曼侯，别给我自己——我自己，最高法院的律师斯揣沃提亲？”

“你是想听我的劝告吗，斯揣沃先生？”

“是想听。”

“很好。那我就说，而且你已经准确地重述过我的劝告了。”

“所有我能说的就是，”斯揣沃恼火地大笑道，“就是——哈，哈！——这是过去、现在、将来都不曾有过，也不会有的怪事儿。”

“那么请你理解我，”劳瑞先生进一步说。“身为办理业务的人，我对这种事情没有资格讲任何话，因为身为办理业务的人，我对这种事一无所知。不过，身为抱过马奈特小姐的长者，又是马奈特小姐和她父亲信赖的朋友，而且对他们俩又有深厚的感情，我才说这番话的。你回想一下，这番肺腑之言可不是我硬要讲的。现在你觉得可能是我错了吗?”

“我不觉得!”斯揣沃嘘着气说。“按普通情理我不能去找第三方；我只能从我自己这儿找这些答案。我认为得到的会是一定范围之内的理智的对待，你却认为我只会遇到装模作样黄毛丫头的无聊玩艺儿。这对我是件新鲜事儿，不过我敢说，你是对的。”

“我所作的揣测，斯揣沃先生，我有权利自己来说明。而且请你理解我的意思，先生，”劳瑞先生说着，脸上又刷地一下子红了。“我不愿意——甚至在台鲁森银行也不愿意——让随便哪位先生替我来说明。”

“得啦，我请你原谅!”斯揣沃说；

“不敢当。谢谢你。喂，斯揣沃先生，我是要说：——你如果发觉自己错了，那会很难堪；马奈特大夫如果得担负起向你明确摊牌的任务，那对他会是很难堪的；马奈特小姐如果得担负起向你明确摊牌的任务，那对她也会是很难堪的。你知道我十分荣幸与这家人保持的那种友好关系。如果你高兴的话，我愿意在丝毫不牵连你，丝毫不代表你的情况下，试着特意对这件事重新作一番小小的观察和判断，好纠正我的劝告。要是你对我所作的结果并不满意，你还可自己再去试探；相反地，要是你对我所作的结果满意了，而且事情也确实和我说的一样，那么也省却了各方面最好能省却的麻烦。你看怎么样?”

“你要让我在城里等多久?”

“噢，这个问题只要几小时就能解决。我可以晚上去叟候，然后到你的业务所去。”

“那么我答应了，”斯揣沃说，“我现在就不上那儿去了，我对这件事并不像一桩就要实现的事那么热切；我答应了，并且恭候你今夜光临。再见。”

于是斯揣沃转身冲出银行。他一路走过去掀起的那一阵风，甚至得要那两位年迈行员竭尽衰朽之力才能在两个柜台后面躬身施礼的时候顶住。这种年高德劭体衰力薄的人，大家都能看到他们躬身施礼，而且一般总不必怀疑，在他们已经躬身将一位顾客送出门外之后，仍然在一个顾客也没有的办事房里躬身侍立，直到又躬身迎来另一位顾客。

律师以他那股精明劲儿足以揣测出，这位年长的银行行员如果不是确有把握，是不会把自己的意见表达到那种程度的。尽管他毫无不得不吞下这一大粒苦药的准备，他还是把它吞下去了。“那么现在，”苦药吞下去以后，斯揣沃先生朝着圣殿区的方向摇晃着他那在法庭上用惯的食指说，“我在这件事情上的出路就是，把错误都归咎于你们所有的人。”

这是老贝雷一个随机应变的家伙的一点小小伎俩，他在其中大大得到了宽解，“你可不用想归咎于我，年轻小姐，”斯揣沃说，“我要归咎于你。”

于是在那天夜晚劳瑞先生迟至十点来访时，斯揣沃先生埋头于一大堆故意乱放着的文件纸张当中，仿佛今天上午的事情在他脑子里根本没占什么位置。他看到劳瑞先生的时候，甚至露出惊讶的神气，而且处于一种全神贯注于一件事情上而显得心不在焉的状态。

“喂!”他这位温厚善良的使者本想把他引到这个问题上，经过足足半小时徒劳无益的努力之后，只好说出，“我到叟候去过了。”

“到叟候?”斯揣沃先生冷漠地重说了一遍。“噢，是不错！我正在想什么呢!”

“而且我毫不怀疑，”劳瑞先生说，“在咱们那段谈话当中，我所说的是对的。我的意见得到证实了，因此我重申我的劝告。”

“我向你担保，”斯揣沃用最友好的方式回答说，“我因为你的缘故对这件事很抱歉，还因为那位可怜的父亲的缘故对这件事很抱歉。我知道这件事必定是这家人一个头疼的问题；让咱们再别说这件事了。”

“我不明白你的意思，”劳瑞先生说。

“我敢说是不明白，”斯揣沃一边说，一边以一种安抚别人但又一了百了的方式点点头。“没关系，没关系。”

“可是这有关系。”劳瑞先生极力坚持。

“不，没有关系；我向你担保这没关系。我原来以为，那本来没有情理的地方有情理，那原来没有值得赞许的抱负的地方有值得赞许的抱负。我现在完全摆脱了自己的错误，没造成任何损害。有些年轻女人过去就常常干这种傻事，而过后也常常在贫贱中对这些事追悔莫及。按世俗的眼光看，这对我不会是一桩好事，所以从毫不自私的角度说，我为这件事中途作罢而引以为憾；按世俗的眼光看，这对我不会是一桩好事，所以从自私的角度说，我为这件事已经作罢而感到高兴。——简直没有必要再说，我从中本来就是一无所得的。这件事根本没有造成任何损害。我并没有向这位年轻小姐提出来，而且，你知我知，绝不外传。我回想起来怎么也不能肯定，我居然会让自己落到那步田地。劳瑞先生，你就没法儿把握住头脑空虚的女孩子那些装模作样的空幻浮华的心思；你决不要去干那种事，不然你只会大失所望。那么，请再别提这件事了。我告诉你，我是为别人才对这件事感到抱憾，为我自己我可觉得挺满意。我还真是十分抱歉让你允许我征求你的意见，还让你对我提出劝告；你比我更了解这位年轻小姐；你对了，这件事永远也不会办得成。”

劳瑞先生真是大吃了一惊，斯揣沃先生把他挤到了门口，将那副宽容大度、克己忍耐和与人为善的表情倾注到他这晕晕乎乎的脑袋上的时候，他看着他简直呆若木鸡。“这件事请你善自为之吧，我亲爱的先生，”斯揣沃说，“别再提它了，再次感谢你让我征求你的意见；

晚安!”

劳瑞先生走到了外边夜空下，才弄清楚自己是在什么地方。斯揣沃先生仰卧在沙发上，对着天花板眨巴眼儿。

第十三章　不 体 恤 者

即使西德尼·卡屯在什么地方显得出众，他在马奈特大夫家里肯定也从未显得出众。一年到头，他常到这儿来，而且在这儿总是那么一个阴阳怪气、乖张怪僻的浪荡子。他注意说话的时候，也说得很得体，可是那种对什么都毫不注意的乌云总是以命中注定、无可更改的黑影笼罩着他，很少能让他内心的光亮照射出来。

不过，他倒确实对这所房子周围的那几条大街很注意。还有铺成路面的那些无知无识的石头。很多很多长夜，在酒已不给他带来昙花一现的欢乐之时，他漫无目的、忧伤沮丧地在那儿徘徊；很多凄凉的破晓，显现出他仍然流连在那儿的孤独身影；等到最初射出的阳光，把远处教堂的尖顶和高耸的大厦那种种建筑美景照得轮廓鲜明时，那个身影依然在那儿流连，仿佛那寂静的时刻，把一些早已忘却，并难以忆及的对美好事情的感觉，带到了他的意识之中。最近，圣殿区方院里①那张受冷落的床同他的交往愈渐稀少；而且，他常常一头倒在这张床上还没过几分钟就又起身，在那附近徘徊。

八月里有一天，斯揣沃(在通知了他的黑背豺“他已经把这桩婚事更妥善地考虑了一番”之后)把他那份体恤带到了德文郡②去了，而在伦敦老城的花木那点残韵余香还足以使罪大恶极者向善，使病魔缠身者健

---

① 圣殿区里有很多方院、花园，为学法律的学生及律师等法界人士所居。

② 英格兰西南部一郡。

壮，使垂垂老迈者年轻之时，西德尼的脚步仍然在那些街石上踯躅。他的脚步开始时犹豫不决和漫无目的，渐渐因为一种念头而变得带有活力了，而且随着这个念头逐步形成，这脚步就把他带到了大夫的门口。

他给引到楼上，看到露茜一个人在做活儿。以前她和他相处总有些不大自然，他靠近她的桌子自己坐下，她稍稍带有点儿局促的样子招呼他。可是，开始寒暄了几句，她仰头看他的脸，觉察到他的脸色不够正常。

“我恐怕你是不太舒服吧，卡屯先生?”

“没有。不过，马奈特小姐，我过的生活可不是有益健康的，对这样吊儿郎当的人能抱什么希望呢，或者说这种人自己又会抱什么希望呢?”

“这岂不是——请原谅，是我提起了这个话题——很可惜吗，如果你不能生活得更好点儿?”

“天晓得，这是一桩憾事!”

“那么为什么不改变这种生活呢?”

她又温和地看着他，发现他满眼含泪，感到又惊讶又难过。他回答的时候，声音里也像含着泪：

“要改变已经为时过晚了。我永远也不会比现在这样更好了。我会更加沉沦，还会每况愈下。”

他把一只胳膊肘支在她的桌子上，用手蒙着眼睛。然后是沉默，只有桌子在颤动。

她还从来没有见过他变得这样软弱，因此很为他难过。他并未看她就知道她会这样，于是说：

“请原谅我，马奈特小姐，我想到要跟你说的话就泄气了。你肯听我说吗?”

“只要这些话对你有好处。卡屯先生，只要这些话会使你更愉快，就会让我非常高兴。”

“你给我这么亲切的同情，愿上帝保佑你！”

过了一小会儿，他把脸露出来，沉着坚定地说：

“听了我的话别害怕，对我说的任何事情别畏缩。我像一个年纪轻轻就夭折了的人，我一辈子一直都会是这样。”

“不，卡屯先生。我肯定你一辈子最好的年华还在后面，我肯定你会完完全全无愧于你自己。”

“让我说无愧于你吧，马奈特小姐，虽然我更清楚地知道——虽然在我自己卑微的内心不可思议的深处我更清楚地知道——我永远不会忘了这点！”

她脸色苍白，浑身颤抖。他谈到对自己已经绝望，这使她放宽了心，也使得这次交谈与任何其他可能会有的交谈都截然不同。

“如果以前真有可能，马奈特小姐，你对现在你看见站在你面前的这个人——正如你所知，他是一个自暴自弃、疲弱不堪、酒醉昏昏、滥用生命的可怜虫——的爱以爱相报，那么他尽管会感到幸福，他此时此刻也还是会意识到，他只会把你带向不幸，带向忧愁和悔恨，使你受轻贱，使你失体面，把你和他一起拖垮。我很清楚你对我不可能有任何柔情；我对柔情也无所求；我甚至因为你不可能对我有柔情而庆幸。”

“撇开这点，难道我就不能救你吗，卡屯先生？难道我就不能将你——再请你原谅！——召回到一条更好的道路上来吗？难道我就不能用任何方式报偿你的肺腑之言？我知道这是一种肺腑之言，”在稍稍迟疑之后，她流着发自内心的眼泪很有分寸地说，“我知道你不会跟任何人说这番话，难道我不能把这件事变成有利于你的好事吗，卡屯先生？”

他摇了摇头。

“什么也变不成。不成，马奈特小姐，什么也变不成。如果你再接着听一小会儿，你所能为我做的也就都做了。我希望你能知道，你一直是我心灵中最后的一个梦。自从我看见了你和你父亲在一起，看见这个由你安置起来的这样的一个家，就把我本来以为早已在我心里彻底消失了的幻影又惊动起来了，我的颓唐消沉也就达到了从来没有过的严重程度。自从我认识了你，我一直被一种我本来以为再也不会来指责我的悔恨之情所困扰，而且一直听到过去那种我本以为永远沉默了的催我奋发向上的声音，又在对我悄悄耳语。我一直有一种模模糊糊的想法，要重新振作，重新开始，去掉懒散放荡的习惯，继续进行那已经放弃了的奋斗。这是一场梦，完全是一场梦，到头来是一场虚空，只剩下那个做梦的人还躺在原来的地方，但是我希望你知道，这梦是你激起的。”

“这场梦什么也没剩下吗？啾，卡屯先生，再想想！好好想想！”

“不会，马奈特小姐；从头至尾我始终知道我自己完全不配。而我一直还是情不自禁地，现在仍然还是情不自禁地希望你知道你是以怎样一种突如其来、不可抗拒的力量点燃了我这一堆死灰，让它着起火来——不过，这火离不开它那由我本身而来的本性，什么也激不起，什么也照不亮，毫无补益，悠悠忽忽燃烧净尽。”

“这都是因为我命乖运舛，卡屯先生，才让你落得比你认识我以前更加不幸——”

“别这么说，马奈特小姐，因为如果有任何可能的话，你早已让我改邪归正了，你绝不会是让我每况愈下的原因。”

“不管怎么说，既然你所说的你那种思想状况多少是受了我的影响——如果我能说清楚的话，我的意思就是这样——难道我就不能运用这影响来为你效劳？难道我就没有一点能力来为你做点好事？”

“我现在所能做的最好的事，马奈特小姐，我已经到这儿来完成了。让我在我那陷入歧途的余生，终生终世永志不忘我曾对你倾吐积愫；而且直到此刻在我身上还剩有一点使你尚能为之悲叹、怜惜的东西。”

“我怀着最大的热诚全心全意地一再请求你相信的是，你是可能有更好的前程的。卡屯先生！”

“再也别请求我相信这个了，马奈特小姐，我已经试验过自己了，我知道得更清楚。我让你苦恼；我很快就要说完了。在我回顾今天的时候，你是不是可以让我相信，我生平最后的一番肺腑之言是紧藏在你那纯洁无瑕的胸中，而且它是在那儿独自安卧，不会由任何人分享?”

“假使这会使你得到安慰的话，那是可以的。”

“甚至你至亲至爱的人也不会?”

“卡屯先生，”她激动得有些说不出话来了，停了一下才说，“这秘密是你的，不是我的；我答应要珍重它。”

“谢谢，我再说一遍，愿上帝保佑你。”

他把她的手放在他自己的嘴唇上，然后向门口走去。

“马奈特小姐，别担心我还会对你再提这些话，我决不会再提了。哪怕是我死了，都不会比这更保险。在我死的时刻，我要把这个美妙的回忆视为神圣而珍藏——还要因为它而感谢和祝福你——那时我就会想起，我最后的自我剖白是对你作的，而且我的名字、过错和不幸都恬静地安息在你心中。除此之外，我祝愿你心境轻松愉快!”

他的样子和往常迥然不同，再想到他是如此自暴自弃，而且日复一日压抑、沉沦得那么厉害，露茜为他难过得哭了，他停步回头看着露茜。

“别不安!”他说，“我是不配得到这样的感情的，马奈特小姐。再过一两个小时，那种我虽然看不起，可是又向他们屈服的下流伙伴和下流习惯，就会让我变得比随便哪一个沿街爬着走的下流坯都更不配得到像这样的眼泪。别不安！不过，在我内心深处，我对你要永远是我现在这种样子，尽管在外表上我还会是你在此以前所一向看到的那种样子。我对你所做的倒数第二个请求就是，你得相信我这一点。”

“我会的，卡屯先生。”

“我最后的请求就是这一点；在提出这个请求的同时，我还要为你辞去你的一位客人，我知道得很清楚，你和他之间没有一点意气相投之处，而且在他和你之间还有一道不可逾越的鸿沟。我知道，说这个毫无用处，可是它发自我的心灵深处。为了你，也为了你的任何亲人，我愿意做任何事。如果我的命比较好的话，如果我有什么机会或是能力作出牺牲的话，那么我心甘情愿为你和你的亲人做出任何牺牲。尽可能把我记在心里，请你在寂静无人的时候想着，我在这件事情上是热切真诚的。总有一天，那一天是不久就要到来的，那时在你身上会结成新的纽带——那纽带会把你更加深情、更为有力地联结在你使它如此生辉的那个家上——那是永远使你神采俊逸、欢欣愉悦的最珍贵的纽带。啾，马奈特小姐，在一个幸福父亲面孔的小照仰望着你的脸的时候，在你看到你自己光彩照人的美丽形象跃然重现在你膝下的时候，请你常常想着有这样一个人，他为了保全你身边一个你所钟爱的人的生命，甘愿献出自己的生命！”

他说，“别了！”说了“最后一次愿上帝保佑你！”然后离开了她。

第十四章　正 经 商 人

杰瑞迈亚①·克软彻先生在弗利特街坐在他的板凳上，身边是他那个长得令人望而生畏的淘气精，每天都有各式各样人和物熙来攘往，映入他的眼帘。在一天当中那些繁忙的钟点里，坐在弗利特街上，有谁能不让那接连不断来来去去的行列弄得眼花耳聋！一行总是随着太阳一起朝向西方，另一行又总是背着太阳朝向东方，这来来去去的又总是朝向太阳落山处红紫色山峦外的那些平原②。

克软彻先生嘴里衔着草棍儿，坐着看这两股洪流，就好像那个没开化的乡巴佬③，几个世纪一直守在那里看着一条河流——不过杰瑞并不

① 杰瑞的正式名字。

② 指冥土。

③ 欧洲民间传说：一乡民欲渡河，便坐在河边等河水干涸。贺拉斯诗体书札第1卷第2章中说，“人而不早利用时光作正当之生活，则如乡氓待河之干。”

期待这两条洪流会流干。他决不会抱着这种希望，因为他的进项当中有一小部分是来自他把那些胆小女人（大多体态丰满，而且已经年过半百）从靠近台鲁森的此岸引渡过那阵阵车水人潮，到达彼岸。这样伴送过客，每一次的时间虽然短暂，可是克软彻先生对每一位太太的关切，却从未达到要表示强烈愿望的地步——希望有幸能为她们的健康长寿干杯。而也就是靠由此善意而得的馈赠，他正如刚才提到的，扩充了他的财源。

过去有一位诗人坐在公共场所的凳子上，眼睛看着人们沉思冥想①。现在克软彻先生坐在公共场所的凳子上，不过他并非诗人，尽可能不去沉思冥想，而是四处打量。

到底，他赶上了这样一个节令：人群稀少，很晚还在赶路的女人稀少，他的业务一般说来很不景气，致使他在心中大生疑惑：克软彻太太必定是在用某种特殊的姿势"下跪"；正在这时候，一股不同寻常的人流从东向西朝弗利特街倾泻而下，吸引了他的注意。克软彻先生朝那个方向一看就弄明白了，某种送葬的行列正在走过来，而且还有一群人反对这宗葬礼，在那儿起哄。

"小杰瑞，"克软彻先生扭头对他的那位子嗣说，"是出殡的。"

"好哇，爸爸！"小杰瑞喊道。

这位年轻先生意味深长、难以言喻地发出了这样一种狂欢大喜的声音。这位年长先生觉得这样大叫很犯忌讳，于是他瞧准了机会，狠狠扇了年轻先生一个耳刮子。

"你是啥意思？你嚎啥？你想给你自己的父亲递什么暗号，你这个小流氓？这小子让我操够了心！"克软彻先生说着，把他打量了一番。"他还有他嚎的那一声好哇！别再让我听见你出一点声儿，要不你就得尝尝我的厉害。听清没有？"

---

① 据说古代雅典诗人有此习惯。

密探的殡仪

“我没使坏，”小杰瑞摩挲着半边脸分辩。

“那就别说了，我不想听你那个没使坏。站到那边凳子上去，看着那群人。”

他儿子照办了，人群也走了过来；他们在一口黑魆魆的棺材和黑魆魆的送葬车周围叫着、嘘着，那辆车里只有一个送葬的人，他那身黑魆魆的穿戴使人一看就认为，在那种情况下要维持体面，那是必不可少的。不过，当时那种情况看来是绝不会让他痛快的：越来越多的乌合之众围在车周围，拿他取笑，朝他做鬼脸，不停地大吼大叫：哟，一伙密探！啧啧！哟哈！一伙密探！还夹杂着许多恭维话，数量之多，态度之狠，简直难以言传。

每次送葬都是特别吸引克软彻先生的事；每次有送葬的路过台鲁森银行，他总是聚精会神，变得十分兴奋。正因如此，一伙送葬的有这样多得不同寻常的人参加，自然更让他大为兴奋，于是他朝头一个迎面跑过来的人问道：

“那是什么，老哥，是怎么回事?”

“我不知道，”那人说，“一伙密探！哟哈！啧啧！一伙密探!”

他问另一个人，“那是谁?”

“我不知道，”那人答道，不过他虽然这样说着，却把两只手举到嘴前边拍着，还以一种惊人的狂热和无法遏止的激动高声吼叫，“一伙密探！哟哈！啧啧，啧啧！一伙密探!”

终于，一个对这件事的是非曲直了解得更清楚的人撞到他身上，于是从这个人口中他了解到，这是给一个叫罗杰·克莱的人送葬。

“他原本是个密探吗?”克软彻先生问。

“老贝雷的密探。”这位向他报告的人答道。“哟哈！啧啧！哟！老贝雷的一伙密—探!”

“喂，是真的!”杰瑞惊呼起来，因为他想起了他旁听过的那次审判。“我见过他。死啦，他?”

“像一块死肉，”那一个答道，“没有半点活气啦。让他们出来呀！所有那伙密探！把他们揪出来呀！那伙密探！”

在什么主意也拿不出来的情况下，这个主意那么容易就给接受了，于是人群急切地随声附和，大声重复着把他们揪出来，把他们揪出来的建议，大家围着这两辆车乱喊，离得那么近，使它们都走不动了，只好停下来。这群人打开马车门，那个送葬的人给拖了出来，一刹那就落到他们手里了；可是他真机灵，那么有效地利用了时机，甩掉大氅、帽子、长帽带、白手绢和那么几滴象征性的眼泪，转眼间就溜之大吉，窜进旁边一条小街。

人们把这些东西撕得粉碎，乐不可支地向四面八方抛撒了一通，而那些做买卖的则匆匆关上店铺；因为在那种年头，乌合之众是肆无忌惮的，而且是十分令人胆寒的妖孽。他们差不多就要打开灵车，把棺材拉出来了，就在此时，更会出花招的人又提出了另外的主意，说是要在一片欢呼声中把它陪送到它的最后归宿。此时恰好非常需要切实可行的主意，所以这个建议也就在欢呼赞成声中给接受了下来，于是立即就有八个人挤进了送葬马车里边，还有十来个人簇拥在马车外面，另外还有很多人攀上灵车顶篷，尽可能想方设法趴在上面。杰瑞·克软彻先生就是打头阵的义勇之士当中的一个。他怯生生地把他那个蒺藜头藏在送葬马车最里面的那个角落里，躲开台鲁森银行那些人的眼睛。

那些主办丧事的人对送葬仪式发生的这些变化提出了某种抗议；可是马上就要到河边了，加上人们七嘴八舌大谈冷水浸礼灵验无比，可以使顽固分子头脑清醒，于是那抗议也就微乎其微，倏忽即逝了。这业已改观的送葬行列出发了，由一个扫烟囱的赶灵车——正式车夫呆在一边，从旁指点，为此目的，他受到严密监视——又由一个卖馅饼的赶那辆送葬马车，他也有一个顾问大员陪侍。这大队人马沿着滨河街没走多远，却又锦上添花，来了一个耍狗熊的，十分引人注目，这在当时是街头的常见光景；而他那只熊，又黑又癞，使它行步其间的那队行列显出了一种大做丧事的气氛。

就这样，这一行乌合之众喝着啤酒，抽着烟斗，扯着嗓子唱着歌，出尽各式各样故作哀伤的洋相一路走去，走一步就增加一些新人，所有的店铺在他们到来之前就都关门闭户了。他们的目的地是圣潘克拉斯老教堂①，在野外很远的地方，他们经过好一会儿时间才到了那里，川流不息地拥进墓地里面去，最后终于照自己那种方式完成了已故罗杰·克莱的安葬仪式，而且大家都感到极为满意。

死人打发完，这群人又需要给自己另弄点新花样取乐了，一个更会出花招的人(也许就是刚才那个)想出了一个开玩笑的办法来，把偶然过路的一些人硬说成是老贝雷的密探，拿他们来出气泄愤。就这样异想天开，以假当真，使几十个一辈子也没沾过老贝雷的边儿的无辜良民遭到追赶，给粗暴地推来搡去，饱受虐待。这种把戏转变为打破玻璃，进而发展到抢劫酒吧客店，是轻而易举，自然而然的事。终于，几小时以后，各式各样的消夏别墅给推倒了，一些通厨房的后门前面的围栏给拔掉了，成了这些杀气腾腾的人的武器装备。这时出现了一种传说：卫队开来了。听到这个谣传，人群慢慢消散；也许是卫队开来了，也许他们根本就没开来，反正这是暴民的常规惯例。

克软彻先生并没有参加这些收场把戏，而是留在了教堂墓地里面，和主办丧事的人交谈，向他们表示慰问。这地方对他能起一种安抚镇定的作用。他从附近酒馆里弄来一个烟斗抽着，从栅栏那儿往里看着，仔细琢磨着这个地方。

“杰瑞，”克软彻先生说，他还是照老样子称呼自己，“那天你在那儿看见了那个克莱，你亲眼见他还是个年轻人，还是个出挑得整整齐齐的人。”

他抽完了那一袋烟，又琢磨了一小会儿，就转身回去，好在台鲁森

---

① 在当时伦敦城的北郊区。

银行关门的时间以前在自己的岗位上露面。也不知是他对死亡的冥思苦想伤了他的肝脏，还是他的健康状况早就出了毛病，还是他想对一位著名人物表示一点点敬意，不管是什么目的都不在话下，反正他在回去的路上曾到他那位医药顾问——一位有名的外科大夫——那儿去小坐。

小杰瑞给他父亲替班恪尽职守，并报告说他父亲不在的时候没有差事。银行关门了，年迈的职员走出来了，平日那个更夫也已安置好，于是克软彻先生和他儿子回家吃茶点去了。

“喂，我告诉你是怎么个话儿!”克软彻先生一边进门一边对他太太说。“要是我这个正经生意人今天晚上的冒险生意出了毛病，我敢保那又是你一直在祷告，跟我作对，那我也要为这个治治你，就像是我看见了你这么干的一样。”

让这话说得垂头丧气的克软彻太太摇了摇头。

“怎么，你当着我的面儿就这么干!”克软彻先生带着又气又怕的样子说。

“我什么也没说呀。”

“那好；什么也甭想。你又会跪在那儿胡思乱想，不是这样就是那样地跟我作对。统统别干。”

“是啦，杰瑞。”

“是啦，杰瑞，”克软彻先生学着说了一遍，坐下来喝茶。“啊哈！就是是啦，杰瑞。就是这么回事。你可以说是啦，杰瑞。”

克软彻先生怒气冲冲地这样说，并没有什么要特别肯定他们的意思，只不过像一般人并非不常做的那样，要表示一下普通常见的暗含挖苦的不满。

“你和你那一套是啦，杰瑞，”克软彻先生说着，从他的黄油面包上咬下一口来，就好像他是就着香肠里的一大块看不见的牡蛎一起吞下去了似的。“啊哈！我想是这么回事。我信你的。”

“你今天晚上要出去?”他又咬了一口的时候，他那位贤淑的太太问道。

“嗯，出去。”

“我跟你去，行吗，爸爸?”他儿子问，劲头来了。

“不，你不行。我要去——这你妈知道——去钓鱼。这就是我要去的地方。去钓鱼。”

“你的鱼杆都锈得够可以的了吧，爸爸?”

“用不着你管。”

“你能弄回点儿什么鱼来吗，爸爸?”

“要是弄不着，你们明天就没什么吃的，”这位先生摇着头说，“那对你可就真成问题了；等你都睡了老半天了，我才出去呢。”

在这天晚上剩下的时间里，他让自己高度警觉地守着克软彻太太，而且一直绷着脸跟她说话，不让她作那些咒他倒霉的祷告。由于他怀着这么一种目的，所以催促他儿子也一直跟她说话，这样一来，就使得这位苦命妇人不断听他诉说他所能想到的种种斥责非难的理由，痛苦难熬，而使她没有片刻工夫自己思考。哪怕一位最忠实笃信的人，对真诚祈祷所怀的坚信的程度，也决不会超过他不相信他妻子的程度。这就像是一个自认不信鬼的人也会让鬼故事吓得要命一样。

“那你小心着点儿!”克软彻先生说。“明天别耍花招。要是我这个正正经经的生意人弄来了一块两块的肉，你不许说不吃，只肯啃你的干面包；要是我这个正正经经的生意人能弄到点啤酒，你也不许说只想喝白水。你到了罗马，就照罗马那样行事①，不然，你就会觉得罗马是个难对付的家伙。你要知道，我就是你的罗马。”

然后他又开始咕咕哝哝地抱怨起来：

“尽跟你自己的吃喝作对！我真不明白，就凭你那种下跪的戏法和你那种没心肝的行为，怎么就能在这儿弄出吃喝来。瞧瞧你的孩子：他

---

① 英国谚语“在罗马，就照罗马那样行事”，为入乡随俗之意。

是你的孩子，是不是？他都瘦成一把骨头了。难道你嘴上喊自己是个当妈的，可不懂得当妈的头等职责就是把自己的孩子催肥？”

这些话说到了小杰瑞的心坎儿上；于是，他请求他母亲履行她的头等职责，而且不管其他事情她是做了还是没做，首先得把做母亲的职责放在重要位置上，按照他那另外一位尊亲那样令人感动和体贴周到的吩咐去做。

克软彻家的晚上就这样消磨了，于是小杰瑞给打发上床，他母亲得到同样的命令，她遵命服从了。克软彻先生在前半夜几小时里独自抽烟消磨时间，直到将近一点钟的时候，才开始出动。在这深更半夜鬼怪出没的时刻，他从座位上站起身，从衣兜里拿出一把钥匙，打开了一口上了锁的橱柜，找出一个口袋，一把大小适中的撬棍，一根绳子和一条铁链，还有其他这类渔具，他熟练地把这些物件在浑身上下装备好了，就向克软彻太太投以临别挑战的一瞥，灭了灯，走了出去。

小杰瑞刚才上床的时候，只是假装脱了衣服，他没过多久也跟着他父亲出去了。乘着黑夜，他跟着出了门，跟着下了楼，跟着出了院子，跟着到了街上。他一点也不怕回来进屋的时候有什么麻烦，因为这幢房子里住满了人，大门是整夜都虚掩着的。

小杰瑞有一种值得称赞的雄心壮志，要研究他父亲这种正当体面行业的技术和诀窍。他在这种雄心壮志驱使下，就像他那对一只紧挨另一只的斗眼一样，一直紧挨房子正面、墙根、过道，始终瞅着他那位体面的尊亲。这位体面的尊亲一直朝北走，没走多远，就见到了另一位艾泽克·沃尔顿①的门徒，于是他们两人就一起继续跋涉。

在开头那半小时里，他们躲着那些眨巴眼儿的灯，还有那些更是眨巴眼儿的守夜人，走到了一条僻静的大道上。在这儿，又来了一个钓鱼

---

① 艾泽克·沃尔顿(1593—1683)，英国作家，曾写《钓鱼大全》，后由查理斯·科顿(1630—1687)续写。

的——而且也是那么悄然无声地，要是小杰瑞迷信的话，他真会以为是那第二位门徒突然之间施展了一个分身法呢。

这三个继续往前走着，小杰瑞继续往前走着，后来这三个在一座矗立在道边的堤坡下面站住了。这堤坡上头有一道矮矮的砖墙，上面还安着一道铁栅栏。顺着堤坡和墙的黑影，这三个拐弯离开大路，走进了一条死胡同，那道墙——在那儿有八尺到十尺高——正是这条胡同的一边。小杰瑞缩在一个墙角里，偷偷往胡同那头看，他紧接着看见的东西，就是他那正经的父亲的身影，在朦胧的月色下相当清楚，他灵巧地爬上了一座铁门，很快就翻过去了，然后那第二个钓鱼的也翻了过去，然后是第三个。他们都轻轻地跳到门里边的地上，还在那儿趴了一会儿——大概是在听有没有动静，随后，用手和膝盖往前爬去。

此时轮到小杰瑞走近大门了：他是憋住气走过去的。他又缩在一个墙角里，往里边看。他看清了这三个钓鱼的正在爬过茂密的草丛，墓地上所有的墓碑——他们进去的地方是一块很大的教堂墓地——就像是一些穿白衣服的鬼，而那教堂的高塔，看着就像一个可怕巨人的鬼魂。他们没有爬多远就不爬了，而且站了起来。于是他们开始钓鱼。

起初，他们用铁锹钓鱼，一会儿，这位正经的父亲又好像改用了一种类似大螺丝锥的家什。不管他们用什么工具干，他们都干得很卖力气，一直干到教堂的钟瘆人地敲响了，把小杰瑞吓得撒腿就跑，头发都像他父亲那样竖了起来。

可是，他心中久藏渴望，要把这些公干看个究竟，这不但止住了他逃跑的脚步，而且还把他勾引了回来。他第二次在大门口偷看的时候，他们仍然在坚持不懈地钓；可是，这时候他们好像钩住了什么，下边发出一种钻东西和抱怨的声音，他们弯着腰的身影仿佛让一件重家伙坠得很吃力。一点一点地，这重家伙破土而出，露出地面。小杰瑞非常清楚那会是什么东西；可是等他看见那家伙，并且看见他那正经的父亲要把它使劲儿撬开的时候，因为他是头一次看见，还是怕得要命，于是又撒腿跑开，一直跑了一里多地都没有停歇。

要不是因为必须喘口气，他那时候是不会住脚的，他那种跑法儿，简直像在和鬼怪赛跑，而且最大的愿望就是一直跑到底。他只觉得他刚才看见的那副棺材正跟在他后边跑，而且想象着那棺材仿佛是跟在他后边一跳一跳地跑，窄头朝下竖着窜，总是马上要赶上他，就在他旁边跳——也许就要抓住他的胳臂——这个追人的东西可非要躲开不可。这也是一个时隐时现而且无处不在的恶魔，因为它让整个黑夜都在他背后，使他心里发毛，于是他就冲到车道上去，避开那些黑咕隆咚的小胡同，生怕它像一个掉了尾巴和翅膀的浮肿小孩风筝，从那些地方窜出来。这东西也藏在门道里，顶着门蹭它那可怕的肩膀，还把它们耸到靠近耳朵的地方，仿佛它是在耸肩大笑。它跑到路的暗处，狡黠地仰面朝天躺着，好把他绊倒。在整个这段时间里，它不停地在他身后蹦，并且越追离他越近，所以等这孩子到了自家门口的时候，完全可以说他已经吓得半死了。而且就是到了这个时候，那东西也没放开他，而是跟他上了楼，每上一步就嘎噔一响，它还和他一起爬进被子里，等他睡着的时候，又死沉死沉地压在他的心口上。

小杰瑞在他那间小屋里压得难受地睡着，天刚刚亮，还没出太阳以前，他父亲到家把他闹醒了。他碰到了什么不对头的事；至少，小杰瑞看见他揪着克软彻太太的耳朵，把她的后脑勺往床头上碰的情形，也可以作这样的猜想。

“我告诉过你我会干的，”克软彻先生说，“还真干了。”

“杰瑞，杰瑞，杰瑞！”他太太哀求着。

“你自己反对做这笔生意得利，”杰瑞说，“可我跟我的伙计们就得遭殃。你本应该尊重、服从；你怎么不呢？真见鬼！”

“我是想尽量当个好妻子的呀，杰瑞。”这个可怜的妇人流着眼泪为自己辩解。

“反对自己丈夫的生意是当好妻子了吗？不尊重你丈夫的生意是尊

重他吗？不服从你丈夫生意的节骨眼儿上的事是服从他吗?”

“那么你没有去做那种怕人的生意吧，杰瑞。”

“当一个正经生意人的妻子，别管他去做生意还是不去做生意，你那妇道人家的脑子里别老是盘算这个盘算那个，这对你就足够了。”克软彻先生用这话堵她说。“一个尊重服从的妻子应该让他自去做他的生意。还说自己是个诚心信教的呢！你要是个诚心信教的，那就给我个不诚心信教的看看！你天生就没有一点儿责任心，就像这儿的泰晤士河对砸到河床里的木桩一样没有责任心，而且那木桩子也应该一个样儿地砸进你身子里去。”

这一番争吵是用很低的声音进行的，最后这位正正经经的生意人把他那双糊满烂泥的靴子甩下来，直挺挺地躺在地板上，才算告终。他儿子小心翼翼地偷偷看了看他仰面朝天躺着，用他那双锈里巴叽的手垫在脑袋下边当枕头，于是也躺下，又睡着了。

早饭没有鱼，而且别的东西也不多。克软彻先生垂头丧气，闷闷不乐，一直拿着个铁壶盖，准备一旦克软彻太太又有做饭前祷告的迹象，就扔出去教训她。他照往常的钟点梳洗，然后带上儿子出去从事他那公开的行当。

小杰瑞，胳臂底下夹着板凳，跟在他父亲旁边，走在阳光通明、行人拥挤的弗利特街上。这个小杰瑞，和头天夜里摸着黑儿跑回家，躲开那个一直追他的可怕东西的小杰瑞，真是判若两人。他那种机警伶俐劲儿，又跟着白天一起来了，而他那种惶恐不安劲儿则跟着黑夜一起去了——在这方面，在那个晴朗的早晨在弗利特街和伦敦老城他不大可能没有同道吧。

“爸爸，”小杰瑞边走边说，还小心翼翼地和他父亲保持一臂之隔，并且让凳子刚好放在他们两人之间：“什么叫起死回生的高手?”

克软彻先生答话以前竟然在便道上停了下来，“我怎么会知道?”

“我觉得你什么都知道，爸爸，”这个愣头愣脑的孩子说。

“哼！这个，”克软彻先生一边说，一边接着走，还把自己的帽子摘下来，让那满头蒺藜随意竖起，“他是个生意人。”

“他的货是什么，爸爸?”兴致勃勃的小杰瑞问。

“他的货，”克软彻先生把这个问题在脑子里翻过来倒过去想了一番之后说，“一种科学性的货物。”

“是人的尸体，是不是，爸爸?”这个活泼的孩子问。

“我觉着是那类性质的什么东西。”克软彻先生说。

“噢，爸爸，等我长得够大了，我真想当个起死回生的高手。”

克软彻先生感到了宽慰，但却疑惑不定而又正经八百地摇头。“这得看你怎么发展你的天分。好好发展你的天分吧，可别再对人说不该说的话，再说，眼下根本就说不定你会不适合干什么事。”小杰瑞受到这样的勉励，往前走了几步去把凳子安置在圣殿栅栏的阴影里，这时候，克软彻先生又自言自语地加上一句：“杰瑞，你这个正正经经的生意人，这孩子会是你的一份福气，也是因为有他那么个妈，才给了你这么一份抵偿，这事大有盼头!”

第十五章　编 织 毛 线

德发日先生的酒铺里酒喝得比往常早。早在清晨六点钟，几个面有菜色的人就顺着酒铺窗户的栅栏向里窥看，发现里边有些人埋头在酒器上。德发日先生在生意最好的时候卖的是很淡的葡萄酒，可是他这时候卖的酒却好像淡得不同寻常，而且是一种发酸的或者说是叫人发酸的葡萄酒，因为它对喝了这种酒的人在情绪上发生影响，就是让他们消沉沮丧。德发日先生压出来的葡萄酒里窜不出一点活蹦乱跳的巴克斯①火

---

① 罗马神话中的酒神。

苗；但是有一股暗中燃烧着的闷火，却隐藏在这葡萄的残渣里。

这已经是一连第三天早晨了，德发日先生的酒铺里清晨很早就喝酒。那是从星期一开始的，这会儿是星期三。这里早早就来酝酿筹划的人比喝酒的人更多，因为很多人从店门一开就在这儿暗暗倾听，悄悄交头接耳，偷偷进进出出，他们根本就不能在柜台上交上一文钱来拯救他们的灵魂。不过他们对这地方十分感兴趣，仿佛所有这一桶桶的酒都可以归他们享用；而且他们从一个座位上溜到另一个座位上，从一个角落溜到另一个角落，带着贪婪的神气吞咽着话语过瘾。

虽然进进出出的主顾多得不同寻常，这位酒铺老板可没有露面儿。没有人想到他；因为跨过门槛的人，没有一个人找他，没有一个人打听他，没有一个人看到德发日太太独自在她的座位上掌管卖酒的生意觉得奇怪。她眼前放着一钵子用旧残缺了的小钱儿，都磨损破旧得失去了原来的花纹，就像那些原先从他们那破烂口袋里掏出这些小钱儿的人的脸面一样。

这种忐忑不安和心不在焉的气氛，那些在酒铺里东张西望的密探也许已经觉察到了，他们到处都这样东张西望，不管是高处还是低处，从国王的宫殿到罪犯的监狱。玩扑克牌的人玩得无精打彩，打多米诺骨牌的人一边沉思一边用这些牌垒塔，喝酒的人用洒出来的酒在桌子上画画，德发日太太本人则一边用牙签在她的袖子上勾花样，一边看到并听见了远处某种无形可见无声可闻的东西。

就这样，圣安东区直到中午还是这么一副酒气冲天的样子。恰在正午的时候，两个风尘仆仆的人在圣安东区摇曳的街灯之下走过一条条大街：这两个人，一个是德发日先生，另一个，是个头戴蓝帽子的修路工。两个人都浑身是土，渴得要命，进了酒店。他们的到来，给圣安东的胸中点燃了一把火。他们一路走，火势就一路迅速蔓延，拨开和扇起大多数门口和窗口那些面孔上的光焰。不过，没有一个人跟着他们；他们走进酒铺的时候，虽然那里每个人的眼光都转向他们，却没有一个人说话。

“日安，先生们!”德发日先生说。

这可能是一个放松众人口舌的暗号。这引起了异口同声的回答：“日安!”

“今天可是个坏天气，先生们!”德发日先生摇着头说。

听到这句话，每个人都看了看旁边的人，然后都垂下眼皮沉默不语地坐着，只有一个人站起身来，走了出去。

“我的太太，”德发日大声叫着德发日太太，“我已经和这位叫雅克的好修路工一起走了不知多少里格了。我在离巴黎有一天半工夫的路上偶然碰见了他。这个叫雅克的修路工是个好小子，给他酒喝吧，我的太太!”

又一个人站起身来，走了出去。德发日太太把酒放在叫雅克的修路工前面，他对这些酒客抬了抬他那顶蓝帽子，然后喝起酒来。在他的短上衣胸兜里，他带了一些粗粝的黑面包；他一会儿咬一口，坐在德发日太太的柜台边连嚼带喝。第三个人站起身来，走了出去。

德发日先生一口气喝下很多酒，解过乏来——可是，他喝的比这个生客少，因为酒对他并不稀罕——一直站在那里等这个乡下人吃完早饭；他没有看在场的任何人，这时谁也没看他；甚至连德发日太太也没看，她早就拿起了她的毛线活，正在织着。

“你吃完饭了吗，朋友?”他到适当的时候问道。

“完了，谢谢你。”

“那么来吧！你可以看看我跟你说你可以占用的那个房间了。那对你简直再合适不过了。”

走出酒铺到了街上，离开大街进了一个院子，离开院子走上一段很陡的楼梯，走上楼梯进入一间阁楼，就是从前一个白发苍苍的人坐在一个矮板凳上弯着腰埋头做鞋的那间阁楼。

现在那里没有什么白发苍苍的人了；但是刚才一个接着一个走出

酒铺的那三个人却在那儿。而这三个人与远在异地的那个白发老人之间还有一丝联系，那就是这三个人曾经顺着墙缝往里瞧过那个白发老人。

德发日小心在意地关上了门，压低了嗓门说道：

“雅克一号、雅克二号、雅克三号！这是我雅克四号特意约来见面的见证人。他会全都告诉你们的，说吧，雅克五号！”

这个修路工，把帽子拿在手里，用它擦着黑黝黝的前额说道，“我应该从哪儿开始呢，先生?”

德发日先生不无道理的回答是：“从开头的地方开始。”

“那时候我看见他，先生们，”修路工开始了，“正是现在过的这个夏天的一年以前，他吊在侯爵的马车下边的链子上。就是那么一种样子。我收了工，太阳正在往下落，侯爵的马车慢慢爬着山，他吊在链子上——像这样。”

修路工又将故技重演了一番，因为在整整一年当中，这已经成了他在村子里准确可靠的消遣和必不可少的娱乐，所以到这时候他的表演已经十分熟练精湛了。

雅克一号打断他，问他，在那以前是否见过那个人?

“从来没有，”修路工又重新站直了回答道。

雅克三号询问，那么后来他是怎么认出他来的?

“凭他那大个儿，”修路工轻声说，还用手指按着鼻子。“侯爵大人那天晚上查问的时候说，‘喂，他像什么样子?’我回答，‘高得像个鬼影。’”

“你要是说矮得像个侏儒就好了。”雅克二号说。

“可我哪儿知道！那时候那件事还没干呢，再说他也信不过我。你们注意听着！就是在那种情况下，我也没提供证词。侯爵老爷用手指头指着我，站在我们那个小水池旁边说，‘把那个坏蛋给我带来!’我保证，先生们，我什么也没提供。”

“他那是对的，雅克，”德发日对那个打断修路工话的人咕哝了一句。“接着说。”

“是!”修路工带着一种诡秘的神气说，“这个大汉跑了，他们到处搜寻——几个月？九个月、十个月、十一个月?”

“是几个月没关系，”德发日说。“他藏得很严实。可是到底还是不走运给找着了。接着说!”

“我又在山坡上干活儿，太阳又快下山了。我正在收拾家伙，要下山回村，往家里去，那儿已经黑了，我抬眼一看，看到六个兵正在上山。在他们中间是那个大汉，胳臂绑着——紧贴着他的腰两边绑着——就像这样!”

他靠他那顶不可或缺的帽子帮忙，装作那个人的样子，两个胳膊肘紧紧地捆在屁股两侧，绳子在身后打了个结。

“我站在一边，挨着我那堆石头，先生们，看见这些兵和他们的犯人走过去(因为那条路很僻静，所以在那儿什么光景都值得看一看)，起初，他们走过来的时候，我只不过看见了六个兵押解着一个上了绑的大汉，他们在我眼里都是黑的——除了在太阳下山的那边，他们身上镶了一道红边儿，先生们。我还看见他们拉长了的影子，照在路对面凹下去的山脊上和上边的山上，好像是些巨人的影子。我还看见他们浑身是土，他们踢哒踢哒地走过来，那尘土就跟着他们扬起来。可是等他们走近我时，我认出了那个大汉，他也认出了我。唉，不过他要是像那个晚上和我头一次在同一个地点附近碰见的时候那样，又一下子冲下那个山坡，他该多么满意呀!”

他绘声绘色地说着，仿佛他就在那儿一样，而且这是明摆着的事，他是活灵活现地看见了的；也许他一辈子也没见过多少。

“我没让那些兵看出来我认得这个大汉；他也没让那些兵看出来他认得我。我们用眼睛这么打招呼，这么会意。‘快走!’那一伙人的头儿指着村子说，‘快点儿把他送到他的坟里去!’于是他们押着他走得更快了。我跟着。他的胳臂因为绑得那么紧，都肿了，他的木鞋[1]又大又笨，他还一瘸一拐的。因为他一瘸一拐的，常常慢下来，他们就拿枪杵他，就像这样！”

他学着做了一个人给别人拿步枪枪托逼着往前赶的样子。

“当他们像疯子赛跑似地下山的时候，他栽倒了。他们大笑着又把他拽起来。他满脸是土，鲜血直淌，可是他没法擦，于是他们又大笑起来。他们把他押解进村；全村的人都跑来看；他们带着他走过磨坊，爬上监狱；全村的人都看见监狱的门在黑洞洞的夜里打开了，把他吞了进去——就像这样子！”

他张开大嘴，能张多大就张多大，闭的时候还让牙卡哒一声叩响了。德发日看出来，他不愿再开口，免得破坏这句话的效果，于是马上说，“接着说，雅克。”

“全村的人，”修路工踮起脚尖低声继续说，“都退回去了；全村的人都在水池旁边嘀咕；全村的人都睡了；全村的人都梦见那个倒霉的人，给圈在巉岩上头监狱的层层栅栏里边，重重上了锁，而且再也出不来了，除非出来死。到了早上，我扛着家伙，一边走一边吃我那一点点黑面包，在去上工的路上，围着监狱转了一圈。在那儿，我看见了他，高高地在一个高吊着的铁笼子的栅栏里边，像头天晚上一样，又是血又是土，朝外看着。他的手不自由，没法儿朝我挥手；我不敢叫他；他像个死人一样盯着我。”

德发日和那三个阴凄凄地互相看着。他们听这乡下人述说的时候，都显出阴沉气闷要报仇的样子；所有他们三个人的举止，都显得诡秘，同时也显得很有权威。他们的神气，很像一群粗鲁的法官，雅克一号和雅克二号坐在那张旧草铺上，两人都用手支着下巴，眼睛盯着修路工；雅克三号也很专心，在他们身后单腿跪着，老是用他那激动的手不住地

---

[1] 当时法国贫苦人所穿的一种鞋。

摸他的嘴和鼻子附近那一条条细细的筋；德发日站在他们和说话的人——起初他把说话的人安置在有窗亮儿的地方——中间，一会儿看看他再看看他们，一会儿又看看他们再看看他。

“接着说，雅克，”德发日说。

“他一连在铁笼子里关了几天。村里的人偷偷地瞧他，因为他们害怕。可是他们总是远远地朝上瞧着巉岩上的监狱；到了傍晚，一天的活儿干完了，他们都聚到水池那儿闲聊，所有的脸都转向监狱那边。从前他们转向驿馆；如今，他们转向监狱。他们在水池那儿嘁嘁喳喳，说虽然他给判处了死刑，可是不会执行；他们说在巴黎有人递了求情信，说明他是因为孩子死了才给激得发了疯；他们说有一份求情信已经呈递到国王驾前。我知道什么？这是可能的，也许是，也许不是。”

“那么听着，雅克，”那个雅克一号厉声插话说，“你要知道，已经给国王和王后递了一份求情信，这儿所有的人，除你以外，都看见国王在大街上坐在马车里拿到了它，他就坐在王后旁边。就是你在这儿看见的这个德发日，冒着生命危险，手里拿着那份求情信冲到了马前头。”

“那么再听着，雅克！”跪着的雅克三号说。他的手指一直在那些细筋上摩挲，带着一种急不可耐的样子，仿佛他急于要找到什么东西——那既非吃的，也非喝的，“骑兵和步兵把递求情信的人团团围住，狠命地打。你听见了没有？”

“我听见了，先生。”

“那接着说，”德发日说。

“再说；另一方面他们又在水池那儿嘁嘁喳喳，”这个乡下人接着说，“说他给押到我们乡下要就地正法，而且非常肯定要给处死。他们甚至还嘁嘁喳喳地说，因为他杀了大人，而且因为大人是佃农——农奴——随便你说是什么吧——的父亲，所以他要给按弑亲罪处决。一个老头在水池那儿说，他拿刀杀人的那只右手，要当着他的面给烧掉；还有，要在他的胳臂、胸脯、腿上戳出伤口来，往里面灌上滚油、铅水、热松香油、蜡油和硫黄；最后，他要给四匹壮马拉着胳膊腿分尸。那个老头儿说，所有这些都在一个罪犯身上干过，那个人谋杀先王路易十五未遂。可是他是不是撒谎，我怎么知道呢？我又不是个有学问的人。”

“那你再听着，雅克！”手总乱动、神色着急的那个人说。“那个罪犯的名字是戴门斯①，而且那都是在光天化日之下，在巴黎这座城市的宽敞的大街上干的；在那前来观看这场处决的人山人海当中，没有比那一群有身份的时髦娘们更招眼的了，她们心急火燎聚精会神地一直看到最后——看到最后，雅克，一直等到天都黑了，他的两条腿和一条胳臂都没了，还在喘气儿呢！而这事儿是——喂，你多大了？”

“三十五。”修路工说，他看上去却像六十岁。

“这事儿是在你刚过十岁的时候干的；你本来是能赶上的。”

“得了！”德发日很不耐烦地说。“魔鬼万岁！接着说。”

“好吧！有的这么嘁嘁喳喳，有的那么嘁嘁喳喳；他们都没说别的；就连泉水流的好像都是这种声音。到底，星期天夜里，全村的人都睡着了的时候，几个兵来了，从监狱绕来绕去地走下来，他们的枪把那条窄街上的石头碰得当当响。工人刨坑、工人敲锤，那些兵又笑又唱；到了早晨，就在水池旁边，竖起一个四十英尺高的绞架，把水都弄脏了。”

修路工好像不是看着低低的天花板，而是透过天花板看到了外边，还用手指指划划，仿佛他看见了那绞架在空中的什么地方。

“所有的活儿都停下了，所有的人都集中到那儿，谁也没把牛牵走，牛和人都在一块儿。午间，鼓敲起来了。那些兵在夜里就开进了监狱，现在他就夹在许多兵的中间。他像以前一样绑着，他嘴里有个马嚼

---

① 全名罗伯特·戴门斯，他于1757年企图谋杀法王路易十五，虽刺伤法王，并未致死，但确如文中所描述的那样被处死。

子——勒着很紧的绳子，弄得他看上去简直像是在笑。”他用两个大拇指从嘴角到耳朵在脸上比划着，装出那个样子来。“在绞架顶上，安着那把刀，刀刃朝上，刀尖对着当空。他在四十英尺高的地方给绞死了——还一直吊着，把水都弄脏了。”

他用他那顶蓝帽子擦着脸，他回想着当时那种场面的时候，脸上又开始冒汗了。这时候他们你看看我，我看看你。

“那可吓人哪，先生们。那些女人和孩子还怎么打水呀！谁还能傍晚在那个影子下边聊天！在那下边，我不是说了吗？星期一傍晚太阳下山的时候，我离开村子，从山上回头一看，那影子穿过教堂，穿过磨坊，穿过监狱，还好像要穿过天边那连着地面的地方呢，先生们。”

那个如饥似渴的人一边看着另外那三个人，一边把一只手指头咬了一下，因为他心里有所渴望，那手指头都哆嗦起来了。

“说完了，先生们。我在太阳下山的时候动身了(按照原先接到的通知走的)，这样我那天夜里和第二天前半天就一直赶路，一直到我碰见这位同志(我得到预告说会碰见的)。我跟他一路走来，有时候骑马，有时候步行，走了昨天后半天和一整夜。这会儿你们不是看见我了吗?”

大家心情沉重，都没作声。过了一会儿头一个雅克说：“好，你做的说的都诚实可靠。你能在门外等我们一会儿吗?”

“全听你的吩咐。”修路工说。德发日送他到了楼梯口上，让他坐在那里，又返回来。

他回到阁楼的时候，这三个已经站起身来，他们的头都凑在一起。

“你们说怎么样，雅克?”一号发问。“是不是登记上?”

“登记上，当作一定得毁掉的。”德发日答道。

“棒极了!”那个如饥似渴的人哑着嗓子说。

“是府邸和所有的人吧?”第一个问。

“是府邸和所有的人，”德发日答道，“斩尽杀绝。”

那个如饥似渴的人高兴得发疯似地用嘶哑的嗓音又说了一遍，“棒极了!”于是又咬起另一只手指头来。

“你有把握,”雅克二号问德发日,“咱们一直用的那种登记办法不会出什么差错吧?这种办法无疑很稳妥,因为除了咱们自己以外谁也认不出来;可是咱们会不会总能够解得出来呢——或许我应该说,她会不会?”

“雅克,”德发日挺胸答道,“要是我那位太太专靠她的脑子把那些东西记下来,她也会连一个字也不忘的——连一笔一画也不会忘记。她按照她自己的织法和自己的记号去织,那在她就永远都像青天白日一样明明白白的。相信德发日太太吧。就是最懦弱无能的家伙不想活了,要把自己从人世上抹掉,也比从登记在德发日太太毛线活上的他名姓和罪状中抹掉一个字母要容易。”

他们咕哝了一声表示信任和同意,于是那个如饥似渴的人问:“是不是得把这个乡下佬立刻打发回去?我想得这么办。他愣头愣脑的;怕是有点危险吧?”

“他什么也不知道,”德发日说,“起码除了能很容易就把他本人吊在同样高的绞架上的事情以外,别的什么都不知道。我自己来照管他;让他留在这儿跟我在一块儿;我会关照他,打发他上路的;他想开开眼,见见世面——看看国王、王后和朝廷的大臣们;让他星期天看看他们吧。”①

“什么?”那个如饥似渴的人瞪着眼睛大喊起来。“这不是一个很好的证明吗,他想看王室和贵族?”

“雅克,”德发日说,“你要想让猫馋牛奶,就得大大方方把奶摆给它看看;你要想让狗有朝一日会捉活物,就得大大方方把活物摆给它看看。”

他们再没说什么,那个修路工已经在楼梯最高一级打开盹儿了,他

---

① 当时法国王宫凡尔赛宫每星期日“开放”,王公大臣“与民同乐”。

们叫他在草铺上躺下，歇息一会儿。他不用劝说，倒头便睡着了。

对于一个那种地位的乡下奴隶，在巴黎要找一处像德发日酒铺这样好的地方，并非轻而易举之事。要不是因为有一位太太老让他不断犯嘀咕，莫名其妙地令他害怕，他的日子就会过得又新鲜又痛快了。可是那位太太整天坐在柜台那儿，故意不把他放在心上，特别存心不去注意他在那里和某种潜伏在表面之下的事情有什么关系，所以，不管什么时候他的眼光一落到她身上，他的两条腿就要在他的木头鞋上打哆嗦。因为，他老在心里嘀咕，没法预料这位太太下一步要干啥；而且他还很有把握地认为，假如她那梳理打扮得闪光耀眼的脑袋想到要说她见他先杀了人，又剥了那人的皮，她也会准确无误地把全部过程表演一番，一直到这场戏演完。

因此到了星期天，这个修路工得知太太要陪先生和他一起到凡尔赛去，他并没有欣喜若狂(尽管他自己说是这样的)。坐公共马车一路去那儿的时候，太太一路织毛线活，这格外让人心烦意乱；而且太太在人群中等着观看国王和王后的马车时，手里也一直织着毛线活，这也使人格外心烦意乱。

“你真勤快，太太。”她旁边一个人说。

“是呀，”德发日太太回答，“我有一大堆活儿得做。”

“你织什么呢，太太?”

“好些东西。”

“比如说——”

“比如说，”德发日太太不慌不忙地答道，“寿衣。”

那人尽快挪远了一点儿，修路工则在用他那顶蓝帽子当扇子给自己扇着，因为他觉着那气氛紧张而又压抑。如果他需要一个国王和一个王后来使他解脱放松，那他很运气，手头正好有这服灵丹妙药；因为一会儿工夫，那个天庭饱满、地阁方圆的国王和那个容颜姣好的王后就坐着金马车来了，陪侍他们左右的是他们那个朝廷光辉灿烂的“牛眼厅”①中的达官显贵，他们鲜服华冠，璀璨夺目；夫人们笑容可掬，老爷们风度翩翩。这些珠围翠绕、绫飞缎舞、粉香四溢、光华耀眼的景象以及那些男男女女潇洒倨傲的身姿和秀雅骄矜的容貌，使这位修路工真是一洗耳目，一时间简直心醉神迷，忘乎所以，不禁高呼国王万岁，王后万岁，人人万岁，事事万岁！仿佛他从来就没听说过在他那个年月到处都是雅克。随后是一座又一座的花园、庭院、露台、喷泉、绿岸，又是国王和王后，又是牛眼厅中的达官显贵，又是老爷和夫人们，又是他们都万岁！直到后来他感动得痛哭流涕。全部场面持续了大约三个小时，其间，有大量多情易感的人跟他一起高喊、哭泣，而且德发日自始至终抓着他的脖领，仿佛是想不让他飞身扑到他所一时崇拜的那些目标上去，把他们撕个粉碎。

“真棒!”等这场面结束，德发日像个保护人那样拍着他的脊背说，“你是个好孩子!”

修路工此时又恢复了常态，而且疑心自己适才所作所为是不是有不对头的地方；可是没有。

“你正是我们需要的那种人，”德发日对他咬着耳朵说；“你让这些傻瓜相信，这会千秋万代世世流传。那么，他们越横行霸道，那完蛋的日子就越近。”

“嗳!”修路工喊着附和他，“这话不假。”

“这些傻瓜什么也不懂。他们轻贱你的生命，还想让你或者像你一样的成百上千个还不如他们一匹马或是一条狗的这些人死去，他们只懂得你们表面上跟他们说的话。那就让这些话再骗他们一会儿吧；这是不会把他们骗得太长的。”

德发日太太大模大样地看了这个被保护人一眼，点了点头表示

① “牛眼厅”为法王卧室旁边的一间大厅，其中仅有一牛眼窗，故名。朝臣觐见国王，常在此等候。

同意。

“你嘛，”她说，“你会对随便什么都喊叫流泪的，只要它有看头有听头。喂，难道不是吗?”

“真是，太太，我想是这样，眼前就是。”

“要是给你看一大堆玩具娃娃，让你冲上去把它们拆成一块一块的，为你自己得到好处把它们都抢走，那你会捡最阔气、最鲜亮的。喂!难道你不会这样做吗?”

“会的，太太。”

“好。要是给你看一群不会飞的鸟，为你自己得到好处，让你冲上去拔它们的毛，你会从那些羽毛最丰满最好看的下手，难道你不会?”

“确实会的，太太。”

“你今天既看见了玩具娃娃，又看见了鸟，”德发日太太朝它们最后显现的地方摆了一下手说，“得啦，回家!”

第十六章　一 直 编 织

德发日太太和她丈夫德发日先生亲亲热热地回到圣安东区的中心地带；与此同时有个戴蓝帽子的小点儿则摸着黑，冒着尘土艰苦跋涉，后来他走上大道旁边那没完没了的好几里长的林荫小路，慢慢朝着侯爵老爷府邸那块地方走去，如今那侯爵老爷已经进了坟墓，听着树木沙沙地响。这时候，那些石头人面有那么多空闲时间去听树木和泉水的响声了，所以，就连几个吓鸟草人儿似的村民为了找点儿野草充饥和找点枯柴取暖而误入了那个石头大院和高台阶梯的视界范围之内，他们以自己那点贫乏的想象力也会深信那些石头人面的表情已经变了。村子里还有一种传说——和村子里的人一样处于一种有气无力、苟延残喘的状况——说那把刀刺中要害的时候，那些人面变了相，从骄傲自大的面相变成了发怒痛苦的面相；还说那个摇摇晃晃的身子吊在水池上头四十英尺高的时候，那些人面又变了相，带着一副报仇解恨的残忍表情。他们从那以后可能要永远带着那么一副表情了。发生谋杀的那间卧室大窗户上头那尊石头人面上，那雕刻出来的鼻子上挖了两个精致的小涡，这是人人认得出来，而以前谁也未曾看见过的，而且，遇上难得的机会，有那么两三个褴褛不堪的农夫走出人群急忙偷看一眼那已经化成石像的侯爵老爷，还没等用一根皮包骨的手指头去指它一下，就都像野兔似地拔腿逃到沼泽草丛和枯枝烂叶中去了。不过野兔还比他们幸运，因为它们在那儿还能找到生路。

府邸和茅屋，石头的人面和摇曳的身子，石头地面上鲜红的血迹和村庄井里洁净的水——成千上万亩的土地——法国整个的一个省——整个法国本身——在黑暗的夜空之下，聚积成了一根细弱的毫发。整个世界连同它所有的伟大和渺小，全都寄于一颗闪闪不定的星球。既然仅仅人类的知识就能分离一条光线，分析它的组成方式，那么，更加高超的智慧也许可以凭借我们这个地球上的微弱光亮了解地球上身负重任的被造之物的一念一行、一恶一善。

德发日夫妇，坐着公共马车，借着星光叽隆咕隆地走向他们旅程必经的那座巴黎城门，在关卡哨所照例要停一会儿车，那些提灯照例要照一遍，以便照例检查询问一番。德发日先生下了车，因为认识那儿驻军当中的一两个士兵，还有警察当中的一个警察。他跟那警察很熟，还亲热地拥抱了一阵。

圣安东又把德发日夫妇掩蔽在它那灰暗的羽翼之下的时候，他们终于在这个圣者的地界附近下了车，在圣者的那些街道上躲着污泥和垃圾择路步行。这时德发日太太对她丈夫说：

“喂，朋友，那个警察局里的雅克告诉你什么了?”

“今天晚上没有多少，不过他知道的都说了。咱们区又派来了一个密探。他说也许还有很多，可他只知道一个。”

“哦，那好！”德发日太太带着一种冷静办事的神气挑了挑眉毛说。“必须把他登记上。他们管这个人叫什么？”

“他是个英国人。”

“那就更好了，名字呢？”

“巴沙[①]，”德发日说，他是照法文发音念的。不过，因为他十分小心要使它准确无误，所以又完全不差地把它拼了一遍。

“巴沙，”太太重说了一次。“好。教名呢？”

“约翰。”

“约翰·巴沙。”太太先对自己咕哝了一声，又重说了一次。“好。他的样子呢，是不是知道？”

“年龄，四十左右；身高五英尺九左右；黑头发；深肤色，大体说来外表还算清秀；黑眼珠，瘦长脸，带灰黄色；鼻子尖削，可是不直，特别奇怪地向左脸歪；所以表情阴险。”

“哦，我敢说，这真像一幅画像！”太太笑着说。“明天就把他登记上。”

他们拐进酒铺里，那儿已经关门了(因为已是午夜)，德发日太太立即在桌子那儿就座，数那些她不在时收进来的零散小钱儿，检查存货，看了一遍账本上的账目，又记了一些她自己的账目，尽量仔细地盘问了那个伙计，最后才打发他去睡。然后，她又一次把钱钵子里的东西倒出来，把它们用她的手绢捆起来，连着系了几个疙瘩，好稳妥存放起来过夜。整个这段时间里，德发日都嘴里叼着烟袋来回溜达，自满自得地称赞，但是从不插手；确实，对生意和他的家务，他一辈子都是处在这样一种来回溜达的状态。

夜里很热，酒铺又关得严严实实，让污秽的四邻包围着，所以气味难闻。德发日先生的嗅觉绝非十分灵敏，可是铺子里的葡萄酒散发出的

---

① 即巴塞德。此人已在本卷第三章出现。

气味比品尝它的时候浓得多，而且铺子里的兰姆酒、白兰地和茴香子也是一样。他抽完烟把烟斗放下的时候，喷了一口烟驱赶这些混杂在一起的气味。

“你累了，”太太一边捆着钱一边抬起头来。“这儿不过都是平常的气味。”

“我是有点儿乏。”她丈夫承认。

“你还有点儿情绪不高，”太太说，她那滴溜滴溜的眼睛从来没有像数钱算账时那么专注，不过也还是朝他扫了一两眼。“唉，这些男子汉，这些男子汉!”

“可是我亲爱的，”德发日开始说起来。

“可是我亲爱的!”太太学说了一句，有力地点了一下头，“可是我亲爱的！今天晚上你感情脆弱，亲爱的!”

“唉，岂止呢，”德发日说，仿佛从他心窝里掏出了某种思想似的，“已经有很长时间了。”

“已经有很长时间了，”他太太学着说，“怎么会不要很长时间呢?复仇和惩罚需要很长的时间；这是规律。”

“雷电殛人并不要用很长时间。”德发日说。

“要多长时间，”太太镇定自若地问他，“才能形成和聚集出雷电来？告诉我吧。”

德发日若有所思地抬起头来，仿佛这话里边也有什么文章。

“地震吞下一座城市并不要用很长的时间，”太太说。“哦，那好!告诉我预备那场地震要用多长时间?”

“我想是很长一段时间，”德发日说。

“可是等它准备好了，它就发生了，并且立刻把挡着它的每样东西都碾个粉碎。可是在这段时间里，它一直都在准备，虽然咱们看不着也听不见。这就是对你的安慰，把它记住吧。”

她目光一闪，打了个疙瘩，仿佛勒死了一个仇人。

“我告诉您，”太太说着伸出右手来加重语气，“它虽然还得在路上走好长时间，可是它已经上路，正在走过来了。我告诉您，它决不会后退，也决不会止步。我告诉您，它永远在前进。看看周围，再想想咱们所知道的这整个环境里的生活，想想咱们所知道的这整个环境里的面孔，想想雅克每时每刻表现出来的越来越明确的愤怒和不满。这一类的东西能够永远拖延下去吗？啊！你给我回答。”

“我的天不怕地不怕的太太，”德发日回答道，这时他站在她前面，头略略低垂，双手倒背在身后，像一个小学生站在向他提问的教师前面，既听话又专心。“所有这些我都不怀疑。可是它已经拖延了很长时间了，而且很可能——你知道得很清楚，我的太太，很可能——在咱们活着的时候，它也许来不了。”

“嗯！那又怎么样呢?”太太问着，又系了一个疙瘩，仿佛又勒死了一个敌人。

“唉!”德发日说着，半带抱怨，半带抱歉地耸了耸肩膀。“咱们也许看不见成功了。”

“咱们会去帮助它实现，”太太回答着，伸出手来打了一个有力的手势。“凡是咱们干的全都不是白干。我一个心眼儿地相信，咱们会看得见成功。不过即便是看不见，即便是我确实知道看不见，把一个贵族恶霸拉过来，我还是会把他的脖子——”

说到这儿，太太紧咬牙关，结结实实地系了一个可怕的疙瘩。

“别说了!”德发日脸上有点儿发红，仿佛他感到太太是在数落他胆怯；“亲爱的，我也会勇往直前决不停步的。”

“是啊！你有时候需要看到你的敌人遭殃，时机对你有利，才能坚持下去，这是你的弱点。坚持挺住，不要靠这种东西。时机一到，就放出老虎和魔鬼来；可是在等待时机的时候，就得把老虎和魔鬼用链子拴住——不让人看——还要永远做好准备。”

太太为了强调这一段劝说之词的结论，用她那一串钱敲了一下她的小柜台，仿佛她是把那柜台的脑浆敲了出来，然后她郑重其事地把她那个沉甸甸的手绢夹在胳臂下面，说是到了该睡觉的时候了。

次日正午，只见这位了不起的妇人坐在酒铺里她那个老地方，一直勤勤恳恳地织毛线活。一朵玫瑰花放在她身旁，即使她不时朝这朵花看上一眼，那也不能算是有违她惯常那种全神贯注的样子。几个酒客，有喝着的，有没喝的，有站着的，有坐着的，疏疏落落地分散在四处。天气很热，大群大群的苍蝇钻到太太附近所有粘糊糊的小杯子里，进行它们那追根穷源、探微索秘的彻底搜查，不料却掉在杯子里一命呜呼。它们的死亡，并没有给外边闲游散逛的其他苍蝇造成什么印象，这些苍蝇以一种最为冷漠无情的态度看着那些死苍蝇（仿佛它们自己是些大象或者类似的与苍蝇远不相同的生物），直到它们自己也遭到同样的命运。真让人感到莫名其妙，这些苍蝇竟如此粗心大意！——也许在那个阳光灿烂的夏日，朝中那些人物所想的也差不多吧。

一个人走进门来，影子投到了德发日太太身上，她觉得这是个生人。她先不看这个人影，放下毛线活，开始往头饰上插玫瑰花。

真是怪事，德发日太太刚一拿起那朵玫瑰，酒客们就把谈话打住，开始逐渐走出酒铺。

"日安，太太，"新来的人说。

"日安，先生。"

她高声问好，可是一边继续织毛线活，一边又暗自说了下去："吓！日安，年纪四十上下，身高五英尺九左右，黑头发，大体说来外表还算清秀，深肤色，黑眼珠，瘦长脸，带灰黄色，鼻子尖削，可是不直，特别奇怪地向左脸歪，表情透着阴险！日安，大家都好！"

"请赏光给我一小杯陈年白兰地和一点点清凉的水吧，太太。"

太太很有礼貌地递上了。

"真是好白兰地，太太！"

这酒得到这样的夸奖还是头一次，德发日太太知道这酒的底细，心

在酒铺里

里自然明白。不过她还是说这白兰地是承蒙过奖了，然后拿起了她的毛线活。来客盯着她的手指头看了一会儿，然后乘机把这个地方大体观察了一番。

“你织毛线活的手艺可真了不起，太太。”

“我织惯了。”

“花纹也真漂亮!”

“你觉得是吗?”太太看着他微微一笑说。

“清清楚楚，明明白白的。可不可以问问是干什么用的?”

“解闷的，”太太的手指灵巧地动着，同时看着他，微微一笑说。

“不是为了用的?”

“这就得看着办了。有朝一日我也许会给它派上用场的。要是我真能用上它——那么，”太太吸了口气，板着面孔却又卖弄风情地点点头，“我会用它的!”

这很引人注目；可是，圣安东区的情趣看来是明确拒斥德发日太太头饰上的玫瑰花的。两个人一前一后进来了，而且差不多已经要叫酒了，可是一看见那件新鲜玩艺儿，他们就嗫嚅了，做出四周打量的样子，仿佛要找一个什么朋友，可他却不在那里，于是他们就走开了。这个生客进来之前就在那儿的那些人也没有一个留下的，他们都慢慢散了。这个密探一直睁着他那对眼睛，可是一点迹象也探查不出来。他们游游荡荡地走了，带着一副穷极无聊、漫无目的、出于偶然的样子，十分自然而又无可怀疑。

“约翰，”太太一边用手织，一边查看毛线活，同时拿眼盯着这个生人，心里想着，“呆得够长了，那么我要在你走之前就织上‘巴沙’。”

“你有丈夫吧，太太?”

“有。”

“孩子呢?”

“没孩子。”

“生意像是不好。”

“生意很糟；这些人那么穷。”

“啊，这些倒霉的可怜人！而且还遭受着那么沉重的压迫——就像你说的那样。”

“就像你说的那样，”太太反驳他，改正了他的话，然后又在他的姓名里灵巧地织进了一点东西，那对他来说不是什么好兆头。

“请原谅；这么说的确实是我，可你自然是这么想的。这是理所当然的。”

“我想?”太太提高嗓门反问道，“我和我丈夫为要让这个酒铺别关门，就足够干的了，根本不想。在这儿，所有我们想的都是怎么活命。这就是我们想的事情，这就足够让我们从早想到晚，根本不用麻烦我们的脑子去关照别的事了。我为别人去想？不想，不想。”

这个密探在这儿是想拾一点儿他能找出或造出的残渣余沥的，他不允许他受挫的窘态形诸他那阴险奸诈的脸上，而是带着一种闲聊天献殷勤的神气站着，胳膊肘支在德发日太太那小小的柜台上，时不时呷一口他那杯白兰地。

“太太，加斯帕给处死是件糟糕的事，唉，可怜的加斯帕!”他怀着极大的同情叹了口气。

“我担保，”太太冷漠轻松地接上说，“要是人们为了这些事动刀子，他们就得抵偿。他事先就知道，他对这样的奢侈付出的代价有多高，他已经付了这笔钱。”

“我相信，”密探让他那轻柔的声音变成一种想要取信于人的调子，还让那副可憎的嘴脸上的每根肉丝都现出一种革命感情受到伤害的样子，“我相信这一带提到这个去世的人一定非常同情，也非常愤怒吧?这话只在咱们俩之间说说。”

“这儿有?”太太心不在焉地问。

“这儿没有?”

“我丈夫来了!”德发日太太说。

酒铺老板进门的时候，密探碰了碰帽子跟他打招呼，带着一种做作的微笑对他说，“日安，雅克!”德发日突然站住，紧盯着他看。

“日安，雅克!”密探又说了一遍。在这种逼视之下，他说得不那么有把握，笑得也不那么自然。

“你弄错了，先生，”酒铺老板答道。“你把我当成另一个人了。那不是我的名字。我叫欧内斯特·德发日。”

“反正都一样，”密探轻快地说，可是也显得有些狼狈，“日安!”

“日安!”德发日干巴巴地回答。

“我正跟太太说话儿，你进来的时候我有幸正跟她闲谈起他们告诉我在圣安东区这里——这一点儿也不奇怪！——很多人提到可怜的加斯帕的不幸遭遇都非常同情和非常愤怒。”

“谁也没跟我这么说，”德发日摇着头说，“我一点儿也不知道这件事。”

他说着这句话，从小柜台后边走过去，手搭在他太太椅子背上站着，隔着那座柜台看着这个人，他们俩都面对着这个人，而且他们俩都想把这个人枪毙了才甘心。

这个密探既然颇精于他的行当，自然并不改变他那种大大咧咧的态度，只是干了他那一小杯白兰地，呷了一口清凉的水，然后又要了一杯白兰地，德发日太太给他倒了一杯，又织起她的毛线活，边织边哼小曲儿。

“你好像对这个区很熟悉，就是说，比我还熟悉吧?”德发日说。

“一点儿也不，可是我希望更熟悉一点儿。我对这里可怜的居民深切关怀。”

“嗯!”德发日哼了一声。

“德发日先生，有幸和你这样愉快地交谈，使我想起我有幸一直藏在心中的一些与你的姓名有关的趣事。”

“真的?”德发日漠不关心地说。

“是真的。我知道，马奈特大夫被释放的时候，由你这个他从前的仆人照顾过他。他是交给你的。你看，那些情况我都清楚吧?”

“当然，这是事实，”德发日说。他太太织着毛线活，歌喉婉转的时候，她的胳臂就便触了他一下，他就得到了这样的信息：他可以尽量回答他的话，不过总要十分简短的。

“他女儿来找的是你，”密探说，“他女儿从你这里把他接到英国去了，还有一位穿着整洁的褐色衣服的先生陪同；他是怎么称呼的? ——戴着个小小的假发——劳瑞——台鲁森银行的。”

“这是事实，”德发日又说了一遍。

“回想起来非常有趣!”密探说。“我在英国结识了马奈特大夫和他女儿。”

“是吗?”德发日说。

“你现在不大听到他们的消息了吧?”密探说。

“就是，”德发日说。

“其实，”太太做着活儿，哼着歌儿抬起头来插嘴说，“我们从来就没听到他们的消息，我们收到他们安全到达的消息，可能还收到过一封或许是两封信；可是从那以后，他们就慢慢走上他们谋生的道儿——我们，走我们的——我们和他们没通信。”

“完全如是，太太，”密探回答。“她快要结婚了。”

“快要?”太太应了一声。“她够漂亮的，早就应该结婚了。可见你们英国人心肠冷。”

“噢！你知道我是英国人?”

“我听出你的口音是，”太太回答，“一个人是哪儿的口音，我就认为他是哪儿的人。”

他并不把这样认出了他当作一种恭维来看；但他还是尽量把它往好

处引，并以一笑了之。等他把白兰地一口一口地呷到了最后，他加上了一句：

“是呀，马奈特小姐快结婚了。可是不是和英国人；是和一个像她自己一样有法国血统的人。至于说到加斯帕(唉，可怜的加斯帕！那真残酷，残酷!)，令人莫名其妙的事情是，她是要和侯爵老爷的侄子结婚，为这个侯爵的事，加斯帕给吊到四十英尺高；也就是说，她要和现在的侯爵结婚。不过，他隐姓埋名住在英国，在那儿他不是什么侯爵。他是夏尔·达奈先生。道内①是他母亲娘家的姓。”

德发日太太不为所动，继续织毛线活，可是这个消息却显而易见在她丈夫身上发生了作用。他在那个小小的柜台后面不管做什么事，比如擦火柴和点烟斗，都心烦意乱，手都把握不定。那个密探如果没有把这看在眼里，记在心上，他也就不成其为密探了。

总算这样赢了一分儿，且不管它是否有价值；再说又没有别的酒客进来帮助他再赢分儿，巴塞德先生于是付了刚才喝的酒钱，并且告辞；他离开之前乘机以客客气气的口吻说，他盼望着有幸能与德发日先生和太太再见。等他已经走到圣安东街面上几分钟了，这对夫妇仍然还保持和他离开他们的时候一模一样，以防他万一再回来。

“他所说马奈特小姐的事，”德发日把手搭在他太太的椅背上，一边抽烟一边低头看着她低声说，“能是真的吗?”

“因为是他说的，”太太微微挑起眉梢说道，“那八成是假的。可那也可能是真的。”

“假如那是——”德发日欲言又止。

“假如那是?”他太太照说了一句。

“——而且假如那件事真发生了，而且我们活着亲眼见到了成功——我希望，为了她，命运之神别叫她丈夫回到法国。”

---

① 达奈是由道内化出的姓。

“她丈夫的命运，”德发日太太照旧镇定自若地说，“会把他送到他该去的地方，还会把他领到该结果他的那个结果。这就是我所知道的。”

“不过这很奇怪——至少现在，难道不很奇怪吗?”——德发日说，颇有点儿想说服他太太对这件事表示赞同的意思，“我们一直对她父亲那位先生和她本人满怀同情，可是她丈夫的名字现在却得由你亲手列归到刚刚离开咱们的这条永世不得超生的恶狗一边。”

“等到那件事真发生了的时候，还有比这更奇怪的事呢，”太太答道，“他们俩在我这儿都记得分毫不差，他们俩都凭自己的功过记在这儿，这就够了。”

她说完这些话，把她的毛线活卷了起来，然后立即从缠在她头上的那条手绢里把玫瑰花拿下来。或者是圣安东的人有一种本能的敏感，觉得这种令人不快的装饰品已经没有了；或者是圣安东的人一直守望着，看到它已经消失；反正圣安东的人不一会儿工夫就鼓起劲头溜溜达达地走了进来，这座酒铺也又一切照常了。

傍晚，在所有季节中的这个季节里，圣安东的人都从家里拥到外面，坐在门口台阶上和窗台上，走到龌龊的大街和院子的角落去，换点新鲜空气。德发日太太，手里拿着她的活计，通常总是从一个地方走到另一个地方，从一伙人走向另一伙人，像一个传教士——有很多人都像她一样——世界上要是没培养这号人才好呢。所有的女人都织毛线活。她们织没用的东西；不过，机械性的工作是用来作为吃喝这种行为的机械性替换的；双手动作是代替嘴的咀嚼和肠胃的消化的；如果那瘦骨嶙峋的手指停下不动了，那么腹中就会更加饥肠辘辘。

然而，随着那些手指的活动，那些眼珠也在转动，那些脑子也在转动。所以随着德发日太太从一伙人走到另一伙人那里，在每一小伙女人中间，只要是她谈过话又离开的，她们的手指、眼珠和脑子这三样就都活动得更迅速更厉害了。

她丈夫在门口抽烟，用赞美的眼光追随着她。“伟大的女人，”他说，“坚强有力的女人，有气派的女人，有气派极了的女人。”

暮色四合，随后传来教堂的钟声和远处王宫庭院内的军鼓声，这时女人都坐着织了又织。夜色笼罩着她们。有朝一日，全法国高耸入云的尖塔阁楼之上此时正叮当作响、悦耳齐鸣的教堂大钟，将要熔化浇铸成雷鸣的大炮；嘭嘭作响的军鼓要压倒一片哀号，那片夜色就要变得强大雄壮，成为权力与富有、自由与生命之声，而到那时，另一种夜色也就确实逼拢而来了。这夜色朝坐在那里织了又织的女人逼得已经很近了，从而她们，就是她们本身，也逼拢在一架如今尚未造成的机器周围，她们得坐在那儿，一边织了又织，一边还在数着那一颗一颗落下来的人头。

第十七章　难 忘 之 夜

在一个永世难忘的傍晚，大夫和他女儿一起坐在那棵法国梧桐树下，太阳落山照到叟候这个幽静街角，那彩霞从来也没有那样光辉；月亮升起，看到他们仍然坐在那棵树下，透过树叶照在他们的脸上，将清辉洒遍伟大的伦敦，从来也没有像那天夜晚那样柔和。

露茜明天就要结婚了。她把这最后一个夜晚留给父亲，所以只有他们俩坐在那棵法国梧桐树下。

“你高兴吗，亲爱的父亲?”

“十分高兴，孩子。”

他们在那儿呆了很长时间，可是并没说什么。天还亮得能够做活儿念书的时候，她既没有自己做平常做的活儿，也没有念书给他听。过去有很多很多次，她都在这棵树下他的身旁做这两桩事；可是这次和哪一次都不大相同，而且什么事也不能让它再像那样。

“我今天晚上也很高兴，亲爱的父亲。我为上天赐福的爱——我对夏尔的爱，夏尔对我的爱——深深感到幸福。可是，假使我的生命不是一直奉献给你，或者假使我结婚后的安排，比如说要把咱们分开，即使是几条街那么远的距离，我都会比我所能对你说出来的还要觉得难过、内疚。即使是现在这样——”

即使是当时这样，她也难以控制自己的嗓音了。

在凄清的月光下；她搂着他的脖子，把脸埋在他的怀里。那永远凄清的月光，就像初升和将落的太阳的光——就像所谓人生之光。

“最最亲爱的！你能不能在这最后的时刻告诉我，你感到确实确实很有把握，我的新的感情和新的义务不会把我们隔开？这一点我心里很清楚，可是你是不是也清楚呢？在你自己的心里，你是不是觉得十分肯定？”

她父亲用一种一向难得的高高兴兴充满坚定信心的态度回答，“十分肯定，我的宝贝！还不只这个呢，”他温柔地吻了她，又加上一句，“因为你的婚事，我的前景更加光明得多了，露茜，比起你可能一直不结婚来——不对，是比起你还没结婚的时候来——更加光明得多。”

“要是我能盼望到这样就好了，父亲！——”

“相信吧，亲爱的！确实是这样的！它应该是这样的，你想想这是多么自然而然，多么不言而喻，亲爱的。你孝顺，又年轻，还不能充分体会我所感到的焦虑，我总觉得不应该让你的年华虚度——”

她的手朝她父亲的嘴唇挪过去，可是她父亲把她的手握到自己手里，又把那个词重复了一遍。

“——虚度，孩子——不应该虚度——不应该为了我的缘故，逃避万物的自然规律。由于你丝毫不考虑自己，所以不能完全了解我在这件事情上心事多么重；不过，你只要反躬自问一下，你的幸福如果不圆满，我的幸福又怎么能十全十美呢？”

“如果我从来就没见到夏尔，父亲，我就会一直十分幸福地和你在一起了。”

她父亲笑了，因为她无意间承认了，她在见到夏尔以后，如果没有他就不会幸福了，他于是答道：

“孩子，你确实见到他了，而且那就是夏尔。假如不是夏尔，就会是别人。不然的话，假如没有别的人，那我就是那个原因，那就是我一生当中那个黑暗岁月不仅会把阴影投在我的生活上，而且也投到你的身上了。”

除了那次审判之外，这还是她第一次听他提到他受苦受难的那个时期。这些话进入她耳朵里的时候，使她感到又陌生又新奇，过了很长时间她都记得这些话。

“看！”这位博韦的大夫举起手来指着月亮说，“我曾从监狱的窗口看着她，那时我受不了她照射的亮光。我曾看着她，心里因想到她正照在我所失去的东西上而痛苦难熬，用头在监狱墙上乱碰。我曾看着她，那时极其麻木昏沉，所以我什么也不想，只想在满月的时候，我能在她上面画多少道横线，还能画多少竖线和那些横线交叉。”他看着月亮的时候，带着他那种性格内向和沉思默想的样子，随后又加上一句，“我记得那横线和竖线都是二十道，而且那第二十道线要挤进去都是很困难的。”

她以一种奇异的紧张神情听着她父亲追述往昔，这种神情随着她父亲继续详述而更加深切，但是他提及旧事所显现出来的态度，却没有什么会令她惊恐战栗的。他看来不过是在以现在的欢快和满足与那已成过去的可怕苦难对比。

“我看着她，成千上万次地想着那个还没出世就让人强行把我和他拆散了的孩子。不知他是不是活着。不知他是活着出生了，还是因为他可怜的妈妈担惊受怕而使他夭折了，不知他是不是一个儿子，有朝一日能给他爸爸报仇(我在狱里，有一个时期报仇心切，简直按捺不住)，不知他是不是这样一个儿子，永远不知道他父亲的身世；甚至可能终生都在思量，他父亲是否有可能是出于自愿而自行隐遁的。不知他是不是一个女儿，终究会长成一个成年女子。”

她和他挨得更近了，吻他的脸和手。

“我一直自己想象着，我那个女儿完全把我忘了——或者不如说完全不知道我这个人，根本就没有意识到有我这个人。我一年又一年地计算着她的年龄，我想象着她嫁给了一个对我的遭遇一无所知的人。我已经从活人心目中完全消亡，而在下一代人当中，我的位置是个空白。”

“父亲！虽然你这么想的那个女儿根本不存在，可是听你这么一说，就打动了我的心，仿佛我就是那个孩子。”

“你，露茜？正是由于你给我带来的安慰和复活，才使这些回忆油然而生，并且在这最后一个夜晚在我们和月亮之间一一浮现。——刚才我说什么啦？”

“她一点儿也不知道你的事，她一点儿也没关心你的事。”

“是啊！可是在另外一些月光照人的夜晚，忧伤和寂静却以另外的方式触动我——以一种有些类似静谧的哀愁的东西影响我，就像任何一种由痛苦而生的强烈情感所能够起到的作用那样——我想象着，她走进我的牢房，把我领到塔楼外面，使我获得了自由。我常常在月光下看见她的幻影，就像我现在看见你这样；只是我从来也没有把她抱在怀里；她站在装了铁栏杆的小窗和门之间。可是，你懂得吗？那并不是我正在说的这个孩子。”

“那个人影不是；那——那——是幻影；是幻觉？”

“不是。那是另外一种东西。它站在我迷乱模糊的眼前，可是一动不动。我脑子里追索的影子，是另一个而且是更真实的一个孩子。至于她的外表，我所知道的不过是她像她的妈妈。那另外一个也有那种相似之处——像你所有的那样——但不是一回事。你能听懂我的意思吗，露茜？我想不大容易吧？恐怕得当过单身监禁的囚犯，才能理解这些难以说清的区别。”

他力图这样剖白他过去的心理状态，他的神态那样集中，那样镇定，可是也没能不让她感到毛骨悚然。

“在这种比较宁静的状态下，我想象她乘着月光到我这儿来，并把我带出去，让我看到她婚后所生活的那个家里，处处都有她对她失去的父亲满怀深情的纪念。我的画像在她的屋子里，而她也每天为我祈祷。她的生活朝气蓬勃，兴高采烈，富有意义；而我那不幸的身世却浸透了所有这一切。”

“我就是那个孩子，父亲。我还没有她的一半好，可是就我对你的爱来说，那就是我。”

“她还给我看她那些孩子，”博韦的大夫说，“他们早就听说过我，她早就教他们要怜惜我。他们走过那个国家的监狱时，就远远离开它那壁垒森然的墙，仰望它那些铁栏杆，并悄悄耳语。她永远也救不了我；我想象中她在让我看完这些之后总是带我回监狱去。不过，那时候我就流着感到宽慰的眼泪祈祷，并双膝下跪，为她祈祷。”

“我希望我就是那个孩子，父亲。啾，亲爱的，亲爱的，明天你会那么热烈地为我祈祷吗?”

“露茜，我回忆这些往日的苦恼，原因就是今天晚上我爱你比言语所能传达的更甚，而且感激上帝给了我极大的幸福。我哪怕是胡思乱想到了极点，也从来没有想到过近来我有了你以后所知道的这种幸福，这种就在眼前等待我们去享受的幸福。”

他拥抱了她，庄严地将她交托给上苍，并且虔敬地感谢上苍把她赐给他。过了一会儿他们就走进屋子里去了。

除了劳瑞先生，没有邀请别人来参加婚礼；除了憔悴的普若斯小姐以外，连个伴娘也没有；他们并没有因为这场婚事而改变住的地方；他们把住处扩充了一点，把上面一层属于以前虚传，其实并未看见的房客的那几间屋子租了过来，除此之外他们便再无奢求。

晚间便饭的时候，马奈特大夫非常高兴。桌前只有三个人，而普若斯小姐就是那第三个人。大夫因为夏尔不在而抱憾；而且还颇有点反对他们为了向他表示情爱而把夏尔打发开的这种小小计谋，于是衷心地为他祝了酒。

就这样，他向露茜道晚安的时候到了，然后他们分了手。可是，清晨三点钟在一片寂静之中，露茜又走下楼来，偷偷走进他的屋子；预先并非没有怀着种种无名的恐惧。

不过一切如常，万籁俱寂；他躺在那儿睡着了，雪白的头发很好看地枕在使人心平气顺的枕头上，双手安安稳稳地平放在被子上。她把无用的蜡烛放在远远的暗处，蹑手蹑脚走到他的床边，把自己的嘴唇放在他的嘴唇上；然后躬身站在他前边，凝视着他。

囚禁中的辛酸之泪摧残损毁了他那俊秀的容貌，可是他以坚强的意志将这些痕迹掩盖起来，即使是在睡梦中，他也能将它们深藏秘敛。在那一夜，整个辽阔的睡乡也看不到一个比他的脸更加引人注目的面貌，它在和一个看不见的进攻者进行着一场不声不响，不屈不挠，不松不懈的斗争。

她小心翼翼把手放在他那亲爱的胸口上做了这样的祈祷：她要按他的爱所要求的那样，不负他所遭受的苦难所应得的报偿，对他永远赤胆忠心。然后，她缩回手来，又吻了一下他的嘴唇，这才走开。就这样，太阳升起了，法国梧桐婆娑的树影在他脸上移动着，正如她的嘴唇在为他祈祷而翕动时一样轻柔。

第十八章　九 天 九 夜

结婚那天阳光灿烂，他们在大夫关着的屋门外，做好了一切准备，大夫这时正在屋里和夏尔·达奈谈话。他们准备好了去教堂；他们，就是指美丽的新娘子、劳瑞先生和普若斯小姐。要不是因为普若斯小姐总念念不忘她兄弟所罗门应该当上新郎，这桩婚事经过一个逐渐协调融洽的过程既然达到了不可避免的结果，在她眼里本可以成为一桩无可挑剔的美满姻缘了。

“那么说，”劳瑞先生说，他对新娘子的赞羡就没有满足的时候，一直围着新娘子转，细细打量她那素雅礼服的每一点，“那么说，我的甜甜美美的露茜，我把你那么小小的一个婴儿抱到海峡这边来，就是为了这个呀！老天保佑！当时我把我干的事看得多么微不足道呀！我对我赐予我的朋友夏尔·达奈的情谊估计得多么无足轻重呀！”

“你当初根本没打算这样，”只讲实际的普若斯小姐开口道，“你那时候怎么会知道这个？瞎说！”

“是吗？那好；可是你别哭啊。”脾气和善的劳瑞先生说。

“我没哭，”普若斯小姐说，“你才哭呢。”

“我，我的普若斯？”（直到这时候，劳瑞先生才敢偶尔跟她逗逗乐。）

“你刚刚哭过；我看见了，我一点儿也不奇怪。就凭你弄来的餐具这样一份礼物，已经足够让每个人眼睛里含满眼泪的了。昨天晚上那个盒子送来的时候，在那一大堆东西里，没有一把叉子或是匙子不让我痛哭流涕的，”普若斯小姐说，“我一直哭得泪眼模糊，都看不清楚它们了。”

“我太心满意足了，”劳瑞先生说，“不过我以人格担保，我本来就没有想使这些不足挂齿的区区纪念品不给任何人看见①。哎呀！这是一种机会，可以使一个人仔细想想他失去的一切。哎，哎，哎！想想在这近五十年当中，本来是随时都可能会来一位劳瑞太太的！”

“完全不是那么回事！”普若斯小姐说。

“你认为本来也绝不会有个劳瑞太太吗？”姓劳瑞的这位先生问道。

---

① 英国人习惯将朋友送的结婚礼物摆出，令人瞻视。

“算了吧!”普若斯小姐回答，“你还在摇篮里的时候就是个光棍儿了。”

“哟!”劳瑞先生说着，笑嘻嘻地正了正他的小假发，“这好像也很可能。”

“而且在把你放到摇篮里去之前就给你安排好了要当个光棍儿。”普若斯小姐又接着说了一句。

“那么，我想，”劳瑞先生说，“老天对我可是太不厚道了，而且，对选择自己当哪种人，我本来是应该有发言权的。得啦！噢，我亲爱的露茜，”他伸出胳臂来温柔地搂着她的腰，“我听见他们在隔壁屋子里走动，而普若斯小姐和我，我们这两个地地道道正经办业务的人也很着急，不愿失去这最后的机会向你说点儿你也想听到的话。你把你的好父亲托付到了像你一样对他真诚和热爱他的人手上，等你到了沃里克郡[1]和那一带，在往后这两周中间，他一定会得到尽心照顾的，甚至台鲁森银行在他面前都会让位(这是相对而言)。到两周过完的时候，他就和你还有你热爱着的丈夫一起去作你们那另外两周在威尔士的游历。那时你一定会说，我们是在他身体最健康、心情最愉快的情况下把他送到你们那儿去的。噢，我听见有脚步声朝门口走来了，在人家还没开始成为我亲爱的姑娘的丈夫之前，让我怀着一个老派单身汉的祝福吻吻她吧。”

他捧着这姣好美丽的脸庞，仔细看了一会儿她前额上他记忆犹新的那种表情，然后把那金光闪闪的头发贴在他那小小的褐色假发上面，态度是那样地温柔体贴，但又那样真诚纯洁。如果说这种情形都是老派的话，那就得说是老得像亚当一样了。

大夫的屋门开了，他和夏尔·达奈走了出来。他脸色煞白——他们刚才一起进去的时候可并不是这样——整个脸上一丝血色也看不出来。

---

① 英格兰中部一郡。

但是他那镇定自若的神态却一如既往，只是在劳瑞先生明察秋毫的眼睛看来，它才影影绰绰地透露着某种迹象，表明过去那种躲避和惧怕的情绪，刚才曾经像一阵寒风似地从他身上刮过。

他把胳臂伸给女儿，带着她下了楼，坐进劳瑞先生特地为那个日子雇好了的轻便马车。其余的人坐在后边一辆大马车里，很快他们就到了附近一座教堂，在没有生人参加观看之下，夏尔·达奈和露茜·马奈特在这里缔结了良缘。

办婚事的时候，除了这一小伙人微笑时闪闪发光的晶莹泪珠，还可以看到新娘子手上有些璀璨耀眼的钻石，那是新近才从劳瑞先生一个囊袋[①]里的珍藏中取出来重见天日的。他们回家去吃早饭，事事都进行得很顺利，到了分别的时候，曾经在巴黎阁楼里和可怜鞋匠的白发混合在一起的那满头金黄秀发，在阳光中又和那白发混合在了一起，在门口告别。

分别时间虽然不长，却令人难舍难分。不过她父亲宽慰鼓励她，轻轻从她的怀里抽出身来，终于说出，“夏尔，带她去吧！她是你的了！”

于是，她从马车车窗里激动地朝他摆着手，然后就走了。

这个街角本来就不是个闲游逛、看热闹的地方，准备工作又一切从简，并无铺张，所以只有大夫、劳瑞先生和普若斯小姐冷冷清清地留在那里。等到他们回到那座凉爽的古老前厅舒适宜人的阴影之中，劳瑞先生才看出大夫浑身上下都大大变了样子；仿佛那个巨人高高举起的金黄胳臂给了他狠命的一击。

他自然一直是在竭力克制，而等克制的时刻过去之后，他的情绪就可能发生突变。使劳瑞先生发愁的是，他脸上又显出过去那种张皇失措、茫然无知的表情；而且他们一到楼上，他就神志恍惚地抱着脑袋，抑郁麻木忽忽悠悠地走进自己屋里，这使劳瑞先生想起了酒铺老板德发

① 指在台鲁森银行劳瑞先生负责为主顾保存珍藏的器物。

日和那次星夜驱车赶路的情景。

“我看，”他心急如焚地考虑了一番之后，悄声对普若斯小姐说，“我看咱们这会儿最好别和他说话，或者说一点儿也别打扰他。我得去照料一下台鲁森银行的事；所以我立刻就去那儿，很快就回来。然后咱们带他坐车到乡下走走，在那边吃饭，然后一切就都会好了。”

劳瑞先生料理台鲁森里边的事比较好办，要张罗台鲁森外边的事就不那么容易了。他耽搁了两小时，回来的时候，什么也没问仆人，就一个人走上了那古老的楼梯；——进了大夫的那套屋子。他听到一阵低微敲击的声音，就止住了脚步。

“天啊！”他吃了一惊，说道，“这是怎么了？”

普若斯小姐带着一副吓坏了的样子对他咬耳朵说：“哎呀，哎呀！一切都完了！”她一边喊着一边绞着双手，“跟花大姐说什么呢？他都不认识我了，正在做鞋呢！”

劳瑞先生尽量劝说，让她镇静下来，自己走进大夫的屋子。那条板凳已经转过去朝着阳光，就像他以前看见这个鞋匠做活儿的时候那样，他正在埋头苦干。

“马奈特大夫。我亲爱的朋友马奈特大夫！”

大夫看了他一会儿——半似询问，半似因为有人跟他说话而生气——然后又埋头做活儿了。

他把上衣和背心都脱了；衬衣领口敞开，像他旧日做这种活儿的时候那样；就连他脸上原来那种憔悴干瘪的样子也都重现了。他起劲地干着——很不耐烦——仿佛感到被人打扰了似的。

劳瑞先生看了一眼他手里的活儿，发现还是那种老尺码、老样子的鞋。他拿起放在他旁边的另外一只，问他那是什么？

“年轻小姐走路穿的鞋，”他咕哝了一句，头也不抬。“好早以前就应该做完的，先放着吧。”

“可是马奈特大夫，看看我！”

他服从了，还是过去那种机械恭顺的老样子，并未停下活儿。

“你认识我吧，我亲爱的朋友？再想想。这不是适合你干的职业。想想吧，亲爱的朋友！”

说什么也无法诱引他再说话了。要求他说话的时候，他有时抬头看一下；可是无论怎么开导也无法从他口中掏出一句话来。他做呀，做呀，做呀，一声不响，而对他说的话，就仿佛是碰上了没有回音的墙壁或是消散到空中去了。劳瑞先生所能发现的唯一一线希望是，有时候没向他问话他也偷偷地抬头看看。看的时候，好像隐隐约约带着一种觉得新奇或者说是困惑不解的表情——仿佛他想把脑子里的一些疙瘩解开。

劳瑞先生立刻想到，有两件事比其他所有事都更加重要：第一件是，这种情形得瞒着露茜；第二件是，这件事得瞒着所有认识大夫的人。劳瑞先生立即和普若斯小姐一起，对第二种人采取防范措施，宣扬大夫健康欠佳，需要彻底休息几天。出于好心为要骗一下他的女儿，普若斯小姐还得写信，说他给请去出诊了，并且还提到他匆匆草成的两三行亲笔信，假装是和普若斯小姐的信同时付邮的。

劳瑞先生因为抱着他能自己逐渐清醒过来的希望，采取了这些在任何情况下都得说是适当可行的措施。如果这种情况很快出现，那他就采取另一个预定的步骤，那就是根据大夫的病情，想出某种他认为是最高明的意见。

劳瑞先生因为希望他能恢复，自己的第三个步骤能得以实施，于是决定对大夫精心守护，同时还得尽可能不露守护的形迹。为此，他作了生平第一次不去台鲁森银行上班的安排，守候在大夫那间屋子的窗户旁边。

不久他就发现，和他说话不仅无益反而有害，因为只要一勉强他，他就心烦。第一天劳瑞先生就打消了和他说话的念头，决定只限于总是出现在他面前，就像是对他已经堕入或正在堕入的那种迷惘惶惑状态表示默默的抗议。为此，劳瑞先生一直坐在窗口的座位上，念念书，写写字，以他能够想出的各种愉快自然的方式尽可能表示，他觉得这是一个自由自在并无约束的地方。

头一天，给马奈特大夫什么他就吃什么，给他什么就喝什么，而且他不停地干活，一直到天黑得看不见了——干到劳瑞先生开始看不见，也无法念书写字的半小时以后。等他把用不着的工具放到一边以备明天再用的时候，劳瑞先生站起来对他说：

“你想出去吗?”

他照老样子低头朝自己两边的地上看看，又照老样子抬头看看，又用过去那种低沉的声音重复说道：

“出去?”

“是呀；跟我去走走。干吗不呢?”

他并没有费力去解释干吗不，再也没说一句话。可是看着大夫在暮色中双肘支着膝盖，双手抱着脑袋，俯身向前坐在板凳上，劳瑞先生觉得大夫正在困惑不解地自己问自己，“干吗不呢?”这位精明干练的办业务的人在这里觉察到一个可乘之机，他决心抓紧它。

普若斯小姐和劳瑞先生夜里是分两班看守的，他们隔一会儿就从隔壁屋子到这里来看一看他。他来回走了很久，然后才躺下；可是他最后一躺下就睡着了。早晨，他按时起来了，径直走到板凳那儿继续干活儿。

在这第二天，劳瑞先生高高兴兴叫着他的名字向他问好，还和他提起最近他们常谈的一些话题。他并未报以任何回答，但是非常明显，他听见了他说的话，而且不管多么迷迷糊糊，他还是在考虑这些话。这鼓起了劳瑞先生的勇气，他让普若斯小姐在这一天当中有几次带着她的活计进来；在这种时候，他们平平静静地谈到露茜，也谈到就在眼前的她的父亲，是完全按照他们平常的那种样子谈的，好像并没出什么差错似的。他们这样做的时候，不带任何其他的声气，也不过分长或过分频繁，以免引起他不耐烦。劳瑞先生觉得他抬头看的次数更多了，并且显出感到周围不大对头因而有点儿烦躁不安的样子，这使劳瑞先生的友爱之心亮堂了一点儿。

等天又黑下来的时候，劳瑞先生像以前一样地问他：

“亲爱的大夫，你想出去吗?”

像以前一样，他跟着说道，“出去?”

“是呀，跟我去走走。干吗不呢?”

这一次，劳瑞先生没能诱引他答话，就假装出去了，他离开那儿有一小时的工夫，然后回来了。在这段时间，大夫已经挪到窗户下面的座位上去了，坐在那儿朝下看着那棵法国梧桐；可是劳瑞先生一回来，他就又溜回到他的板凳那儿去了。

时间过得非常缓慢，劳瑞先生的希望渐渐暗淡了，他的心情也渐渐沉重起来，而且一天比一天沉重。第三天来了又去了，第四天，第五天。五天、六天、七天、八天、九天。

希望越来越暗淡，心情也越来越沉重，劳瑞先生就这样度过了这些焦虑不安的日子。秘密保守得很严，露茜毫无觉察，非常幸福；但是劳瑞先生不能不看到，这位鞋匠的手最初还有点生疏，后来就令人不安地变得越来越熟练，而且在第九天黄昏时分，他从来没有像这样专心致志地干活，他的双手也从来没有像这样灵巧娴熟。

第十九章　一 则 高 见

劳瑞先生因为焦急不安地守护已经筋疲力尽，不觉在他的岗位上睡着了。在他那提心吊胆的第十个早上，他让射进屋里的阳光照醒了。他头天晚上就是在这间屋里沉沉睡去的。

他揉着眼睛，站起身来；不过他这样干了之后，还在怀疑他是不是一直还没醒过来。因为他走到大夫屋门前往里一瞧，发现那条鞋匠板凳和做鞋家伙又都放到一边去了，大夫本人正坐在窗户那儿看书。他穿着他平常穿的晨服，他的脸(这是劳瑞先生能够清清楚楚看出来的)，虽然仍旧很苍白，却显得安详镇定，专心用功。

甚至在劳瑞先生已经使自己相信他自己是清醒着的以后，他还是一阵阵发蒙，不知道前几天那件做鞋的事会不会是他自己做的一场乱七八糟的梦；因为，他的眼睛不是明明看见，他的朋友就在他眼前，穿着平常穿的衣服，还是原来的样子，像平时一样忙着；而且在他眼睛所能看到的一切地方，哪里有什么迹象说明确实曾经发生过那种使他产生过如此强烈印象的变化呢?

这只不过是他在起初感到惶惑吃惊时提出的疑问罢了，答案是明摆着的。假如他的那些印象不是真正完全有根有据的，而是无缘无故的，那他加维斯·劳瑞怎么会到这儿来呢？他怎么会在马奈特大夫诊疗室的沙发上和衣而卧，呼呼大睡，还会一大清早就在大夫卧室门外盘算这些问题呢?

还没过几分钟，普若斯小姐就站在他旁边悄声说话了。如果他心中仍有半点疑惑，那她的谈话必然也就帮他解开了；可是那时候他的脑子清清楚楚，已不存在任何疑问了。他建议他们再等一会儿，等到了往常开饭的时候，再去见大夫，仿佛什么反常的事情也没发生过一样。如果他显得神志正常，那么劳瑞先生就会谨慎地设法从他曾辗转不安、穷索枯肠去寻求的高见当中，找到方向和指导。

普若斯小姐服从他的判断，这个计划就小心地实行起来。因为劳瑞先生有足够的时间像他往常那样有条不紊地梳洗打扮，所以早饭时他露面的时候，又像平常一样穿着雪白的衬衫，腿脚收拾得十分干净利索。他们照往常的方式去把大夫请来，然后共用早饭。

看来要了解大夫，采用劳瑞先生认为唯一稳妥可靠的方针，实行那些周密细致、循序渐进的步骤，不越雷池一步，还是有可能的，大夫起初还误认为，他女儿的婚事是昨天办的。他们有意识地因势利导，抛出一点偶然提到的暗示，说出那是几月几日星期几，让他去想去算，可以明显地看出，这使他感到不大自在了。尽管如此，他在其他方面，还是那么镇定自若，所以劳瑞先生决定要搬出他所求的救兵了。而这救兵就是他自己。

于是，等早餐用完，收拾停当，只留下他和大夫一起的时候，劳瑞先生就深情地说：

“亲爱的马奈特；我非常想私下里征求一下你对一个十分奇怪的病例的高见，我对这种病兴趣很大；也就是说，我对它非常好奇，也许它在你看来并不那么奇特，因为你比我更有学识。”

大夫看了一眼他那双因为前一向干活儿而变了色的手，显出心烦意乱的神情，并注意地听着。他已经不止一次地看自己的手了。

“马奈特大夫，”劳瑞先生亲切地抚摸着他的臂膀说，“这是我特别要好的一位朋友的病例。请你费心考虑，并且好好对我提出你的建议来，这是为了他——而且首先是为了他的女儿——他的女儿，我亲爱的马奈特。”

“如果我所了解的是对的话，”大夫用一种低沉缓慢的声调说，“那是某种精神震荡——?”

“就是!”

“请说明白，”大夫说，“别漏掉任何细节。”

劳瑞先生看出来，他们彼此心领神会了，于是接着说下去。

“我亲爱的马奈特，这是一种拖延多少年总不去根儿的震荡症，在感情、感觉和——这个——这个——像你所说的那样——精神方面影响非常严重，非常厉害，精神方面。这种震荡症曾把得病的人压垮了，谁也说不上到底持续了多久，因为我相信他自己也计算不出是多少时间，而且也没有别的方法弄清楚。得病的人经过一个阶段不知不觉地从这种震荡症中恢复过来——我有一次就听他带着一种令人惊讶的神气公开说过。这位得病的人从震荡症中恢复得非常彻底，他是一个智力非常高的人，精神能够高度集中，身体能够不怕劳累，他本来已是满腹才学了，还能不断增益。可是不幸的是，却在最近，”他停下来，深深吸了口气——“有点儿旧病复发了。”

大夫声音低低地问，“延续了多长时间?”

“九天九夜。”

“有什么症状？我猜，”他又看了一下自己的手，“是又重新操起了和那种震荡症有关系的什么旧业。”

“事实就是如此。”

“那，你曾经见过，”大夫全神贯注地问，尽管声音还是那么低，“他原来操作的样子吗?”

“见过一次。”

“那么他旧病复发的时候，他是不是在许多方面——或者说，在所有的方面——都像他那时候的样子?”

“我觉得所有的方面都像。”

“你刚才提到他女儿。他女儿知道不知道他这次旧病复发?”

“不知道，这事一直对她守口如瓶，而且我希望会永远对她守口如瓶。这件事只有我自己知道，还有另外一个信得过的人知道。”

大夫抓住他的手，嘟囔着说，“真难为了，这想得很周到!”劳瑞先生也抓住他的手，有一会儿工夫，他们俩谁都没有说话。

“那，我亲爱的马奈特，”劳瑞先生终于开口说道，那态度是最体贴，最真诚的，“我不过是个办业务的人，并不善于对付这类错综复杂、困难重重的事。我不掌握那种必须有的知识，我不具备那种智力，我需要指导。在这个世界上，我相信再没有人比你更可指望给我以正确的指导了。告诉我，这次犯病是怎么发生的？有没有再犯病的危险？能不能预防再犯？再犯的时候应该怎样治疗？到底它是怎么发生的？我能为我的朋友做点什么事？要是我知道该怎么办的话，我会从心眼里比任何人都更热切希望为我的朋友效劳，但是我不知道在这种情况下该从哪儿做起。假如你的真知灼见和丰富经验，能把我引向正确轨道，我就能大显身手，没有人开导指点，我就一无所能。请跟我一起讨论讨论，使我能够把这件事稍微看得更清楚一些，并教给我怎样使自己更有用处一些。”

马奈特大夫听完这些推心置腹的话之后，就坐下思量，劳瑞先生也没有催促他。

“我亲爱的朋友，我想很可能，”大夫好不容易才打破沉默说道，“你所形容的这种旧病复发的情况，病人自己事先并不是完全没有预料到的。”

“他是不是对这种病很担心呢?”劳瑞先生仗着胆子问道。

“很担心。”他说这句话的时候不禁打了一个哆嗦。“你不知道，有一种恐惧之感是多么沉重地压在病人的心里，而且对他来说，强使自己就这个压抑着他的话题吐出一句，是多么困难——几乎是不可能的。”

“在这种病就要发作的时候，”劳瑞先生问，“假如他能想法让自己把心头的隐痛向什么人吐露一下，他是不是就会感到明显地轻松了呢?”

“我觉得会这样的。不过，我刚才告诉过你，这差不多是不可能的。我甚至觉得——在某些病人——这是十分不可能的。”

双方都沉默了一会儿，随后劳瑞先生又把手轻轻放在大夫的胳臂上说，“那么，你觉得这种病发作的原因是什么呢?”

“我认为，”马奈特大夫回答说，“有一连串意识和记忆一直在强烈而又奇特地重复出现，这是这种疾病的起因。我想他又生动逼真地回忆起一些与最忧伤痛苦的景象有关的强烈联想。很可能他脑子里长期存在着一种使他惴惴不安的潜伏活动，唤起那些联想——比如说，在某种情况下——比如说，在某种特殊的场合。他努力想要使自己事先做好准备，但纯属徒劳；也许这样竭力使自己事先做好准备，恰好使他更加忍受不住。”

“他是不是记得，病情发作的时候发生过什么事情?”劳瑞先生自然而然踌躇地问。

大夫阴凄凄地环顾屋子，摇着脑袋，低头答道：“一点也不记得。”

“那么，将来呢，”劳瑞先生提示道。

“将来，”大夫说的时候又恢复了坚定自制的口气，“我抱有莫大希望，感谢上苍可怜见让他恢复得那样快，就凭这个，我抱有莫大希望。他，迫于某种错综复杂事情的压力，长期以来忧心忡忡，长期以来模模糊糊地预见到它，和它斗争，而在云开雾散之后，他恢复了正常，我据此就该希望最坏的情形已经过去了。”

“好哇，好哇！这是很好的安慰。我真得感谢上苍!”劳瑞先生说。

“我真得感谢上苍!”大夫恭恭敬敬地低下头照说了一句。

“还有两个问题，”劳瑞先生说，“我急于要聆听教诲。我可以继续说吗?”

“你给你的朋友效劳已经达到了极顶了，”大夫把自己的手伸给他。

“那么先说第一点。他一贯勤奋，精力过人。他以艰苦卓绝的努力探索专业知识，进行实验和许多事情。那么他是不是做得太多了呢?”

“我看不是。他的脑子很奇特，永远闲不住，这可能正是他脑子的特点。这可能一部分是天生的，一部分是受苦造成的，它忙于一些积极健康的事情越少，它转向不健康方面的危险就越多。他可能对自己做过观察，发现了这个问题。”

“你能肯定他并没有过度紧张?”

“我想，对这一点我能十分肯定。”

“我亲爱的马奈特，假如现在他过度操劳——”

“我亲爱的劳瑞，我怀疑是不是很容易那样。一直有一种朝一个方向的强大压力，所以现在需要一种能和它抗衡的力量。”

“请原谅我这个爱刨根问底办业务的人。姑且设想一下，就当他是操劳过度；它会以某种神经错乱复发的形式表现出来吧?”

“我觉得不是这样，”马奈特大夫以一种坚定信心的语气说，“我觉得，除非有那一连串联想，否则任何事情都不能使它复发。因此我觉得，此后只有他那根弦发出某种特别刺耳的噪音才能使它复发。在这次发作之后，并且在他恢复过来之后，我觉得很难想象，那根弦会再发出那种强烈的噪音。我觉得，我几乎确信，那种可能使它复发的情况，已经竭尽无余了。”

他说这番话的时候，因为深知不管多么轻微细小的一点事情，都可能搅乱精细微妙的神经组织，所以信心不足，但又因为亲身经历磨难和痛苦而逐渐变得自信，所以又信心十足。他的朋友当然不会去挫伤这种信心。他尽量装作比实际上更加放心和更加受到鼓励，接着就触及到第二点，也是最后一点。他感觉这是比什么都难办的；可是，想到在那个星期日上午和普若斯小姐的谈话，想到在过去这几天当中他所见到的事情，他知道他必须正视这一点。

“他幸而从正在过去的那场病患中复原，他在病中重新操起那种行当。”劳瑞先生说到这儿清了清嗓子，“我们可以把它叫做——铁匠活儿，铁匠活儿。我们可以说，举个例子，也是为了作个说明，他在当年病情严重的时候常常是对着个小铁匠炉干活儿。我们可以说，他出乎意料地让人发现他又在那小铁匠炉跟前。让这个铁匠炉总守着他，你说糟糕不糟糕?”

大夫用手遮住前额，神经质地用脚拍打着地板。

“他总让这东西守着他，”劳瑞先生用焦灼的目光看了他朋友一眼。“那么，他要是把它丢开，会不会更好一些呢?”

马奈特大夫还是手遮前额，神经质地在地板上拍着脚。

“你觉得给我提出忠告很困难吗?”劳瑞先生问。“我十分清楚，这个问题很微妙。然而我还认为——”说到这里，他摇了摇头，打住了。

“你知道，”马奈特大夫在一阵难堪的沉默过后转向他说，“要把这个可怜人内心深处活动的来龙去脉解释清楚是很困难的。他曾经一度心怀忐忑盼望这种职业，等它来了的时候，他又是那么欣喜；毫无疑问，由于手指的忙乱代替了脑子的忙乱，而且随着他越来越熟练，双手的创造代替了精神折磨的创造；所以他的痛苦大大减轻，因此一想到把它放到他够不着的地方去，他就受不了。我相信，即使现在，在他比过去任何时候都对自己更充满希望，甚至以自信的口吻谈到自己的时候，他一想到也许还需要重操旧业而又找不到它，就会突然产生恐怖之感，就像是人们可想而知的，对一个迷路的孩子心灵上的不断打击一样。”

他抬头看着劳瑞先生的脸，这时候他看起来恰像他所描绘的样子。

“不过，难道——请注意！我是个干巴巴办业务的人，只会处理诸如畿尼、先令、钞票之类物质方面的东西，我是向你请教——难道保留那种东西不就暗含着保留那种思想？假如那种东西没有了，我亲爱的马奈特，是不是那种恐惧也就一块儿没有了呢？一句话，保留这铁匠炉，难道不就是承认这种忧惧的存在吗?”

又是一阵沉默。

“你也知道，”大夫声音颤抖着说，“它是那样一个老伙伴。”

“要是我，我就不要它，”劳瑞先生摇着头说；因为他看到大夫不安，就更加坚决了。“我要提醒他舍弃那东西。我只是想征求你的权威性的意见。我肯定那东西没好处。来！像一个亲爱的好人那样，对我讲出你权威性的意见，为了他女儿的原故，我亲爱的马奈特!”

要是能够看出来他内心都进行了怎么样的一场斗争，那可真是非常奇怪!

“那么，看在她的份儿上，就那么办吧，我赞成。不过，我不会在他在场的时候把它拿开。等他不在那儿的时候，把它挪开；等他暂时离开之后，再让他和他的老伙伴分手。”

拆毁制鞋工具

劳瑞先生很高兴地应允了照这样做，这场谈话就结束了。他们在乡下过了这一天，而且大夫也恢复得很好了。在随后三天当中，他一直没有一点毛病，到了第十四天，他去同露茜和她丈夫会合。在这之前，劳瑞先生已经向他说明，为了解释他为什么保持沉默没有写信，他采取了什么办法，而他也按照这个口径给露茜写了信，她一点也没起疑心。

他离开家的那天晚上，劳瑞先生由普若斯小姐掌灯引路，带着斧子、手锯、凿子、锤子去到他的屋子里。在那里，屋门紧闭，劳瑞先生带着一种神秘而又歉疚的心情，把那个鞋匠板凳劈成了碎片，在此期间普若斯小姐则一直举着蜡烛，仿佛是个杀人的帮凶——说实在的，照她那种狰狞可怖的样子，干这行她可真是个再合适不过的形象了。火化遗体(为此目的，事先已经劈成一小块一小块的了)毫未拖延地立即在厨房炉灶里开始；而那些家伙、鞋和皮子则葬在庭院里。毁坏东西和秘密行事，在心地高尚的人看来是那么罪孽深重，因此劳瑞先生和普若斯小姐从事他们完成的这桩使命然后灭迹的时候，几乎感到，而且看起来也几乎就像是，合伙犯下了一桩滔天的罪行。

第二十章　一 个 请 求

这对新婚夫妇回到家里以后，第一个露面前来贺喜的人是西德尼·卡屯。他们到家还没有几个小时，他就来了。他的衣着、外貌和举止都没有什么改变；但是他身上有某一种相当粗率的真挚神情，却是夏尔·达奈新观察出来的。

他瞅准了机会把达奈拉到一边，走到凸窗里，在别人不会听见的时候跟他谈起话来。

“达奈先生，”卡屯说，“我希望咱们会做朋友。”

“我想，咱们已经是朋友了。”

“你拿这当做一句客套话来说，也就够好的了，可我却没有说客套话的意思。真的，每逢我说我希望咱们会做朋友的时候，我差不多完全不是那种意思。”

夏尔·达奈——完全出于自然——以和气友好的态度问他，他的意思是什么?

“我敢起誓，”卡屯微笑着说，“我发觉在自己内心意会比较容易，要向你言传就不那么容易了。不过，让我试试看。你还记得在一个不同寻常的场合，我醉得比——比平常更厉害吗?”

“我记得在某一个不同寻常的场合，你强迫着让我承认，你一直在喝酒。”

“我也记得。这些场合所造成的祸害压得我很沉重，因为我总是记得它们，我希望有朝一日，到所有的日子对我来说终归了结的时候，那个场合也会包括在功过之内！——你不必吃惊；我不是想说教布道。”

“我一点也不吃惊。你的认真诚恳，不管怎么说也不会使我吃惊。”

“啊!”卡屯满不在乎地摆了摆手，仿佛要把这种东西轰开似的。“在咱们谈到的那次喝醉的场合(你知道，那不过是许多次酩酊大醉中的一次)，我喜欢你而又不喜欢你，这把我弄得很难受。我但愿你忘了这件事。”

“我早就忘了。”

“又是客套话！不过，达奈先生，忘却对我来说可不那么容易，可不像你所说的对你那样。我决没有忘了这件事，而且轻描淡写的回答，也不会帮助我把它忘了。”

“如果那是一种轻描淡写的回答，”达奈应声说，“那我请你原谅我这样说了。我的目的无非是想把一桩微不足道的小事搁到一边，我没有料到这竟引起你这样大的烦恼。我凭着一个有身份的人的信誉正式告诉你，我早就已经把这件事置之脑后了。我的天啊，有多少要置之脑后的啊！那天你给予我巨大的帮助，其中难道没有什么更重要的事情要我永志不忘的吗?”

“说到巨大的帮助，”卡屯说；“既然你以那种方式提到它，我就得向你坦白承认，那不过是职业性的摇唇鼓舌而已。我给予帮助那时候，我清楚我并不在意你是怎么个情况——请注意！我说的是我给予帮助的时候；我说的是过去。”

“你把这番恩惠说得太轻描淡写了，”达奈答道，“但是我不想因为你这个轻描淡写的回答同你争辩。”

“真是太对了，达奈先生，请相信我！我说的距离我的初衷太远了；我说的是咱们做朋友。哪，你了解我了，你知道我不是能够飞黄腾达的那种人。你要是不信，请问问斯揣沃，他就会这么告诉你。”

“我倒愿意不要他的帮助，自己形成自己的看法。”

“好啦！不管怎样，反正你知道，我不过是一条丧家之犬似的家伙，从没干过什么好事，将来也决不会。”

“我不知道你‘将来也决不会’。”

“可是我知道，而且你必须以我的话为准。好啦！假如你能容得下这样一个没有价值的家伙，这样一个默默无闻的家伙有时候来往一下，我就要请求惠允我作为一个享有特殊待遇的人在这儿来往；请求把我当作一件无用的家具(我还得加上一点，要不是因为我察觉到你我很相像，我会说，当作一件毫无装饰作用的家具)，由于它原来派过用场而加以容忍，也不去注意。我想我不会滥享这种惠允。充其量我每年也不过来上四次吧。我敢说，我要是知道我得到了这样的惠允，我也就满足了。”

“你愿意试试吗?”

“换句话说，也就是我给安置在了我表示愿意呆的位置上。我谢谢你，达奈。我可以用你的名义来行使这种自由吗?”

“到了这个时候，卡屯，我认为可以了。”

他们为此握手道贺，于是西德尼走开了。随后还没过一分钟，他又表现得完全像往常一样放浪形骸了。

他走了以后，有一天夏尔·达奈在和普若斯小姐、大夫还有劳瑞先生一起度过晚上的时候，泛泛地提到了这次谈话，他提到西德尼·卡屯是个放荡不羁、满不在乎的人。简而言之，他谈到他时丝毫没带恶意或是和他过不去，而只是像随便哪一个人看到他的表现而可能使用的那种口吻。

他没有想到，这些话让他那年轻漂亮的妻子听了会往心里去；不过等他过了一会儿回到他们自己的屋子里去和她在一起的时候，他发现她带着那种漂亮的老样子，明显地挑起眉头等着他。

“咱们今天晚上若有所思的！”达奈搂住她的腰说。

“是啊，最亲爱的夏尔，”她把双手放在他胸前，用询问和专注的表情盯着他；“咱们今天晚上真是若有所思的，因为咱们今天晚上心里有事。”

“什么事，我的露茜?”

“要是我请求你不要问，你肯不肯应允就不追问我了?”

“我肯不肯应允？我有什么不肯应允我亲爱的人的呢?”

他用一只手把那金发从她脸颊上拂开，另一只手放在那为他而跳动的心上，真的，有什么不肯应允的呢！

“我觉得，夏尔，可怜的卡屯先生受到的关怀和尊重，应该比你今天晚上所表示的更多。”

“真的吗，我亲爱的？为什么呢?”

“你不要问我这个。不过我觉得——我明白——他应该。”

“如果你明白，这也就够了。你想要我干什么呢，我的宝贝?”

“我想要求你，最亲爱的，待他永远宽厚大度，而且他不在身旁的时候，要原谅他的缺点。我请求你相信，他很少很少敞开他的心扉，而且那颗心上有深刻的创伤。我亲爱的，我看见它在流血。”

“这让我想起来感到很难过，”夏尔·达奈吃惊地说，“我竟会做了伤害他的事情，我从来没有这样想过他。”

“我的丈夫，是这样的。我怕他是不可救药的了，几乎是毫无希望的。可是我肯定他能够做出美好的事情，优雅的事情，甚至高尚的事情。”

因为她以纯洁的诚心对待这个失意潦倒的人，她显得那么美丽，真能使她丈夫看着她这种样子，一连看上几个小时。

“噢，还有，我最亲爱的！”她和他靠得更近，把头枕在他胸上，抬起眼睛劝他说，“别忘了，咱们处在幸福之中是多么坚强有力，而他处在苦难之中又是多么软弱无力呀！”

这句恳求的话深深感动了他的肺腑。“我永远也不会忘了，亲爱的心肝！我至死都会记得的。”

他向那一头金发弯下腰来，把那玫瑰花般的嘴唇放在他的嘴上，把她抱在怀里。如果有一个孤独无助、失意流浪的人当时正在这处黑暗的街头踯躅徜徉，听到她纯洁无瑕地向自己的丈夫倾吐衷肠，看到那样热爱她丈夫的蓝眼睛里流出的怜悯之泪，让她丈夫一滴滴吻干，他就会向着夜空呼喊——而且这些字眼从他嘴里吐出来可能还不是第一次——

“因为她这样甜蜜美好，富于同情，愿上帝保佑她！”

第二十一章　足音回响

前面提到过，大夫住的那个街角是个反射回声的奇妙街角。露茜就在这个回音飘荡的街角上安静的房子里，一边倾听年复一年的脚步回音，一边在这安谧幸福的生活中忙着缠绕金线，把她丈夫、她父亲和她自己以及她过去的女教师兼同伴联系在一起。

起初，尽管她是一个享有圆满幸福的年轻妻子，她做的手工却常常慢慢从手中落下，她的眼睛常常变得泪水模糊。因为有某种声音，某种轻微的、遥远的而且几乎还很难听见的声音，夹杂到这些回音之中，搅得她心烦意乱。飘忽不定的种种期待和疑虑把她的心分成了两半：她期待着至此她尚未解其中滋味的爱；她疑虑她是不是会继续活在世界上享受这种新的快乐。在这时的回音当中，常常想起她自己华年早逝、独处孤坟的足音，她想到她丈夫让她撇下，孤苦伶仃，而且他还会为她悲痛万分。这些思潮在她眼前涌现，恰似滚滚波涛，此起彼伏。

这个时期过去了，她的小露茜躺在了她的怀里。随后，在那些向前迈进的回音当中，也夹进了她那小小脚丫的脚步声和她牙牙学语的声音。让回音更大地震响吧，摇篮边的年轻母亲总是能够听到这种声音渐渐走近的。这声音走近了，于是这座浓荫遮蔽的房子就随着孩子的欢声笑语而充满了阳光，于是孩子们的那个神圣朋友①(她处于困境的时候曾对他倾诉衷曲)就好像把她的孩子抱在他的怀里，有如古时候他抱着那个孩子②一样，并使她享受到一阵神圣的喜悦。

露茜一直在匆匆缠绕把他们都维系在一起的那根金线，把她那给人带来幸福的力量织进他们所有人的生命组织中去，并且不偏不颇、不分轩轾，因此她听到的这年复一年的回音当中，除了友好和安慰别无他响。在这些回音当中，她丈夫的脚步健壮有力，生气勃勃；她父亲的脚步踏踏实实，稳稳当当。再看那拉着车不松套的普若斯小姐，她也唤起了许多回音，就像一匹烈性子的战马，让鞭子管教着，还在庭院里那棵老梧桐树下喷鼻、刨蹄！

即使其中夹杂着一些阴郁忧伤的声音，这些声音也既不刺耳又不残酷。那个小男孩长着像她一样的满头金发，披散在他那躺在枕头上憔悴的小脸蛋儿周围，他含着光彩照人的微笑说："亲爱的爹妈，撇下你们，撇下我那漂亮的姐姐，我真舍不得；可是上帝召唤我呢，我非走不

---

① 指耶稣。

② 见《圣经 · 新约 · 马可福音》第 9 章第 36 节和《路加福音》第 9 章第 47 节。

可呀！”即使是在这时候，这小小的灵魂只是离开了她曾受托予以照看的怀抱，他年轻的母亲虽然流泪，但并未悲痛欲绝，让他们来，不要禁止他们。[①]因为他们看到的是天父的容颜。啾，天父啊，多么慈爱的话语！

就这样，天使翅膀扑打的沙沙声和其他回声混在一起，于是这些声音就不是纯然尘世的声音，而是有了上天的声息。阵阵轻风掠过园中一座小小坟墓，它们的声声叹息也交融在这些声音之中。就是在小露茜一边滑稽可笑地认真完成早晨的任务，或是在母亲膝下打扮一个玩具娃娃，一边用交融在她生命之中的那两个都城的语言喋喋不休之时，露茜也能听到这两种声音在轻言细语，像是夏日在沙滩边沉睡的大海呼吸起落的声息。

这些回音很少应答西德尼·卡屯那真正的步履。一年当中顶多有五、六次，他享受他那不请自来的殊荣，而且就像他一度常常做的那样，大多整个晚上都和他们坐在一起。他在酒酣耳热的时候，从不到这里来。还有另外一桩与他有关的事也在这些回声中悄悄回荡，它世世代代乘着所有真正的回声一直都在悄悄回荡。

任何一个男子，若真心爱一个女子但又未能与她成眷属，在她已经结婚生子之后，仍然对她一往情深，始终不渝而又毫无怨艾，她的儿女们必然会对他怀有一种奇妙的感情——这是一种出自本能带有怜惜之情的体贴温柔。在这种情况下，究竟是触动了哪些深藏密敛的感情，没有任何回音能说得出来；但是事实现在如此，而且过去也是如此。小露茜张开胖乎乎的胳臂要搂抱的第一个生人，就是卡屯，而且在她的成长过程中，他一直占有一席之地。那个早夭的小男孩，几乎在最后咽气的时候还提到他，“可怜的卡屯！替我吻他！”

斯揣沃先生在法界硬挤硬钻，闯开了自己的道路，就像一艘庞大的

---

① 见《圣经·新约·马太福音》第 19 章第 14 节，耶稣说：“让小孩子到我这里来，不要禁止他们。”

机轮，在污泥浊水中鼓浪前进；他还把他那有用的朋友拖在后面，就像在船尾拖着一条小船。这种受援引携带的小船，一般总是遇到险风恶浪，而且濒临覆没，同样，西德尼过的也是一种身陷淤淖，拖泥带水的日子。然而得过且过和积重难返——不幸的是得过且过和积重难返在他身上比遭人冷落或蒙辱含垢之类激励人们奋发的感觉多得多——使这成了他注定得过的生活；而且他安于这种为狮猎食的黑背豺地位，并未想到解脱提升，正如人们以为一个真正的黑背豺不会想自己也要晋升为一头狮子一样。斯揣沃很阔绰，娶了一个红润鲜亮、花枝招展的寡妇，带来一笔财产和三个男孩，他们个个圆头圆脑，头发笔直，此外则无任何特别出众之处。

斯揣沃先生从每一个毛孔里都散发出一种以恩主自居、极其令人作呕的神气，让他这三位少爷走在前面，他自己像赶着三只羊似的把他们赶到叟候那个僻静的街角，当作弟子投在露茜丈夫的门下，善于体恤地言道："喂，这里有三块给你婚礼野餐准备的面包夹奶酪，达奈！"而这三块面包夹奶酪竟遭到很客气的拒绝，斯揣沃不禁气愤填膺，这随后成了他在调教这三位少爷的时候的有利教材，用来教育他们谨防那般要饭吃还挑拣的家庭教师。他在喝着醇醴陈酿的时候，还总是对斯揣沃太太慷慨陈词，说达奈太太一度施展手段，想要"逮住他"，而在他这方面，太太啊，可以说是"针锋相对"，因此才"没给逮住"。他在高等法院有一些熟人，有时同他凑在一起大灌其酒，听他大撒其谎，他们对他的撒谎加以原谅，说是因为他这谎撒得太过频繁，所以他自己也信以为真了——撒谎本来就是一种恶劣的犯罪行为，这样则确实更不可救药，罪加一等，真应该把这种犯罪的人抓到一个僻静所在，绞死了事。

在那回音荡漾的街角里，露茜有时听到的是郁郁寡欢的声音，有时听到的是愉快欢笑的声音，这些回音她一直听到她的小女儿长到六岁大的时候。她孩子的脚步回音，还有她年迈父亲那总是富于活力、沉着坚定的脚步回音，还有她丈夫的脚步回音，总是和她的心贴得那么亲近，这就毋庸赘述了。这个由她以贤慧、高雅、节俭主持的和谐家庭最轻柔的回音，在她听来是多么动人的乐音，这也毋庸赘述。回音荡漾，从四面八方传来，甜美悦耳，她父亲多次告诉她，他觉得她婚后(如果那是可能的)比她单身时更孝敬他；她丈夫也多次告诉她，不管她有多关心和孝敬父亲，都不会削减她对他的爱情和帮助；并且问她，“亲爱的，你是用什么神奇的秘方让我们每个人都觉得，你对我们大家都是最重要的，就好像我们只是一个人似的，而且你从没显得慌慌张张，或忙得不可开交。”这也不必赘述。

然而，还有另外一些起自远方的回音，在整个这段时间里都在这个街角令人忧心忡忡地隆隆作响，而且就在这个时候，小露茜快要过六岁生日的时候，它们开始发出一种可怕的声响，仿佛是法兰西一场掀起惊涛骇浪的巨大风暴的声音。

一七八九年七月中旬的一个夜晚，劳瑞先生很晚才从台鲁森银行来到这里，挨着露茜和她丈夫坐在黑暗的窗口处，这是一个闷热的雷雨之夜，他们三个都想起了过去他们在这同一处地方观看闪电的那个星期日晚上。

“我本来已开始觉得，”劳瑞先生把他那褐色的假发往后推了推说，“我得在台鲁森过夜了。我们的整个白天都让业务占得满满的，简直都不知道该先做什么，也不知该采取什么办法。巴黎是那么人心惶惶，因此财产信托一股风似地落到我们头上来了！我们在那边的主顾似乎迫不及待地赶快把他们的财产委托给我们了。肯定是他们当中有些人着了疯魔，急着要把财产转到英国来。”

“那儿的迹象不妙，”达奈说。

“迹象不妙，你说，我亲爱的达奈？是呀，可是我们不知道这里边是什么道理。人都那么不通情理！我们台鲁森的一些人都慢慢老了，我们真经不起这种无缘无故不按常规办事的折腾了。”

“可是你知道，天一直多么阴沉，多么可怕。”达奈说。

“这我知道，肯定是的，”劳瑞先生也很赞同，他是想让自己觉得，他的好脾气也变坏了，而且他是在发牢骚，“不过我是有意要在烦恼整整纠缠了一天之后发发脾气。马奈特在哪儿?”

“他在这儿!”大夫说着话就走进了这间黑黢黢的屋子。

“我非常高兴你呆在家里；因为这一整天我都让那些忙乱和凶兆纠缠着，把我的神经都莫名其妙地弄紧张了。我想，你不打算出去吧?”

“不。你要是喜欢的话，我想陪你玩十五子儿①。”大夫说。

“要是说真心话，我觉得我不喜欢。我今天晚上不适于和你较量。茶盘是不是还在那儿呢，露茜。我看不见。”

“当然在，一直还给你留着呢。”

“谢谢你，我亲爱的。那个乖宝贝儿睡得安稳吗?”

“而且睡得很香。”

“那好！一切都平安无事！我就不知道，这儿不管什么事情，除了平安无事还能怎么样，感谢上帝，不过我这一整天都给折腾得够呛，而且我也不像过去那么年轻了！我的茶呢，亲爱的？谢谢你。那么到这儿来吧，和我们大家坐在一起，让咱们安安静静地坐着，听听这些回音，谈谈你对这些回音的见解。”

“不是见解；是想象。”

“那就算幻想，我聪明的小东西，”劳瑞先生拍着她的手说，“不过，回音很多很多，很响很响，难道不是？你听听就行了!”

鲁莽、疯狂而又危险的脚步步步进逼，闯入每个人的生活，这些脚步一旦浸染上鲜血，就再难擦洗干净了。就在那小小一簇人坐在伦敦黯黑窗口的时候，在遥远的圣安东区，这些脚步正在到处狂乱践踏。

那天早晨圣安东区一直有大群灰不溜丢的吓鸟草人涌过来涌过去，

① 一种棋子游戏，双方各持十五个子儿，以掷骰子决定走棋格数。

这些攒动的人头，有如波涛汹涌，上面不时还熠熠闪光，那是太阳照出的刀光剑影。圣安东的咽喉里，迸发出惊天动地的吼声，丛林般赤裸的胳臂在空中奋力挥舞，好像迎着严冬寒风飕飕摇摆的树枝；所有的手指都痉挛地抓着从地下说不出多深的地方扔上来的武器，或是权作武器使用的东西。

是什么人分发的武器，它们到底来自何处，它们是从什么地方开始的，通过什么办法，在万头攒动的人海之上几十支几十支地出现，像打闪那样歪歪扭扭地闪光，摇摇晃晃地抖动，人群中没有一个人说得出来；不过正在分发火枪——也在分发弹药筒、火药、弹丸、铁棍和木棒、刀斧和长矛等等武器，凡是在头脑发热的情况下，这些武器都是可以异想天开地搜罗寻找或是发明创造出来的。什么东西也抓不到的那些人，就自己用血淋淋的手使劲把石块砖头从墙上抠出来。圣安东区每一次脉搏和心跳，都达到了高度紧张和高度炽热的状态。那里的每一件活物都把生命视若等闲，都狂热地做好了献身的准备。

就像开水的漩涡都有一个中心点一样，所有这些奔突鼓噪的人群都围着德发日的酒铺旋转，这个大锅里的每一个人都像正在卷进漩涡的中心；在这个中心，德发日本人已经浑身上下都是火药和汗水，他颁发命令，分发武器，把这个人推过来，把那个人搡过去，把这个人的武器卸下来，给那个人装备上，在最为喧嚣骚乱的地方逞勇奋力指挥部署。

“紧挨着我，雅克三号，”德发日喊道，“还有雅克一号和雅克二号，你们分头去带领那些爱国者，越多越好。我太太在哪儿?”

“呃，喂，你看我在这儿!”太太说，像她一向那样镇定自若，但是今天没有织毛线活。太太那坚实有力的右手让一把斧头占着，代替了平时那些比较软和的家伙，在她的腰带上挎着一把手枪和一把利刃。

“你上哪儿去，我的太太?”

“我马上跟你去，”太太说。“你等会儿就能看到我在女队的前头了。”

“那快来啊!”德发日嗓音洪亮地叫喊，“爱国者和朋友们，咱们准备好了！到巴士底狱去!”

响起了一阵怒吼，仿佛是全法兰西的声息都聚集一处，迸发出这一为人们所深恶痛绝的字眼，随着这阵怒吼，这血肉之躯汇成的海洋汹涌澎湃，淹到了城市的那个地方。顿时警钟齐鸣，战鼓频催，海水拍击着新的海岸，砰訇作响，进攻开始了。

深壕沟，双吊桥，高厚坚固的石头墙，八座大塔楼，大炮，火枪，烈火，浓烟。冲过烈火和浓烟，冲进烈火和浓烟，人海把他冲到了一门大炮跟前，于是他立即变成了一名炮手——酒铺的德发日干得像一个勇猛的士兵。两小时浴血奋战。

深壕沟，单吊桥，高厚坚固的石头墙，八座大塔楼，大炮，火枪，烈火，浓烟，一个吊桥攻下了。“干呀，全体同志，干呀！干呀，雅克一号，雅克二号，雅克一千号，雅克两千号，雅克两万五千号，以所有天使的名义干，或是以魔鬼的名义干——随你们选择吧——干!”就这样，酒铺的德发日一直守在大炮旁边，那门大炮早就发烫了。

“跟我来，妇女们!”那位太太——就是他妻子——喊道，“嘿！等拿下了这个地方，我们就能像男人一样杀人了。”一队队妇女急不可待地尖声号叫着跟她来了，她们的武装五花八门，但是唯有一点武装都一模一样：都带着饥饿和复仇之心。

大炮，火枪，烈火，浓烟；但是还是那深壕沟，单吊桥，高厚坚固的石头墙和八座高塔楼。有人受伤倒下了，那汹涌的人海稍稍有些转移替换。闪闪发光的武器，熊熊燃烧的火把，一辆辆烟气腾腾装满湿草的大车，附近四面八方街垒后面艰苦的操作，尖厉的呼哨，齐发的射击，切齿的咒骂，无限的勇气，轰隆轰隆的坍塌和哗啦声，还有那人海肉浪的狂啸怒号；但是还是那深壕沟和单吊桥；还有那高厚坚固的石头墙和八座高塔楼，还是那酒铺的德发日守着大炮，因为经过四个小时的恶战，那门大炮更是加倍地发烫了。

从碉堡里面伸出一面白旗，要求谈判——在这惊涛骇浪的风暴之中，什么也听不见，这只是模模糊糊可以觉察出来——突然人海沸腾，波澜壮阔，无边无际，把酒铺的德发日卷到了那座放下的吊桥上，跨过了那些高厚坚固的外层石头墙，进入已经投降的那八座高塔楼当中！

人潮势不可挡，甚至连抽一口气或转一下头都难办到，仿佛他是在南海①那排山倒海的波涛之中奋力挣扎，就这样，他给一直冲到巴士底狱的外院才算着陆。在那里，他背靠一个墙角，才挣扎着看了一下周围。雅克三号紧挨在他旁边；德发日太太仍然领着她那几个妇女，就在里面不远的地方。她那把利刃还握在手中。到处都是嘈杂骚乱，兴高采烈，震耳欲聋。狂躁暴烈的混乱，惊心动魄的声响，但是还有疯狂的哑剧表演。

"囚犯呢?"

"记录呢?"

"秘密牢房呢?"

"刑具呢?"

"囚犯呢?"

在所有这些喊声中，还有那东一句西一句的无数叫声中，"囚犯呢"是那冲进来的人潮呼喊得最多的声音，仿佛其中包含着人以及时间和空间的永恒不朽。第一层巨浪翻滚而过的时候，就把那些狱吏冲出来，并且威胁他们，只要还有一个秘密的角落没有打开，他们就得立即处死，德发日那只粗壮有力的手抓住其中一个的胸口——此人头发灰白，手拿点燃的火把——把他和其他人分开，逼到墙根。

"带我去北楼!"德发日说，"快!"

"你要是跟我来，"那人答道，"我绝不会说假，可是那儿一个人也没有。"

---

① 当时英国称太平洋为南海。

“北楼一百零五号是指什么?”德发日问。“快说!”

“指什么，先生?”

“那是指一个犯人，还是指一个犯人呆的地方？要不，就是指要我把你打死?”

“杀了他!”雅克三号报丧似地呱呱叫着，他早已走近前来。

“先生，那是一间牢房。”

“带我去!”

“那走这条路。”

雅克三号一如既往怀着热切的愿望，见到两人话题已转，流血似乎不太可能，显然大失所望了，他一手抓住德发日的胳臂，就像德发日抓住那个狱吏。他们简单交谈的时候，三个人的头凑到了一块儿，即使这样，他们也不过刚刚能听到彼此说话的声音，因为当时那人海肉浪冲入了城堡，淹没了它的场院、走廊和楼梯，喧嚣之声真是震耳欲聋。墙外四周，人海也带着深沉嘶哑的吼声拍击墙壁，不时有一两句断断续续的呐喊从中迸发出来，像是浪花腾空。

穿过一条条永远不见天日的昏暗拱廊，经过一道道连接着漆黑囚洞和囚笼的阴森可怖的小门，走下岩洞石阶一样的阶梯，然后又迈上崎岖的石头和砖头陡坡，要说是楼梯，还不如说是一道并不流水的瀑布山崖，德发日，那狱吏和雅克三号一个抓住一个的胳臂，尽可能加快脚步往上走，那肆意泛滥的洪水，特别是在开头的时候，还从四面八方向他们涌过来，又从旁边冲过去，但是等他们下完了楼，摸索着蜿蜒爬上一座塔楼的时候，就剩下他们三个了。堡垒里里外外的风暴洪涛，透过高厚的墙壁和深邃的拱廊，在这里只是嗡嗡作响，他们仅仅能听出一种单调低弱的声音，仿佛他们刚才经过的那阵鼓噪喧哗，几乎已经震坏了他们的听觉。

这个狱吏停在一个低矮的门口，把一把钥匙插进锁眼，咔嚓作响，他把门慢慢推开，他们一起低下头走进去的时候，他说：

“北楼一百零五号!”

墙壁高处有一个安着粗栅栏、没安玻璃的小窗，前面还立了一块挡住窗口的石头屏风，这样一来，只有低低弯下身子抬头仰望，才能看见天空。离窗口不到几尺远的地方，有一个小烟囱，用又粗又重的栅栏挡着。壁炉里有一堆像羽毛似的陈年木灰。还有一条板凳，一张桌子，一个草铺。周围是四面发黑的墙壁，一面墙上钉着个生锈的铁铃。

“拿火把慢慢照照这些墙，好让我看看，”德发日对狱吏说。

这个人照办了，德发日就顺着亮光仔细地看。

“等会儿！——看这儿，雅克!”

“亚·马。”雅克一边急煎煎地看，一边哑着嗓子念出来。

“亚历山大·马奈特。”德发日一边用他那厚厚沾满火药显得黢黑的食指指着那两个字母，一边跟他咬耳朵说。“在这儿，他还写着‘一个不幸的医生’。这也是他，毫无疑问，是他在这块石头上刻下了一个日历。你手里拿的是什么？是撬棍吗？给我!”

这时候他自己手里一直还拿着放炮用的火绳杆。他立刻把这两件家伙换了一下，转向虫蛀过的凳子和桌子，三下两下就把它们打得粉碎。

“把亮儿举高点儿!”他怒气冲冲地对狱吏说。“在这些碎木头中间仔细看看，雅克，啊！我的刀在这儿，”他把刀子扔给他，“劐开草铺，搜搜那些草秸。把亮儿举高点，你!”

他用恫吓的神气看了狱吏一眼，爬上了壁炉，往上看烟囱，用撬棍敲打烟囱的一边，把它们撬开，然后使劲撬那挡在上面的铁栅栏。不到几分钟，有些灰皮和墙土就开始掉下来，他转过脸去躲开了；在这堆土里，在那陈年木灰里，在他用家伙伸进去或是撬开的烟囱缝里，他都小心翼翼地到处摸索。

“木头里面，干草里面，都没有什么吗，雅克?”

“没什么。”

“咱们把它们聚到一块，堆在牢房中间。就这样！把它们点着，你!”

狱吏点起这一堆木头和干草，火苗熊熊燃烧，热气腾腾。他们又躬身从那低矮的拱门走出来，让火在那儿烧，然后转身从原路走回院子。他们一路走下来，直到又一次置身于汹涌的洪流之中，似乎才恢复了听觉。

他们发现人海正在起伏翻腾，寻找德发日本人。圣安东的人正在吵吵嚷嚷，要他们的酒铺老板率先将把守巴士底狱并开枪杀人的长官①看押起来。不然的话，这个长官就走不到市政厅去受审了②。再不然，这个长官就会逃跑，人民的鲜血(世世代代都一钱不值，突然之间值起钱来了)就要白流，无法报仇雪恨了。

情绪激昂、纷争喧嚣的怒海几乎把这个面目可憎的老官员包围起来了，他因为穿着灰上衣、佩着红绶带而非常显眼。人海中只有一个十分镇静的身影，而且是个女人的身影。“看，我丈夫在那儿!”她指着他喊道。“看德发日!”她寸步不离地紧靠这个面目可憎的老官员站着，而且一直坚持寸步不离，紧靠着他；德发日一伙人押解着他往前走的时候，她一直坚持寸步不离，紧靠着他一路走过一条条大街；等他快要到达预定地点，背后的人开始揍他的时候，她一直坚持寸步不离，紧靠着他；在那些戳刺和捶击像酝酿已久的大雨倾盆而下的时候，她一直坚持寸步不离，紧靠着他；他在这一阵急雨中垂下头来的时候，她靠他很近，她一时兴起，把脚踩到他的脖子上，用她那把毫不容情的利刃——那是早就准备好了的——把他的头砍了下来。

时候到了，圣安东的人该执行他们那令人胆寒的计划了：要把人吊在一盏盏街灯柱上，让大家看看圣安东的人是什么样儿的人，看看他们

---

① 狱中囚徒对监狱长的称呼，当时的监狱长为德洛内侯爵。他当时率军守卫巴士底狱的情况，有史可查。

② 法国革命时，市政厅为审判人民公敌之地。

能做出什么事。圣安东的人热血朝上涌，而那由铁腕所执行的专制统治的热血，则往下淌——淌到市政厅台阶上那个官员的尸体僵卧着的地方——淌到德发日太太那只鞋的鞋底上，她刚才就是穿着这只鞋踩住那个人，稳住他的身子，以便使他身首异处。“把那边的灯放下来！”圣安东的人怒目四射寻找了一阵新的处死方式之后说，“他那些兵要留一个在这儿站岗！”一个哨兵就摇摇晃晃地给吊起来了，接着，人海又继续向前冲去。

人海漆黑，气势汹汹，浪浪相逐，无坚不摧，其深尚不可测，其势尚不可知。这无情的人海澎湃激荡、汹涌翻腾的形态，千变万化，复仇的呼喊此起彼落，历尽苦难的面孔坚如铁石，任何怜悯也不会显露丝毫痕迹。

但是在这人海当中，各种残暴酷烈的表情都活灵活现，只有两组人面——每组数目都是七个——因为那么一成不变地与众不同，滚滚波涛从来未曾卷带过比这更加令人难忘的覆舟残骸。七个囚犯的面孔[①]，因刚才冲进他们墓穴的狂涛而倏忽获释，给人们高高地举在头上，他们的面孔全都大惊失色，全都不知所措，全都惶惑不安，无限惊愕，仿佛世界末日已经来临，而在他们周围欢欣雀跃的则都是受苦受难的亡魂。看另外七个面孔，抬得更高的七个死人的面孔，他们耷拉着眼皮，半睁半闭着眼睛，好像在恭候世界末日。这些冷漠无情的面孔，还带着期待而绝望的表情；这些面孔，处于可怕的停歇之中，好像还要抬起闭上的眼皮，用毫无血色的嘴唇喊出证词说：“此即尔等所为！”

七个获释的囚犯，七颗挑在枪尖上、鲜血淋漓的头颅，由八座强固塔楼组成、令人诅咒的堡垒的几把钥匙，人们发现的久已心碎而死去的旧日囚犯的几封信和其他纪念物——如此等等，由圣安东区来的护送行

① 史载这七人中有四名伪造犯、一名放荡的青年贵族和两名精神病人，其中一名曾策划谋杀国王。

列的脚步发出惊天动地的回响，在一七八九年七月中旬通过巴黎的街道。啊，上苍保佑露茜·达奈的幻想，让她的生活远远躲开这些脚步吧！因为这些脚是鲁莽、疯狂而又危险的；而且，自从德发日酒铺门前摔破了酒桶以后经历了这么多年，这些脚一旦浸染上红色，就不容易清洗干净了。

第二十二章　波 澜 壮 阔

面黄肌瘦的圣安东人仅仅过了一个星期的欢快日子。在这一个星期当中，他们以友好的拥抱和贺喜当佐料，尽最大努力来使他们那一点点又硬又苦的面包松软适口，这时候德发日太太则坐在她的柜台那儿，像往常一样，统领着主顾。德发日太太头上没戴玫瑰花，因为那帮密探哥儿们即使不过这短短的一星期，就已经变得极不愿意再依托这位圣人的慈悲保佑了。在他们看来，它的街道上那些街灯忽悠忽悠的摇摆，就预示着凶兆。

德发日太太双手抱在胸前，坐在早晨明晃晃、热乎乎的暑气中，注视着酒铺和大街。在这两处地方，都有一堆一伙的闲人，邋里邋遢，可怜巴巴的，但却明显地具有一种以自己的贫穷不幸为据的权力感，皱皱巴巴的睡帽歪歪斜斜地戴在最窝囊的头上，其中暗含着这样一种歪理：“我知道我这个戴这顶帽子的人，要让自己活命是多么困难，可是你是不是知道，我这个戴这顶帽子的人，要让你丧命是多么容易?”每一条骨瘦如柴的光胳臂，在这之前早已没有活儿干了，现在却随时准备着干这么个活儿，去打去砸。织毛线活的那些妇人，手指都那么狠，有了经验，会撕会抓。圣安东的面貌已经改观，这样的形象是几百年熔冶锤炼而成的，而那最后完工的几锤已经在这种表情上留下了深刻的印迹。

德发日太太坐在那儿张望，带着圣安东区妇女领袖所应有的那种藏而不露的赞许。她的一个姐妹在她旁边织毛线活。她是个忍饥挨饿的杂货商的妻子，而且还是两个孩子的母亲，长得又短又粗，这员副将已经赢得了“复仇”的尊称。

“嘿，”复仇女说，“你听！谁来啦？”

仿佛一条从圣安东区最远的边界通到酒铺门口的导火线突然点着了似的，一阵嗡嗡作响的说话声很快就传来了。

“是德发日，”太太说。“安静，诸位爱国者！”

德发日气喘吁吁地来了，抓下头上戴的红便帽，四周打量了一番。“大伙都听着！”太太又说。“听他的！”德发日站着，喘着气，背后门外的人围成一圈，急瞪着眼，大张着嘴，酒铺里所有那些人都腾地一下站起身来。

“那么说吧，我的好丈夫。什么事？”

“阴间来的消息！”

“吓，怎么？”太太鄙夷地喊道。“阴间的？”

“这儿是不是谁都记得老富隆①？他跟挨饿的人说，他们可以去吃草，后来他死了，下地狱了。”

“谁都记得！”大家异口同声喊道。

“是他的消息。他还活在咱们人间！”

“在咱们人间？”又是异口同声的喊叫。“不是死了吗？”

“没死！他怕咱们怕得厉害——这不是没道理的——所以就自己装死，还大办了一次假丧事。但是他们发现，他还活着，藏在乡下，现在把他抓回来了，我就是刚刚见到他的，正在往市政厅去，成了犯人啦。我说过，他怕咱们不是没道理的。大家说！是有道理的吧？”

这个年逾古稀的可耻老罪犯，如果他能听到那呼叫着的答话，即使

---

① 当时法国确有其人，曾任财政大臣，贪赃枉法，无恶不作，曾与贵族合谋反对革命，1789 年 7 月 22 日被革命群众分尸处死。

他过去一直也不知道，这时候他也会从内心最深的深处知道了。

接着是一阵沉寂，鸦雀无声。德发日和他太太相互定睛看了一眼。复仇女弯下身子，大家听见她在柜台后面挪动她脚边的一面鼓，发出一阵嘎嘎刺耳的响声。

"诸位爱国者！"德发日以决断干脆的口气喊道，"咱们准备停当了吗？"

霎时间，德发日太太的钢刀已经挂在了腰间；鼓已经在街上敲响，仿佛鼓和鼓手都像变戏法似的凑到了一起；那位复仇女，嘴里发出一声声可怕的尖叫，两只胳臂高高地举在头上挥舞，就像是立即出动了四十组复仇女神①，挨家挨户地闯进窜出，召唤妇女。

男人都凶相毕露，怒不可遏地从窗户向外看，抄起他们手头所有的武器，冲向街头；不过，妇女的光景却令哪怕是胆大包天的人也要心惊胆战。她们丢下由于赤贫才带来的种种家务，丢下她们的孩子，丢下家中蜷伏在光地上饥肠辘辘、衣不蔽体的老人和病人，披头散发地跑出来，鼓噪起哄，发狂似地狂呼乱叫，张牙舞爪。把坏蛋富隆抓住了，我的姐姐！把老富隆抓住了，我的妈妈！把无赖富隆抓住了，我的女儿！然后另外几十人又跑到这伙人中间来，又是捶胸脯，又是揪头发，又是尖声嚎叫，富隆还活着！富隆跟挨饿的人说，他们可以去吃草！我没有面包养活我的爸爸，富隆跟他说，他可以去吃草！我没有吃的，我这两个乳房干瘪瘪的没有奶，富隆跟我的娃娃说，他可以去嘬草！啾，圣母啊，这个富隆！啾，天哪，我们遭的罪呀！啊呀，我那死了的娃娃和我那干瘪的爸爸：我跪下凭着这些石头起誓，要找富隆给你们报仇！当丈夫的和当兄弟的，还有年轻的男人，给我们富隆的血，给我们富隆的头，给我们富隆的心，给我们富隆的身子和灵魂，撕碎富隆，挖个坑把他埋进去，让草从他身上长出来！一群群妇女就这样喊着，陷入盲目的

---

① 指希腊神话中的复仇三女神，即厄里倪厄斯。

疯狂状态，四处乱转，撕着打着自己的人，一直闹到她们因为过分激动而昏过去，只是由于她们的男人把她们救起了，才免得给人踩在脚下。

尽管如此，一会儿也没有耽误，一会儿也没有！这个富隆正在市政厅，而且可能给放跑了。圣安东的人既然知道他们所遭的罪，受的辱，含的冤，就绝不能让他跑掉！武装起来的男男女女，那么快就在这个地区以外麇集，而且甚至有那么大的一股吸力，把最后剩下的一点人都随身拉出来了，所以一刻钟之内，圣安东区的街心除了寥寥数个干瘪老妪和嚎啕儿童，已经没有一个人影。

没有了，到这时候，他们都壅塞在那个又丑又坏的老家伙所在的审判厅，并且涌到附近的空地和街道上。德发日夫妇、复仇女和雅克三号都在人群的头一排，在大厅里离他不太远的地方。

“瞧啊！”太太拿刀尖指着喊。“瞧这个老坏蛋让绳子捆着。他脊背上捆着一捆草，这干得好。哈哈！干得好。现在让他吃草吧！”太太把她的刀夹在胳臂下面，像看戏似地鼓起掌来。

紧跟在德发日太太后面的人，朝他们后面那些人讲她拍手称快的原因，那些人再向另一些人讲，而另一些人又向另一些人讲，附近的街道上都响起了鼓掌声。同样地，在这两三个小时大家拖长声音，把许许多多的话向外传播，德发日太太频频显出不耐烦表情，这也以惊人的速度传到了远处人们的脸上，而且比话传得更加容易。因为有那么几个男人施展某种惊人的灵巧敏捷的身手，爬上了大厅建筑外部的高处，从窗户朝里清清楚楚地看到德发日太太的表情，于是就起到了在她和房子外边的人群之间传送电报的作用。

终于，红日高悬，洒下它那一线像是希望或是护佑的慈善之光，直落在这个老罪犯的头顶。这份恩惠大得实在令人难忍；顷刻之间，这曾经惊人地维持了那么长久的如尘土似糠屑的屏障，就随风散去，圣安东的人已经抓住了他！

这件事立刻就传到人群的最远处。德发日刚刚跳过一排栏杆和一张桌子，把这个狼狈不堪的家伙死死抱住——德发日太太刚刚跟上去，用手挽住一根捆着他的绳子——复仇女和雅克三号还没来得及跟上他们，爬在窗户上的那些人还没来得及像栖息在高处的猛禽扑下来捕食那样，扑到大厅里面来——顿时就仿佛杀声四起，震动全城，“把他拉出来！把他吊在街灯上！”

倒下去又拖起来，头最先磕在这座大楼的台阶上；一会儿是双膝跪着；一会儿是双脚站着；一会儿是仰面躺着；给人又拽又打，千百只手拿起一把把青草和麦秸戳在他脸上，闷得他透不过气来；给人撕来扯去，弄得鼻青脸肿，气喘吁吁，鲜血淋淋，还总在恳求饶命，哀乞怜悯；一会儿，人们相互拉着朝后退，在他四周让出一小块空地，好让大家能够看得清楚，他就拼命使劲挣扎；一会儿，一段枯木桩子①从林立的人腿下面拉了出来；他给拖到了最近一处街角，那里有一盏致命的街灯摇来摆去，在这儿，德发日太太松开手放了他——恰似猫放下捉到的一只老鼠那样——这时一些人在做准备，他在向她哀求，而她则一声不响镇定自若地看着他。妇女们自始至终都一直朝着他暴跳如雷，尖声嘶叫，男人们则厉声高喊，要用草塞进他嘴里把他噎死。头一次把他吊起来，可是绳子断了，他噢噢乱叫，他们把他接住，第二次又把他吊起来，可是绳子又断了，他噢噢乱叫，他们又把他接住，然后那绳子大发慈悲，吊住了他，后来他的头很快就挑在了一个枪尖上②，嘴里塞满了草，足够让圣安东的人一看就欢欣雀跃了。

这一天的恶行还并未就此结束，因为圣安东的人那样狂呼乱跳，使得胸中的怒火难以遏制，在薄暮时分听说那个已经处决的人的女婿③，又一个与人民为敌、欺凌迫害人民的家伙，正由大队人马——仅仅马

---

① 指富隆的躯体。

② 当时执行绞刑，是先将罪犯吊死，然后砍头。

③ 此亦实有其人，名贝蒂埃，系一征税人，与富隆同日被捕，处死。

队就有五百——押解着直奔巴黎而来，于是他们又热血沸腾了。圣安东的人把他的条条罪行写在一张张花里胡哨的纸上，抓住了他——就是在一支大军的中心，他们也能把他拽出来，拉去和富隆为伍——把他的头和心戳在枪尖上，带着这一天的三件战利品，像群狼似的列队招摇过市。

天黑以后，男男女女才回到嚎啕大哭、饥肠辘辘的孩子们身边，于是，那间不景气的面包房就让他们排起来的长长纵队围绕起来，他们耐心地等着买劣质面包，他们一边腹中空空、有气无力地等着，一边还彼此拥抱，庆贺白天的胜利，并且在闲谈中重温胜利的喜悦，借以打发时光。渐渐地，这一长串衣衫褴褛的队伍变短了，散完了；随后那些高高的窗口开始闪出昏暗的灯光，条条街上点起微弱的火苗，就着这些火，邻里们一同做饭，然后在门口吃晚饭。

那些晚饭分量都很少，不足果腹，既没有肉，又没有什么汤汁来就粗劣的面包，不过人们的友情还是给这些砂石般的食物加进了某种养料，从中溅出星星点点的乐趣。父亲和母亲们已经过够了白天那些最糟的时刻，现在和蔼可亲地和他们那些瘦弱的孩子们戏耍；恋人们，面临周围这样的世界，彼此相爱，心怀希望。

德发日的酒铺送走最后一伙客人的时候，几乎已经到早晨了，德发日先生一边关紧店门，一边用干哑的声音向他太太说：

“它到底来了，我亲爱的！”

“呃，是啊！”太太答道，“差不多！”

圣安东人睡了，德发日夫妇睡了，甚至复仇女也跟她那忍饥挨饿的杂货商一起睡了，而且那面鼓也休息了。这鼓声是圣安东区唯一没有让流血和纷扰改变的声音。复仇女这个保管鼓的人能够把这面鼓叫醒，而且让它发出巴士底陷落以前或老富隆被执以前那同样的语言；至于圣安东怀抱中的男男女女，他们的嘶哑的声音却再也不会恢复原样了。

第二十三章　星 火 燎 原

那座村庄里，泉水仍在流泻，修路工仍然天天在大路上往前走，想从石头里凿出那么一点点面包，仿佛这就可以把他那可怜巴巴、蒙昧无知的灵魂和他那可怜巴巴、日渐消瘦的肉体维持在一块儿似的①。可是村庄发生了变化。巉岩上的那座监狱也不像往昔那样气势凌人了；还有些士兵守着它，但人数不多；还有军官守着士兵，但是他们谁也不清楚他手下的兵会做什么事情，只知道一点，那就是他们要做的多半不是他下令要他们做的事。

乡下四面八方都是凋敝颓败的景象，什么也不出产，只是一片荒凉。每一片绿叶，每一根小草和禾苗，都枯萎细瘦得像那些可怜不幸的人一样。一切都垂头丧气，压抑破落。住所、藩篱、家畜、家禽、男人、妇女，儿童以及负载哺育他们的土地，都力竭精疲，奄奄待毙。

大人(常常是一个至尊至贵、与众不同的上等人)是国家的祥瑞，使种种事情都显出侠义情调，是富丽豪华生活的高雅典范，还做了大量出于同样宗旨的事情；然而，大人这个阶级，却不知何故竟把事情弄到这步田地。说来也怪，那特为大人设置备办的万物怎么这么快就绞干榨尽了！在作千秋万世的运筹安排当中，必定是有些鼠目寸光的地方，肯定如此！但是不管怎么说，事情就是这个样子了；而且那最后一滴血也已经从火石里榨出来了，那刑架上最后一个螺丝由于转动过于频繁，连刑架的滑轮都失灵了，现在什么也咬不住，只是一味空转，大人面对这种粗鄙下流、难以理喻的现象，开始出逃了。

---

① 英文成语 to keep body and soul together，是活下去之意；灵魂和肉体分家，意指死亡。

但这还不足以说明这个村子以及像它一样的许多村子的变化。数十年岁月飞逝，大人已经将村子榨尽绞干，可是几乎从未赏光驾临荒村，唯一的例外是来享受追猎之乐——有时我们看到是在追猎人，有时我们看到是在追猎兽，为了留存繁衍兽类，大人把大片可供开发利用的土地变为野地荒山。不，这变化是很多低等级陌生的脸出现了，而不是高等级的那些贵人的脸消失了，这些贵人的面孔都是轮廓清晰的，再不就是被人修饰美化和自己修饰美化了的。

在这些日子里，修路工在尘土飞扬中孤零零地干活儿，并不常常自寻烦恼去琢磨他是尘土并且要归于尘土①——相反他过多思考的是：他的晚饭多么少，他要是能弄到的话，他会多吃多少。在这些日子里，他在孤独劳作中间举目展望的时候，常常会看到一个粗鄙的人影渐渐走过来，这种情况在左近一带一度极为少有，如今却习以为常了。等他走近了的时候，修路工就会毫不惊奇地看出，那是一个头发蓬松的汉子，一副生蛮的样子，个子很高，穿着一双连修路工看来都嫌粗笨的木鞋，相貌狰狞、粗鄙、黝黑，身上盖满一条条大路上的泥泞和尘土，渍透着各处低洼地黏糊糊的潮气，沾满林间小道上的棘刺、树叶和苔藓。

在七月天的一个中午，修路工坐在斜坡下面他那堆石子上，躲避一阵冰雹，就在这时候，有那样一个人向他走过来，活像个鬼魂。

这人看着他，看着山谷里的村庄，看着磨坊，看着巉岩上的监狱，等他认准了这些标志和他那懵懂头脑里的正好相符，他就用一种刚好能够让他听懂的土话问：

“怎么样，雅克？”

“都好，雅克。”

“那么接头吧！”

---

① 《圣经·旧约·创世记》第3章第19节，上帝对亚当说：“……你本是尘土，仍要归于尘土。”

他们拉拉手，于是那人在石子堆上坐下来。

“没吃正餐吗?”

“现在除了晚饭，什么也没有。”面黄肌瘦的修路工人说。

“时兴这样，”此人咆哮着说。“我到处都没遇到吃正餐的。”

他掏出一个熏黑了的烟斗，装满烟丝，用火石火镰打火点着，使劲吸，直到把它吸得有了火亮，然后突然把它举到远处，用大拇指和食指捏了一点什么东西放在里边，那东西就着起来，冒出一股烟又灭了①。

“那么接头。”看完这番操作之后，这一回轮到修路工说这句话了。

他们又拉了拉手。

“今天夜里?”修路工问。

“今天夜里。”这人把烟斗衔在嘴里说。

“哪儿?”

“这儿。”

他和修路工在石子堆上默默地相视而坐，任凭冰雹在他们中间打下来，就像小精灵在搠枪冲锋，一直等到村庄上空逐渐放晴为止。

“指给我看!”此时这个赶路人一边走上山冈一边说。

“瞧!”修路工一边伸出手指着一边答道。“你从这儿下去，一直走过大街，走过泉水池——”

“让这些都见鬼去吧!”那一个打断了他，用眼睛对这一片景物四处打量。“我不走大街，也不经过水池，怎么样?”

“嗯！从村子上边的山顶上过去，大约有两里格。”

“好。你什么时候收工?”

“太阳落山的时候。”

“你能在走以前叫醒我吗？我已经一口气走了两夜没休息了。让我

① 这是一种放火的象征，也是赶路人与修路工接头的暗号。

抽完这袋烟，然后像小孩儿似地睡一觉。你能叫醒我吗?”

“当然能。”

这个行路人抽完烟，把烟袋揣进怀里，脱下他那双大木鞋，就仰卧在了那一堆石子上。他很快就睡着了。

修路工勤勤恳恳地干着他那尘土飞扬的苦活儿，下雹子的乌云翻卷过去了，露出一条条一块块青天，从天上向这片景物射下银光闪闪的白光，就在这时候，这个小个子(他现在戴着一顶红帽子，而不是原来的蓝帽子)仿佛让石头堆上这个人给迷住了。他两只眼睛那么频繁地老转向那人看，他使用手中的家伙只是机械性的动作了，而且人们会说，是不出活儿了。那古铜色的脸，那蓬松杂乱的黑头发黑胡子，那粗毛制的红帽子，那用家织料子和兽皮草草拼凑而成的衣服，那由于少吃少喝而消瘦下来的粗大体格，那睡觉时嘴上露出的郁闷不乐、孤注一掷的表情，都激起修路工的敬畏之情。这行路人已经跋涉了很远的路程，他的脚走痛了，脚踝子擦破了，流着血；他那双大鞋里，塞着树叶和草，步履沉重地走过了许多里格漫长的路程，他的衣服划破了很多窟窿，正像他本人一样遍体鳞伤。修路工躬身站在他身旁，想窥看一下他怀里是不是暗藏着武器，但这是徒劳，因为他是双手抱在胸前睡的，而且那姿势像他的嘴唇一样坚定不移。在修路工看来，那些有栅栏、哨所、铁门、壕沟和吊桥、重重设防的城镇，在此人的映衬之下，似乎都成了一片虚无飘渺的空中楼阁。等他从此人身上举目向地平线和四周观望的时候，他凭着他那有限的想象力也看到了许多同样的人，畅行无阻地向全法国一个个中心点集结。

这人一直在睡，不管是一阵阵下雹子还是间或出现晴天，不管是阳光照到他脸上还是云朵在他脸上投下阴影，不管那硬邦邦的冰块劈劈啪啪地落在他身上还是太阳照得它们像宝石一样晶莹闪耀，他都满不在乎，一直睡到红日西斜，天空放出霞光。这时候，修路工已经把家伙收拾起来，做好了一切下山回村的准备，于是就叫醒了他。

“好!”睡觉的人用胳膊肘支撑着身子说。“过山顶还有两里格路吗?”

“大概。”

“大概。好!”

修路工随着面前顺风刮起的尘土往家里走去。他不久就到了水池边，挤进那些赶到那儿饮水的瘦骨嶙峋的牛群中，好像他对全村人说悄悄话的时候，甚至也要对它们说点悄悄话似的。村里人吃罢他们那点可怜的晚饭，没有像往常那样爬到床上去，而是又走出门来，呆在那里。悄悄话在那儿不知怎么就传递开来，同时，全村人黑夜里聚集在水池旁的时候，期待的目光不知怎么也都不约而同地朝着空中的同一个方向凝望。加贝尔先生，这个一方之长，开始不安了；他独自爬上自家屋顶，也朝着那个方向看；又在自家烟囱后面俯视水池旁边那些越来越阴沉的脸，然后传话给掌管钥匙的教堂司事说，过一会儿也许要鸣钟报警。

夜渐渐深了，环抱那座古老府邸的树木一直孤寂地独立一旁，这时随着刮来的一阵风摇晃起来，仿佛它们要恐吓昏暗之中那座巨大阴森的建筑。雨水在两个连接台阶的平台上肆意横流，敲打着大门，像个急匆匆的信差，要把里边的人叫醒；一股股狂风穿过大厅，扫过古旧的刀枪剑戟，一路哭号着飞上楼梯，扇动起末代侯爵寝榻的帏幔。四个脚步沉重、邋里邋遢的人影从东西南北穿过树林，踏倒长草，折断树枝，小心翼翼地跨步前进，一起来到院中。四道火光在那儿点着了，朝不同的方向散开，随后一切又都重归黑暗。

可是这并没有持续多久。很快地，府邸让它本身的什么光亮映照得不可思议地清楚明显，仿佛它变成了一种发光的东西。随后，大楼的前脸后面有一道火光忽明忽暗，显出了那些透亮的地方，照出了那些栏杆、拱廊和窗户的所在。后来，这道火光窜得更高了，越来越宽，越来越亮。不久，火苗从许多大窗户窜出来，那些石头人面惊醒了，从火中朝外瞠目而视。

屋子里隐约响起了嗡嗡之声，那是留在那儿的几个人的声音，还有人备了一匹马骑着跑远了。马蹄噼里啪啦踏着泥泞在黑暗中急驰而去，到了村里水池旁边，缰绳放松了，于是这匹汗津津的马停在加贝尔先生门口。“帮帮忙啊，加贝尔！帮帮忙啊，诸位！”警钟急切地响起来了，可是其他帮助(如果说还有的话)却没有人动手。那修路工，那二百五十个特别要好的朋友，都在水池旁边抄手站着，观望那冲天的火柱。“准有四丈高，”他们恶狠狠地说，可是一动不动。

府邸来的骑马人和那匹汗津津的马，嘚嘚嘚嘚一路穿过村子，奔上石头阶梯，到了巉岩上的监狱那里。监狱门口，一群军官正在观火；离开他们不远，是一群士兵。“帮帮忙吧，军官先生们！府邸着火了，及时帮助，还能把值钱的东西救出来！帮帮忙吧，帮帮忙！”这些军官朝着观火的士兵看着；不发命令；还耸耸肩，咬着嘴唇回答：“活该着火。”

当骑马的人又踢踢踏踏下了山，穿过大街的时候，村子里灯火通明了。那修路工和那二百五十个特别要好的朋友，不管是男是女，个个都为点灯这个主意欢欣鼓舞，早已冲进自己的屋子，把蜡烛放在每一个昏暗的小玻璃窗口。因为什么都缺，所以只好用相当专断的态度向加贝尔先生去借蜡烛；而这位长官刚刚显得勉强，有些迟疑，修路工，那个一向对有权有势者那样卑躬屈膝的人，就说出了一句话：马车正好点祝火①用，而驿馆的马则可以烤来吃。

府邸径自在那儿继续吐着火舌燃烧。在那咆哮奔腾的火海当中，由地府直接涌出一股火红的热浪，似乎想把这座大厦席卷而去。火焰忽高忽低，那些石头人面显出像是在经受磨难的样子。大块石头和木料纷纷下落的时候，那张鼻子边有凹洼的脸变得模糊不清了：等它再一次从烟尘中挣脱出来，仿佛就是那个凶狠暴戾的侯爵的脸，在火刑柱上燃烧，

---

① 庆祝节日所点的火。

在与烈火较量。

府邸燃烧着；靠得最近的树完全着起来，烧焦了，干枯了；远处的树，让那四个可怕的人放了火，形成一圈新烟林，围住那火光烛天的大厦。大理石的喷水池里，铅水铁汁鼎沸；水熬干了；塔楼灭火器形的楼顶①，烤得像冰似的融化了，一点点滴落到突突冒火的四个火井之中。坚实牢固的墙壁像结晶体一样，裂出树枝似的裂纹和裂缝，受惊的鸟儿在空中盘旋，又掉进了熔炉里去；四个可怕的人朝着东西南北，沿着夜幕笼罩的大路，凭着他们刚才点亮的灯塔指引，向着他们下一个指定的地点跋涉而去。这座灯火通明的村庄已经把警钟夺过来，而且废黜了法定的敲钟人，自己敲起钟来贺喜了。

不仅如此，而且这些让饥饿、大火和钟鸣弄得晕头转向的村民，想起加贝尔先生和收租纳税的事有关系——虽然最近这些日子他不过收些分期付款的小宗税款，而且根本没收租子——就急不可待地要与他会见，于是把他的房子团团围住，召唤他走上前来亲自面谈。因为这样，加贝尔先生特意拴牢了大门，抽身回去自己寻思，结果是，加贝尔自己又退到了他房顶上的烟囱后面：这次下了决心，如果他们破门而入(他是一个生性喜爱报复的小个子南方人)，他就头朝下从护墙上跳下去，还要砸死一两个人垫底儿。

大约加贝尔先生在那里彻夜未眠，以远处的府邸作灯火，以敲打大门的声音伴着贺喜的声音作音乐；更不必提他驿馆大门对面街上一盏摇摇晃晃、对他预兆不祥的街灯了，村民们极力表示要以他来替换那盏灯。加贝尔先生面临漆黑的深渊熬过整个夏夜，准备按照早已决定了的办法投身下去，这真是个令人难堪的尴尬局面！但是那和善的曙光终于出现了，村民们的灯芯草蜡烛渐渐点完了，人们高高兴兴地散开了，加

---

① 对此塔楼，本卷第9章已有交待。当时使用之灭火器金属罩多为圆锥形。此处即以此形状作为塔楼顶建筑形式。

贝尔先生也下来了，在那时候还没丧命。

方圆数百里之内，在另外的许多火光之中，也有另外一些长官，在那天夜里和另外的夜里，不像他那样幸运，旭日照见他们给吊在了一度安宁平静的街上，那生他们养他们的地方；也还有另外一些村民和市镇的居民，不像那修路工和他的伙伴们那样幸运，那里的地方长官和军队制服了他们，相反地轮到他们给吊了起来。但是那些可怕的人影向东西南北长驱直下；而且不管吊起来的是谁，火是着起来了。绞架究竟有多高才能起到水的作用，扑灭大火，无论哪个地方长官挖空心思用数学方法也算不清楚。

第二十四章　吸 赴 魔 礁①

在这样的烈火燎原、波涛汹涌当中挨过了骚乱不安的三年。怒海狂涛震撼牢固的大地，永不退潮，永远上涨，越涨越高，岸边的目击者不禁惊惧交集。小露茜又有三个生日用金线织进了她那家庭生活的平静轻纱之中。

那个街角的居民听见那些杂沓足音的时候，有多少个日日夜夜都在提心吊胆地倾听那个街角里的回音。因为这些脚步在他们心目中已经变成了整个人民的脚步，他们在一面红旗之下喧哗不已，他们的国家已宣布处于危难之中②，他们由于长期着了可怕的疯魔而变成了野兽。

大人这整个阶级，已经落得无足轻重；在法国简直已经毫无需要，

---

① 《一千零一夜》中有一带磁性的礁石，凡有航船经过附近，它即可将船中铆钉、螺丝钉吸出，而使船只拆散遇难。

② 法国革命自 1789 年攻克巴士底狱开始，发展至 1791 年底到 1792 年，国内外反动势力相互勾结，发动武装干涉。1792 年 7 月 11 日，当时的临时革命政权立法议会宣布“祖国在危难中”的法令，很多人响应号召加入义勇军，奋起卫国。

甚至在一定程度上有招来削籍并丧命的危险；就像是寓言里的那个乡下人，他历尽千辛万苦把魔鬼养大，而一见到它却心惊胆战①，对这个敌人竟提不出一个问题，立即逃跑了事；贵人也是一样，过去勇敢地倒读了那么多年主祷文②，并且弄了其他许多法力无边的念咒降魔，可是一眼看见了恶魔也吓得魂不附体，拔起高贵的腿来逃之夭夭了。

朝廷里灯火辉煌的牛眼③窗大厅已经完蛋了，要不然它就会成为举国枪林弹雨瞄准的靶心。这只牛眼看东西从来都不好使——长期以来都有一叶障目，这就是鲁西弗尔④的自大、萨德奈帕勒斯⑤的奢靡和鼹鼠的盲目——但是它已经垮台了，完蛋了。整个朝廷，从它那对外排斥的内圈到它外层的那诡计多端、贪污腐化、虚伪矫饰的衰朽集团，统统完蛋了。王权完蛋了，最后的消息说，王室已经被围困在宫中，命运“悬而未决”。

一七九二年八月⑥来了，这时候，大人老爷已经风流云散。

在伦敦，台鲁森银行成了大人的总部和会所，这亦是顺理成章之事。一般认为，鬼魂经常出没于它们的肉体最常去的地方，而一文不名的大人也常常出没于往日他们的金钱常驻的处所。不仅如此，台鲁森银行还是最可靠的法国消息到达最快的处所。再有：台鲁森银行是一家厚道的银行，对于它那些地位一落千丈的老顾主非常慷慨大方。再有：有些大人眼见风暴迫在眉睫，而且预料到会有抢劫掠夺或者没收充公之

---

① 《伊索寓言》中《老人与死神》一则，可作此类寓言故事之参考。

② 倒读主祷文是巫觋等用以咒人的法术之一。

③ 牛眼在英语中又有靶心之意，此处一语双关。

④ 鲁西弗尔为基督教中魔鬼撒旦的别名。撒旦最初居于天堂，名鲁西弗尔，因自大而被逐出天庭(见《圣经·旧约·以赛亚书》第14章第12节)。弥尔顿在《失乐园》中称之为“罪恶的自大”。

⑤ 古亚述帝国末代国王，以奢靡著称，后被起义军困于城中两年，最后在宫中自焚而死。国势式微，不久即灭亡。

⑥ 法国资产阶级革命至1792年8月10日，人民再次发动起义，废黜国王，结束君主立宪制。9月22日宣布成立共和国。

事，早有先见之明，向台鲁森银行汇款，他们那些手头拮据的弟兄，总是不断到这里来打听他们的消息。除了这些，还必须再加上一点：每个从法国新来乍到的人，都要在台鲁森银行报到，并报告他带来的消息，这几乎已成为理所当然之事。由于这各式各样的原因，台鲁森银行在那个时候对法国情报来说，是一个“高级交易所”；而且这一点一般人都了如指掌，因此到这里来探询的人就不胜其多，于是台鲁森银行就不时将最新消息写成一行两行，张贴在银行窗口，供所有路过圣殿栅栏的人观看。

在一个热气腾腾、雾气蒙蒙的下午，劳瑞先生立在他的办公桌后面，夏尔·达奈靠着桌子站着，低声和他交谈。那忏悔室似的小房间，过去单独隔开专为接待来访行长者之用，此时已成为消息“交易所”，而且有人满之患。那已是距银行关门大约还不到半个小时的时候。

“不过，尽管你是健在的人当中最年轻的一个，”夏尔·达奈颇为犹豫地说，“我还是一定要劝你——”

“我懂得。你不是说我太老了吗?”劳瑞先生说。

“反复无常的天气，长途的跋涉，变化不定的交通工具，一个土崩瓦解的国家，一个甚至无法保证你安全的城市。”

“我亲爱的夏尔，”劳瑞先生心情愉快、信心十足地说，“你提到的正是一些让我去的理由；而不是让我远远躲开那儿的理由。对我来说，那是足够安全的。没有人存心跟一个年近八旬的老家伙找麻烦的，因为这时候那儿有那么多更值得去找麻烦的人。说到那是一个土崩瓦解的城市，如果那不是一个土崩瓦解的城市，那就不必从我们这儿的银行往我们那儿的银行派这么一个人啦，而这个人又得是台鲁森信得过的，还得熟悉这座城市的过去和银行从前的业务。说到变化不定的交通工具、长途跋涉和严冬天气，如果经过这么多年，我自己不准备为台鲁森银行的原故而吃点小小的苦头，那谁又应该吃呢?”

“我倒希望我自己去，”夏尔·达奈有些心神不定，像是自言自语地说。

“真是的！你可真是个会阻止别人、劝说别人的好家伙！”劳瑞先生喊起来，“你希望你自己去？而你又是个土生土长的法国人？你可真是个聪明的好顾问。”

“我亲爱的劳瑞先生，正因为我是一个土生土长的法国人，所以这种念头（我本不打算在这儿说破的）才常常在我脑子里盘旋。一个人对不幸的人一直怀着同情，并且放弃了一些东西交给他们，像这样的一个人，就不由得不这样想，”他说到这儿，现出他以往那种深思熟虑的神情，“人们也许会听取他的意见，他也许有力量说服他们稍加约束。就在昨天夜晚，你离开我们之后，我跟露茜谈到——”

“你跟露茜谈到，”劳瑞先生跟着说。“真妙，我奇怪，你提到露茜的名字竟然不感到惭愧。还想要这时候到法国去！”

“不过，我现在并没有去，”夏尔·达奈微笑着说。“既然你说你去，拿这话问你自己倒更合适。”

“我就要去了，这是明明白白的事实。说真的，我亲爱的夏尔，”劳瑞先生看着远处的行长，把嗓音压低了说道，“你根本想象不到，我们办的事有多困难，我们在那儿的账目和文件面临多么大的危险，老天爷知道，要是我们有的文件给人抢走或是毁掉了，有多少人会因此受到连累；而且你知道，随时都有这种可能，因为谁说得上，巴黎今天不会有人放火，明天不会有人抢劫呢？现在，尽量少作拖延，把这些文件中该挑的挑出来，或是埋起来，或是采用别的办法，让它们完好无损地保存下来，如果还有人有能力不失时机地尽量办到的话，那么除了我本人，几乎就别无他人了。台鲁森银行知道这一点，并且也这么说了。我既然吃台鲁森的饭吃了六十年，难道还能因为腿脚有点欠灵就畏缩不前吗？嗯，我跟这儿的那六七个老怪物比起来，还是个小伙子呢，先生！”

“我真佩服你这种血气方刚的英勇气概，劳瑞先生。”

“去！胡说，先生！——那么，我亲爱的夏尔，”劳瑞先生说着又看了那行长一眼，“你该记得，在眼下这种时候从巴黎弄出东西来，不管是什么东西，那几乎是不可能的。文件和贵重物品，甚至在今天，也带到我们这儿来了，带东西的都是你难以想象的千奇百怪的人，他们过关卡的时候，人人都危险万分，真是千钧一发(我这话绝对秘密；即使对你，按规矩也不应该悄悄透露的)。在别的时候，我们的包裹来来往往就像在有条不紊的老英国一样容易；可是现在，什么东西都停顿了。”

“那你是不是真的今夜走?”

“我真的今夜走，因为情况紧急，刻不容缓。”

“那你什么人也不带?”

“给我推荐过各式各样的人，可是我不想跟他们任何人打交道。我只打算带杰瑞。杰瑞过去长期给我当星期日夜间的保镖，所以我和他熟极了。谁也不会怀疑，杰瑞除了当一只英国牛头犬[①]之外，还能当什么东西，他的头脑里除了向冒犯他主人的人猛扑之外，还有什么别的打算。”

“我得再说一遍，我竭诚钦佩你这种血气方刚的英勇气概，老成少年!”

“我也得再说一遍：胡说，胡说！等我完成了这项小小的使命，我也许要接受台鲁森银行的建议退休，过我的舒心日子了。那就有时间再去想老了的问题，有的是工夫。”

这番对话是在劳瑞先生平时那张小桌旁进行的，而那些大人就麇集在不到一二码远的地方，大吹大擂，说他们不久就要怎样向那些暴民痞子报仇。这是那些弃国逃难、穷途末路的大人用滥了的方式，也是英国本地正统派用得滥而又滥的方式，他们谈起这场骇人听闻的法国革命，仿佛这是旷古未闻的一种未经播种的收获——仿佛谁也未做，或者说谁都避而不做，任何导致这场收获的事情——仿佛那些眼见法国千万贫苦

① 这是一种凶猛的粗颈犬。

人民的人，那些眼见本会使他们繁荣昌盛的资源遭到误用滥用的人，多年以来并未预见这场革命必将到来，也未用明明白白的文字记录他们的所见。大人们的这样一些牛皮大话，再加上他们那些图谋恢复事态——它已经把它本身，同样也把天上地下都完全搅得筋疲力尽——的华而不实的计划，是任何一个熟谙真情、头脑清醒的人都难以一声不响、默然忍受的。这些牛皮大话简直灌满了夏尔·达奈的耳朵，弄得他头昏脑涨，更何况他本来就一直忧心忡忡，坐立不安。

英国高等法院的律师斯揣沃先生也在这些高谈阔论者之列，他在国家机构中正要青云直上，因此对这个问题大发宏论：对大人们提出他的宏图伟略，如何把人民一举粉碎，从地面上一扫而光，并且根本不要他们；如何完成许多类似的目标，其性质无异于在老鹰尾巴上撒盐，从而消灭鹰类①。他的话，达奈听来特别反感，他犹豫不决，不知究竟是走开不听还是插言反驳，就在这个时候，那必然要来的事，径自呈形显迹了。

那位行长走近劳瑞先生，把一封已经弄脏、尚未启封的信放在他的眼前，问他：是不是发现了这信件收信人的踪迹？行长把信放得离达奈那样近，所以他看到了信封上的字——那上面正是他自己真正的姓名，因此看见得更快。那信外面的地址等等，已翻译成了英文，写的是：

“特急件。敬烦速交英国、伦敦、台鲁森银行执事先生，转交原法国圣埃弗瑞蒙德侯爵先生。”

原来在结婚那天上午，马奈特大夫曾经向夏尔·达奈提出一项急切而又明确的要求：他的真实姓名，他们俩必须保守秘密，除非他——大夫本人解除这项约定。别人谁也不知道这是他的姓氏；他自己的妻子对事情毫无怀疑；劳瑞先生也不可能怀疑。

---

① 英国人告诫小孩有一常用语：要想把鸟儿捉住，就先把盐撒在它的尾巴上。这里的说法是由此演化而来。

“没有。”劳瑞先生回答行长说，“我想，我已向目前在这儿的每个人都请教过，可是没有一个人能告诉我，能在哪儿找到这位先生。”

钟上的指针已经靠近银行关门的钟点了，有一大批高谈阔论的人川流不息地走过劳瑞先生桌子跟前。他把信伸出来，带着打听的样子。这位贵人以一种策划密谋和满腔愤怒的逃难人的身份看着信，那位贵人以一种策划密谋和满腔愤怒的逃难人的身份看着信；而这位，那位，还有另一位，大家都以某种轻蔑诽谤的态度用法文或英文说到这位找不到的侯爵。

“我想是那个给人暗杀了的、文质彬彬的侯爵的侄子，可是不管怎么说，他都是一个不成器的后人。”一个说，“说来有幸，我跟他素不相识。”

“一个若干年前放弃了爵位的胆小鬼，”另一个说，这位贵人是给装在一辆干草车上，双脚朝天，憋得半死才逃出巴黎的。

“中了那些新学说的毒，”第三个透过眼镜顺便把地址看了一眼说，“出面反对死去的侯爵，继承了产业以后就放弃了，把它们留给了那些流氓贱民。我希望现在他们会给他理所应得的报偿。”

“啊?”大嗓门的斯揣沃喊道。“他干过这种事？他是那么一种家伙？让咱看看他这丢人现眼的姓名。该死的家伙!”

达奈再也克制不住自己了，碰了碰斯揣沃的肩膀说：

“我认识这个人!”

“我的老天，你认识他?”斯揣沃说，“我因此觉得可惜。”

“为什么?”

“为什么，达奈？你听见他干的那些事没有？在这种情势下，就别问为什么啦。”

“可是我就是要问为什么。”

“那么我再告诉你一遍，达奈先生，我因此觉得可惜。听你提出如此奇怪的问题，我感到可惜。这儿有一个家伙，中了那些毒害最大、最不洁净、闻所未闻的邪魔歪道，把他的财产散给了地球上那些最下流的贱种，那些家伙一向就是干大批屠杀的勾当，而你却问我，为什么要为一个身为青年师表的人认识他感到可惜？那么好，我来回答你。我感到可惜，因为我相信这样一个坏蛋身上有污染源。这就是为什么。”

达奈为了严守秘密，好不容易才克制住自己，只是说，“你可能不了解这位先生。”

“我懂得怎样把你驳得无言对答，达奈先生。”斯揣沃盛气凌人地说，“我就要这么办。如果这家伙是个上等人，我就不能了解他了。你可以这样告诉他，并且替我问候。你还可以替我这样告诉他，他把人间的财物和爵位散给了这伙嗜杀成性的暴民，我怀疑他是不是当了他们的头头。不过，不会的，先生们，”斯揣沃说着环顾了一下四周，打了个榧子，“我懂得一点人性，我告诉你，你再也不会找到一个像这家伙的家伙，竟然把自己托付给这样稀罕难得的保护人，听任摆布。不会的，先生们；他很早就会在这场混战中拔起他那双腿，溜之大吉。”

斯揣沃先生说完这番话，又最后打了一个榧子，就在他那些听众的赞许声中，闯上了弗利特街，众人纷纷离开银行，只有劳瑞先生和夏尔·达奈留在桌子旁边。

“你是不是负责转交那封信?”劳瑞先生说。“你知道往哪儿送吗?”

“知道。”

“你是不是代我们解释一下，说我们推测这封信送到我们这儿来，是料想我们知道该往哪儿转寄，它已经在这里放了些时候了?”

“我会这么做的。你是从这儿动身去巴黎吗?”

“八点从这儿动身。”

“我还要回来送你。”

达奈怀着对自己、对斯揣沃和大多数人都很不自在的心情，尽快走进了圣殿区的一个寂静处所，拆开了信，读了起来。信的内容是这样的：

“原侯爵先生：

“长期以来我的生死操在村民手中，后来终于被捕，受尽暴力凌辱，并经长途步行押送巴黎，途中受尽折磨。不仅如此，我的房舍已毁，夷为平地。

“他们告知，侯爵先生，我之所以入狱，以及将被传受审，并将丧失生命(如无你的慷慨帮助)，是因为我曾为一逃亡贵族而反对人民，因而犯有背叛人民罪。我尽力说明，我按照你的指示为他们干事，而不是反对他们，可是毫无用处。我尽力说明，早在逃亡贵族财产充公之前，我已免除他们拖欠的税款，我从未收任何租金，我从未依法起诉，可是毫无用处。唯一回答是：我曾为一逃亡贵族做事，此人如今何在？

“啊！慈悲仁厚的原侯爵先生，那个逃亡贵族今在何处？我梦中喊叫，他在何处？我求告上天，难道他就不会来搭救我？毫无回答。原侯爵先生，我将这凄恻呼声送过海峡，希望或可通过在巴黎人所共知的台鲁森大银行传入你的耳中！

“凭借对上帝、正义、慷慨，以及你高贵姓氏之荣誉的热爱，我恳请你，原侯爵先生，予我救助，令我得释。我的罪过就在于，我对你真诚相待，始终如一。哦，原侯爵先生，我恳求你对我亦真诚相待！

“陷此可怕监狱之中，每刻均更接近毁灭，我奉函保证，原侯爵先生，我为你效悲惨不幸之劳。

遭难人　加贝尔

于巴黎修道院监狱①

1792年6月21日②”

---

① 此为仅次于巴士底的巴黎三大监狱之一。另两座则一为拉弗斯监狱，一为临时监狱。

② 从写信日期看，这是法兰西共和国成立、革命政权大批处死贵族前两三个月。

读了这封信，达奈心中隐约的不安一跃而为活生生的现实。一个老仆人，又是一个好仆人，犯罪只是由于对他本人和他家族忠心耿耿，这个老仆人当前陷入的危急处境，使他有如当面受到谴责，因此他在圣殿区内踯躅，考虑该怎么办的时候，几乎完全把脸背着过往行人。

他清楚地知道，他对于促成那个古老世家种种劣迹恶名登峰造极的行径深恶痛绝，他对他叔叔愤恨怀疑，他的良心对于人们期望他去支撑的那座行将崩溃的大厦抱有反感，但是他过去做得不够彻底。他清楚地知道，他爱露茜，因而他放弃了他的社会地位，尽管他自己内心对此早有考虑，却做得过于匆忙，有欠周全。他知道，他本应按部就班订出计划，监督执行，他本打算这样做，可是却从未实行。

他自己做主在英国成家获得了幸福，他必须始终积极工作，岁月如流，种种变化和困扰接踵而来，迅速得甚至于上星期还没考虑成熟的计划，就给本星期的事态打消了，而下星期的事态又使一切必须重新开始；他清楚地知道，在这种种环境的压力下，他屈服了——不是没有惴惴不安，而是没有持续不断、日积月累地抵制。就这样，他眼睁睁地守候着行动的时机，可是它们都流逝挣扎着随时光而去，而贵族却成群结队地沿着大道和小路从法国逃来，他们的财产正处于没收和毁坏的过程之中，而且他们的姓名也正在消失，这些他本人都知道得清清楚楚，同样，法国随便哪个会以这些罪名对他提出控告的新政权，也知道得清清楚楚。

不过，他没有压迫过任何人，他没有关押过任何人；他不但从来就没有暴敛横征过他应得的款项，而且自愿放弃了它们，自己投身于一个对他没有任何宠惠的世界，赢得了自己的栖身之地，挣得了自己的面包。加贝尔先生按照他的书面指示掌管这份败落而又复杂的产业，宽待众人，把那儿所能给的一点点东西都给他们——比如，在冬天给他们一些厉害的债主们没拿光的燃料，夏天，给他们一些从同样的铁腕中节省出来的产品——而且为他自己的安全起见，加贝尔无疑已经把这些事向法庭申诉并取得证词，所以现在这些事是不会不清楚的。

夏尔·达奈逐渐下了决心，要不计后果，自己到巴黎去一趟。

是的。就像那古老故事中的水手一样，迅风和急流把他逐入那具有魔力的磁石吸力范围之中，这磁石正在把他吸过去，而他则非去不可。他思想中浮现的每一件事都越来越迅速，越来越坚定地把他冲向那具有可怕吸力的地方去。他心中一直隐约感到不安，在他自己的那个不幸的国家，种种罪恶手段正用来达到种种罪恶目的，而他这样一个并非不知道自己强似他们的人，却未在那儿尽力做些事情制止流血，伸张慈悲和人道。他怀着这种一半已经受到压抑、一半仍在对他责难的不安心情，将他自己与那位责任感如此强烈的无畏长者做了尖锐对比，这一比就使他自己相形见绌，接踵而来的则是那伙大人刺痛他的那些讪笑，还有斯揣沃出于宿怨而发的那种粗鄙不堪、刻薄恶毒的嘲讽，此外还有加贝尔的来信——一个生命危在旦夕的无辜囚徒向他乞求正义、恩典和名誉的呼吁。

他下定了决心。他一定得到巴黎去一趟。

是的，那块磁礁正在吸引他，他只能不停地驶上前去，直到撞个粉碎。他并不知道有什么磁石，他几乎看不见任何危险。他怀着良好意图，做了他已经做的那些事，尽管他做得还不彻底，但这种意图却使他觉得，在他现身表白的时候，法国会以感激之情承认他的这种善意。于是那乐善好施的美好情景，众多善良的人常常见到的那种充满乐观的海市蜃楼，就浮现在他的眼前，他甚至在幻想中看到，他自己在运用某种影响，左右这场发展得如此狂猛可怕、势不可当的大革命。

他怀着既定决心走来走去，他觉得，决不能让露茜或是她父亲在他离开以前知道此事。应该让露茜免受离别之苦；而她的父亲本来就总是连想都不愿想一下过去那个危险的地方，所以只能让他在这一步骤已经采取之后才知悉这一步骤，而不是在它悬而未决、犹豫不定的时候。他一直痛切感到，要竭力避免触发她父亲头脑中过去与法国有关的联想，因此究竟他这种未将事情贯彻到底的情况，与她父亲有多大关系，他自己也未深加探讨。不过，这种情况也已经对他的生活道路发生了影响。

他踱来踱去，思绪万千，直到该回台鲁森银行去和劳瑞先生告别的时候。只要他一到巴黎，他就会立刻去见这位老朋友，但是他的打算，此时却一句也不能提。

套好几匹驿马的车，已经在银行门口准备停当。杰瑞也已足登长靴，装备起来了。

“我已经把那封信送去了，”夏尔·达奈对劳瑞先生说。“我没有同意托你捎什么书面的回信，不过也许你愿意带个口信。”

“我愿意带，而且欣然愿为，”劳瑞先生说，“只要没有危险。”

“根本没有。不过口信是带给一个在修道院监狱坐牢的人的。”

“他叫什么?”劳瑞先生手中拿着打开的小记事本问。

“加贝尔。”

“加贝尔。那么给这个坐牢的可怜人加贝尔捎什么口信呢?”

“简单一句话：‘他已经收到信，就来。’”

“提到时间吗?”

“他将在明天夜里启程。”

“要说是什么人吗?”

“不用。”

他帮助劳瑞先生裹上很多层上衣和大氅，跟他一道从这家老银行的温暖屋里走到雾蒙蒙的弗利特街上。“问候露茜和小露茜，”劳瑞先生分手的时候说，“好好照料他们，等我回来。”夏尔·达奈摇着头，含含糊糊地微笑着，马车隆隆而去。

那天夜里——那是八月十四日——他久久未睡，写了两封感情炽烈的信。一封是给露茜的，说明他赶赴巴黎是义不容辞的，而且详细地对她历数了种种理由，并说他具有信心，他在那边不会有任何危险；另一封是给大夫的，托他照看露茜和他们可爱的孩子，同时也以种种极其有力的保证，详细论述了同一个问题。对他们两人他都写到，他一到达巴黎就会立即给他们写信，证明他安然无恙。

这是难熬的一天。他整整一天都和他们待在一起，却第一次在他们的共同生活中有了保留。要把一桩出自好意的骗局布置得使他们深信不疑，是一件棘手的事情。他曾一度动摇，想向她吐露真情，因为做一件事而没有她安详从容的帮助，使他感到别扭；但他怀着切切深情看到他妻子那么无忧无虑，那么忙忙碌碌的样子，便下定决心不告诉她那件迫在眉睫的事了。白天很快过去了。傍晚时分，他拥抱了她，还有那与她不相上下一样亲爱的同名小宝贝，装作他不久就会回转的样子（他假装有个约会要出去，而且早已私下里准备好了一手提箱衣物），于是他走进那阴沉沉的大街上阴沉沉的雾气中，而他的心情则更加阴沉。

此时，那无形的力量正在迅速将他吸引过去，而且所有的潮流和风也都径直向那边猛冲猛刮。他把信交给一个可靠的脚夫，嘱咐他在午夜前半小时送到，不得早送；又雇了一匹去多佛的马，然后就登上旅程。"凭借对上帝、正义、慷慨，以及你高贵姓氏之荣誉的热爱！"这是那可怜囚犯的呼声。在他将世上亲爱的一切全都撇下，向着那磁礁飘去的时候，就是这呼声使他那颗渐渐沉下去的心增添了力量。

第三卷

风踪雨迹

第一章　秘密监禁

这位旅客一路上缓缓而行，这是在一七九二年的秋天，他从伦敦向巴黎而行。即使在那位已经被推翻、倒霉透顶的法国国王还安坐在他那至尊至贵的宝座上的时候，这位旅客也会遇上一条又一条坏路、一辆又一辆破车、一匹又一匹驽马，使他旅途蹭蹬；何况如今形势大变，又添加了重重阻碍。每座城镇的大门和每个村庄的税卡①都有它自己的一帮爱国公民，手持国民自卫军的火枪，随时准备开枪。他们截住过往行人，盘查诘问，检查他们的证件，在他们自己的名单上查找旅客的姓名，或者让他们返回去，或者放他们走过来，或者把他们就地扣押。他们那变幻莫测的判断或想象，全凭是否最有利于这个不实现自由、平等、博爱毋宁死的统一不可分割的新生共和国而定。

夏尔·达奈刚在法国走了几里格的路程，就渐渐发觉，除非他在巴黎被宣布为好公民，他就毫无希望沿着这些乡间大道返回。此刻无论他会发生什么事情，他都必须一往直前走到终点。每当他经过一个小村落，每当一座普通的栅栏门在他走过去以后放下来横在路中间，他就意识到拦在他与英国之间的那一串铁门中又多了一道。无所不在的严密警戒把他包围了起来，因此，即使他落进了罗网，或是给关在囚笼里押解到目的地，他也不会觉得比现在失去更多的自由了。

这种到处存在的警戒不仅使他走一站就要在大路上停二十次，而且还会在一天之内就把他的旅程耽搁上二十次，一会儿有人从他后面骑马追过来，把他带回去，一会儿有人从他前面骑马迎上来，不到站就让他停下，一会儿又有人和他骑马并辔而行，负责看管他。他单人匹马在法国走了几天，才到了大路旁边一座小市镇，这里距巴黎仍然有很长的路程，他精疲力竭，倒头便睡。

只因为出示了在修道院监狱身受囹圄之苦的加贝尔给他的信，他才走了这么远。在这个小地方的哨所，他遇到的困难那么大，使他感到他这趟行程已经到了危急关头。因此，他在那个要把他扣押到次日清晨的小客店里深更半夜给人叫醒的时候，他一点也不感到惊奇。

叫醒他的是当地一个畏畏缩缩的地方官和三个头戴粗布红帽、口衔烟斗的武装爱国者，他们在床上坐下。

“逃亡贵族，”那地方长官说，“我要送你去巴黎，还有人护送。”

“公民，我再没有比上巴黎更加切望的事了，不过我没人护送也行。”

“别作声！”一个红帽子粗声吼叫，用他的枪托敲着被子，“安静点儿，贵族！”

“这位好爱国者说的是，”那个胆小怕事的地方官发话说，“你是个贵族，一定得有人护送——还一定得出钱。”

“我别无选择，”夏尔·达奈说。

“别无选择！听听他说的！”还是那个横眉竖目的红帽子喊着。“好像护着你不给吊在街灯上还不是对你的恩典！”

“这位爱国者永远说的是，”这位地方官发话道。“起来，穿好衣服，逃亡贵族。”

达奈遵从了，然后给带回哨所，那儿有另外一些戴粗布红帽子的人正围在一堆火旁抽烟，喝酒，睡觉。在这里，他付了一大笔护送费，随后就在这种护送之下于凌晨三点钟出发，走上湿漉漉的大路。

护送他的是两个骑马的爱国者，戴着红帽子，上面有三色②帽徽，佩着国民自卫军的火枪和马刀，他们骑着马，一边一个守在他两旁。

---

① 专司往来商贩税收之所，均位于城乡往来必经之路。
② 白、蓝、红三色，法国革命后国旗即为此三种颜色。

这位被护送的人自己管着自己的马，可是有一根松松的绳子，一头拴在他的缰绳上，另一头由一个爱国者牢牢缠在手腕上。他们就这个样子出发了，冒着迎面扑来的急雨，踢踢跶跶迈着龙骑兵那种沉重的步伐，走在小镇内凹凸不平的铺石路面上和镇外布满泥坑的大路上。他们就这个样子，除了更换马匹和交换步伐之外，毫无变化地一路走完了绵延在他们和首都之间的布满厚泥的旅程。

他们在夜间走路，天亮以后一两个小时就停下，一直休息到薄暮时分。这两个护送的人衣着褴褛不堪，只好用麦秸裹在赤裸裸的腿上，盖在肩头的破衣烂衫上来防潮避雨。夏尔·达奈受到这种看管当然感到不适，同时又有一个爱国者总是酗酒无度，他背着那支火枪又漫不经心，所以达奈还得不断提防由此造成的现实危险，但是除此之外，他竭力不让横加在他身上的这种拘束在他心中引起任何严重的恐惧，因为他自己这样宽慰自己：这和一桩尚未提出的个人案件的是非曲直毫无干连，和可以由修道院监狱那个囚徒来证实的是非曲直的种种申辩也毫无干连，而这些声辩也都还没有提出。

不过，他们在暮色苍茫中到达小城博韦的时候，看到街上到处是人，他再也不能瞒哄自己了，不能不正视情况确实非常危急。一群人气势汹汹地围拢过来，看着他在驿馆场院那儿下马，人群七嘴八舌地高声喊叫："打倒逃亡贵族！"

他正要翻身下马，于是又止住了，仍然骑在马上，觉得这是一个最安全的所在，他说：

"逃亡贵族，我的朋友们！你们难道没有看见，我是出于自愿到了这儿，到了法国吗？"

"你是个该死的逃亡者，"一个钉马掌的铁匠喊着，从人群中穷凶极恶地朝他挤过来，手里还拿着锤子，"你还是个该死的贵族！"

驿馆馆长赶忙插身到此人和骑马人的缰绳之间（此人正猛然扑向缰绳），劝解着说，"饶了他吧，饶了他！他要到巴黎去受审判的。"

“受审判!”钉马掌的铁匠挥着锤子学说了一遍。“哼！还要当叛徒处决。”人群吼叫着对这点表示支持。

达奈止住正在让他的马掉转头来面对院子的驿馆馆长(那醉醺醺的爱国者大模大样地坐在马上看着，手腕上还挽着那根绳子)，等到别人刚刚能听见他的声音，就说：

“朋友们，你们自己弄错了，要么就是别人让你们弄错了。我不是叛徒。”

“他撒谎!”那铁匠喊道。“从法令通过时起，他就是叛徒。他那条命已经罚给人民了。他那条该死的命不是他自己的!”

在这个时刻，达奈看到群众眼睛里冒出一阵怒火，一眨眼工夫，这怒火就会喷到他身上来，驿馆馆长立刻掉转他的马头，把马牵进院子里，两个护送的人紧靠在马的两侧，也骑马进来，于是驿馆馆长关上了那两扇摇摇晃晃的大门，上了门闩。铁匠用他的锤子在门上砸了一下，众人呜噢乱叫；可是没有再干什么。

“那个铁匠说的法令是怎么回事?”达奈向驿馆馆长和卫兵道了谢，在院子里站在驿馆馆长旁边的时候，这样问他。

“真有，是一条拍卖逃亡贵族财产的法令。”

“什么时候通过的?”

“十四号。”

“正是我离开英国那天!”

“人人都说有几条法令，这只是其中的一条，还有一些，要是现在还没通过，以后也要通过的，要放逐所有逃亡贵族，处死所有那些回来的逃亡贵族。他说你的命不是你自己的，就是这个意思。”

“可是还没有这样的法令呀?”①

---

① 法国实行君主立宪制的新立法议会曾于1791年11月9日通过反对逃亡者法令，宣布凡在1792年1月1日前不返回法国者为叛徒，但被国王否决。至1793年6月3日，雅各宾派专政时期曾通过出售逃亡贵族土地的法令。

“我怎么知道!”驿馆馆长耸了耸肩膀说，“也许有，也许就要有了，反正都一样。你想要点什么?”

他们在草料棚里的草堆上休息到半夜，在整个市镇都沉在梦乡中的时候又骑马上路了。一路上看得出来，两旁熟悉的景物都发生了狂乱的变化，使这场古怪的骑马旅行变得荒诞不经，有如梦幻。变化之一就是人们似乎很少睡觉。他们在沉闷的大道上策马前进，走了很久都是孤单寂寞的，随后会看到几所简陋的农舍，不是淹没在黑暗之中，而是灯火闪耀，还会看到一些人在深夜里像一群魑魅魍魉，手拉着手围着一株干枯的“自由”之树转圈，或是聚在一起唱一首“自由”之歌。不过在博韦的那一夜，幸好大家都睡了，这才使他们脱离困境，他们又一次陷入寂寞孤独之中：马铃叮当，他们穿过提前来临的又冷又湿的空气，走过在这一年颗粒无收的贫瘠的田地；星星点点出现了一些焚毁了的房屋焦黑的遗迹，道路上到处值勤的爱国巡逻队有时会突然从暗处钻出来，一把抓住马缰绳，拦住他们的去路。

天明以后，他们终于到达巴黎城下。他们催马上前的时候，关卡紧闭，还有重兵把守。

“这个犯人的证件在哪儿?”一个神气果断的负责人物盘问道，他是给一个哨兵叫出来的。

这种令人不快的言词自然触动了夏尔·达奈，他请求这个说话的人注意，他是个自由的旅行者和法国公民，他由这两个人护送，是迫于这个国家混乱不堪的局势，而且他是花了钱的。

“这个犯人的证件在哪儿?”这位大人物又照样说了一遍，对他毫不理睬。

那位醉醺醺的爱国者把证件一直放在他的帽子里，这时拿了出来。这位大人物用眼睛把加贝尔的信扫了一遍，显得有些慌乱和吃惊的样子，然后仔细端详着夏尔·达奈。

不过，他一言未发就扔下护送的和被护送的人，回到哨所里去了；

此时达奈他们仍然骑在马上，在城门外等着。夏尔·达奈在这种未置可否的当口，朝四周打量了一下，他发现这城门是由士兵和爱国者混杂把守着的，爱国者的人数比士兵多得多，农民送货的大车以及与此类似的车辆和商贩，进城相当容易，而即使最普通的老百姓，出城也很困难。一大群形形色色的男男女女，且不管各式各样的牲畜和车辆，都在等着涌出来；可是，前边的检验那么严格，所以他们一个一个地通过关卡，速度很慢。其中有些人知道，轮到他们受检查还早得很，就索性躺在地上睡觉或抽烟，另有一些人则扎堆聊天或四处闲逛。不管是男是女，大家都戴着红帽子和三色徽。

达奈骑在马鞍上看着这些情景，大约过了半个来钟头，只见那位权威人物又来到他面前，指示卫兵打开了卡子门。然后他把一张证明收到了被护送人的收条交给两个护送人——一个醉着，一个醒着，这才叫夏尔·达奈下马。他遵命下马以后，那两位爱国者牵着他那匹精疲力竭的马，没有进城就拨转马头走了。

达奈跟着他的向导进入一间哨所，里面满是廉价烟酒的气味，有不少士兵和爱国者，有睡着的，有没睡的；有喝醉的，有清醒的；还有处于各式各样似睡非睡、亦醉亦醒、浑浑噩噩状态之中的，到处站着、躺着。哨所里的亮光处于一种朦朦胧胧、似明似暗的状态，这亮光半是来自夜里用的、已油尽光弱的灯，半是来自乌云遮掩的天光。小桌上放着几本打开了的登记册，一个傻大粗黑的军官掌管着这些册子。

“德发日公民，”他一边对达奈的向导说，一边拿起一张纸条在上边写字，“这就是那个逃亡的埃弗瑞蒙德吗?”

“就是那个人。”

“你多大岁数，埃弗瑞蒙德?”

“三十七。”

“结婚了吗，埃弗瑞蒙德?”

“结婚了。”

“在哪儿结的婚?”

“在英国。”

“没有疑问。你妻子在哪儿，埃弗瑞蒙德?”

“在英国。”

“没有疑问。埃弗瑞蒙德，你要押在拉弗斯监狱①。”

“公正的上天呀!”达奈喊道。“依什么法律，凭什么罪名呀?”

这军官从纸条上抬眼看了一下。“你离开这儿以后，我们有了新的法律，新的罪名。”他冷笑着说，然后继续写。

“我请求你注意，我是应一个同胞的书面呼吁自愿前来的，这份呼吁就摆在你面前，我的要求只不过是毫不迟延地得到这样做的机会。难道这不是我的权利?”

“逃亡者没有任何权利，埃弗瑞蒙德，”回答是死板生硬的。这军官把字条写完，默读了一遍他写的东西，撒上沙子②，递给德发日，说了一句“秘密监禁”。

德发日拿起这张字条，向这个罪犯晃了一下，示意他得跟他走。罪犯服从了，有两个武装的爱国者警卫跟着他们。

“娶马奈特大夫女儿的就是你吗?那位大夫当年在巴士底狱坐过牢，那监狱已经不存在了。”他们走下哨所台阶拐进巴黎的时候，德发日低声说。

“是呀，”达奈惊奇地看着他，回答说。

“我叫德发日，在圣安东区开酒铺。可能你听说过我。”

“我妻子是到你们家去接她父亲的吧?就是!”

“妻子”这个词似乎隐隐约约使德发日想到什么不愉快的东西，他

① 法国大革命时期又一著名监狱。

② 当时写完字后多用沙子吸干墨迹。

在哨所里

突然不耐烦地说，“凭着名叫吉洛汀[①]的那个新近出生的厉害女性的名义问你，为什么你要到法国来?”

“一分钟以前你听见我说过为什么了。难道你不相信那是真实情况?”

“对你不利的真实情况，”德发日皱着眉头说，眼睛直看着前面。

“真的，我在这儿不知所措了。这儿所有的一切都是史无前例的，一切都面目全非了，那么突如其来和不讲公道，让我完全不知所措了。你肯给我一点小小的帮助吗?”

“一点也不。”德发日一直看着前面说。

“你肯回答我一个简单的问题吗?”

“或许可以，这得看是什么性质的。你可以说说是什么问题。”

“我就要那么冤枉地进监狱了，在那里，我能和外界有点儿通信联系的自由吗?”

“你到时候看吧。”

“我不会不经审判就给埋藏在那儿，也没有机会以任何方式申诉我的案情吧?”

“你到时候看吧。可是那又怎样? 在这以前有的是人就这样给埋在了比这更坏的监狱里了。”

“可那绝不是我干的，德发日公民。”

德发日恶狠狠地看了他一眼，没有回答，抱定宗旨绝不开口，照旧往前走。他在这种一言不发的状况里陷得越深，他作出某种轻微程度缓解的希望——或者说是达奈这么想——也就越渺茫。于是，达奈赶紧说道：

“我有一件至关重要的事情要做，公民，你知道得甚至比我还清楚，那该是多么重要，那就是我得给一位现在在巴黎的英国先生、台鲁

---

① 指断头台，以主张用此刑具的一外科医生之名为名，该词法文原为阴性。

森银行的劳瑞先生传个信，告诉他我给投入了拉弗斯监狱，只简单地告诉他这个事实，不加评论。你肯帮我做到这件事情吗?”

“我什么事也不愿为你做，”德发日固执地说。“我的职责是为我的国家和人民服务。我誓死效忠他们，反对你们。我什么事也不愿为你做。”

夏尔·达奈感觉到，再请求他也没有希望，更何况，他的自尊心也受到了伤害。他们不声不响地一路走着，他不禁感到，人们对于犯人过街的场面已经多么习以为常了。连孩子们也很少注意他。只是偶尔有几个过路人扭过头来，有几个朝着他这个贵族晃晃手指头；因为一个穿好衣服的人要去坐牢，和一个穿工作服的劳动者要去干活一样，并没有什么好看的。他们经过一条又窄、又黑、又脏的大街，一个慷慨激昂的演说人正站在凳子上，对慷慨激昂的听众发表演说，大谈国王和王室与人民为敌的种种罪行。夏尔·达奈从此人口中听到一言半语，才使他第一次得知，国王现在狱中，而且外国大使全都离开了巴黎。这一路上，除了在博韦，他根本没有听到什么。护送人和到处都有的警戒，使他完全与世隔绝了。

他现在遭到的危险，比他离开英国的时候就越来越明显的危险要大得多，这一点他现在当然明白了。他四周的危机在迅速加深，而且会越来越迅速地加深，这一点他现在当然也明白。他自己也不能不承认，如果他能预见这几天之内发生的种种事情，他就不会作这番旅行了。然而，根据最近这个阶段的情况来想象，他所担忧的事情还没有达到就要出现的那种严重程度。前途尽管令人忧心忡忡，但是因为还未见分晓，所以模模糊糊地怀着懵里懵懂的希望。令人恐怖的屠杀日日夜夜接连不断，时针在表盘上只不过再转几圈，这种屠杀就要给赐福的收获季节抹上大块血迹①，而这远远超出了他的知识范围之外，仿佛是千百万年以

① 1792年9月2—6日，法国革命政权曾进行一次大屠杀，后世称为“九月屠杀”。

外的事了。对那个“新近出生名为吉洛汀的厉害女性”，他或者一般老百姓，恐怕连其姓名都还不知道。马上就要发生的那些可怕事情，此时在要做那些事的人的脑子里，可能都还没有想象出来。那些事情在一个高贵心灵的朦胧思想当中，怎能占有一席之地呢?

他预感到他将大有可能，或者说肯定无误，在监禁中遭受不公，饱尝艰苦，而且要和妻女活活拆散，不过，除了这些，他并没有明确地害怕什么。他心里想着这些事情——怀着这种心情进入一座阴森可怖的监狱场院，已经是够受的了——来到了拉弗斯监狱。

一个面孔浮肿的人打开了结实的便门，德发日就把“逃亡贵族埃弗瑞蒙德”交给了他。

“活见鬼，这号人还有多少呀!”面孔浮肿的人喊道。

德发日也不管他喊叫，拿了收条就和他的两个爱国伙伴退回去了。

“我还得说，活见鬼!”剩下狱吏和他老婆的时候，他喊着，“还有多少呀!”

狱吏的老婆对他这个问题未作回答，仅仅说了一句，“人得有耐性，我亲爱的。”她打铃后，三个狱卒应声而入，附和她这种观点，有一个还加上了一句，“为了对自由的爱”；在这种地方说出这么一句话，就像是下了一个很不恰当的结论。

拉弗斯监狱是一个阴暗的监狱，又黑又脏，里面还有一股人睡过后发出的可怕臭气。在监狱中昏睡发出的这种难闻气味，在所有这些无人打扫照看的地方都会极其迅速地散发出来，这也真是奇怪!

“又是秘密监禁，”狱吏看着字条，咕哝了一句，“就像我这里还没胀破了似的!”

他很烦躁地把字条插在铁签上。夏尔·达奈等着他再高兴一点的机会，足足等了半个小时的工夫，他时而在这间结实的拱顶屋子里来回踱步，时而坐在一把石头椅子上休息；不管是在哪种情况之下，总想让这个头头和他的下属想起，还有他这么个人等着。

“来!”头头终于拿起一串钥匙说，“跟我来，逃亡贵族!”

在监狱里昏暗的光线中，他的新看管陪他走过走廊和楼梯，一道道门铿锵响着在他们身后上了锁，最后他们进入一间又宽又低的穹顶屋子，里边男女犯人混杂拥挤在一起。女的坐在一张长桌子旁边，有的读书，有的写字，有的编织，有的缝纫，有的刺绣；男的大部分站在她们的椅子背后，或在屋子里到处游荡。

这个新来的人本能地把犯人同可耻的罪恶和丢人联想在一起，于是在他的伙伴面前退缩了。可是，他们却全都立即以当时所知的各式各样礼节和现实生活中动人的优雅与谦和姿势起身相迎，使他经过那番如在梦中的长途骑马旅行之后，进一步陷入梦境。

这种温文尔雅全部笼罩在监狱里的动作规矩和阴暗气氛之中，令人感到那么陌生难解；他们所处的不宜居住的肮脏、悲惨的环境，使他们都变得那么光怪陆离。夏尔·达奈感到仿佛置身于死人堆中了。全都成了幽灵！美丽的幽灵，庄重的幽灵，优雅的幽灵，高傲的幽灵，轻浮的幽灵，机智的幽灵，年轻的幽灵，年长的幽灵，全都在等待着把他们从荒凉的此岸发送出去，全都把他们那到达此地时就已死亡并因而改变了的眼光转向他。

这使他惊得呆若木鸡，那狱吏站在他身边，其他狱吏四处走动，如果说他们是在履行日常公事，他们表现出那副样子也算很得体了，可是，现在有那些忧心忡忡的母亲和如花似玉的女儿们在那儿——有那些风骚女郎、年轻美人儿和成年妇人影影绰绰的形象在那儿——相形之下，他们的样子就显得粗鄙不堪了，这样一来，这些幻景所构成的虚实颠倒的情况，就达到无以复加的程度。真是，全都是幽灵。真是，那如在梦中的长途骑马旅行是一场步步加重的大病，最后竟把他带到这些沉郁幽暗的幻影之中来了!

“我以难友之名义在拉弗斯狱中欢迎足下，深感荣幸，”一位文质彬彬，气度不凡的先生走上前来说，“对足下蒙受灾难，驾临吾侪，谨致慰问，并祝此一灾难早得善终！如在他处，动问足下尊姓大名、身份地位，当属冒昧，此间则另当别论，不知足下以为然否?”

夏尔·达奈打起精神来，尽量以他所能寻思到的恰当字眼，对他的询问予以答复。

“但我希望，”这位先生目光追着从屋里走过去的狱吏头儿说，“足下并非属于秘密监禁之列?”

“我不懂这个词的含义，不过我听到他们是这样说的。”

“唉，多么可怜！我们对此深以为憾！但请振作精神；我牢中也有许多人初为秘密监禁，但为时不久。”随后他又提高嗓门加上一句，“我深怀悲痛通知诸君——秘密监禁。”

夏尔·达奈穿过屋子，走向狱吏正在那儿等着他的一扇栅栏门，这时响起一阵表示同情的窃窃低语。还有许多声音——其中出自女子那种轻款深情的声音更为清晰——给他祝福和鼓励。他在栅栏门口回转身来，报以衷心的感激；狱吏用手关上了栅栏门，于是这些幽灵幻影就永远在他的眼前消失了。

这扇小门开在一座通到上边的石头楼梯上。他们走了四十级以后(这位只当了半小时囚徒的人已经数过了)，狱吏打开了一扇低矮的黑门，他们进门走入一间单人牢房。

“你的，”狱吏说。

“为什么我单独关押?”

“我怎么知道!”

“我能买笔、墨水和纸吗?”

“这不是我分内的事。有人会来看你，那时你可以问他们。现在，你可以买饭，别的不行。”

这间牢房里只有一把椅子，一张桌子，一领草垫子。狱吏出去之前，把这些物件还有四面墙壁大致检查了一遍。他这样做的时候，这个囚徒靠着他对面的那面墙，脑子里盘旋着一种突如其来的胡思乱想，他觉得这个狱吏的脸上和身上都那么臃肿不堪，看起来竟像是一个淹死泡胀了的人。狱吏走了以后，他仍在胡思乱想，“现在我给扔下了，仿佛我已经死了似的。”然后他停下来，低头瞧那草垫子，怀着厌恶的心情背转身去，心想：“死了以后，这个躯体首先就停在这些到处乱爬的小虫当中。”

“五步长四步半宽，五步长四步半宽，五步长四步半宽。”这囚徒在牢房里走来走去，数着它的尺寸，而这城市的吼声又响起来，像一声声闷鼓，配上汹涌咆哮的声浪。“他做鞋，他做鞋，他做鞋。”这囚徒又数着尺寸，加快了脚步，想把他的思想从刚才不断重复的那句话中拉开。“小门关上了，那些鬼魂不见了。他们当中有一个人，样子像是一位夫人，穿着黑衣服，依着窗口的斜墙，她的金黄头发微微闪着光亮，她看起来像……让咱们再骑着马往前走，看在上帝分上，穿过那人人都未睡觉、灯火辉煌的村子！……他做鞋，他做鞋，他做鞋……五步长四步半宽。”这些断断续续的意念从他脑海深处翻腾上来。这囚徒越走越快，固执地数了又数；而这城市的吼声却变成了这种情况——它仍然像一阵阵闷鼓声滚滚而来，但在那盖过闷鼓之声的浪潮中，伴有他所熟悉的悲泣哀号。

第二章　磨 刀 霍 霍

坐落在巴黎圣日耳曼区[①]的台鲁森银行，是在一幢大楼的一个侧翼，前面有一个场院，由一座高墙和结实的大门同大街隔开。大楼属于一个大贵族，在他逃亡避难之前一直住在这幢楼里，后来他穿了他自己厨子的衣服混过重重界线。过去为这位大人的口腹准备巧克力就得占用

① 法国大革命前，此地为巴黎权贵居住的时髦街区。

三条壮汉，还不算提到过的那个厨子，如今他虽然不过是一只在猎人追逐下奔逃的野兽，但即使死而复生再世为人，也仍然是那同一个大人。

大人走了，这三条壮汉则因为心甘情愿在这个统一不可分割，不实现自由、平等、博爱毋宁死的新生共和国的祭坛上，割断大人的气管，而使自己免去了曾经领取大人高工资的罪过。大人的府邸始而被查封，继而被没收。因为，所有的事情都变动得那么快，给人以迅猛强烈冲击的法令一道接着一道，这样到了秋天九月的第三天夜里，爱国的执法使者就占据了大人的府邸，给它涂上三色的标志，在它那些气派庄严的厅堂里喝着白兰地。

如果台鲁森银行在伦敦的业务处也像巴黎的业务处那样，那它很快就会使整个银行乱作一团，并且登上《公报》①了。比如老成持重的英国人，出于他们那种认真负责、讲究体面的作风，对于银行院子里种在方桶里的橘子树，甚至柜台上空的丘比特会作何表示呢？可是就有这种东西。台鲁森银行把丘比特刷上了白粉，不过在天花板上还是看得出来，他裹着一层凉爽的薄纱，就像他经常做的那样，从早到晚对着钱拉弓瞄准。如果是在伦敦伦巴第街②，这个小异教徒，还有这个长命百岁的小小子背后那个带幔帐的神龛，还有那镶在墙里的穿衣镜，还有那些即使有一点最轻微的挑逗就会在大庭广众之中跳起舞来的一点也不老的行员，必不可免地要招来破产。可是在法国的台鲁森，却能听之任之，运作自如，而且只要时局还能支撑，就谁也不会害怕，谁也不会提款。

今后哪些款项会从台鲁森提出来，哪些款项会搁在那儿无人理睬；哪些金银餐具和珠宝首饰，随着存物之人在监狱里虚度岁月，枯瘐死亡，会在台鲁森银行的保险柜里发乌变黑；有多少账目今生今世在台鲁

---

① 这是专门登载破产者名单的一份官方报纸，初版发行于17世纪，是英国的第一家报纸。

② 英国金融中心地，遂为英国金融界代称。

森银行永远不会结算，必须带到来世；那天夜里，加维斯·劳瑞先生尽管对这些问题想了很多，也说不清楚，也没有人能比他说得更清楚。他坐在刚刚生起火来的壁炉边(在这遭受灾害、颗粒无收的年头，冷得也早)，他那坦诚勇敢的脸上有一条阴影，比吊灯所能投射的或屋子里任何东西所能歪歪扭扭反射出来的阴影更深——这是一片恐怖的阴影。

他就住在银行的屋子里，他对银行的忠诚已使他成为银行的一个机体，像是一株扎了根的、粗壮的常春藤。事有凑巧，那主楼给爱国者占领，倒使银行得到了某种安全保障，可是这位实心眼的老先生却一点也没有这样盘算过。这一切情况他都不为所动，因此他才能忠于他的职守。在院子对面的一道廊沿下，是大片停车场——确实，大人的几辆马车还在那儿停着。靠着两根柱子拴着两个熊熊燃烧的大火炬，在火光中可以看到，露天里架着一块大磨刀石①，这个草草架起的东西，像是从附近的什么铁匠炉或别的作坊里弄到这儿来的。劳瑞先生站起身来，朝窗外看了看这些无害的物件，不禁哆嗦起来，又回到火边的座位上。他原先不仅打开了玻璃窗，而且还打开了外层的格子百叶窗，后来又把两层窗都关上了，浑身上下直打哆嗦。

从高墙和厚门外面的大街上，传来城市里夜间惯有的嘈杂声，时不时还夹杂着难以描摹的钟声，虚幻神奇、逸世超尘、仿佛具有某种可怕性质的罕见声音，直冲霄汉。

“感谢上帝，”劳瑞先生紧握着双手说，“没有一个和我亲近的人今天晚上在这座可怕的城市里。愿上帝怜悯所有身处险境的人!”

随后不久，大门上的铃响了，于是他想，“他们回来了!”然后坐着谛听。但是并不像他所预料的那样，没有喧哗闯进院内，他听到大门又当啷一响，随后万籁俱寂。

他心中的紧张恐惧，激起了他对银行的隐约不安，一场动乱灾变唤

---

① 此磨石为砂轮型，有架子支撑。

起人们的紧张恐惧，自然会产生这种不安。银行是守卫严密的，他起身要到看守银行的那些可靠的人那儿去巡视一番，正在这时，他的门突然打开了，两个人冲了进来，他一看到他们，就惊得往后一退。

露茜和她父亲！露茜向他伸出两只胳臂，带着她惯有的那种认真表情，显得那么专注、深切，仿佛是用刀镌刻在她脸上似的，为的是在她一生当中这样一个阶段给她以力量和权威。

“这是怎么了?”劳瑞先生气喘吁吁、惊慌失措地喊道。“怎么回事？露茜！马奈特！出了什么事？什么风把你们吹来了？这是怎么了?”

她面色苍白，神情慌乱，两眼死盯着他，在他怀里气喘吁吁，恳求似地叫道，“啊，我亲爱的朋友！我丈夫!”

“你丈夫，露茜?”

“夏尔。”

“夏尔怎么啦?”

“在这儿。”

“在这儿，在巴黎?”

“已经到这儿几天了——三天或者四天——我不知道几天——我没法集中思想。为了办一件慷慨侠义的事，他瞒着我们，到了这儿；他在关卡给人截住，送到监狱里去了。”

这位老人情不自禁地发出一声叫喊。几乎与此同时，那座大门上的铃又响起来，接着一阵杂沓的脚步和嘈杂的人声涌进院内。

“那乱哄哄的是什么声音?”大夫转向窗户说。

“别看!”劳瑞喊。“别往外看！马奈特，这与你性命攸关，别碰那百叶窗!”

大夫回过身来，手放在窗户把手上，带着冷静勇敢的神情，含笑说道：

“我亲爱的朋友，我的生命在这座城市里是神佑鬼护的，我曾经是个巴士底的囚徒。巴黎的爱国者——只是巴黎吗？全法国的爱国者——

只要知道我曾经在巴士底狱当过囚徒，就连碰也不会碰我一下，除非是热烈地拥抱我，得意洋洋地把我抬起来。我旧日的痛苦赋予我一种权威，它能带着我们通过关卡，并在那儿使我们得知夏尔的消息，并把我们带到这儿来。我知道事情是会这样的，我知道我能帮助夏尔脱离一切危险；我早就这样告诉露茜了——什么声音那么吵闹?”他的手又伸到了窗户上。

“别看!”劳瑞先生拼命地喊。“别看，露茜，我亲爱的，你也别看!”他用胳臂搂着她，把她挡住。“别这么害怕，我亲爱的。我郑重对你起誓，我知道夏尔没有遭到什么伤害；我原先甚至一点儿也没想到，他在这个要命的地方。他在什么监狱?”

“拉弗斯!”

“拉弗斯！露茜，我的孩子，既然你生来就是勇敢而又能干的——而且你一直都是这样的——你现在就会让自己镇定下来，完全照我吩咐你的去做；因为这比你所能想象的和我所能口说的都更重要。今天夜里你做什么都无济于事；你根本不可能出去。我说这话，是因为为了夏尔的缘故，我必须让你去做的事，是所有要做的事情里最难的。你得立即听从我的吩咐镇定下来，不要作声。你得让我把你安置到这后面的一间屋子里去。你得让你父亲和我单独在这儿呆两分钟，而且在这生死攸关的时刻，你一定不要拖延。”

“我愿意服从你，我从你的脸上看得出来，你知道我除此之外也不能做什么别的。我知道你是真心实意的。”

这位老人吻了她，催促她进了他的屋子，并锁上门，然后急忙回到大夫这儿来，打开了窗户，并把百叶窗打开了一点儿，把手放在大夫胳臂上，和他一起往院子里看。

他们看到了一群男男女女，数量还不足以、或者说差不多要占满院子：总共不过四五十人。占有这所屋子的人已经让他们进到大门里，他们便冲了进来，在磨刀石那儿干起活儿来；这磨刀石显然当初就是为了这个目的而架起来的，他们觉得这里既方便，又隐蔽。

可是，这是些多可怕的干活的，又是多可怕的活儿！

这磨刀石有一对把手，发疯似地转动着它的是两个男人，磨刀石飞速旋转，他们跟着抬起头来的时候，他们的长头发朝后飘散着，此时他们的面容，比那些披着最粗鄙的兽皮树叶的、最野蛮的原始人更加可怕，更加残忍。假眉毛和假胡须粘在他们脸上，而他们那狰狞可怕的五官上沾满了血迹和汗水，因狂呼乱叫而变得脸孔扭曲，由于像野兽一样的激动和缺少睡眠而双目圆睁，两眼怒视。这两个暴徒转了又转，他们那一绺绺蒙茸成毡的头发，一会儿吊在眼睛前面，一会儿披在脖子后面，一些女的捧着酒递到他们嘴边，好让他们喝；又是滴滴流下的血，又是滴滴流下的酒，又是磨石上迸发出来连续不断的火花，整个这种邪恶气氛似乎都是血和火。在这群推推搡搡凑近这块磨刀石的人当中，找不出一个没有沾染血污的人。有些男人赤裸上身，四肢和身上沾满血污；有些男人穿着各式各样破衣烂衫，上面沾满血污；有些男人怪模怪样地穿戴起抢来的女用花边、丝绸和彩带，上面浸透了血污。斧头、大刀、刺刀、剑，一切带来要磨得锋利的东西，都让鲜血染红了。有些豁了口的剑，用撕成条条的被单和扯成片片的衣服拴在佩剑人的腕子上；那些带子各式各样，但都深深地染成了那同一种颜色。等到使用这些武器的狂人从不停迸发的火花中抓起它们，窜到街上去的时候，那同样的红颜色染红了他们那发狂的眼睛；这一对对眼睛，任何一个尚未失去人性的人看见了都宁愿少活二十年，也要用一杆枪对它们瞄准，使它们变为石头。

所有这些都是一瞬间看清的，就像是一个快要淹死的人或是任何一个处在十分紧要关头的人，目光所及不管有什么都能够看到一样。他们从窗口退回来，大夫看着他朋友那灰白的脸，希望求得解释。

“他们正在，”劳瑞先生小声说出这几个字，胆战心惊地看了看上了锁的屋子那边，“屠杀囚犯。如果你对你刚才说的话有把握；如果你真有你认为有的那种权威——就像我相信你有的一样——你就让这些魔鬼认识你，把你带到拉弗斯去。我不知道，这是不是太晚了，可是一分钟也别再晚了！”

马奈特大夫握了握他的手，光着头就匆匆走出屋子，等劳瑞先生又回到百叶窗前时，他已经到了院子里。

他那随风飘散的白发，他那引人注目的面容，他像划水一样把那些兵器拨到两旁去的时候那种充满强烈信心的态度，就立刻把他带到了汇聚在磨石旁边那群人的核心。有一小会儿工夫，大家都停顿下来，然后是一阵骚动，一阵窃窃低语，还有他那难以听清的声音；而随后，劳瑞先生看到，他被这群人包围起来，在二十人的一个长队中间，人们肩挨肩、手搭肩，匆匆跑出去，口中高喊：“巴士底囚徒万岁！快救巴士底囚徒的那位关在拉弗斯监狱里的亲人！前面给巴士底囚徒让路！拯救拉弗斯监狱里的囚徒埃弗瑞蒙德！”还有千呼万吼，相互响应。

劳瑞先生的心扑通扑通跳着又关上百叶窗，关上玻璃窗，拉上窗帘，赶快到露茜那儿去，告诉她，她父亲得到了人们的帮助，找她丈夫去了。他看到她的孩子和普若斯小姐在一起；可是一直呆了很久，等他坐下来，在夜深人静的时候守着她们，他才对她们突然出现感到惊异。

这时候露茜躺在他脚边的地板上，昏昏沉沉，还一直抓着他的手。普若斯小姐已经把那孩子放到劳瑞先生的床上，而她的头也渐渐落到她照看的那可爱宝贝旁边的枕头上了。啊，这伴有这位可怜妻子痛苦呻吟的漫漫长夜！啊，这既看不见父亲归来、又听不到任何消息的漫漫长夜！

又有两次，大门上的铃在黑夜中响了起来，每次都有大群人闯入，于是那磨刀石又飞转起来，毕剥发响。“那是什么？”露茜吓得喊起来。“嘘！兵士的刀剑在那儿磨呢，”劳瑞先生说。“这地方现在是国家财产，当军械库用了，我亲爱的！”

总共又有两次；但是那最后一班活儿是不带劲儿的，干干歇歇的。过了不久，天渐渐亮了，他轻轻把自己的手从那抓着它的手中抽出来，又小心翼翼地往外看。一个人满身血污，好像是个受重伤的士兵从尸横遍野的战场上苏醒过来了，正从那磨刀石旁边的甬道上站起来，茫然地四下打量。过了一会儿，这个精疲力竭的刽子手，借着蒙蒙亮的晨光看到了大人的一辆马车，就摇摇晃晃向这豪华的车辆走去，爬进车门，把自己关起来，在那些精雅考究的垫子上休息起来。

劳瑞先生再向外望的时候，那巨大的磨刀石——地球，已经转过来了，院中的太阳已经通红，但是与这巨大的磨刀石相比而变小了的那块磨刀石，在清晨的静穆中孤零零地架在那儿，上面染着红色，那绝非太阳染上的，也绝非太阳可以晒退的。

第三章　阴 影 逼 来

办公时间又来到的时候，劳瑞先生那办业务的人的脑子里首先考虑的是这件事：他无权把一个监狱里逃亡犯的妻子藏在银行里而使台鲁森遭受连累。他自己的身家性命，他都可以为了露茜和她的孩子而置之不顾，不作片刻犹豫；但是他所主持的这家大银行，却不属于他自己，而在业务上履行责任方面，他则是个一丝不苟的生意人。

开始，他脑子里转过念头，想起了德发日，并打算再找到那家酒铺，请它的老板出点主意，在这个处于混乱状态的城市里找个最安全的住处。但是提醒他这样办的这种考虑本身，又把他的这个念头否定了；他住在最为激烈横暴的地区，无疑在那儿是举足轻重的，而且在那些危险的勾当中陷得很深。

靠近中午，大夫还没回来，而每拖延一分钟都有使台鲁森银行遭殃的可能，劳瑞先生于是和露茜商量办法。露茜说她父亲谈到过，要在靠近银行大楼的这个地区暂时租个寓所，由于这从办业务来说毫无可以反对之处，而且他也预见到，即使夏尔一切顺利，获得释放，他也难以希望离开这个城市，劳瑞先生就出去打听，而且找到了这样一个合适的寓所，它坐落在一个搬空了的偏僻街道上，这一座座死气沉沉的高楼上所有其他百叶窗都关着，表明这些房子都无人居住。

他立即把露茜和她的孩子，还有普若斯小姐，都搬到这个寓所，尽可能让她们舒适，比他自己住的要强得多。他把杰瑞留给她们充当应门顶事的人，然后回去干他自己的工作。他怀着忐忑不安、酸楚悲痛的心情干着这些工作，缓慢沉重地挨过了白天。

这一天过得疲疲塌塌，把他也拖得疲疲沓沓，直到银行关门。他又独自呆在昨天夜晚呆的那间屋子里，思量着下一步该做什么，这时候他听到了一阵上楼梯的脚步声。一会儿工夫，一个人就站到了他面前，此人用敏锐精细的目光看着他，叫他的名字。

“鄙人听命，”劳瑞先生说。“你认识我吗?”

他是个长着黑色鬈发的壮实汉子，年纪在四十五至五十之间，他把劳瑞先生这句问话重复了一遍，连轻重音都没变，作为回答：

“你认识我吗?”

“我在哪儿见过你。”

“也许是在我的酒铺里吧?”

劳瑞先生关注而不安地说：“你是从马奈特大夫那儿来的?”

“是，我从马奈特大夫那儿来。”

“那他说了些什么？他给我送什么来了?”

德发日朝他那急急伸出的手里塞了一张打开的纸条，上面有大夫亲笔写的几句话。

“夏尔安然无恙，但我尚无法安全离开此地。我蒙特许请来人将夏尔之便笺交与其妻，请允来人往见其妻。”

信上注明是在不出一小时之前发自拉弗斯。

“你是不是陪我一起到他妻子住的地方去?”劳瑞先生大声念了纸条之后，轻松愉快了。

“是，”德发日回答。

劳瑞先生当时几乎没有注意到，德发日说话的时候态度是那么令人不解地拘束谨慎、机械生硬。他戴上帽子，然后他们下去，走到院子里。在这儿，他们见到两个女人，其中一个在织毛线活。

“德发日太太吧，没错!”劳瑞先生说，差不多在十七年前他跟她分手的时候，她就是这副神情，分毫不爽。

“是她，”她丈夫言道。

“太太也跟我们去吗?”劳瑞先生看到她随着他们走，打问道。

“是的，那样她就可以认识那几个面孔，熟悉那几个人。这是为了她们的安全。”

劳瑞先生这时候才开始对德发日的态度感到吃惊，就半信半疑地看了看他，然后带路。两个女人都跟着；这第二个女人是复仇。

他们穿街过巷尽量快走，爬上新住处的楼梯，由杰瑞让进去，就看见露茜在独自落泪。劳瑞先生把她丈夫的消息告诉她之后，她欣喜若狂，抓住了把他的便笺递给她的那只手——并未想到，这只手头天夜里在他身旁做了什么事情，而且只要有机会还会对他做什么事情。

> “至亲至爱的：鼓起勇气来。我很好，而且你父亲对我周围的人很有影响。你不能回信。替我吻咱们的孩子。”

这就是所写的全部内容。不过对于收到纸条的她来说这也就够多的了，所以她从德发日转向他太太，吻了她织毛线活的一只手。这是一个满怀深情、表示亲爱和感激之情的女性动作，可那只手毫无反应，冷冰冰、沉甸甸地垂下去，然后又打起她的毛线活。

这点接触里有些什么东西使露茜愣了一下。她正把那便笺往怀里送，这时却止住了，手抬在脖子那儿，害怕地看着德发日太太，德发日太太则冷酷漠然地瞪眼看着那挑起的眉毛和前额。

“我亲爱的，”劳瑞先生插进来解释道，“街上不断发生骚乱，虽然这不见得会打扰你，德发日太太还是希望见见那些在这种时候她有能力保护的人，这样她就可以认识他们——她就可以认明他们。我相信，”劳瑞先生说这些宽心话当中有些吞吞吐吐，因为他越来越感觉到那三位全都是铁石一般的神气，“我说的是实情吧，德发日公民?”

德发日阴沉沉地看着他太太，并没有回答，只是发出一种粗哑的声音表示默许。

“露茜，”劳瑞先生说，竭尽可能以语调和态度给双方调和。“你最好把可爱的孩子带到这儿来，还有我们那善良的普若斯。我们那善良的普若斯，德发日，是一位英国女士，一点法语也不懂。”

给人谈到的这位女士深信不疑，她比随便哪个外国人都强，忧患和危险也不能动摇她的这一信念；她双手抱在胸前露面了，用英语对她首先看见的复仇女说：“好，冒失鬼！我祝你好!”她又用英国派头对德发日太太哼了一下；但是她们俩对她都不大答理。

“这是她的孩子吗?”德发日太太第一次停下活计说，还拿毛线针指着小露茜，就像那是命运之神的手指一样。

“是的，太太，”劳瑞先生回答；“这是我们那可怜囚徒的宝贝女儿，是他唯一的孩子。”

伴随德发日太太和她同伴的阴影那么咄咄逼人，那么黑压压地落到孩子身上，使得她母亲本能地跪倒在她身旁的地上，把她搂在怀里。伴随德发日太太和她同伴的阴影似乎随后又咄咄逼人，黑压压地落到了母女两人身上。

“够了，我的丈夫，”德发日太太说。“我已经看见她们了。我们可以走了。”

但是这种藏而不露的态度之中，已经有了足够吓人的东西——不是明显可见的，而是模糊含蓄的——露茜不禁惊恐起来，一边伸出哀求的手抓住德发日太太的衣服，一边说：

“你对我那可怜的丈夫行行好吧。不要伤害他。要是能够的话，你会帮我见到他吧?”

“你丈夫不关我的事。”德发日太太完全不为所动，低头看着她回答道。“你父亲的女儿才是我在这儿要管的事。”

“那么看在我的分上，对我丈夫发发慈悲吧。看在我孩子的分上！她要合起双手来求你发发慈悲。我们对你比对其他那些人都更害怕。”

德发日太太把这话当作了赞美之词，并看了看她丈夫。德发日一直在不安地咬着大拇指指甲，两眼直盯着她，这时敛容正色，显得更加严厉了。

“你丈夫在那短信里都说了些什么?”德发日太太冷笑一声说道。“很有影响；他提到什么跟影响有关的话吗?”

“他说，我父亲，”露茜说着匆忙把那纸条从怀里掏出来，但她那惊恐的眼睛不是看着那纸条，而是看着向她发问的人，“对他周围的人有很大的影响。”

“肯定凭这个就会放了他!”德发日太太说。“随它去办吧!”

“我以一个妻子和母亲的身份请求你，”露茜极其真诚恳切地喊道，“可怜可怜我，不要运用你拥有的权力去反对我那无辜的丈夫，而是运用你的权力去帮助他。啾，姐妹，你也是女人，想想我吧。作为一个妻子和母亲!”

德发日太太仍然冷冷地看着这哀求的人，然后转过去对她的朋友复仇女说：

“从我们像这孩子这么大或是比她还小得多的时候起，我们一直都看到的妻子和母亲没有受到多少照顾吧？我们知道，她们的丈夫和父亲给下大狱，和她们活活拆散，这种事够多的吧？我们一辈子不是都看见我们妇女姐妹，她们自己和她们的孩子都在受穷，挨冻，没吃，没喝，害病，受苦，受各式各样的压迫，遭各式各样的轻贱吗?”

“别的，我们什么也没看见。”复仇女答道。

“这我们已经忍受了很长时间了，”德发日太太说着又把眼光转到露茜身上。“你评评理！一个做妻子和做母亲的，她一个人的烦恼，现在对我们又有多了不起的?”

她又织起她的毛线活来，走了出去。复仇女跟着。德发日最后走的，随手关上了门。

“要勇敢，我亲爱的露茜，”劳瑞先生把露茜扶起来的时候说，“要勇敢，勇敢！咱们到此为止一切都还顺利——比起许多可怜人最近的遭遇要好得多；打起精神来吧，从心里感谢上帝。”

“我希望，我不是不知感恩，可是那个可怕的女人好像投来一个阴影，罩住了我，也罩住了我的一切希望。”

“得了，得了!”劳瑞先生说，“在这勇敢的小胸怀里，怎么会这样灰心丧气呢？确实是个阴影！可是那里面并没有实在的东西，露茜。”

但是，尽管这么说，德发日夫妇那种态度的阴影也在他身上投下了一片黑暗，而且在他内心深处引起极大的烦乱不安。

第四章　风 暴 暂 息

马奈特大夫离开后，直到第四天早晨才回来。在这些可怕的日子里发生的事，只要能不让露茜知道就尽量不让她知道，对她隐瞒得那么紧，以致过了很久以后，她和法国又远远分开的时候，她才知道有一千一百名[①]手无寸铁的男女老少囚犯，给那些乌合之众杀害了；这四天四

① 据历史记载，这次屠杀的实际人数达966名。

夜给这一恐怖事件搅得昏天黑地；而她周围的空气也让这场屠杀败坏了。在那之前她仅仅知道，这些监狱遭到了袭击，所有政治犯都处于险境，有一些给乱哄哄的人群拖出去杀了。

马奈特大夫在要求劳瑞先生保密的条件下——其实这一点他用不着多说——告知他，一群乱哄哄的人带着他，穿过屠场般的街道，来到拉弗斯监狱。在监狱里，他看到一个自设的法庭正在开审，囚犯一个一个被带到法庭面前，而且很快就由它下令押出去杀掉，或是释放，或是(在少有的情况下)送回原来的牢房。给马奈特大夫引路的人把他带到这个法庭面前，他自报他的姓名和职业，曾经在巴士底狱未经审判而给秘密关押了十八年；法庭上这样审问他的那伙人当中，有一个人站起来为他证明，此人就是德发日。

于是他翻阅桌子上的花名册，查明他女婿是在活着的犯人之列，就极力请求法庭免他一死，予以释放，而这些法庭成员，有的睡着，有的醒着；有的因参与屠杀而身上沾满血迹，有的干干净净；有的醉了，有的清醒。于是，起初因为他是在已被推翻的制度下受过苦难、令人注目的人，大家对他狂热欢迎，对他表示赞同，要把夏尔·达奈带到这个无法无天的法庭上来受审。于是，在他似乎就要获得释放的当口，对他有利的趋势又遇到了某种毫无原由的阻滞(大夫感到莫名其妙)，他们就秘密交谈了几句。于是，那个坐在主席位置上的人接着又通知马奈特大夫，这个犯人还得继续监禁，不过，为了他的缘故，将被监禁在安全处所，不受侵犯。于是，随着一个信号，这个囚犯霎时又给带到监狱里面去了；但是，大夫本人随即强烈要求允许他留下，并由他自己来证实，他女婿并未由于蓄意暗算或是偶然失误而给送交大门外那些杀气腾腾的群众，他们的狂呼乱叫常常淹没审判的进程。他得到了允许，继续留在那“血腥厅堂”里，直到危险过去。

他在那儿间或吃点东西，偶尔打打盹，他所见所闻仍然不得为外人道。那种因为一些犯人获救而表现出来的狂喜，比起把一些犯人大卸四块所表现出来的残暴，几乎一样令他吃惊。他说，有一个犯人本来已经获得自由，他们放他上街，可是他走出去的时候，却让一个蛮子弄错了，用矛戳了一下。他们恳求马奈特大夫去给他包扎伤口。大夫从那同一扇大门走出去，发现他却给一伙撒马利亚人①抱在怀里，而这伙人又都坐在被他们杀害的那些人的尸体上。情景荒诞离奇，就像在这场可怕的噩梦中所出现的任何怪事一样，他们帮助这位郎中，对这受伤的人百般温存，无微不至，还给他做了一副担架，小心护送他离开现场，然后又抓起他们的兵器，重新投入那可怕的屠杀之中，吓得大夫用双手蒙住眼睛，当场晕厥。

劳瑞先生听着这些机密的话，看着他朋友已经六十二岁的那张脸，一种担心油然而生，他怕这样恐怖的经历会使他旧病复发。不过，他还从来没有看到过他的朋友现在这种样子，他根本一点也不了解他的朋友现在这种性格。现在大夫第一次感觉到，他受的苦难成了力量和权威。他第一次感觉到，在那熊熊烈火之中，他已慢慢锻造成铁，能打开他女儿丈夫的狱门，把他放出来。“事情都在向好的结果发展，我的朋友；我过去并不完全是浪费时间，白白受罪。因为我心爱的孩子在我起死回生当中发挥了作用，我现在也要在她最亲爱的人的起死回生当中发挥作用；我要在上苍的帮助之下做成这件事！”马奈特大夫就是这样说的。在劳瑞先生看来，这个人的生命仿佛钟表一样，在停止转动了那么多年之后，又继续走动起来，发挥出在那废弃停摆期间蛰伏蕴蓄的精力，他看到这个人发光的眼神，坚决的面容，镇静有力的态度和神情，于是相信了他的话。

即使有什么难题，比大夫此刻所全力以赴的事情更大，在他那不屈不挠的意志面前，也得低头让步。以他自己所处的这种地位，身为一位

① 撒马利亚为古代巴勒斯坦一地区。据《圣经·新约·路加福音》记述，有一撒马利亚人以乐善好施著称。

内科医生，要和各色人等打交道，囚禁的也罢，自由的也罢；富有的也罢，贫穷的也罢；好人也罢，坏人也罢，他聪明机智地运用他个人的影响，所以他不久就成了给三个监狱巡查看病的医生，拉弗斯监狱也包括在内。他现在可以使露茜确信，她丈夫不再单独禁闭，而是和一般囚犯混在一起了；他每周见她丈夫一次，并给她带回直接从他口中说出的温存口信；有时她丈夫本人也写封信给她（不过并不经大夫之手），但是不许她给他写信；因为他们毫无根据地猜疑犯人策划种种阴谋诡计，而种种猜疑当中最漫无根据的一种就集中在那些逃亡贵族身上，因为人们知道，他们在国外有朋友或建立了长期的联系。

大夫的这种新生活无疑是一种焦虑不安的生活；然而精明的劳瑞先生看得出，有一种新产生的得意在支撑着他。这种得意没有什么不得体的成分。这是出之自然、十分可贵的得意；但劳瑞先生则将它视为稀罕之物。大夫知道，直到这个时候，他女儿和他这位朋友，一直都把他坐过牢同他个人吃尽苦头、丧失一切和身体衰弱联想在一起。而现在情况变了，他知道，他经受过的往日的苦难使他获得了力量，他们两人都盼望着，这力量会使夏尔终于能安然无恙并且获得释放，这种变化使他非常兴奋，使他担负起带头指引的责任，并要求他们作为弱者，要相信他是强者。随后他和露茜之间的地位，相互调换了过来，不过也只有那最热烈的感激和情爱，才能调转他们，因为她对他曾经尽过那样多的力量，他要是不对她也尽一些力量，他就无以自豪。“一切看起来都令人莫名其妙，”劳瑞先生以他那温厚而又精明的方式思量，“可是一切又都自然合理；那么，我亲爱的朋友，你就带头吧，还要继续下去；再也找不到比这更好的一把手了。”

不过，虽然大夫尽心竭力，而且始终不懈，想使夏尔·达奈获得自由，或起码使他得到出庭受审的机会，但时势潮流对他来说的确是过于强大迅猛了。新纪元开始了；国王受到审判，判定死罪，处以斩首；那不自由、平等、博爱毋宁死的共和国宣布以武装对付全世界，不成功即成仁；黑色的大旗[1]昼夜飘扬在圣母院一座座高塔上，三十万人应召而来反抗地球上的各国暴君，他们从法国全国各地奋起，像是遍地播种的龙牙[2]，在山丘和平原，在山岩、沙地和冲积河滩，在阳光灿烂的南方和阴云密布的北方，在岗峦和森林，在葡萄园和橄榄丛，在收割的牧草和残留的庄稼之间，沿着那些宽阔河流物产丰富的两岸，在海边的沙滩，到处都同样结出果实。有什么个人私情能够抵挡“自由元年”的这场洪水——这从地下一拥而上，并非从天上倾泻而下的洪水，而且天上的窗户全都关闭，无一敞开[3]！

没有停歇，没有怜惜，没有和平，没有片刻的缓冲休息，没有时间的度量。虽然日日夜夜按部就班周而复始，像混沌初开的时候一样，一日晨昏也像开初那天一样[4]，但并没有其他的计时方法。全国人民处于癫狂的状态，对时间的掌握也消失了，正像一个病人在发烧的时候那样。一会儿，刽子手向人民展示国王的头，打破了这座城市反常的沉默——一会儿，几乎就在同时，又展示了他那姣好妻子的头，经过八个月监禁寡居而又饱受苦难，她的头发已变成灰白的了。

而且遵循从所有这些事件当中引出的那令人不解的矛盾规律，时光虽在飞逝，却又显得漫长。首都成立了一个革命法庭，全国各地产生了四五万个革命委员会；颁布了一项惩处嫌疑犯的法律，把自由或生命的一切保障都扫荡无遗，把一个善良无辜的人随便送到一个邪恶有罪的人手中；监狱把没有犯罪而又申诉无门的人，狼吞虎咽进去；这些事情成

---

① 表示国难当头。

② 典出自希腊神话：腓尼基王子卡德摩斯受神示建忒拜城，但该地原有巨龙把守，卡德摩斯战胜巨龙，拔下龙牙，播种于地，遂生出许多武士，他们相互厮杀，最后只剩五人，帮助卡德摩斯逐渐将城建成。

③ 《圣经·旧约·创世记》第7章第6—11节云：“洪水泛滥的时候，……大渊的泉源都裂开了，天上的窗户也敞开了。”

④ 《圣经·旧约·创世记》第1章第5节云：“神称光为昼，称暗为夜。有晚上，有早晨，这是头一日。”

为约定俗成的秩序和道理，它们产生还不过几个星期，似乎就成了旧章古制，更有甚者，一个令人毛骨悚然的形象，似乎早在开天辟地以来就已身处众目睽睽之下，而为大家习以为常了，这就是那个名叫吉洛汀的厉害女性。

它是大家谈笑的话题；它是治疗头疼的妙方；它能有效地防止头发变成灰白；它使面容青春永驻；它是能剃得干净利落的国家剃刀，这就是说，不管谁吻吉洛汀女士，从小窗口望过去，咔嚓一声，就会掉进口袋①里去，它是人类再生的标志。它代替了十字架。它的模型给戴在胸前，而胸前原来的十字架则已经摘掉了。它就在那些否定了十字架的地方受人膜拜，让人信奉。

它砍下的头太多了，所以它，还有那被它污染最甚的土地，都变成带血腥味的一片殷红。它给拆成一块一块，像给小魔鬼玩的玩具拼板，在时机需要的时候又拼在一起。它使雄辩滔滔的人沉默无声，把权威赫赫的人打倒在地，它使美丽善良的人消踪灭迹。二十二个社会地位很高的朋友，二十一个活的加上一个死的，在一个早晨，在二十多分钟之内，它就把他们的头全砍了下来②。《圣经·旧约》中那个力士③的名字已经传给了操纵它的首要官吏；但是，他武装得那样精良，比他那同名的人更为有力，也更为鲁莽，而且日复一日拆除上帝天庭的大门。

在这些恐怖和从这些恐怖中滋生出来的那伙人中间，马奈特大大稳健行事；确信自己的能力，谨慎坚持自己的目标，从不怀疑终将救出露茜的丈夫。但是时势发展得那样迅猛深入，并使光阴那样无情地流逝，

---

① 断头台形似一方形窗框，上框装活动铡刀，下备口袋，盛铡下的人头。

② 托姆斯·卡莱尔所著《法兰西革命》第8章对此22人被杀的史实有专章记载。

③ 指参孙，为杀人如麻的大力士，是以色列人受天喻而生之子，膂力为上帝所赐，受神护佑。迦萨人曾将他围住，在城门守候，以便伺机杀害。他则将城门的门框、门扇、门闩一齐拆除。法国革命时主要刽子手名三孙（Sanson），与参孙（Samson）名字相近。此人曾亲自行刑，砍去法王路易十六和王后的头。

转瞬间夏尔·达奈已经在狱中蹲了一年零三个月，而在此期间，大夫一直是那样稳健自信。在那年的十二月里，革命已经变得更加险恶、狂乱，甚至南方的河流都让夜间强行抛入水中而淹死的尸体堵塞了，囚犯也给排成方阵行列而枪杀在南方冬季的阳光之下。大夫一直还是稳健地在这些恐怖分子中间行事。那时候在巴黎，没有人比他更出名，没有人处境比他更奇特。他是一个置身局外的人，不声不响，慈悲为怀，责无旁贷地在医院和监狱里利用自己的医术，一视同仁地对待杀人的和被杀的。在他运用自己的技术当中，这位巴士底狱囚徒的外表和身世，使他远离了所有其他的人，他没有遭到怀疑或是受到审问，仿佛他确实是在十八年前起死回生了，或者是一个往来于芸芸众生中的圣灵。

第五章　锯 木 嚓 嚓

一年零三个月。在整个这段时间里，露西时时刻刻感到心中无数，不知那位吉洛汀女士会不会在明天就把她丈夫的头切下来。现在每天都有囚车满载判了死刑的人，沉重地颠簸着穿过高低不平的铺石路面大街。美丽可爱的姑娘；光彩照人的妇女，棕头发的，黑头发的，灰头发的；青年男子；魁梧男子和老人，高贵出身和庄户出身的，都成了吉洛汀女士的红葡萄酒，每日从那些令人生厌的监狱里黑暗的牢房中带到阳光下，穿街过巷运到她那里去满足她那如饥似渴的贪婪欲望。不实现自由、平等、博爱毋宁死；这最后一个字是最易赏赐的恩典啦，噢！吉洛汀女士！

如果说从天而降的弥天大祸和风驰电掣的时代巨轮，把医生的女儿吓得晕头转向、陷入无所事事的绝望等待之中，她这种遭遇也不过是同其他许多人的遭遇一样罢了。但是自从她在圣安东区阁楼里把那白发苍苍的头捧在她青春焕发的怀中，她一直恪尽孝道。而在这些经受考验的日子，她也一直恪尽孝道，正如一切默默的忠诚善良的人一直做的那样。

他们刚刚在新寓所安顿下来，她父亲刚刚投入他那个行当的日常工作，她立刻就把她那小小的家庭安排起来，就像她丈夫也在那里一样。每样东西都有确定的地方和每件事都有确定的时间。她按部就班地教小露茜，就像他们在英国全家团聚的时候一样。她施用种种小计欺骗自己，表示相信他们不久就会重新团聚，诸如为他迅速归来做些小小的准备，把他的椅子和书放在旁边等等。这些，还有特为身陷囹圄惨遭不幸、命在旦夕的许多灵魂之中那一个亲爱的囚徒在夜间做的庄严祈祷，几乎成了她那沉重心情仅有的宣泄排解。

她外表上并没有很大改观。她和孩子穿的家常黑长袍，近似丧服，就像在快乐时日穿的鲜亮衣服一样整齐洁净。她脸上红润的颜色消失了，往常那种凝神专注的表情成了经常存在而非偶尔出现的东西。但除此之外，她仍然非常漂亮雅致。有时候，她在晚上吻她父亲的时候，常把整个白天压抑着的烦恼统统倾泻出来，常说他是这个世界上她唯一的依靠。他总是斩钉截铁地回答："他决不会在我不知道的情况下发生任何事情，而且我知道我能救他，露茜。"

他们这种今非昔比的生活还没过许多星期，她父亲一天傍晚回到家里对她说：

"我亲爱的，监狱那儿有一个高窗户，下午三点有时候夏尔能想法到那里去。他要是能到那儿——这得靠许多难以确定的情况和偶然机会——他觉得，如果你站在我能指给你看的一个特定地点，他就可以看见你在街上了。可是我可怜的孩子，你可别想能看见他，而且即使你能看见他，你要是显出一点儿认出他的样子来，那对你也是很不安全的。"

"哦，我的父亲，把那地方告诉我，我要每天都到那儿去。"

从这时起，不管什么天气，她都在那儿等两小时。钟打两下的时候，她就到了那儿，四点的时候，她才无可奈何地离开。天气不太潮湿或不太恶劣她能带着孩子的时候，她们就一起去；其他时候她就单独去；不过，她从没有错过一天。

那地方是一条蜿蜒曲折的小街上一个又暗又脏的拐角，街尽头唯一的房子是一座把木头锯成劈柴的工棚；其他地方都是墙。她去那儿的第三天，那个锯木工就注意到她了。

"日安，女公民。"

"日安，公民。"

这种打招呼的方式此时已经成了法定之规。这本来是不久以前那些更彻底的爱国者当中自发形成的；而此时却成了人人必须遵守的法规。

"又在这儿溜达呢，女公民。"

"你不是看见了吗，公民!"

这锯木工是个说起话来手舞足蹈的小个子(他过去是修路工)，他朝监狱那边看了一眼，指指监狱，又用十个手指伸在眼前表示栏杆，从后面很滑稽地偷偷往外看。

"不过这不关我的事，"他说，然后又去锯他的劈柴。

第二天，他探头张望等着她来，她一露面，他就凑上去和她搭话。

"嚯，又在这儿溜达，女公民?"

"是呀，公民。"

"啊，还有个孩子！这是你母亲，是不是，我的小女公民?"

"我说是吗，妈妈?"小露茜靠近她母亲身旁悄悄问。

"说吧，最亲爱的。"

"是，公民。"

"啊，不过这不关我的事。我的活儿才是我要关心的。看我的锯！我管它叫我的小吉洛汀。嚓，嚓，嚓；嚓，嚓，嚓！然后他的头就掉下来了。"

那块劈柴应声掉了下来，他把它扔进一个筐子。

“我管我自己也叫参孙，掌管断劈柴的吉洛汀。再看这儿！嚓，嚓，嚓；嚓，嚓，嚓！然后她的头掉下来了！现在，是个小孩儿。叽嘚，叽嘚；嘎嗒，嘎嗒，他的头掉下来了。全家人都完了。”

他又把两块劈柴扔进筐里，这时候露茜浑身直哆嗦，但是锯木工干活儿的时候，到那儿去而不让他看见是不可能的。从此以后，为了博得他的好感，露茜总是先对他说话，而且常给他酒钱，他都欣然接受了。

他是一个喜欢刨根问底的家伙，而且有时她盯着监狱的房顶和铁栏杆，一心向往她丈夫，把这个人差不多完全忘了的时候，她会猛醒过来，发现他正盯着她，单腿跪在板凳上，锯也停下了。“可是这不关我的事！”在这种时候，他通常都这样说，随后又干劲十足，躬身锯他的木头去了。

不管什么天气，冒着冬天的霜雪，迎着春天的寒风，顶着夏天的烈日，淋着秋天的苦雨，然后又冒着冬天的霜雪，露茜每天在这地方挨过两个小时，而且每天离开这儿的时候，还吻那监狱大墙。可每五六次当中只有一次，她丈夫看得见她。这是她从她父亲那儿听说的。可能连续有两次或三次都看见；也许整整一两个星期都没有看见。在机会凑巧的时候，他能够而且确实看见了她，这就足够了，而且为了有这种可能性，她可以一周七日天天等，等整整一天。

她做着这样一些事情，不觉又到了十一月。在这段时期，她父亲稳健地在那些恐怖分子中间行事。一天下午，下着小雪，她来到了她老去的那个拐角。那是一个什么狂欢的日子，又是个节日。她一路走着，看到家家户户都插着小标枪，枪尖上挑着小红帽儿；还有三色彩带；还有标语(最喜欢用的也是那三种颜色)“统一不可分割的共和国”，“不实现自由、平等、博爱毋宁死！”

那间寒酸的劈柴铺太小了，所以它的整个墙面也没有那么大的地方来很好地容纳这种标语。他请了什么人替他把标语胡乱涂上，不过那个人费了很大劲才把最后那个“死”字挤上去。在他的房顶上，他亮出了标枪和红帽子，这是作为好公民必须做的事，在窗口，他放着他的锯，上边标明是他的“小圣吉洛汀”——在那个时候，这个非常厉害的女性被普遍尊为圣徒。他的铺子关了，他没在那儿。这样露茜就感到轻松了，只剩下她静静的一个人。

但是他并未走远，因为她立刻就听到一阵骚乱和喊声一路传过来，让她满怀恐惧。过了一会儿，一群人拥到了监狱大墙旁边的拐角，在人群中间，锯木工和复仇女手拉着手。他们可能不下五百人，他们正在跳舞，就像是五千个魔鬼一般。除了他们自己唱的歌以外，没有别的音乐。他们边唱着流行的革命歌曲边跳舞，踏着一种恶狠狠的节拍，像是协同一致在咬牙切齿。男的和女的一起跳，女的和女的一起跳，男的和男的一起跳，都是胡乱碰巧凑的对儿。起初，他们还只是一阵粗鄙的红帽子和粗鄙的破衣烂衫在狂飞乱舞；可是等他们塞满了这块地方，停下来围着露茜跳的时候，他们中间升起了一个疯狂跳舞形象的阴森可怖的鬼影。他们一会儿进，一会儿退，互相拍手，互相抱头，单人旋转，相互拥抱成对旋转，一直转到很多人倒下。这些人倒下了，其他人手拉着手，都一起打转；随后圈子散了，分成两个人和四个人的小圈，他们转了又转，最后突然一起停住，然后又开始了，拍手，拥抱，又甩开，然后倒转方向转，接着全体都向另一个方向转。突然，他们又停住了，呆了一会儿，又重新打起拍子，排成路面那样宽的一行行队伍，垂着头，举起手，尖声叫着向前扑去。任何战斗也没有这样子跳舞的一半那么可怕。这是那么强烈表现的一种堕落的耍闹——本来是纯洁无瑕的东西，最后完全变成了恶作剧——一种健康的消遣，却变成了使血液狂奔，使意识迷惘，使心硬如铁的手段。这类活动之中本来明显可见的文雅优美，反而使它变得更为丑恶难看，这说明一切原本善良美好的事物，会变得多么扭曲反常。处子面对此情此景袒胸露怀，美好稚气的头脑如此疯狂错乱，纤巧美丽的玉趾在血污泥泞中轻移缓步，这些都是这个颠倒混乱时代深具特色的一点一斑。

这就是卡马尼奥拉[①]。等它过去了，只剩下露茜在锯木工的门口胆战心惊，不知所措。轻柔的雪花静悄悄地飘落下来，铺在地上，仿佛从来没有这样洁白、这样柔软。

“啾，我的父亲!”她抬起刚才暂时用手蒙着的眼睛，看到父亲就站在面前，“这么残忍恶劣的场面。”

“我知道，我亲爱的，我知道。我已经见过很多次了。别害怕，他们谁也不会伤害你。”

“我不是为我自己害怕，我的父亲。可是我一想到我丈夫，而这些人的慈悲——”

“我们很快就让他摆脱他们的慈悲了。我刚才离开的时候，他爬到了那扇窗户上，我来告诉你。这儿没有一个人看见你。你可以朝最高的那个带遮阳的屋顶吻你的手。”

“我就这样做，父亲，我把我的灵魂也随着这个吻一块儿送给他!”

“你看不见他吧，我可怜的宝贝?”

“看不见，父亲，”露茜一边吻手，一边满怀着思念之情，抽抽搭搭地说，“看不见。”

雪地里一阵脚步声。是德发日太太。“我向你致敬，女公民，”大夫说。“我向你致敬，公民。”这是顺口说出，如此而已。德发日太太过去了，像个黑影掠过雪白的道路。

“把你的胳臂给我，我亲爱的。带着高兴勇敢的神气从这里走过去，为了他。”他们这时已离开那块地方，“做得很好，这不会是徒劳无功的。夏尔明天要受审了。”

“明天!”

---

① 最先为18世纪一个法国人自皮埃蒙德(意大利北部)引进的一种服装。革命党人也穿这种服装，于是它又用于这些人和他们表演的歌舞，特别在行刑时，表演更加狂热。

“没有时间好耽误了，我已经做好了准备，但是还要采取一些措施以防万一，这要等到他真正被传到法庭受审的时候才能采取。他还没得到通知，但是我知道明天就要传他受审，并且还要把他挪到附属监狱[①]去；我及时得到了消息。你不害怕吧?”

她仅仅能回答一句：“我信赖你。”

“就这样，要绝对信赖。你那种挂肚牵肠的日子就要到头了，我的宝贝；再过几个小时，他就要回到你身边来了。我已经在他周围设置了各种保护办法。我得去见劳瑞。”

他站住了。传来一阵隆隆作响的车轮声。他们俩都清楚地知道，这意味着什么。一，二，三。三辆死刑囚车载着它们那吓人的负载在雪地上驶过，那积雪使车声减低了。

“我得去见劳瑞，”大夫又说了一遍，带她拐向另一条路。

这位坚贞不渝的老先生还在他的银行里；他一直没有离开那儿。为已经充公收归国有的财产：经常需要找他和他那些账簿来进行查对。凡是他能为财产所有者保住的东西，他都保住。没有谁能比他把台鲁森银行拥有的东西守得更紧，而且能更好地保持缄默了。

阴暗的天空红中透黄，还有那蒙蒙雾气从塞纳河升起，这说明黑夜来临了。他们到达银行的时候，已经差不多天黑了。那个大人物气派宏伟的府邸已经整个荒废毁损。院中一堆脏土和火灰上面，写着这样的字样：“国有财产”、“统一不可分割的共和国”、“不实现自由、平等、博爱毋宁死”。

和劳瑞先生呆在一起的那个避而不见的人——那件搭在椅子上的骑装的主人——究竟是谁呢？劳瑞先生是从怎样一个新来的人那里走出来，激动而又惊讶地把他心爱的人抱在怀里呢？他提高嗓门，扭过头去对着他刚才出来的那扇门，看来像是重复露茜那颤抖着说出的话：“挪

---

① 法国革命时期巴黎裁判所附属的监狱，犯人受审前从正式监狱提至此处候审。

到了附属监狱，传讯明天受审。”这话又是对谁说的呢？

第六章　凯旋而归

五名法官、一名检察官和一个意志坚决的陪审团，组成了令人生畏的法庭①，它每天开庭。他们的提审名单每天晚上提出，并由各个监狱的狱吏念给他们的犯人听。监狱里有一句常说的玩笑话：“里面的人，出来听念晚报吧！”

“夏尔·埃弗瑞蒙德，又姓达奈！”

到底，在拉弗斯监狱开始读晚报了。

每念一个名字的时候，叫这名字的人就走出来，站到一个为那些宣布列入生死簿的人准备的地方。夏尔·埃弗瑞蒙德，又姓达奈，当然懂得这是做什么；他已经眼见成百成百的人这样消失了。

那个浮肿的狱吏读名单的时候戴着眼镜，他扫了犯人一眼，让自己确实相信，那个被点了名的人已经站在他该站的地方，然后一直点下去，每点一个停顿一下。共有二十三名，可是只有二十个人应声；原来，有一个被叫到的犯人已经死在狱中，给人忘了，还有两个已经上了吉洛汀，也给人忘了。点名的地方就在夏尔刚到那天夜里看见大群犯人的那个穹顶屋子里。所有那些人都已经死于那场大屠杀。他曾经关注过然后又告别了的每一个活生生的人，都已经死在断头台上了。

大家匆匆话别，说一些友好祝愿，但告别很快就过去了。这是每天都发生的事情，而那天晚上拉弗斯监狱里的人本来准备好要做罚物游戏和开小型音乐会的。他们聚在铁栅栏前流泪；不过，原来计划好的娱乐活动中的二十个空缺位置却要重新填补，而且不管怎么说，时间很短，

---

① 此法庭除法官和检察官外，还有由巴黎市民组成的常设陪审团，法庭审判采取口头表决判案的形式，一经判决不得上诉。

马上就要到锁门时间了，那些公共休息室和走廊就得交给那些整夜不停警戒的大狗看守了。这些犯人并非麻木不仁、冷酷无情；他们的这种方式是时势环境使然。同样，尽管有细微的不同，尽人皆知，某种狂热和陶醉毫无疑问也使一些人不必要地勇敢起来面对吉洛汀，并做了它的刀下鬼，这不仅仅是由于傲慢自负，而且还是受到民众的疯狂头脑的感染而出现的疯狂行为。在传染病流行的季节，它对我们有些人会有一种看不见也说不明的吸引力——一种准备死于此病的胆战心惊、一闪而过的念头。而且我们所有的人都有同样奇怪的想法闷在心里，只在必要的情况下才会倾吐。

通往法庭附属监狱的路又短又黑，而在它那到处都是跳蚤虱子的牢房里，那一夜则又长又冷。次日，在传唤夏尔·达奈的名字以前，有十五个人给叫到被告席上。十五个人全都被判处死刑，而整个审判只用了一个半小时。

“夏尔·埃弗瑞蒙德，又姓达奈！”终于传讯了。

审问他的那些法官坐在审判席上，头戴有羽饰的帽子；但是除了他们之外，所有人头上戴的都是粗劣的红帽子和三色徽。看着陪审团和乱哄哄的旁听席，他很可能会想到，这是是非颠倒，是罪大恶极的人在审问老实正直的人。这个城市里最下流、最残忍、最恶劣的居民，从来也没有摆脱他们那些下流、残忍、恶劣的品性，这时却成了这种场面中的主导人物：闹嚷嚷地对审判结果评头品足，或高声喝彩，或表示反对，或提出预测，推波助澜，无拘无束。男人当中，大多数人都以各种各样的方式武装起来；女人当中，有的挎着刀，有的带着匕首，有的一边冷眼旁观一边又吃又喝，还有很多在织毛线活。织毛线活的女人当中，有一个在织的时候，还把另外一块夹在腋下。她坐在前排，在一个男人旁边，此人夏尔·达奈自从在到达关卡时见过一面以后，还一直没有见过，不过他还是一下子就想起来，他是德发日。他注意到那女的有一两次和德发日咬耳朵，而且她像是他的妻子；不过他在这两个人身上最注意的还是，虽然他们尽量呆在靠近他的地方，但却从不朝他望上一眼。他们仿佛在死死地等待什么东西，而且一直盯着陪审团，别的什么东西也不看。在首席法官下面，坐着马奈特大夫，穿着他平时穿的普通衣服。就这犯人所能看到的而论，大夫和劳瑞先生是那儿仅有的两个和法院没有瓜葛的人，而且穿的是普通衣服，没有接受卡马尼奥拉式的粗劣服装。

夏尔·埃弗瑞蒙德，又姓达奈，被检察官指控为逃亡贵族，根据那项把所有逃亡贵族处死的法令，他的生命已经被共和国褫夺。这项法令颁布的日期，是在他回到法国以后，但是这无关紧要。他到了，这法令也有了；他在法国被抓着，所以就要他的脑袋了。

“砍下他的头来！”听众喊着。“是个共和国的敌人！”

首席法官摇铃让喊叫的人肃静下来，并问犯人：他是不是真的在英国住了很多年？

毫无疑问是这样的。

那他难道还不是逃亡贵族？他管他自己叫什么？

他认为从法律的意义和精神实质上说，他不是。

为什么不是？首席法官急于要知晓。

因为早在逃亡贵族这个词被法庭像现在这样应用以前，他就自愿放弃了他所厌恶的那个头衔和他所厌恶的爵位，而且早已离开祖国，靠自己的辛勤劳动在英国生活；而不是靠负担过重的法国人民的辛勤劳动为生了。

他有什么这方面的证据？

他提出了两个证人的名字：泰奥菲尔·加贝尔和亚历山大·马奈特。

可是，他不是在英国娶亲了吗？首席法官提醒他。

确实如此，但娶的并非英国女子。

是法国女公民吗？

是，生来就是法国人。

她的姓名和家世？

“露茜·马奈特，坐在那儿的那位好大夫马奈特的独生女。”

这一回答在听众中产生了一种愉快的效应。对尽人皆知的好大夫的高声欢呼响彻法庭。这些人是那样喜怒无常，有几张严厉、凶恶的面容刚才还在对犯人怒目而视，仿佛迫不及待地要把他揪到街上弄死，一眨眼工夫就涕泗滂沱了。

夏尔·达奈在他那险峻旅程中走的这几步路，完全是遵循马奈特大夫的反复指导一步步行事的。这同样谨慎的忠告也指导着他走眼前的每一步，而且给他铺好了他路途中的每一寸路。

首席法官问他，他为什么现在才回法国，而不早点儿呢？

他没有早点儿回来，他回答说，只是因为在法国，除了他已经放弃的那些生活来源，他无以为生；而在英国，他靠教授法国语言和法国文学为生。他现在回来是应一个法国公民急切的书面请求，那人表示，达奈如果不回来，他就有生命危险。他已经回来了，来救一个公民的命，要不管个人安危，负责给他作证明，说明真相。难道这在共和国心目中就是犯罪吗？

民众热情洋溢地喊道：“不是！”于是首席法官摇铃要他们肃静。他们并未肃静，因为他们继续喊着：“不是！”直到他们自己心甘情愿停下来才罢。

首席法官问那个公民姓甚名谁。被告说明，那个公民就是他的头一个证人。他还很有把握地提到那个公民写的信，这封信已经在城门口从他手里给拿走了，但是他想，从此时放在首席法官面前的那些文件当中毫无疑问可以找到它。

马奈特大夫事先已经关照过，把那封信放在那里，而且向他担保，那封信会在那里，审讯进展到这个阶段，于是就把信拿出来读了。加贝尔公民给传上来证实这点，而且也这样证实了。加贝尔公民无限婉转客气地暗示，法院由于有大量共和国的敌人要处理，公务繁忙，致使他在修道院监狱稍受忽略，未蒙垂顾——事实上可以说，已被法庭的爱国者忘得一干二净——直到三天前，他才受传出庭，并当场获释，陪审团宣布，他们很感满意，由于埃弗瑞蒙德，又姓达奈，业已投案，就他本人而论，对他的起诉业已结案。

下一个传讯的是马奈特大夫，他个人名望极高，回答问题干净利落，给人印象很深；他接下去说明，被告是他本人经过长期监禁获释后的第一个朋友；被告一直居留在英国，对流亡中的他女儿和他自己忠贞不渝；他根本没有受到那里的贵族政府①的宠爱，实际上还曾经被它当作英国的敌人和美国的朋友审判，几乎被判处死刑。他摆出这种种情况，说得那样细致周到，那样真切诚实，直截了当，具有说服力，陪审团和民众于是意见完全一致了。最后他提出劳瑞先生的名字，这位英国绅士当时也在场，同他一样也曾经在英国那场审判中出席作证，可以证实他对那件事的陈述，然而陪审团宣布，他们已经听够了，如果首席法官同意，他们准备表决。

陪审员是挨个大声说出意见进行口头表决的，每一位陪审员表示了意见，民众就发出一阵热烈欢呼。所有的声音都是支持犯人的，于是首席法官宣布他自由了。

然后，又开始了那种不同凡响的场面，民众有时是用它来满足自己随心所欲、变化无常的愿望，有时是为了满足他们那慷慨慈悲的较为善良的冲动，有时是为了抵消他们那残酷的暴怒行为所欠下的巨大亏空。这时没有人能够说清这种种不同寻常的场面究竟归因于其中的哪一种动机；也许其中混杂着全部这三种动机，而以那第二种占统治地位。无罪获释的宣判刚一发出，大家的眼泪就像其他时候流血一样肆意流淌，而

---

① 指当时的英国政府，当时法国革命政权与英国政府处于敌对状态，英国曾多次出面武装干涉法国革命。

且男男女女只要能冲到犯人跟前，都对他投以友好的拥抱，而他经过长期有损健康的监禁后，精疲力竭，此刻真有昏倒的危险；尽管如此，他心里仍一清二楚，就是这同一些人，让另外一股潮流卷载，也会以同样巨大的力量冲向他，把他撕得粉碎，并撒到大街上去。

他挪了地方，给就要受审的其他被告犯人让位，这才使他暂时免受那些拥抱。下面是五个人一起作为共和国的敌人受审，因为他们没有以语言或行动帮助共和国。法庭很快就补偿了它本身和国家所失掉的一次机会，所以这五个人还没等他离开这地方就跟着他下来了，他们被判了死刑，在二十四小时内执行。那头一个人这样告诉他，还用了狱中惯用的死刑标志——举起一个食指——而且他们还都加上了一句话："共和国万岁!"

这五个人确实没有听众去拖延他们案子的审讯过程，因为达奈和马奈特大夫在大门口出现的时候，那里聚了一大群人，其中似乎有达奈在法庭上见过的每一张面孔——只有两张，他找了一遍，没有找着。他一路走出去，人群又重新围拢过来，哭泣，拥抱，叫喊，大家轮番进行，大家也同时进行，直到那条他们在其岸边演出疯狂戏剧场面的河流，也像岸上的人一样，波涛汹涌，仿佛发疯了，才算罢休。

他们把他放在他们手头现有的一把大椅子里，那是刚才他们从法庭里，或是从法庭的哪一间屋子里，要不就是从走廊上搬来的。他们还在椅子上边铺了一面红旗，椅子背上绑着一杆标枪，枪头上挑着一顶红帽子，甚至大夫的恳求也无法阻止大家把他放在这辆凯旋车里扛回家去，他周围还有红帽子的海洋翻滚沸腾，而从那狂风恶浪的海洋深处浮现出来的那些面孔，像遇难船似地残损不堪，这使他不止一次地疑惑，他自己的神经是不是错乱了，他是不是在囚车里往吉洛汀那儿走。

在这噩梦一般的游行中，他们一路上扛着他，遇到人就拥抱，还把他指给他们看。他们穿街过巷迤逦前进，积雪的大街给这共和国流行的颜色染红了，就像他们曾经在这些街道的积雪下面染过更深的颜色一样，他们就这样把他扛到了他所住的那幢楼房的院子里。她父亲已经先回去了，去让她做好准备，等她丈夫的脚刚刚落地，她就倒在他怀里失去了知觉。

他把她抱在胸前，把她美丽的头转过来，脸对着他，背对着喧闹的人群，这样他的眼泪和她的嘴唇凑到一起就可以不给人看见了。这时候，有几个人跳起舞来了。一眨眼之间，所有其余的人都跳起舞来了，于是院内到处都是卡马尼奥拉歌舞。随后，他们从人群里抬出一个年轻女人，放在那把空椅子里当作“自由女神”，然后就汹涌奔流而去，涌到邻近的街上，沿着河岸，溢过桥梁，这卡马尼奥拉吸引了每一个人，并将他们席卷而去。

大夫以胜利者的姿态得意扬扬地站在他面前，他和他握了手；劳瑞先生从那卡马尼奥拉的洪流中挣扎过来，气都喘不上来了，他和他握了手；小露茜给举起来，双臂搂着他的脖子，他亲吻了她；永远热心忠诚的普若斯举着小露茜，他拥抱了她；然后，他抱起妻子，把她送到楼上他们的屋子里。

“露茜！我的亲亲！我平安无事了。”

“啾，最亲爱的夏尔，我向上帝祈祷过，让我为这个跪着感谢他。”

他们都虔诚地低头倾心祈祷。等她又在他怀里的时候，他对她说：

“现在去对你父亲说，最亲爱的。在整个法兰西，没有另外一个人能够做出他为我做的这些事。”

她把她的头靠在她父亲胸前，就像很久很久以前她把他那可怜的头放在她的胸前那样。他因为已经回报了她而高兴，他受的苦已经得到了补偿，他以自己的力量而自豪。“你不应该脆弱，我的宝贝，”他劝慰道，“不要这样哆嗦。我已经把他救出来了。”

第七章 有人敲门①

“我已经把他救出来了。”她常常梦见他回来，但这一次不是又在做梦；他真在这儿。而且他妻子还在哆嗦，一种模糊不清但却十分沉重的恐怖仍然压着她。

气氛到处都那么混浊，阴暗，人们的复仇情绪那么强烈又那么反复无常，清白无辜的人常常由于隐隐约约的猜疑和个人之间的恩怨，就不断给处死。许多像她丈夫一样无可指责的人，对其亲人也像他对她一样宝贵的人，每天遭到他刚刚摆脱的那种命运，要想忘掉这种情况，简直是不可能的，因此她无法把心中的负担减轻到她本该感觉到的那么轻松。冬日午后的阴影开始降临了，甚至这种时候，那可怕的大车还在街上滚滚而过。她的心追随着这些囚车，在那些死刑犯当中寻觅他，然后她更紧地搂住他这个真正的实体，更厉害地哆嗦起来了。

她父亲鼓励她，对这种女人的软弱性显出一种极富同情的优越感，令人叹为观止。如今，没有阁楼了，没有做鞋了，没有北楼一百零五号了！他已经完成了他赋予自己的任务，他已经实践了诺言，他已经救出了夏尔，让他们都依靠他吧。

他们持家是很节俭的，不仅因为这是一种万全的生活方式，可以尽量少受别人忌恨，而且也因为他们并不富裕，夏尔在整个监禁期间，要为他的恶劣饮食付出昂贵的价钱，又得供奉看守，还要帮助那些更可怜的囚犯活命，花费很大。一部分是出于节俭，一部分是出于避免内奸，

① 莎士比亚的《麦克白》中，麦克白弑君后曾听到敲门声，并因此而增加了恐怖感。英国19世纪著名文学批评家德·昆西(1785—1859)曾著专文评论这一情节，遂使此敲门声成为英国文学上著名的敲门声。狄更斯以敲门作为此章标题，或许也有渲染气氛的用意。

他们一直没有雇用仆人。在院子里作看门人的那个男公民和那个女公民，有时给他们帮帮忙；杰瑞几乎完全让劳瑞先生打发到这里来了，每天白天成了他们的亲随，而且每天夜晚都在这里下榻。

这个不实现自由、平等、博爱毋宁死的统一不可分割的共和国有一道训令：每户门上或门柱上必须一一书明居民姓名，字体有一定大小，离地面有一定的适当高度。杰瑞·克软彻先生的姓名，因而照章装点在门柱靠下部的地方；而且在那个阴影愈益转暗的下午，叫这姓名的人本人出现了，他看着马奈特大夫请来的一个油漆匠给那名单再加上一个姓名：夏尔·埃弗瑞蒙德，又姓达奈。

无处不在的恐怖和怀疑，使整个时代变得愚昧黑暗。处于这种环境之中，所有往常那些无害的生活方式都改变了。在大夫这小小的家庭中，也像在其他许多家庭中一样，日常必需的消费品都是每天傍晚在各种小铺子里各买一点儿。避免引起注意，尽可能减少供人饶舌和令人嫉妒的机会，这是一种普遍的愿望。

过去几个月里，普若斯小姐和克软彻先生一直履行采办食品的职务，小姐带着钱，先生提着篮子。每天下午大约街灯点起的时候，他们前去执行任务，买好必需的那些物品并带回家里。普若斯小姐长期与一家法国人相处，如果她有心的话，本来是可以像听自己的语言一样听懂他们的话的，不过她却无心于此；结果她所懂的那种“废话”（她喜欢这样叫这种话），并不比克软彻先生多多少。这样，她买东西的方式就是朝着老板的脑袋硬投过去一个物品的名字，也不对货物的性质作任何说明，如果刚好那不是她想要的东西的名字，她就四下打量去找那件东西，抓住它，一直到讲好价钱。她总是把它抓起来讲价钱，讲公道的价钱，不管老板伸出多少指头，总要比他少伸一个指头，表示那才是公道价钱。

“现在，克软彻先生，”普若斯小姐说，她的眼睛因为刚才的快乐的泪水而显得红红的，“如果你准备停当了，我也停当了。”

杰瑞嗓音嘎哑地表示自己愿为普若斯小姐效劳。他早就脱去了浑身的铁锈味，但是什么东西也不能把他那铁蒺藜似的头发锉平。

“有各式各样想要的东西，”普若斯小姐说，“咱们的时间很宝贵。除了别的，咱们还要买酒。不管咱们上哪儿去买，总有这些红帽子在大喝喜酒。”

“我倒是觉得，小姐，”杰瑞唱着反调，“不管他们是为你祝酒，还是为那个老家伙祝酒，你知道，反正都一样。”

“老家伙是谁?”普若斯小姐说。

克软彻先生有点吞吞吐吐地解释道：“老尼克①。”

“哈!”普若斯小姐说，“这用不着翻译来解释这些家伙的意思。它们都是一个模子出来的，就是半夜杀人的凶手，还是罪魁祸首。”

“嘘，亲爱的！求求你，求求你，小心点!”露茜喊道。

“是，是，是，我会小心的，”普若斯小姐说，“可是我可以在自家人中间说，我真希望大街上不再到处有那种发着葱头和烟草臭味的拥抱。那么，花大姐，我回来以前别离开那火炉。到你再看见我以前，照看好你那重新团圆了的亲爱丈夫，不要把你那漂亮的头从他那现在属于你的肩膀上挪开。马奈特大夫，我去之前可以问个问题吗?”

“我认为，你可以享用这种自由，”大夫微笑作答。

“看在老天的分上，别说什么自由了；咱们已经领教够了。”普若斯小姐说。

“嘘，亲爱的！又来了?”露茜规劝道。

“好了，我的心肝，”普若斯小姐使劲点着头说，“总而言之一句话，我是至尊至贵的国王乔治第三陛下的臣民，”普若斯小姐说到这名字的时候屈膝行礼，“而且作为他的臣民，我的格言就是：‘摧其奸谋，挫其诡计，吾望所系，主佑吾王!’②”

---

① 指魔鬼。

② 出自英国国歌歌词。

克软彻先生一时也忠心大发，瓮声瓮气地跟着普若斯小姐重说了一遍这些话，就像做礼拜的人那样。

“看到你身上有这么多英国人的味儿，真让我高兴，不过，我但愿你说话这声音不是因为得了感冒。”普若斯小姐称赞道。“可是有个问题，马奈特大夫，是不是，”——这个好心眼的人儿总是这样，把他们大家感到非常焦虑的大事轻描淡写，用偶然想到的样子提出来——“是不是有了什么希望，让咱们离开这个地方?”

“恐怕还没有。对夏尔来说还很危险。”

“唉——嘀——哼!”普若斯小姐一边看了一眼她的宝贝儿在火光映照下的金黄色头发，一边轻松愉快地把一声叹息压了下去，然后说，“那我们就得耐心等待了。就等着吧。咱们得扬着头，沉着应战，就像我兄弟所罗门常说的那样。走吧，克软彻先生！——你别动，花大姐!”

他们走了，剩下露茜、她丈夫、她父亲，还有小露茜，呆在融融的炉火前。此时他们就等劳瑞先生从银行回来了。普若斯小姐早已点上了灯，可是把灯放在一边的墙角里，好让他们不受干扰地享受火光。小露茜坐在她外祖父旁边，双手抱着他的胳臂；而她外祖父，则用一种比耳语高不了多少的声音，开始给她讲一个神奇有力的小精灵的故事，她打开了一座监狱的墙，放出了一个囚徒，这囚徒曾为小精灵效过劳。一切都那么轻柔静谧，露茜也比过去更为舒心自在了。

“那是什么?”她突然喊道。

“我亲爱的!”她父亲把故事打住，并把手放在她手上，“克制自己。你的神经多不正常啊！一点点事情——什么事都没有——也会让你吓一跳。你呀，你还是你父亲的女儿呢!”

“父亲，我觉得，”露茜脸色苍白，声音颤抖着为自己辩解说，“我听见楼梯上有生人的脚步声。”

“我亲爱的，那楼梯上像死一样地静。”

最后一个字话音刚落，有人在门上敲了一下。

敲门

“啾，父亲，父亲。那能是什么！藏起夏尔来，救救他！”

“孩子，”大夫说着就站起身来，把手放在她的肩膀上，“我已经把他救出来了。你怎么这么脆弱啊，亲爱的！好吧，让我到门口去。”

他把灯拿在手上，穿过当中两间外屋，打开门。地板上响起一阵劈劈啪啪粗野的脚步声，于是四条莽汉，头戴红帽子，挎着马刀，别着手枪，走进屋来。

“公民埃弗瑞蒙德，又姓达奈，”头一个说。

“谁找他?”达奈应声。

“我找他。我们找他。我认识你，埃弗瑞蒙德，今天我在法庭上看见过你。你又成了共和国的犯人了。”

这四个把他团团围住，他站在那儿，妻子女儿把他搂住。

“告诉我，我为什么，又怎么成了共和国的犯人?”

“你直接到附属监狱就得啦，明天就会知道的。传你明天受审。”

这场光顾把马奈特大夫变得像木雕泥塑一般，他手持灯盏站着，仿佛雕塑出来专为掌灯用的一座人像，等听了他们的对话之后才活动起来，把灯放下，然后面对说话的人，并非无礼地抓住了他那粗毛红衬衫搭拉下来的前襟，说道：

“你说你认识他，你认识我吗?”

“嗯，我认识你，大夫公民。”

“我们都认识你，大夫公民。”另外三个说。

他茫然地看看这个，又看看另一个，停了一会儿之后，低声说：

“那你们能对我回答他提出的问题吗？这是怎么回事?”

“大夫公民，”头一个勉勉强强地说道，“他已经让圣安东区①的人告了。这个公民，”他指了指刚才第二个进来的人，“是从圣安东区来的。”

① 法国革命期间，1790 年通过一项法令，将巴黎分为 48 个区，圣安东区是其中之一。

他所指的这个公民点点头，加上一句：

“他受到圣安东区的控告。”

“告他什么?”大夫问。

“大夫公民，”头一个像刚才一样勉勉强强地说，“别再问啦。如果共和国要求你作出牺牲，毫无疑问，你身为一个好爱国者，是会乐于作出牺牲的。共和国高于一切，人民至高无上。埃弗瑞蒙德，我们时间紧着呢。”

“再说一句话，”大夫请求道，“你们能告诉我，是谁告他的吗?”

“这是犯纪律的，”那头一个答道，“不过你可以问圣安东来的这一位。”

大夫的两眼转向这个人。此人局促不安地挪着步子，捻了捻胡子，终于开口说：

“噢！这真的是犯纪律的。可是，是公民德发日夫妇告了他，还告得挺重，还有另外一个人。”

“另外什么人?”

“是你要问吗，大夫公民?”

“嗯。”

“那么，”圣安东来的那一位令人不解地瞟了他一眼说，“明天有人会回答你的。现在，我哑巴了!”

第八章　斗牌好手

普若斯小姐对家中新飞来的这场横祸还一无所知，她高高兴兴地穿过一条条狭窄的街道，从新桥①上过了河，心里盘算着她不能不买的一

① 新桥位于塞纳河上，罗浮宫附近。

件件必需品。克软彻先生挎着篮子，走在她旁边。他们俩左顾右盼，每经过一个店铺，大半要往里边瞧瞧，小心提防着那一群一伙扎堆的人，并绕开那些慷慨激昂、高谈阔论的人堆走。这天黄昏阴冷而又潮湿，那雾气迷蒙的河，点点灯火闪光耀眼，喧哗吵闹嘈杂刺耳，说明许多驳船在那儿停泊，上面有铁匠干活，为共和国的军队锻造枪炮，让那个利用那支军队搞阴谋诡计，或者说在军队中僭越擢升的人，遭殃得祸吧！最好让共和国的利刃把他刮个净光，使他的胡子永远长不长。

买好一点儿杂货和一些瓶罐灯油之后，普若斯小姐想到了他们需要的酒。她往几家酒铺里探头张望了一阵，就在一块写着“古代优秀共和派布鲁图斯”①的酒幌前面停下，它离曾经（而且是两度）叫作杜伊勒利宫②的国家宫不远，这里的情况颇合她的心意，而且看上去比他们刚才走过的其他同类地方较为安静，虽然爱国者戴的红帽子也显得一片红，但还不及别的地方那么红。她问了一下克软彻先生，发现他与她所见略同，于是她就在她那位骑士的陪同下，向“古代优秀共和派布鲁图斯”求助了。

她稍稍打量了一下那些冒烟的油灯，那些口中衔着烟斗、打着软巴巴的纸牌和泛黄骨牌的人，一个袒胸露背、满身烟灰、大声读报的工人，还有听他读报的人们，那些佩带在身上的武器或放在一边随手可以拿起来的武器，那两三个趴着睡觉的酒客，他们穿着流行的高垫肩黑粗毛短上衣，那样子看上去就像蜷卧着的熊或是狗；这两个外国派头的顾客，走近柜台，指明他们要买的东西。

就在给他们量酒的时候，角落里有一个人告别另一个人，起身走开。他面朝着普若斯小姐一路走了过来。他刚和她打了个照面，普若斯小姐就尖叫一声，并且拍起自己的手来。

---

① 布鲁图斯为公元前44年3月5日罗马共和派谋杀独裁者恺撒的重要人物之一。

② 法国王宫，建于16世纪。1792年8月10日法国革命人民夺取之。1830年及1848年法国革命时复夺此宫。

刹那间，大家全都站起身来。某个人被另一个坚持不同意见的人杀害，是极可能发生的事。人人都在打量，想看看什么人倒下去了，可是只看见一个男的和一个女的站在那儿，面面相觑；那男的，外表完全是个法国人和彻头彻尾的共和派；那女的，显然是英国人。

在这种令人扫兴的低潮当中，古代优秀共和派布鲁图斯的信徒们所说的话，普若斯小姐和她的保护人即使侧耳静听，除了听到滔滔不绝的一片喧哗之外，也简直就像在听希伯来语或是闪族语[1]一样。不过，他们已经惊讶得根本没有耳朵来听什么话了。因为必须交待一点：当时不仅普若斯小姐完全陷入惊诧激动之中，就连克软彻先生也处于极度惶惑状态——虽然似乎是出于他自己个人独特的原因。

“怎么回事?”那个引得普若斯小姐尖叫的人说；说的时候用的是一种声音虽低却很不耐烦的粗暴口气，而且说的是英语。

“啾，所罗门，亲爱的所罗门!”普若斯小姐喊着，又拍起手来。“这么长时期没看见你，也没听说你的消息，现在在这儿找到你了!”

“别叫我所罗门。难道你想让我死?”此人以一种鬼鬼祟祟、战战兢兢的神气说。

“兄弟呀，兄弟!”普若斯小姐连哭带喊，泪如雨下。“难道我曾经亏待过你，才让你问我这么狠心的问题?”

“管住你那胡说八道的舌头，”所罗门说。“你要是想跟我说话，就出来。付了你的酒钱，然后出来。这个人是谁?”

普若斯小姐满怀情爱但又垂头丧气地朝她那位毫无手足之情的兄弟摇了摇头，眼泪汪汪地答道，“克软彻先生。”

“让他也出来，”所罗门说。“难道他觉得我是个鬼吗?”

从神情判断，克软彻先生显然确实觉得他是。尽管如此，他还是一

---

① 希伯来语为古代希伯来人语言；闪族语为古代巴比伦的迦勒底人语言。均以难懂著称。

重逢

言未发，而普若斯小姐含着眼泪，吃力地在她那网状手提包顶里面掏了半天，付了酒钱。她做这些事的时候，所罗门转向古代优秀共和派布鲁图斯的那些追随者，用法语向他们解释了几句，这使他们又都松弛下来，各自回到原来的地方，去干原先的营生。

“那么，”所罗门在黑黝黝的街角站住说道，“你想干什么?”

“我这个兄弟，什么东西也没有让我改变我对他的爱，可是他竟会这样可怕地无情无义!”普若斯小姐说，“竟会这样同我打招呼，对我毫无手足之情。”

“给你。真讨厌！给你，”所罗门说着用自己的嘴唇在普若斯的嘴唇上碰了一下。“现在你满意了吧?”

普若斯小姐只是摇着头，默默流泪。

“你要是想让我大吃一惊，”她兄弟所罗门说，“我可并不吃惊。我知道你在这儿；大多数在这儿的人，我都知道。如果你真不想危害我的性命——我有一半相信你会这样——就尽快走你自己的路吧，也让我走我的路。我很忙，我当官儿了。”

“我的英国兄弟所罗门，”普若斯小姐悲痛地说着，用泪汪汪的眼睛朝上看了一眼，“他身上本来有一种品质，能在自己本国造就成为人杰，可是却在外国人中间当官儿，而且又是这样一些外国人①！我简直宁可早点看到，这个亲爱的孩子躺在他的——”

“我早就说过!”她兄弟不等她说完就插进来。“我早就知道！你盼着我死！我就要让我自己的姐姐给弄成嫌疑犯了。刚好是在我青云直上的时候!”

“大慈大悲的老天不容呀!”普若斯小姐喊道，“我宁愿永远不再看见你了，亲爱的所罗门，虽然我一直都真心实意地爱你，而且今后会永

① 当时英国人出于自大意识，一般多歧视外国人。法国革命进行残酷屠杀，又失去英国民心。故普若斯作如是云。

远这样。你只要对我说一句有情有义的话，并且告诉我，咱们之间没有什么闹别扭或是生分的事，那我就不再耽搁你了。”

善良的普若斯小姐啊！真仿佛他们之间的这种生分，罪责完全在她。这位宝贝兄弟先花光了她的钱，然后又离开她溜走了；真仿佛劳瑞先生多少年以前在叟候那个僻静的拐角得知的这些事，并非真的事实！

不过，他倒是说了句有情有义的话，用的是一种极不情愿、屈尊赏光的口吻，即使他们两个人的功过和地位相互颠倒过来，他也不配这样说(不过世界上的事，也都总是如此)；正在他说那句话的时候，克软彻先生碰了碰他的肩膀，粗声粗气、出人意料地插嘴问了下面这个奇怪的问题：

“我说，能不能赏光让我弄清你的名字，究竟是约翰·所罗门，还是所罗门·约翰?”

这个官儿突然起了疑心，向他转过身来。在这之前，他一直没说过话。

“说呀!”克软彻先生说，“说出来，这你清楚。”(顺便提一句，他本人也做不到这一点。)“是约翰·所罗门，还是所罗门·约翰？她既然叫你所罗门，身为你的姐姐，她想必清楚。可是我知道，你是约翰，这你知道。到底这两个名字哪个在前头？再说普若斯这个姓，也是一样。在海那边，你可不是姓这个。”

“你是什么意思?”

“得了，我也说不清我这都是什么意思，因为我想不起来，你在海那边姓什么了。”

“想不起?”

“想不起。不过我敢起誓，那是两个音节的姓。”

“当真?”

“当真。另一个人的名字是一个音节的。我认识你，你是老贝雷的密探证人，凭你自己的老祖宗撒谎大王的名义说吧，那时候你姓什么?”

“巴塞德，”另外一个声音插进来了。

“这名字值一千镑!”杰瑞喊道。

插嘴说话的人是西德尼·卡屯。他的手背在后面，放在骑装斗篷里边，而且就站在克软彻先生胳膊肘旁边，那种随随便便的样子，就像他还是站在老贝雷一边。

“别吃惊，我亲爱的普若斯小姐。我昨天晚上出乎劳瑞先生意料之外，到了他那儿；我们商量好了，不等到万事大吉，我绝不到别的地方露面，除非我能派上用场；我在这儿露面，是想请你兄弟和我稍微谈谈。我但愿你有个比巴塞德先生的职业强的兄弟，我看在你的分上，但愿巴塞德先生不是一头‘狱羊’。”

羊是一个隐语，用来称呼狱吏手下的密探。这个脸色苍白的密探，脸色变得更苍白了，而且还质问他怎么胆敢——

“我要告诉你，”西德尼说，“一两个小时以前我观察附属监狱大墙的时候，忽然瞧见你走出监狱。你长了一张让人不容易忘记的面孔，而我最会记人的面孔。我看到你和监狱有那种瓜葛感到好奇，同时还有一种理由——这你并不陌生——把你和一个如今非常不幸的朋友遭到的种种不幸，联想到了一起，我就跟着你走了。我紧跟着你走进这家酒铺，靠近你坐着。从你那毫无保留的谈话以及欣赏你的那些人公开传播的流言蜚语当中，我不费吹灰之力就可以推断出你那种职业的性质。而渐渐地，我在无意之中所做的事似乎形成某种意图了，巴塞德先生。”

“什么意图?”密探问道。

“这在大街上解释，可有点儿令人为难，而且会很危险。你能否赏光和我密谈几分钟，比如说，在台鲁森银行办事处?”

“在胁迫之下?”

“唉，我是那么说的吗?”

“那么，为什么我要到那儿去呢?”

“真的，巴塞德先生，既然你不能去，那我也没法儿说了。”

“你的意思是不是你不愿意说，先生?”密探犹犹豫豫地问。

“你对我的意思领会得很清楚，巴塞德先生。我不愿意。”

在卡屯进行他心里暗暗策划的这件事情，在对付他不得不与之打交道的这个人的时候，他那种随随便便、满不在乎的态度发挥了巨大作用，使他更加机敏干练。他那饱经世故的眼光看出了这一点，而且在尽量利用这一点。

“我不是告诉过你吗，”密探说着，向他姐姐投过去埋怨责备的眼神，“要是惹出什么麻烦来，那就是你造成的。”

“得了，得了，巴塞德先生!”西德尼高声喊道。“别不识好歹。要不是因为我对你姐姐无比敬重，我可不会心甘情愿地提出这个我希望我们双方都会满意的小小建议。你跟我一起到银行去吗?”

“我要听听你说些什么。好，我跟你去。”

“我建议，我们先把你姐姐安全地送到他们那条街的拐角。让我挽着你，普若斯小姐。在这种时候，你要是没有保护就在这个城市走来走去，那么它可不是一座理想的城市；而且你的护卫认识巴塞德先生，我想邀请他和我们一起到劳瑞先生那儿去。咱们都准备好了吗?那么来吧!”

普若斯小姐不久以后想起，而且终身都记得，在她双手按着西德尼的胳臂往上看他的脸，祈求他不要加害所罗门的时候，她从他的胳臂上感到一种坚定的意图，从他那双眼睛里看到一种激越的灵感，这不仅和他那吊儿郎当的外表恰成对照，而且使这个人发生了变化，显得高大。当时，她只顾为那个简直不值得她爱的兄弟担惊受怕，只顾西德尼所说让她放心的那些友善的话，没有充分留心她所观察到的事情。

他们把她送到那条大街的拐角上，于是卡屯带路到劳瑞先生那儿去，这是步行只要几分钟的路。约翰·巴塞德或者说所罗门·普若斯走在他旁边。

劳瑞先生刚刚吃罢晚饭，正坐在一两根烧得正欢的木柈前——也许他正在看着火苗想心事，看到很多很多年以前，这位比如今年轻的年长先生，从台鲁森银行出来，曾经坐在多佛的皇家乔治旅店那烧得通红的煤火前看火景想心事。他们进来的时候，他扭过头来，因为看到生人而显出惊讶的神色。

“先生，这是普若斯小姐的兄弟，”西德尼说。“巴塞德先生。”

“巴塞德?”这位老先生重说了一遍，“巴塞德？我跟这名字——还有这面孔，打过什么交道。”

“我告诉过你，你长了一张引人注目的面孔，巴塞德先生，”卡屯冷淡地言道。“请坐。”

他自己一边在一把椅子上坐下，一边皱着眉头说了一句：“那次审判时作证的。”这给劳瑞先生提供了他正等着提醒的线索。劳瑞先生立刻想起来了，于是用一种不加掩饰的憎恶表情注视着这个新来的客人。

“巴塞德先生让普若斯小姐给认出来了，原来他就是你听说过的那个她疼爱至深的兄弟，”西德尼说，“他也承认了这种关系。我传个更糟的消息吧，达奈又被捕了。”

这位老先生惊恐万状地喊了起来，“你告诉我的是什么！还不到两个小时之前我离开他的时候，他还是平安自由的，而且我正要回到他那儿去呢!”

“即使如此，还是被捕了。什么时候干的，巴塞德先生?”

“要是干了，就是刚才。”

“巴塞德先生可能是最有把握的，先生。”西德尼说。“而我是从巴塞德先生在杯酒之间向一个‘狱羊’哥儿们传达消息的时候听说的，逮捕已经执行了。他把去执行逮捕的那些人送到大门口，并且亲眼看见门房让他们进去了。毫无疑问，他是又给抓起来了。”

劳瑞先生那办业务人的眼光从说话人的脸上看出，讨论达奈是否已被抓走只是浪费时间。他虽然心烦意乱，但还是意识到，有些事情还得依仗他头脑清醒才能去办，他控制住自己，一声不吭地注意细听。

“好吧，我相信，”西德尼对他说，“马奈特大夫的名气和影响明天也许会使他处于有利地位——你说过他明天又得出庭受审吧，巴塞德先生？——”

“是的，我相信是这样。”

“——明天也许会像今天一样处于有利地位。不过也许不会是这样。我向你承认，劳瑞先生，对马奈特大夫无力阻拦这次逮捕，我感到震惊。”

“他可能事先不知道这件事，”劳瑞先生说。

“我们只要想想他和他女婿是怎样休戚与共，这情况本身就够令人害怕的了。”

“是这样，”劳瑞先生承认，他用手不安地摸着下巴，两眼不安地看着卡屯。

“总而言之，”西德尼说，“这是一个冒险玩命的时代，要下冒险玩命的赌注，才能争取在这种冒险玩命的赌博中赌赢。让大夫去打有把握赢的牌，我来打那冒险的牌。这儿谁的命也都值不了什么。任何一个人都可能今天给人们送回家去了，而明天又给判处死刑。好吧，我决心在情况最不利的时候都要赢的这笔赌注，就是关在附属监狱里的一个朋友，而我一心要击败的那个朋友，就是巴塞德先生。”

“那你就需要有好牌，先生，”密探说。

“我要把所有的牌都看一遍。我得看看我手中都有什么牌——劳瑞先生，你知道我是一头什么样的野兽；我希望你能给我一点白兰地。”

白兰地放到了他跟前，他喝下满满一杯——又喝下满满一杯——若有所思地把酒瓶推开。

“巴塞德先生，”他那口吻真像在看一手牌，继续说：“狱羊，共和国委员会的密探，一会儿当狱吏，一会儿当囚犯，始终在当间谍和告密的，因为英国人要比法国人少受到怀疑，别人不大会认为他在干做伪证这种角色，所以身为一个英国人在这儿就更值钱了，在他的雇主面前用了一个假名字。这张牌很不错。巴塞德先生，你如今受雇于法国共和政府，过去受雇于法国和自由的敌人——英国贵族政府。这张牌真妙。在这个怀疑一切的国家里，由此便可以明白无误地推断出一个结论，就是巴塞德先生仍然受英国贵族政府雇用，所以是皮特①的密探，是个偎在共和国心口窝上狡猾奸诈的敌人，是个无恶不作而又难以发现的英国间谍和特务。这是一张绝对不会输的牌。你听清我的牌了吗，巴塞德先生？”

“我不明白你的打法，”密探有些不安地回答。

“我打我的‘爱司’②，向最近的那个区委员会告发巴塞德先生。查查你那手牌吧，巴塞德先生，看看你有什么，别着急。”

他把酒瓶抓过来，又倒了一满杯白兰地，喝了下去，他看出这密探很怕他这样自斟自饮，喝到兴起会立即去告发他。卡屯看出了这一点，又倒出一满杯干了。

“仔细看看你手上的牌，巴塞德先生。慢慢来吧。”

这副牌比他猜想的还要差。巴塞德从中看到了西德尼·卡屯还不知道的一副要输的牌。巴塞德在英国让人从那份体面差事上辞掉，是因为他在那儿赌咒发誓③失败太多——倒不是那儿不需要他这号人了；我们英国人有理由自夸已摆脱了密探和间谍，也不过是晚近的事——他很清楚自己的所作所为，他过了海峡，并同意为法国服务；首先，在他自己的同胞中间当钓饵和包打听；慢慢地又在当地人中间当钓饵和包打听。在已被推翻的政府治下，他曾经当过密探，在圣安东区和德发日的酒铺刺探消息，还从进行监视的警察那儿得到许多情报——诸如马奈特大夫坐牢、释放和身世的情报——用来和德发日夫妇搭讪，好进一步随便聊

---

① 皮特(1759—1806)，英国政治家，1783—1801年任首相。法国革命爆发之初，曾倾向于守中立，随着革命政权实行恐怖政策，他改变立场，与法国宣战。

② 指A牌。

③ 这是作伪证的委婉说法。巴塞德作伪证屡被揭发，本书中已有前例。

天，并拿来试探德发日太太，但却碰了个大钉子。那个令人生畏的妇人在跟他说话的时候不停地织着毛线活，一边手指动着，一边用预兆不祥的眼神盯着他，他一回想起这情景就胆战心惊。后来他看见她在圣安东区，一次又一次地拿出她编织的毛线活记录，告发了一些人，后来那些人确实让吉洛汀要了命。他像每一个和他同样受雇的人一样清楚地知道，他绝不安全；逃跑也不可能，他给紧紧地捆绑在断头台铡刀的阴影之下，而且尽管他朝三暮四，极力卖身投靠，努力促进这无处不在的恐怖，可只要有一句话，就还会让那铡刀落到他的头上。一旦遭人告发，而且又有他心中刚刚想到的那种背景，他预见到，那可怕的妇人(她那种毫不通融的性格，他早已多次得到见证)就会拿出她那要命的记录来与他作对，把他偷生的最后机会一笔勾销。除了这些之外还有一点，所有做密探的人本来都是一下子就会给吓坏的，巴塞德手里是一套不折不扣的黑牌①，所以也难怪这位拿牌的人把牌翻开一看，就脸色发青了。

“你好像不大喜欢你那一手牌，”西德尼镇定自若地说。“你打吗?”

“先生，我想，”密探转向劳瑞先生低声下气地说，“我想请求你这样一位年高德劭的先生问问那位比你年轻得多的先生，他是不是真能不顾一切地屈尊打他说过的那张爱司。我承认我是个密探，而且这是一种为人所不齿的身份——话又说回来了，这也总得有人充当呀；可是这位先生并非密探，那他为什么要这样自轻自贱，让自己成为这种人呢?”

“我将打我的爱司，巴塞德先生，”卡屯先生接过话头并且看着自己的表答道，“毫不犹豫，几分钟之内就打出去。”

“我倒是希望，二位先生，”密探说，他总是想方设法要把劳瑞先生拉到这场谈判中来，“既然你们看重我的姐姐——”

“我要想证明我看重你姐姐，最好的办法莫过于让她永远摆脱她的兄弟。”西德尼·卡屯说。

---

① 黑牌相应小于红牌，是输牌。

“你不是这样想的吧，先生?”

“对这件事，我已经彻底下了决心。”

这密探乖觉圆滑的态度，和他那身粗劣扎眼的衣服，可能还和他平素的举止，极不协调，简直不可思议，在比他更加聪明正派的人看来，卡屯也是个不解之谜。他真是难以琢磨，所以这密探的乖觉圆滑大受挫折，使得他颇费踌躇，无计可施。正在他不知所措的时候，卡屯又恢复了刚才琢磨牌的那股神气说：

“我又想了一下，我确实又有一种强烈的感觉，我这里还有另外一张现在还没有算上的好牌。你那位朋友，那个自称把国家监狱当作牧场的另一个和你一样的羊，他是谁?”

“法国人，你不认识他，”密探很快回答说。

“法国人，嗯?”卡屯若有所思地重说了一遍，虽然他重复了这密探的话，却好像对他一点也不在意的样子。“唔，他也许是。”

“我向你担保：他是的，”密探说，“虽然这无关紧要。”

“虽然这无关紧要，”卡屯又同样机械死板地重说了一遍，“——虽然这无关紧要——不错，这无关紧要。不错。可我还记得那面相。”

“我想不会。我相信不会。这不可能，”密探说。

“这——不——可能，”西德尼·卡屯一边喃喃自语，一边回忆，然后又斟满一杯酒(幸好那是个小杯子)。“不——可能。法国话说得很好，可是我觉得，他还是像个外国人。”

“外省人，”密探说。

“不对。外国人!”卡屯叫着，伸开五指在桌上猛击一掌，他的脑子一下子开了窍。“克莱！化了装，可还是那同一个人。在老贝雷法庭上我们见过那个人。”

“这会儿你太轻率了，先生，”巴塞德说着笑了笑，这使他那鹰钩鼻子更歪到一边了，“这次，你真是让我占了上风。那已是很久以前的事了，所以我可以毫无保留地承认，克莱是我的搭档，他几年以前就死了，我在他病危的时候服侍过他。他埋在伦敦野外的圣潘克拉斯教堂。那时候因为他在那些流氓地痞中不得人心，我没法给他送葬，不过是我帮助把他入殓的。”

说到这儿，劳瑞先生从他的坐处觉察到，墙上出现了一个巨大的鬼影。循影溯源，他发现原来那是克软彻先生满头直挺挺硬邦邦的头发，突然异乎寻常地挺起来、硬起来所造成的。

“咱们得讲理，”密探说，“咱们得公道。我要把一份说明克莱已下葬入土的证明摆在你面前，让你看看你是怎样弄错了，怎样捕风捉影的，恰巧我从那以后一直把它夹在我的小本子里，”他急忙拿出了小本子，把它打开，“在这儿。噢，看看它，看看它！你可以拿在自己手上看；这决不是伪造的。”

说到这儿，劳瑞先生发觉那映在墙上的影子伸长了，随后克软彻先生起身走上前来。他的头发，即使让那头母牛在杰克盖的房子[①]里用弯曲的牛角篦过，也不会比此时挺得更直了。

密探还没看见，克软彻先生就站到了他身旁，碰了碰他的肩膀，就像一个勾魂的小鬼儿似的。

“老爷，那个罗杰·克莱，”克软彻先生带着一种寡言罕语、毫不通融的面容说，“那么是你把他入殓的吗?”

“是。”

“谁把他从棺材里弄出去的?”

巴塞德向后一倒，靠在椅背上，结结巴巴地说，“你是什么意思?”

“我的意思是，”克软彻先生说，“他并没有呆在那里头。没有！他没有！他要是呆在里头，我愿意把脑袋砍下来。”

---

① 此典出自英国古老的童谣《造牛角的小杰克》，其中说杰克在议会解散期间给格拉斯顿伯里的阿博特当管家，他想办法从梅鲁斯庄园弄到一些种子藏在馅饼中送给亨利第三，一路上他扔下馅饼皮而意外地收获了牛角。

这密探转过头去看看那两位先生；他们俩则惊讶得难以形容，看着杰瑞。

“我告诉你，”杰瑞说，“你在那棺材里装的是铺路石和泥土。别对我说你把克莱埋了。这是骗人。我和另外两个人都知道。”

“你怎么知道的?”

“这关你什么事？真是!”克软彻先生瓮气瓮声地说道，“是你又勾起了我的旧恨，原来是你对生意人不要脸地蒙骗！我要卡住你的脖子，把你卡死挣半个畿尼。”

西德尼·卡屯，还有劳瑞先生，看到局面急转直下，惊奇得不知所措，此时卡屯要求克软彻先生息怒，说明原委。

“换个时候再说吧，先生，”他支支吾吾地回答，“眼下解释不太方便。我要说的是，他清清楚楚地知道，克莱压根就没在那儿的棺材里。看他敢说克莱在那里面，哪怕就说一个字，那我就非卡住他的脖子，把他卡死挣半个畿尼!”克软彻先生说着，仿佛提出了一个慷慨的建议。“要不然，我就出去给他抖落出来。”

“哈哈！我看出了一件事儿，”卡屯说。“我又有一张牌啦，巴塞德先生。在这个群情激奋的巴黎，充满了猜忌，人人自危，你却与另一个和你一样伤天害理的贵族密探勾勾搭搭，而他又怀着鬼胎，假装死了，却又复活了，你要想逃过告发，苟延性命，绝不可能！外国人在监狱里密谋反对共和国。一张大牌——一张真正送你上吉洛汀的大牌！你打吗?”

“不!”密探回答。“我认输了。我承认，我们在那些无法无天的暴民中太不得人心，所以我只好冒着淹死的危险逃出英国，克莱则被人上下搜寻，不那样装假就没法逃掉。不过，这个人怎么会知道这是装假，对我可是奇中之奇了。”

“你不用为我伤脑筋了，”这个喜争好斗的克软彻先生驳斥道，“光注意听那位先生的话就会让你有足够的麻烦呢。看吧！再看看!”——克软彻先生不由自主地对自己的宽怀大度显出洋洋自得的样子——“我要卡住你的脖子，把你卡死挣半个畿尼。”

这只“狱羊”从他这边转过身去朝着西德尼·卡屯，更坚决地说，“现在已经到了紧要关头。我马上就要去执行任务，不能再耽搁时间了。你跟我说你有个提议，是什么提议？好吧，对我要求太多也没有用处。要求我利用我的职权去做任何事情，用我的脑袋去冒额外的危险，那我与其把我这条命押在同意上，还不如押在拒绝上。总而言之，我也得选择一下。你谈到冒险玩命，我们都是在这儿冒险玩命。别忘了！我要是觉得合算的话，我也可以告发你，我敢保我能发假誓逃出石头墙，别人也能这样。好啦，你想要我怎么样?”

“我要求的并不很多。你是附属监狱的狱吏吧?”

“我一古脑儿告诉你吧，逃跑之类的事儿，一点儿可能也没有，”密探斩钉截铁地说。

“你干吗要告诉我我并没问到的问题？你是附属监狱的狱吏吧?”

“有时候是。”

“你愿意的时候你就是吧?”

“我可以随意进进出出。”

西德尼又斟满一杯白兰地，慢慢地把它浇到壁炉里，看着酒往下滴。等酒全倒光了，他起身说道：

“到此为止，咱们是当着这二位说的。这是因为，这些牌的输赢并不应该单靠我们两个。到这间密室里来吧，让咱们两人单独最后说定。”

第九章　赌局已定

西德尼·卡屯和这只“狱羊”在隔壁那间密室里谈话，声音那么低，连一点儿也听不到，这时候劳瑞先生以相当怀疑和不信任的眼光看着杰瑞。这位正经生意人接受这种注视的神情，令人很不放心；他一会儿用这条腿支撑着身子，一会儿又换另一条腿支撑着身子，调换频繁，就像他长了五十条腿，正在试着一一调换一次；他那样专心致志查看自己的指甲盖，而且不管什么时候，劳瑞先生一捉住他的眼光，他就用一只手虚掩着嘴，很古怪地干咳一下，这种毛病一般认为总是难得伴随心胸完全坦荡的人的。

“杰瑞，”劳瑞先生说，“到这儿来。”

克软彻先生一个肩膀在前，斜侧着身子走上前来。

“你除了当信差还干什么?”

克软彻先生稍事思索，凝神注视了一下他的恩主，心里一亮，想出了一种聪明主意，回答说，“务点农，刨刨地什么的。”

“我很担心，”劳瑞先生怒气冲冲地对他晃着食指说，“你把台鲁森这家受人敬重的银行当作幌子，干了不体面的非法营生。如果你干了，就别想回到英国后我对你还友好相待。如果你干了，就别想让我保守你的秘密。台鲁森决不受人欺哄。”

“我希望，先生，”窘迫不安的克软彻先生辩解道，“即便假设说这件事是真的——我并没说那是真的，只是说即便假设是，那像你这样一位先生，我有这份脸面给你干杂活儿，一直干到头发灰白，你要对我做出什么不利的事来之前，也总得再思量一下吧。再说，即便把那件事算作是真的，即便那样，那也不能净说一面的理呀。这里总有两面。就在眼下这时刻，也许就有些医学博士正大把大把地挣他的畿尼，可是一个正经生意人，却挣不着一点儿小钱——小钱！不对，连半个小钱都挣不着呢！不对，连四分之一的小钱都挣不着呢——那些医学博士在台鲁森像一溜烟似地轻轻巧巧存钱，还鬼鬼祟祟地拿他们那医生的眼睛盯着这个生意人，坐着他们自己的马车进进出出——啊！完全像一溜烟儿那么轻轻巧巧，如果不说别的。得啦，这也是欺哄台鲁森。因为你不能对同样的事情，用两种眼光看待①。再说，还有个克软彻太太，至少过去在英国的时候，也说不定就在明天，只要一有机会，就趴在地上祷告，咒他的生意，让它一败涂地——完全一败涂地！可是，他们那些医学博士的老婆就不会趴在地上祷告——不信你抓她们来试试！再说，就是她们趴下祈祷，她们的祈祷也都是要有更多病人，那你怎么能公道呢，单单只说一面理，不说另一面？还有那些杠房的人，还有那些教区执事，还有那些教堂打杂的，还有那些私家更夫(都那么贪心不足，可又都要从这里捞一把)，即便是真的从这里弄到什么，一个人从这里面也弄不到多少。而且弄到的那一点儿，也永远不会让他发达起来，劳瑞先生。他永远不会从那里得到好处；他陷进去了，要是能看到有什么出路，那他倒真想完全跳出这行当呢——即便过去真是这样的话。”

“哎呀！”劳瑞先生喊了一声，不过语气缓和了一些，“我只要看着你就不寒而栗。”

“你看，我想低声下气向你禀告的是，先生，”克软彻先生继续说，“即便过去真是这样的话，我并不是说那是真的——”

“别支吾狡辩了！”劳瑞先生说。

“没有，我不会的，先生，”克软彻先生答道，就仿佛他绝没有这样想，也绝没有这样做。“我并不是说那是真的——我低声下气向你禀告的，先生，就是这件事，在圣殿那边那个板凳上，我的小子坐在那儿，已经长大成人了，只要你乐意，他就给你跑腿，给你送信，给你干零星活儿，直到你蹬腿的时候。要是过去真是那样的话，我还是不说那确实是真的(因为我不愿跟你支吾狡辩)，就让那孩子替他爹的班，照看他妈吧；别把这孩子他爹搞臭——别这么干，先生——就让那个当爹的钻到那个正式刨地的行当里去算了，好让他弥补他过去刨开那些墓的罪孽——要是过去真是那样的话——让他诚心诚意地把他们都埋进去，将

① 意为不能不责备需要尸体的外科医生，而只责备供应尸体的盗墓人。

来也绝不再去打扰他们的平安。劳瑞先生，”克软彻先生说着，用胳臂擦了一下脑门儿，仿佛他发表的这通演说已经达到了末尾阶段，“这就是我要毕恭毕敬禀告你的，先生。一个人，眼见四周遭儿这些事儿都鼓弄得邪乎了，哎呀，看到一些人脑袋都没了，多得简直到了挣的钱刚够出运费的，有时候连运费都不够，那谁还能不对事情不正经八百琢磨琢磨？要是我从前真是那样的话，那我这阵儿央告你，要把我刚才说过的话记在心里，我站出来说的都是正派话，我本是可以把它瞒起来的。”

“起码这是真的，”劳瑞先生说，“这会儿不用再说了，你要是以实际行动而不是在口头上悔过，那么我还可以做你的朋友。我不想再多听什么了。”

克软彻先生用指关节扣了扣脑门儿，这时西德尼·卡屯和密探从那间密室里回来了。“再会，巴塞德先生！”卡屯说，“咱们的安排就这样定了，你对我没什么可害怕的了。”

他坐到炉边一把椅子里，面对劳瑞先生。等到只剩他们两个的时候，劳瑞先生问他办了些什么事。

“不多。假使那个囚徒要有什么不测，我保证可以进去和他见面——一次。”

劳瑞先生满面忧愁。

“我只能做到这些，”卡屯说，“要求过多，就会把他的头推到铡刀之下，而且正如他自己所说的，要是告发他，他也不会落到更糟的结果。很明显，这是形势不利的地方。对这件事毫无办法。”

“可是如果在法庭上发生什么不测，和他会面也救不了他。”劳瑞先生说。

“我从来也没说那能救他。”

劳瑞先生的目光慢慢转过去看着壁炉里的火苗；他对他那亲爱的人的怜惜，以及他再次被捕给他带来的深沉失望，使他的目光失神了；此时他成了一位老人，饱尝了近日的忧患，他的眼泪簌簌下落。

“你是个好人，是个真诚的朋友，”卡屯说，声音也变了，“如果我注意到你动了感情，那我请你原谅。我不能看着我父亲哭泣而坐在一旁无动于衷。即使你是我的父亲，对你的忧愁我也不可能看得更重了。不过，你和这场不幸并无瓜葛。”

尽管他说这最后一句话的时候又流于平素那种态度，那语调和语气却都流露出真情和敬重，劳瑞先生从未见过他这善良的一面，所以完全出乎意料。他把手伸给他，卡屯于是轻柔地握住了他的手。

“再来说可怜的达奈的事吧，”卡屯说，“不要告诉她这次会面或这项安排。这不能使她去看他。她可能会想到，这是预作布置，好在最糟糕的情况下给他传送自裁的工具呢。”

劳瑞先生事先并未想到这点，于是急忙瞧了卡屯一眼，想看看他是不是真有此打算。看来似乎是有；卡屯回看了他一眼，显然懂得这意思。

“她可能会想到千百种事情，”卡屯说，“而随便哪一种都只会给她平添忧烦。不要对她提起我。还是像我刚来的时候说的那样，我最好别见她。我不见她，也可以在力所能及的范围之内为她出力去做一点儿有益的工作。我想你是要到她那儿去吧？今天晚上她想必很冷清。”

“我现在立刻就去。”

“这让我很高兴。她对你的依恋和信赖是那样深。她看上去怎么样?”

“又焦虑又痛苦，可是非常美。”

“啊?”

这是一声长长的哀音，像一声叹息——几乎像一声呜咽，它把劳瑞先生的目光引到了卡屯的脸上，那张脸已经转向炉火，一道亮光，或者说一道阴影(这位年迈先生难以说清)迅速掠过这张脸，就像青天白日之下山坡上要发生风云突变似的，一小根烧着的木柴正往前滚过来，他抬起脚来要把它踢回去。他身穿当时流行的白色骑装，长马靴，而那火光照在这身浅淡颜色的装束上，再加上他那长长的褐色头发一点未加梳理，披散在肩头，使他显得很苍白。他对于火那种毫不在意的态度，使得劳瑞先生非提醒他一声不可了；那块烧着的木柴在他脚下碎裂了，他的靴子还踩在烧得通红的余烬上。

“我把它忘了，”他说。

劳瑞先生的目光又给吸引到他的脸上去了。他注意到一种颓废的神情遮掩住了他那本来很清秀的面貌，加上他脑子里对那些犯人的表情记忆犹新，于是又鲜明地回想起那种表情来了。

“那么你在这里的任务已经快到结尾了吧，先生？”卡屯转向他说。

“是呀。就像昨天晚上露茜那样出人意料地走进来的时候我告诉你的，我到底还是完成了我在这儿所能做的一切。我本来希望能让他们绝对平安地留在这儿，然后再离开巴黎。我拿到了离境证件。我已经准备好要走了。”

他们两个都沉默不语。

“回首往事，你这一生算是长寿吧，先生？”卡屯若有所思地问。

“我已经七十有八了。”

“你一生都是有益于人的；一直都有所事事；受信任，受敬重，令人仰慕，是吗？”

“我自从长大成人，就一直是个办业务的人。实际上，我可以说，我还是个孩子的时候就是个办业务的人了。”

“你看，你在七十八岁的时候还担负着一个什么样的职位。等你把这个职位空下来的时候，该有多少人会思念你呀！”

“一个孤零零的老光棍儿，”劳瑞先生摇着头回答。“没人会哭我的。”

“你怎么能这么说？她难道不会哭你？她的孩子难道不会？”

“会，会，谢谢上帝。我说的不完全是这个意思。”

“这就是一件应该感谢上帝的事，难道不是？”

“当然是，当然是。”

“如果按事实说你今晚只能对自己孤寂的心承认：‘我从没得到任何人的热爱和依恋、感激或尊敬；我从没博得任何受人看重体贴的地位；我从没做过任何值得永志不忘的善良或有用的事情！’那么你这七十八年就应该是七十八次狠狠的咒骂了，是不是？”

“你说的是实在的，卡屯先生；我想那应该是。”

西德尼又把目光转向炉火，经过几分钟沉默以后，又说：

“我想请问你：——你的童年是不是好像已经很遥远了？你坐在母亲膝上的那些年月，是不是好像是很久以前的年月了？”

劳瑞先生的神态也像他一样变得温和了，他答道：

“倒退二十年，是这样的；而当我活到这个时候，就不是了。因为随着我越来越靠近我这一个圆圈旅行的终端，我就越来越靠近那个起点了。这似乎是在为最后上路扫清道路，做好准备。我想起很多长期沉睡着的往事，回忆起我那年轻漂亮的母亲(而我现在也这么老了)，联想到很多过去的岁月，那时我们称之为‘世界’的东西，在我看来还不那么真实，而且我的缺点也还没有在我身上扎根，现在回忆起来，很受感动。”

“我理解这种感情！”卡屯容光焕发，喊叫起来。“而且这样你就变得更好了吧?”

“我希望这样。”

谈到这里，卡屯起身帮他穿外衣，把这场谈话结束了；“可是你，”劳瑞先生又提起这个话题，“你还年轻。”

“是啊，”卡屯说，“我不老，不过我这个年轻人的路并不是通向颐养天年之路。我活够了。”

“我敢说，对我也是，”劳瑞先生说。“你要出去吗?”

“我跟你一块儿走到她门口。你知道我那种游游荡荡不好休息的习惯。如果我要在街上游逛很长时间，你别不安；早晨我还会来的。你明天去法庭吧?”

“是的，真不幸。”

“我会去那儿，不过只是夹在人群当中。我那个密探会给我找个地方的。挽着我的胳臂吧，先生。”

劳瑞先生挽住他的胳臂，于是他们下了楼，走到外面街上。几分钟的工夫，他们就到了劳瑞先生的目的地。卡屯把他留在那儿；但是在稍远一点儿的地方逗留了一下，等门关上以后，又回到门口，轻轻抚摸着门。他早就听说过，她每天到监狱那儿去。“她从这儿出去，”他四下打量着说，“往这边拐弯，一定常常踏在这些石头上。让我随着她的脚步走吧。”

他站到拉弗斯监狱前面的时候，已经是夜里十点了。在这里，她曾经站过几百次了。一个小个子锯木工已经关了铺子，正在门口抽烟斗。

“晚上好，公民，”西德尼·卡屯走过时停下来说；因为这人用探询的眼光打量着他。

“晚上好，公民。”

“共和国现在怎么样了?”

“你是指吉洛汀。挺好的。今天六十三个。我们很快就要达到一百大关了。参孙和他手下的人有时候抱怨说太累了。哈，哈，哈！他真好玩儿，这个参孙。这么个剃头匠!”

“你常去看他——”

“剃头？总去。每天去。了不起的剃头匠啊！你见过他干活儿吗?”

“从来没有。”

“等他又有一大批的时候，去看看吧。你自己算算这个数目；今天不到两袋烟工夫，他剃了六十三个。不到两袋烟工夫。用名誉担保，没错儿!”

这个龇着牙的小个子伸出他正抽着的烟斗，说明他怎样计算刽子手杀人的时间，这时卡屯明显地感到一种愿望油然而生，想把他打个灵魂出窍，因此他转身走开了。

“尽管你穿着英国衣裳，”锯木工说，“可你不是英国人吧?”

“是，”卡屯又停下来，扭头回答道。

“你说话就像个法国人。”

“我过去在这儿上过学。”

“哈哈！地道的法国人！晚安，英国人。”

“晚安，公民。”

“可是你要去看看那个好玩的家伙啊，”这小个子在他身后边一个劲儿喊着说，“你还得带个烟斗!”

西德尼走到他看不见的地方不远，就停在街当心一盏光线暗淡的路灯下，用铅笔在一张纸上写了字。然后他以熟谙路径的人那种坚定的脚步，走过几条又黑又脏的街巷。这些街道比往常更脏，因为在那些恐怖的年月里，共和国最好的通衢大道都无人打扫。最后，他站在一家药铺前面，店主正在亲手关店门。这家又小、又暗、又歪歪斜斜的铺子，是一个又小、又暗、又歪歪斜斜的人，在一条通到山上去的弯弯曲曲的大道旁开的。

他在柜台前正面对着此人，也向他道了晚安，然后把那张纸放在他面前。“哟!”抓药的一边看着这块纸，一边还轻轻嘘了一声：“唏，唏，唏!”

西德尼·卡屯置之不理，于是抓药的说：

“是你用的吧，公民?”

“是我用的。”

“你会小心地把它们分开放好吧，公民？你懂得把它们混到一起会有什么后果吗?”

“完全懂。”

几个小包包好了，给他了。他把它们逐一放进他里边上衣的衣兜里，点出应付的钱，然后不慌不忙地离开了铺子。“到明天为止，也没什么事可干了，”他仰望着月亮说道，“我睡不着。”

在那疾驶的流云之下他出声地说出这番话的态度，并不是一种满不在乎的态度，也不是疏忽大意的态度，而是多少带着一点轻蔑、挑战的意味。这是一个心神交瘁的人决心已定的态度；他曾经踯躅彷徨，艰苦挣扎，迷失路途，但终究踏上了正路，并望见了归宿。

很久以前，他还是个前程远大的年轻人，在他那些最初的竞争对手当中出类拔萃的时候，他到墓地去给他父亲送葬。他母亲早在几年之前就已经去世。此时，他行于黢黑的街巷和浓深的阴影之间，冰轮高悬，流云飞驰，他在父亲墓前念诵过的那些庄严词句，又在他的脑海中浮现。“耶稣说，复活在我，生命也在我；信我的人，虽然死了，也必复活；凡活着信我的人，必永远不死。”①

在一座斧影刀光笼罩下的城市里，深夜独自踯躅街头，忧伤之情不觉油然而生，哀悼那天白天处死的六十三个人，也哀悼此时正在狱中等待赴死的牺牲者，然而明天过后还有明天，联翩浮想恰如从深水捞出锈迹斑驳的旧锚，使人对这些词句感触深长。他并未寻求那联翩浮想，而只是重复着这些词句继续前行。

他心怀庄严的关切之情，看着那些灯光闪烁的窗口，那里的人们正要就寝，在数小时的宁静中忘记周围的恐怖；看着那些教堂上的塔楼，那里已无人祈祷，因为多年来教士巧取豪夺，骄奢淫逸，招致民众深恶痛绝，已经达到了自我毁灭的程度；看着远处的墓地，正如他们写在大门上的一样，那是专供“长眠”之用的；看着那到处充斥的监狱；还有那条条大街，那一批又一批的六十人，坐着囚车沿着这些街道走向一死，这种事已经习以为常，不足为怪，甚至在民众中间竟未出现一个在吉洛汀手下结果性命的人冤魂不散到处游荡的悲惨故事；西德尼·卡屯对这座在暴怒中消停下来度过短短一夜的城市中出现的生生死死，怀着

① 此为基督教安葬祷文。见《圣经·新约·约翰福音》第11章第25—26节。

庄严的关注，又过了塞纳河，来到较亮的街道上。

街上很少有马车驶过，因为坐马车的人很容易受到怀疑，上等人也都把头缩入红色睡帽当中，穿上粗笨的鞋，自己步行了。不过戏院却都家家客满，他路过时，人们正兴高采烈地涌出来，谈笑而归。在一家戏院门口，一个小姑娘正要和母亲择路穿过那一片泥泞，到马路对面去。他把这孩子抱过去，并在那细嫩的胳臂松开他的脖子以前要她亲他一下。

“耶稣说，复活在我，生命也在我；信我的人，虽然死了，也必复活；凡活着信我的人，必永远不死。”

此时，这些街道寂静下来，夜色深沉，这些词句与他的脚步相互应和，在空中回荡。他宁静而又坚定，有时一边走一边对自己重复这些词句；不过他始终都听到它们。

夜色即将散尽，他伫立桥头，倾听河水拍击巴黎的这个小岛的堤岸①，这里房屋和教堂错落如画，在月光下闪闪发光。白日冷冰冰地来临了，看上去像一张死人的脸出现在天边。随后星月闪烁的黑夜渐渐暗淡，终于消失，有一小阵工夫，仿佛天地万物都交付死神掌管了。

然而，灿烂的太阳冉冉升起，仿佛以它那霞光，把夤夜萦回的那些词句径直射到他的心上，带来温暖。他虔诚地遮住眼睛，顺着这片光辉望去，仿佛在他和太阳之间有一座虹桥横跨长空，那河水则在这虹桥之下银光闪耀。

强大的潮水在清晨的寂静中来得那么迅速、深沉而又坚定，恰似一位与他情投意合的朋友。他顺流走去，远远离开那些房屋，然后躺在岸上，沐浴着温暖的阳光睡着了。等他醒来，重新站起身来以后，他还在那儿小作留连。看见水中一个随波逐流的漩涡转了又转，直到流水将它

① 指巴黎市区内塞纳河上最大的小岛西岱，此处为巴黎最古老的地区，著名的巴黎圣母院即在岛上。

吞没，载向大海。——“就像我！”

一只商船，挂着颜色有如败叶一般的船帆，这时映入他的眼帘，从他身旁漂过，渺然而逝。等它激起的静静涟漪在水面消失的时候，出于想为自己一切可怜的盲目和过失求得怜悯而从他心头涌出的那段祷文，在这一句上结束了：“复活在我，生命也在我。”

等他回来的时候，劳瑞先生已经出去了，不难猜测，这位善良的老人到哪儿去了。西德尼 · 卡屯只喝了几口咖啡，吃了一点面包，梳洗罢，换了装，振作起精神，就出门到那开庭审判的地方去了。

法庭里到处吵吵嚷嚷，乱哄哄的，那只黑羊①推搡着西德尼 · 卡屯走到人群中一个不显眼的角落里。许多人都怕这只羊，都离他远远的。劳瑞先生在那儿，马奈特大夫也在那儿。她也在那儿，坐在她父亲身旁。

她丈夫给人领进来的时候，她朝他转过脸去，顾盼之间，显得那样执著坚贞，那样令人鼓舞，那样充满仰慕眷恋，柔情缱绻，为了他的缘故而又表现得那样勇气十足，使他脸上有了健康的血色，显得红光满面，目光变得炯炯有神，心跳坚强有力。如果当时有哪双眼睛留神观察，那就会看出她这一顾盼在西德尼 · 卡屯身上所发生的影响，与在达奈身上发生的分毫不爽。

在这个不讲公道的法庭面前，很少或者根本没有任何审判程序，能让任何被告得到任何合理申诉的机会。如果当初没有荒谬绝伦地滥用所有法律、礼节和仪式，以至要用革命的自杀性报复行为来使它们全部粉碎，化为乌有，这场革命也就不会发生了。

大家的目光一齐转向陪审团。那都是昨天和前天、也是明天和后天的坚定不移的爱国者和好公民。其中有一个显得急切而且突出，他满脸如饥似渴的神气，手指头老在嘴唇周围动，他的模样叫围观的人看了觉

---

① 即穿黑衣服的密探，这里具体指巴塞德。

得非常满意。这是一个嗜杀成性、食人生番似的、凶恶残忍的陪审员，圣安东的雅各三号。整个陪审团，就像一群猎狗为了审问鹿而组成的那种陪审团。

大家的目光随后又转向那五名法官和那个检察官。今天这一部分并没有什么良好有利的倾向，只有残暴可怕、毫不通融、杀气腾腾、毫不留情的气氛。于是大家的目光又在人群中相互搜寻，相互眨眼表示会意，还彼此点头，然后才聚精会神地躬身向前。

夏尔·埃弗瑞蒙德，又姓达奈。昨天释放。昨天又被控告，又被逮捕。昨夜给他送去起诉书。涉嫌并被告发为共和国的敌人、贵族、一个恶霸家庭的成员，属于原曾利用其已被废黜的特权臭名昭著地压迫人民而被褫夺公民权利、判处死刑的家族。夏尔·埃弗瑞蒙德，又姓达奈，恰在这一死刑名单之列，依法处死，绝无宽宥。

检察官以这样简洁或更为简洁的言词，表达了这些意思。

首席法官问，“被告是被公开告发，还是秘密告发的?”

“公开告发，首席法官。”

“由谁告发?”

“三个原告。欧内斯特·德发日，圣安东酒贩。”

“好。”

“泰雷兹·德发日，他的妻子。”

“好。”

“亚历山大·马奈特，医生。”

法庭里掀起一阵喧哗，在这声浪当中，可以看见马奈特大夫面色惨白，浑身颤抖，从他原先落座的地方站起身来。

“首席法官，我愤慨地向你抗议，这是一种伪造和欺骗行为。你知道被告是我女儿的丈夫。我女儿，以及她所宝贵和亲近的人，对我远比我的生命更宝贵更亲近。这个撒谎的阴谋分子说我控告我自己孩子的丈夫，他是谁？在哪儿?”

“马奈特公民，要肃静。如不服从法庭的权威，你自己就会犯法。至于比你的生命更亲近更宝贵的，对于一个好公民来说，什么也没有共和国那样亲近，那样宝贵。”

这一指责招来一片高声喝彩。首席法官摇铃，并充满热情重新开言。

“即使共和国要求你牺牲你的亲骨肉本身，你也要义不容辞地将她献出。听下面的话吧，听的时候要安静！”

疯狂的喝彩再次响起。马奈特大夫用眼四下打量，嘴唇不住颤抖，坐了下来；他女儿挪得离他更近。陪审团中那个如饥似渴的陪审员，搓搓双手，又把那只手放回嘴边。

德发日一俟法庭安静得足以听见他的声音，就立即出庭，并迅速陈述那长期监禁的往事，以及他还是个孩子的时候曾服侍过马奈特大夫，还有这犯人得到释放以及犯人获释并送交给他时的情况。随即便对这些进行了简单的讯问核实，因为这法庭做工作一向快捷。

“你在攻占巴士底的时候立下了汗马功劳吧，公民？”

“我想是这样的。”

这时一个精神亢奋的妇人在人群中尖叫起来：“你就是那儿最棒的爱国者中间的一个。为什么不这么说？那天在那儿，你是个火枪手，那个该死的城堡攻下来的时候，你是第一批进去的人。爱国者们，我说的是实情！”

这就是那位复仇女，她在听众热烈赞扬之下，在审判进行当中这样呐喊助阵。首席法官摇铃了；可是这位复仇女受到鼓励更为狂热，尖声高喊：“我不管那个铃儿！”她同样又博得大量称赞。

“报告法庭，你那天在巴士底狱中干了些什么，公民。”

“我知道，”德发日说着，朝下看了看他妻子，她站在他走上来的那个台阶的最下层，坚定地朝上看着他，“我知道，我提到的这个囚犯曾经给关在一个单人牢房里，大家管他叫做北楼一百零五号。我是从他本人那儿知道的。他在我的照看之下做鞋的时候，除了知道自己叫北楼一百零五号之外，再也不知道还叫其他什么名字。那天我放着枪的时候，决定打下了那地方，就去检查一下那间牢房。那地方攻下来了，我和一个公民伙伴，他现在是在座的陪审员之一，由狱吏带路，登楼到了那间牢房。我非常仔细地检查了那间牢房。烟囱上有一个洞，那儿有一块石头给挖出来过，又重新安上了。我在洞里找到一份手写的文稿，这就是那手写的文稿。我曾经认真查看马奈特大夫手写的一些材料，这确是马奈特大夫的手迹。我把马奈特大夫手写的这份文稿交到首席法官手上。”

“把它念出来。”

一时鸦雀无声——那受审的犯人心怀情爱看着他妻子，他妻子的目光一直凝视着他，只在间或怀着焦虑回视她父亲时才转开一下，马奈特大夫的眼睛一直盯着读手稿的人，德发日太太从未把她的眼睛从犯人身上挪开，德发日从未把他的眼睛从他那痛快至极的太太身上挪开，那儿所有其他人的眼睛都聚精会神地注视着大夫，而大夫则对他们谁也没看见——手稿宣读了，内容如下。

第十章　虚 影 实 显

“我，不幸的医生亚历山大·马奈特，生于博韦，后迁居巴黎，在巴士底狱我囚居的凄惨牢房中写这份令人悲伤的文稿，时值一七六七年最后的月份。我是在重重困难之中偷空写的。我计划把它藏在烟囱的内壁里，我已在那儿经过千辛万苦慢慢地挖了一个可以藏它的地方。在我和我的悲愁都灰飞烟灭之时，某只富于同情的手可能会在那儿找到它。

“这些字句是用一只锈铁尖蘸着烟囱里刮下来的烟灰炭末和着鲜血，在我被捕入狱第十个年头的最后一个月份艰苦写成的。我心中已经完全绝望。我从我自己身上注意到的一些可怕征兆得知，我的理智能够保持完好无损，再也不会有多久了，但是我庄严声明，我此时神志正常——我的记忆精确，详尽无遗——而且我写的全是实情，我在末日审判席上也将为我最后写下的这些话承担责任，不管是否会有人看到。

“一七五七年十二月的第三周(我想是这个月的二十二日)，在一个月色朦胧的夜晚，我正沿着塞纳河僻静的码头一带散步，想借助寒冷的空气提提精神，那里距我在医药学校那条街上的住处有一小时的路程。这时候，一辆马车很快从我后面赶上来。我站在一边想让它过去，否则恐怕它会把我撞倒，这时一个人从车窗探出头来，然后有个声音喊车夫停车。

“车夫好不容易勒住马，车停下了，然后就听到刚才那个声音喊着我的名字叫我。我答应了。这时那辆马车已经赶过我很远，所以等我走到马车跟前的时候，那两位先生早已打开车门，走下车来。我看到他们俩都裹着大氅，那样子像是想把自己遮掩起来。他们俩并肩站在车门附近，我还看出，他们俩看上去都和我自己的年纪不相上下，或者还要年轻些，而且他们的高矮胖瘦、举止神情、声音乃至我可能看到的面貌，都一模一样。

“‘你是马奈特大夫吗?’一个说。

“‘我是。’

“‘马奈特大夫，从前住在博韦的，’另一个说，‘年轻的内科医生，原来是一个外科专家，最近一两年来在巴黎越来越出名了，是吧?’

“‘二位先生，’我回答，‘我就是承蒙二位过奖的马奈特大夫。’

“‘我们到你的寓所去过了，’那头一个说，‘不巧没有在那儿找到你，得知你很可能往这个方向散步来了，我们就跟了来，希望能追上你。请你上马车，好吗?’

“两个人的态度都很专断，而且他们俩一边说着，一边就都走过来，这样就把我夹在了他们两人和车门之间。他们带着武器，我没有。

“‘二位先生，’我说，‘原谅我；不过我通常总是要问清楚，是谁赏光请我帮忙，唤我前去诊视的是什么样的病情。’

“回答这个问题的，是刚才第二个说话的人。‘大夫，请你看病的是有身份地位的人。至于病情，我们对你的医术信得过，相信你自己的诊断会比我们所能形容的更好，得了，你上马车好吗?’

“我无可奈何，只好照办，于是什么也没说就上了马车。他们俩都跟着我上了车——最后一个是收起踏板以后跳上来的。马车掉过头，又照原先的速度飞奔起来。

“我完全是按照当时的对答重写下这段对话的。我确信每字每句都完全一样。我所描述的件件事情都同实际发生的情况一样，我努力约束自己的思想，决不从我所做的叙述上走神，胡编乱造。后边凡是我做了中断符号的地方，就表明我暂时搁笔，并把我的文稿放入隐蔽的地方。

“马车把一条条街甩在后面，出了北面的关卡，来到乡间大道上。出了关卡有三分之二里格的地方——那时我没有算距离，是后来我走过那里的时候估算的——马车窜出林荫大道，很快就在一所孤零零的宅院前停住了。我们三个都下了车，沿着庭院里一条潮湿柔软的人行小路朝门口走去，庭院里有一座无人照看的喷泉，水都漫出来了。铃响过后，门并没有立即应声打开，随后我那两个带路人当中有一个就用他那厚重的骑马手套劈头盖脑地揍那个开门的人。

“这种举动并未引起我特别的注意，因为我见过，普通百姓挨揍比狗挨揍还更普通。但是，两人中的那另外一个，也同样怒气冲冲，也用同样的态度抡起胳臂打那个人；当时这一对兄弟的神情举止都那么分毫不差，所以我那时就开始觉察到，他们是一对孪生兄弟。

“从我们在外边大门口一下车(大门上了锁，这对兄弟当中的一个把锁打开，让我们进去，然后又锁上了)，我就听到从楼上一间内室里不时传来喊声。我给径直带向这间内室。随着我们一级级上楼，那喊声越来越响，后来我看见一个因脑炎发高烧的病人躺在床上。

“病人是个绝色女子，年纪很轻；肯定才二十刚出头。她披头散发，两只胳臂用许多饰带和手帕绑在身体两侧。我注意到，这些绑人的带子都是一位上等先生身上的饰物。其中有一条是一种作出席盛典用的带穗的领巾，我能看到那上边有个表示贵族身份的徽记和一个字母‘E’①。

“我一开始仔细观察病人，就看见了这个，因为她不安地挣扎的时候，脸朝下扭到床边上，把领巾的一头拉到嘴里，有窒息的危险。我首先要做的就是伸出手去使她喘过气来；并把这领巾挪到一边，那绣在角上的字样，我就看见了。

“我轻轻把她翻过来，双手放在她胸前，使她镇静下来，躺着不动，并注意看她的脸。她两眼圆睁，眼神狂乱。她还不断发出刺耳的尖叫，并重复着这句话：‘我的丈夫，我的父亲，我的弟弟啊！’然后就从一数到十二，并且说，‘嘘！’只有一小会工夫，她像是停下来静听，然后那刺耳的尖叫又开始了，她就又重复着那句话：‘我的丈夫，我的父亲，我的弟弟啊！’然后就从一数到十二，并且说，‘嘘！’次序和方式毫不变化。她发出这些声音，除了那有规律的短暂停歇，永无休止。

“‘这样有多长时间了？’我问。

“我把这两兄弟叫做老大、老二，以示区别；我把那个最有权威的定为老大。答话的是老大，‘大约从昨晚这个钟头开始。’

“‘她有丈夫、父亲、弟弟吗？’

“‘有个弟弟。’

“‘我不是在和她弟弟讲话吧？’

“他带着满脸鄙夷的神气回答：‘不是。’

“‘她最近出过什么事和十二这个数字有联系吗？’

---

① “E”为埃弗瑞蒙德这一家族姓氏的第一个字母。

“那个老二不耐烦地插嘴道：‘和十二点钟吧?’

“‘二位先生请看，’我说，手还一直放在她胸口上，‘你们这样把我接来，我有什么用！如果我事先知道我要诊视的是什么病，我就会作好准备来了。像现在这样，时间就得浪费了。在这么个偏僻地方，没法弄到药。’

“老大朝老二看了看，老二傲慢地说，‘这儿有一箱药，’说着就从壁橱里把它拿了出来，放在桌子上。

“我打开一些瓶子，闻了闻它们的气味，把瓶塞放在嘴上尝了尝。如果我不是想用麻醉药，虽然它们本身有毒，而是别的什么药，这些药里面的任何一种我都不会尝。

“‘你信不过这些药吗?’老二问。

“‘你看，先生，我就要用它们了。’我回答后，再没说什么。

“我费了很大周折，作了种种努力，才让病人吞服了我要给她的剂量。因为我想过一会儿再给她吃一次，而且还需要看看吃药的效果，我于是就坐下来守在床边。那儿有一个畏畏缩缩、蹑手蹑脚的妇人(是楼下那个人的妻子)服侍着，她原先缩在一个墙角里。这房子潮湿破烂，家具都是七拼八凑的，很显然是最近才有人住，而且是暂时用用，窗前钉了一些厚厚的旧帷幔，想挡住那尖声叫喊，这种声音仍然按有规律的顺序发出来，还伴随着那喊声：‘我的丈夫，我的父亲，我的弟弟啊！’那从一到十二的计数，还有那‘嘘！’她疯狂喊叫得那么厉害，所以我没有给那两只胳臂松绑；不过一直留心着，注意不要使她难受。这一病情给人唯一的一线希望是，我把一只手放在这个痛苦的病人胸上时，能给她起很大的缓解作用，每次都会使这个人镇静一会儿。但对那叫喊无效；什么钟摆也不会比它们更有规律。

“我的手既然有这样的效果(我认为如此)，所以我就在床边坐了半个小时，那两兄弟一直在旁看着，后来那老大说：

“‘还有另一个病人。’

“我愣了一下，问道：‘是急症吗?’

“‘你最好看看去，’他满不在乎地回答；接着拿起一盏灯。

“那另一个病人躺在第二截楼梯那边的一间后屋里，它是那种马厩阁楼之类的屋子。其中一部分有个粉刷过的低低的顶棚，其余都敞开着，直通铺瓦的屋脊，还架着一些横梁。干草和麦秸贮存在这部分地方，还有烧火用的柴捆和一堆埋在沙子里的苹果。我走过这一部分，来到另一部分。我的记忆详尽清晰，有条不紊。我在巴士底狱中我这间牢房里囚禁了将近十年，现在回想起这些细节来，仍然历历在目，像我那夜所见的一样。

“在地上的一堆干草上，躺着一个英俊的农家小伙子，顶多不过十七岁，头枕一个扔给他的枕头。他仰卧着，牙关紧咬，右手紧攥着放在胸前，他那对怒火熠熠的眼睛直盯着上方。我单腿跪下俯身向着他，看不出他的伤在哪儿，不过我能看出，他是被利刃刺伤的，已经奄奄一息。

“‘我是个大夫，我可怜的伙伴，’我说，‘让我看看伤口。’

“‘我不想让人看，’他答道，‘随它去吧。’

“伤口在他的手下，于是我哄着他让我把他的手挪开，那是剑刺的伤口，二十至二十四小时以前受的伤。即使毫不拖延当即治疗，也没什么高手能够救他。他那时正迅速走向死亡。我把目光转向那哥哥，看见他往下瞧着这个气息奄奄的漂亮少年，就仿佛他是一只受伤的鸟儿或是野兔、家兔，一点也不像是他的一个同类。

“‘这是怎么弄的，先生?’我说。

“‘一条下贱的小疯狗！一个农奴！逼得我弟弟拔剑刺他，让我弟弟的剑砍倒了——居然像个上等人似的①。’

“这答话中没有一点儿怜悯、难过或是同类之情的意味。说话的人

---

① 按欧洲封建时代习俗，平民无资格与贵族决斗，贵族与平民交锋即有辱身份。

仿佛承认，让那样一种异类死在那儿很不合适；他要是照他们这类蛆虫平时那样默默无闻地死去才好。他对这个小伙子或是他的命运，根本不可能有任何同情心。

“他说这番话时，小伙子的眼睛慢慢转到他身上，这时又慢慢转到我身上。

“‘大夫，他们很骄傲，这些贵族；可是我们这些平民狗，有时也很骄傲。他们抢我们，欺我们，打我们，杀我们；可是，我们有时还是剩下一点傲气。她——你看见她了吗，大夫?’

“那尖声嚎叫和高喊的声音，虽然因为离得远而减低了，但还是可以听见。他提起这些声音，仿佛她就躺在我们面前。

“我说，‘我看见她了。’

“‘她是我姐姐，大夫。他们这些贵族，对我们姐妹的贞操品德享有可耻的权利，已经有很多年了，可我们当中也有好样的姑娘。这我知道，也听我父亲这样说过。她是个好样的姑娘。她和一个也是好样的年轻人订了婚；是他的一个佃户。我们都是他、站在那儿那个人的佃户。那另一个是他弟弟，这群坏种当中最坏的坏种。’

“这小伙子是极其困难地聚集起浑身的力气来说话的；但是他的精神力量却表现得非常显著。

“‘我们给站在那儿的那个人残酷地搜刮，正像我们所有贱狗受这些高贵的东西搜刮一样的：他毫不容情地收租，强迫大家无偿地给他干活儿，逼着我们在他的磨坊里磨我们的粮食，逼着我们用那点可怜的粮食喂他们那大群大群的家禽，却禁止我们为自己养一只家禽，违抗了就要我们的命。他抢劫掠夺我们到了这种地步，连我们偶尔弄到一点肉，吃的时候都得提心吊胆，关门闭户，好不让他的人看见，抢走——我说，我们这样被他抢夺，被他搜刮，弄得这么穷，我父亲甚至告诉我们，生一个孩子到这个世界上来是件可怕的事，我们最祈求盼望的应该是我们的妇女都不生育，让我们这个可怜的种类都死光!’

“我在这以前从未见过，这种受压迫的感觉能像火一样迸发出来，我过去曾经猜想，它必定潜伏在人民之中；可是我从未见它爆发，直到这次才在这个即将死去的小伙子身上看见了。

“‘尽管这样，我姐姐还是出嫁了。那时那年轻人正有病，可怜的家伙，她嫁给了她心爱的人，这样就可以在我们的农舍里——这个人会把它叫做狗窝——服侍他，安慰他。她出嫁还没有几个星期，这个人的弟弟见到了她，就看中了她，要求这个人把她借给他——因为我们当中，丈夫算得上什么！这个人倒是愿意了，可我姐姐是好样的，贞节的，她恨他弟弟，怀着像我一样强烈的仇恨。这两个人是怎样说服她丈夫，让他对她施加影响好使她愿意的呢?’

“这小伙子的眼睛，本来一直盯着我的眼睛，这时又慢慢转向那个在旁边观看的人，而我从那两张脸上看出，他说的都是实情。就是在这所巴士底狱中，我仍能看见，这两种相持不下、截然对立的骄傲：上等人的，完全是狂妄自大，满不在乎；农民的，完全是横遭蹂躏，压抑悲愤，热望复仇。

“‘你知道，大夫，把我们这些贱狗套在车辕上赶，也属于这些贵族的特权。他们就这样套上他，赶他。你知道，让我们整夜守在他们的场地上，不让青蛙叫，好让他们高贵的睡眠不受干扰，这也属于他们的特权。他们让他夜里呆在外面的瘴气里，又命令他白天回去驾车。但是他并没有给说服。没有！一天中午他卸下车，去填肚子——要是能找到吃的东西的话——他抽泣了十二下，每次钟敲一下，就抽泣一下，然后就死在她的怀抱里。’

“除了倾诉他全部冤屈的决心，什么也不能使他弥留不去。他竭力轰走向他围拢过来的死亡鬼影，就像他竭力握紧右掌，继续抓紧、护住他的伤口一样。

“‘然后，由这个人同意，甚至是由这个人帮着，他弟弟把她带走了，尽管我知道，她一定对他弟弟说了一些话——而说的是什么，如果现在还没让你知道，不久你也会发现的，大夫——他弟弟把她带走了，供他一时享乐解闷。在大道上，我看见她从我眼前经过。等我把这消息带回家去，我们父亲的心都炸了；他闷在心里的话一个字也未说出来。我把我的妹妹（因为我还有个妹妹）送到这个人管不着的地方，在那儿，至少她永远不会是他的奴隶了。然后，我跟踪那个弟弟到了这儿，昨天夜里爬进来——一条贱狗，可手里有剑——那高窗户在哪儿？它就在这儿的什么地方吧？'

"在他眼里，这屋子越来越暗了；他周围的世界越来越窄了。我前后左右望了一下，看见地上的干草和麦秸都给踩得乱七八糟，似乎这儿曾经发生过格斗。

"'她听见我来了，就跑了进来。我告诉她，在那家伙死以前，别到我们跟前来。他走进来，先扔给我几个硬币，后来又用鞭子抽我。可是我，尽管是一条贱狗，竟然把他打得要拔剑了。那把沾了我这平民鲜血的剑，他爱折成几段就折成几段吧；他拔剑自卫——为了保住性命，他用尽他平生的剑术来刺我。'

"仅仅一小会儿工夫以前，我的目光曾落在干草中间几段折断的破剑上。那武器是一个上等人用的。在另一处地方，扔着一把旧剑，看样子是士兵用的。

"'喂，把我扶起来，大夫；把我扶起来，他在哪儿？'

"'他不在这儿，'我扶着这小伙子说，心想他指的是那弟弟。

"'他啊！那些贵族尽管都很骄傲，可是他不敢来见我。在这儿的那个人在什么地方？把我的脸转向他。'

"我照办了，扶起他的头枕着我的膝盖。但是，霎时间他突然产生了一股异乎寻常的力量，竟自己完全站起身来了，我也不得不站起身来，否则我就不能再继续扶着他了。

"'侯爵，'这小伙子瞪大眼睛，举起右手转向他说道，'等到所有这些事情都要得到抵偿的时候，我要把你和你的家人，一直到你们这个罪恶的家族的最后一代，都召来给它们作抵偿。我把这个血十字画在你身上，当作我这样做的标记。等到所有这些事情都要得到抵偿的时候，我要把你的弟弟、那个坏种中最坏的坏种召来，单独给它们作抵偿。我把这个血十字画在他身上，当作我这样做的记号。’

“他两次把手放到心窝的伤口上，然后用食指当空画了一个十字。他举着那手指站了一会儿，等他放下手指，他也随着倒下了，我把这小伙子放下，他已经死了。

“我回到那年轻女人床边，发现她还在按照同样的次序说着胡话。我知道，这还会延续许多小时，大概得在死后的寂静中才能结束。

“我又用了原先给她服过的那几种药，并坐在床边，直到夜深。她那尖声嚎叫刺人心肺的苦味一直不减，她那几句话清清楚楚，按照秩序，从不结巴。永远是‘我的丈夫，我的父亲，我的弟弟啊！一、二、三、四、五、六、七、八、九、十、十一、十二。嘘！’

“从我头一眼看见她的时候起，这种情形一直延续了二十六个小时。我已经来去两次，又坐在她旁边，这时她的声音开始发颤了。我竭尽全力想促成转机，而她渐渐陷于昏弱无力的状态，像死人似地躺着。

“这就像是长久而又可怕的急风暴雨过后，终于风停雨歇了。我松开她的胳臂，叫那妇人帮助我把她的身体放平，并整理她扯破了的衣服。到这时候我才发现，她的身体已有了要做母亲的初步征兆；也是到这时候，我对她的那点渺茫的希望也丧失了。

“‘她死了吗?’侯爵问，我以后还是把他称作老大。他刚刚骑马回来，穿着靴子走进屋来。

“‘没死，’我说，‘但像是要死了。’

“‘这些下贱之躯里怎么有那么多精力呀!’他有些好奇地朝下看着她说。

“‘在忧愁和失望中会产生奇异的力量。’

“他先是笑我说的话，随后又因为这话皱起眉头。他用脚踢过一把椅子靠近我的椅子，命那个妇人退下，然后压低了声音说：

“‘大夫，我发现我弟弟因为这些农夫而陷入困境，就建议求得你的帮助。你的名望很高，而且作为一个走红运的年轻人，你大概还是很关心你自己的利益的。你在这儿看到的种种事情，是看得说不得的。’

“我倾听着病人的呼吸，避而不答。

“‘你肯赏光听我的话吗，大夫?’

“‘先生，’我说，‘干我这种职业，对有关病人的情况总是保密的。’我回答得很审慎，因为我的所闻所见把我搅得心神不安。

“她的呼吸很难听出来，因此我仔细试了试脉搏，又听了听心脏。她还活着，仅仅如此。我重新坐到椅子上，朝旁边一看，发现两兄弟都紧紧盯着我。

“我写的时候困难重重，严寒刺骨，我又怕给人发觉，解递到一间地下牢房，完全漆黑不见天日，所以我得长话短说了。我的记忆丝毫没有混乱，没有丧失；我和那两兄弟说的话，字字都能记起，都能详尽叙述。

“她捱了一个星期。直到最后，我把耳朵贴近她的嘴唇，还能听懂她对我说的只言片语。她问我，她在什么地方，我告诉了她；又问我是谁，我也告诉了她。我问她家的姓氏却是徒劳。她在枕头上微微摇着头，不肯吐露她的秘密，就像那个小伙子一样。

“一直到我告诉那两兄弟说她已濒临死亡，而且不会活过第二天，我都没有机会问她任何问题。到那时为止，虽然除了那妇人和我，她根本感觉不出来其他任何人，可是我在那里的时候，他们俩不是这个就是那个总坐在床头的幔帐后面，小心提防着。可是等到了这种地步，他们似乎不大在乎我会同她交谈什么了；仿佛——我脑子里闪过一个念头——我也快死了。

“我自始至终看得出来，那个弟弟(按我的叫法)曾经和一个农民对剑交锋，而且那农民还是个孩子，这伤了他们的自尊心，使他们感到愤濆。看来影响他们俩思想的唯一考虑，就是认为这件事大大辱没了门楣，而且荒谬绝伦。我每次和那个弟弟的目光相遇，他的眼神都让我感到，他对我深为厌恶，因为我知道了我从那小伙子口中得知的事情。他对我比老大更随和也更客气；可是我看出了这点。我也看出，在老大的心里，我也是个麻烦。

“我的病人死了，在午夜以前两小时——根据我的表，这个钟点和我头一次看见她的时间几乎一分都不差。她那可怜的年轻的头，轻轻搭拉到一边，于是她在尘世所遭受的种种屈辱和忧患都终结了，这时只有我单独和她在一起。

“那兄弟俩正在楼下一间屋子里等着，急着要骑马离去。我单独待在病床旁边的时候，曾听到他们用马鞭抽打靴子，到处来回溜达。

“‘她总算死了吗?’我进去的时候老大说。

“‘她死了，’我说。

“‘我祝贺你，弟弟，’他转过身去这么说。

“在这以前他给过我钱，我迟迟没有接受。这时他给了我一封金币。我从他手里接过封包来，但是把它放在了桌子上。我已经考虑过这个问题，决定不收任何东西。

“‘请原谅，’我说，‘在这种情况下，我不收。’

“他们交换了一下眼色，但是在我向他们鞠躬的时候，他们也向我鞠了躬，于是我们双方都未再发一言就分手了。

“我现在乏极了，乏极了，乏极了——让痛苦折磨垮了。我都没法再读一遍我用这只瘦骨嶙峋的手所写的东西了。

“清晨，这封金币装在一个小匣子里放在我门口，外边写着我的名字。从最初我就心急如焚地考虑，我应该怎么办。那天我决定给大臣写一封私人信件，陈述我给唤去诊视过的两个病例的实情，以及我所去过的那个地方；实际上，是陈述所有的情况。我知道朝廷中的权势是怎么回事，也知道什么是贵族的豁免权；我也料到，这件事绝不会有人理睬；可是我希望解脱我自己良心上的负担。这件事我甚至对妻子都守口如瓶；而这一点我也决定要在信中说明。我并不害怕自己有什么实际的危险；但是我意识到，如果别人因为掌握了我所掌握的情况而受到牵连的话，那么他们可能会遭到危险。

“我那天很忙，当天晚上无法写完那封信。第二天早晨我起床比平时早得多，好把它写完。这天是那年的除夕。那封信刚刚写完放在我前面，就有人告诉我，一位太太恭候，希望见我。

“我越来越无力胜任我给自己安排的工作了。天气那么冷，光线那么暗，我的感觉又那么麻木，而且压在我心头的忧伤又是那么可怕。

“这位太太年轻、美貌、优雅，但不是长寿之相。她非常激动。她向我作了自我介绍，说她是圣埃弗瑞蒙德侯爵的妻子。我把那个小伙子用来称呼那个哥哥的头衔和绣在领巾上的头一个字母联系起来，毫不费力就得出结论：我不久前见到过那位大人。

“我的记忆还是很准确，但是我无法把我们所谈的话都写下来，我猜测，我所受到的监视比过去更严密了，而我又不知道我可能在什么时间受监视。她已经猜测出一部分，而且也发现了一部分，所以知道了那残酷故事主要的事实，也知道了她丈夫在其中参与了多少，以及他们曾来找过我。她不知道那年轻女子已经死了。她悲痛欲绝地说，她一直希望私下里向她表示一个女人的同情。她的希望是避免天庭震怒，并对一个为受苦受难的民众所长期仇恨的家族降灾降祸。

“她说她确信那家还有一个小妹妹活着，她最大的愿望就是帮助这个妹妹。我除了告诉她确有这么一个妹妹以外，再也无可奉告；除此之外，我也真是一无所知。她到我这儿来，是出于对我的信赖，她来的动机是希望我能告诉她那家人的姓名和地址。然而，直到现在这个悲惨的时刻，我对这两点还是毫无所知。

“这些纸片不够我用了。昨天他们从我这儿拿走了一张，还提出了警告。我必须在今天完成我的记述。

“她是个心地善良、富于同情心的太太，她的婚姻并不幸福。她怎么可能幸福呢！那弟弟不信任她，也不喜欢她，而且以他的全部淫威和她作对；她既怕他，也怕她丈夫。我搀她下楼到门口去的时候，她马车里有一个小孩，一个约摸两三岁的漂亮男孩。

“‘为了他的原故，大夫，’她泪汪汪地指着他说，‘我要尽我力所能及的一切来作些微薄的补偿。不然的话，他继承了这份家业，也永远不会昌盛发达。我有一种不祥的预感：如果没有其他清白无辜的人对这件事进行赎罪，那么有朝一日他是会受到报应的。我已经留下了属于我自己的东西——除了一点珠宝首饰，就没有什么东西了——如果能够找到那个小妹妹，我要让他把这作为他平生第一次所承担的责任，把这些东西连同他亡母的同情和哀悼，一并交给这个受害的家庭。’

“她吻了这男孩，并抚摸着他说，‘这都是为了你这个宝贝儿。你会忠实遵守吧，小夏尔?’这孩子果决地答道，‘会的!’我吻了她的手，她把那孩子搂在怀里，抚摸着他去远了。我再也没见过她。

“她相信我知道她丈夫的姓氏，所以才提到的，我在信中并没有把它添写进去，我把信封好，因为交给别人不放心，那天我亲自把信送去了。

“那天晚上是除夕之夜，将近九点钟时，一个穿黑衣服的人在我门口打铃求见，并轻轻跟着我那个年轻的仆人欧内斯特·德发日上了楼。当时我正和我妻子——哦，我倾心钟爱的妻子！我年轻娇美的英国妻子！——坐在屋子里，我的仆人进来的时候，我们看见了那个人不声不响站在他身后。我们原先还以为他是等在门口的。

“他说圣荣路有个急症病人。不会让我久留，他有辆马车等着。

“它把我带到了这儿，它把我带到了我的坟墓。等我一走出我那所房子，一条黑围巾就从身后紧紧勒住了我的嘴，我的双臂也给捆住了。那兄弟俩从一个黑暗的角落里走到马路这边来，打了一个简单的手势，表示是我没错。侯爵从衣兜里拿出我写的信，把它拿给我看，然后就着提来的灯笼把它烧了，并且用脚把火灰踩灭。一句话也没说。于是，我给带到了这儿，给带到了这把我活埋的坟墓。

“如果在所有这些可怕的岁月里，上帝曾一时高兴，让这铁石心肠的兄弟俩当中随便哪个想起，给我转达一点我爱妻的消息——哪怕只用一个字让我知道她是死是活——那我都会觉得，他老人家尚未全然将他们弃绝。不过如今我相信，那血红的十字记号已经注定了他们灭亡的命运，他们不再属于上帝的怜悯之列了。我，亚历山大·马奈特，不幸的囚徒，在一七六七年的除夕之夜，不胜痛苦地要求，在所有这些事情都得抵偿的时候，控告他们和他们直到最末一代的子孙。我向皇天后土控告。”

这一控诉朗读完毕，一阵凶猛的声浪掀起。这急切渴望的声浪明白无误地要求鲜血，此外什么都不要。这番诉说唤起了这个时代最强烈的复仇之情，在这种情感面前，这个国家没有一颗要遭报应的人头不会落地。

在这个法庭和这些听众面前，几乎没有必要说明，德发日夫妇原先为什么没有把这份文件和缴获的其他巴士底狱中纪念物品一起公诸于众，而是保存起来，等待时机。几乎没有必要说明，这个令人嫌恶的家族的姓氏，已经长久遭到圣安东区人的诅咒，并且被织进了那催命簿。能以自己的美德和功劳在此时此地顶住驳回这一控告的人，当时还没有下世为人。

而且对这个已经注定必死无疑的人更为不利的是：那原告是一位声誉卓著的公民，是他自己亲近的朋友，他妻子的父亲。民众发疯似的急切愿望之一，就是要模仿古代那些大可怀疑的公德，在人民祭坛上奉献牺牲或者自我牺牲①。于是首席法官宣告（否则他就得使自己的

① 罗马古代传说，有一人名布鲁特斯，推翻暴君，建立共和，而其二子阴谋恢复前暴君，布鲁特斯判二子死刑，并亲临监视其执行。

脑袋在肩膀上摇摇欲坠了)，这位共和国的好医生因为根绝了一个可恶的贵族家庭，而应受到共和国更大的尊敬，而且无疑会由于将他的亲女儿变为寡妇，将她的孩子变为孤儿，而感到神圣的荣耀和快乐；这时又掀起了一阵疯狂的激动，爱国的狂热，不含一丝一毫人类的同情。

“那位大夫对他周围的人不是有很大的影响吗?”德发日太太对复仇女微笑着，轻声说道。“现在去救他吧，我的丈夫，去救他去!”

每一个陪审员表决的时候，都掀起一阵吼叫。一次又一次表决，一阵又一阵吼叫。

一致通过。从内心到血统都是贵族，共和国的敌人，臭名昭著的压迫人民的分子。押回附属监狱，并在二十四小时之内处死!

第十一章　暮色朦胧

无辜者就这样被判处了死刑。他苦命的妻子听到宣判仿佛遭到了致命一击，昏倒了。但是她没有发出一点儿声音；而她内心则有一种强有力的声音，指出唯有她必须在他不幸的时刻支持他，绝不可使他的不幸增加。这声音那么强大有力，竟使她即使受了那样强烈的打击也很快就站立起来。

法官都得去参加一个在户外举行的群众示威游行，法庭于是休庭。人们从法庭的各个通道向外涌，嘈杂急切的声音还没停歇，露茜就站在那儿向她丈夫伸出胳臂，脸上除了怜爱和抚慰之情，别无其他。

“我要是能摸到他该多好！我要是能拥抱他一次该多好：啾，好公民们，你们要是对我们有那么些同情该多好!”

只剩下一个狱吏了，和他一起的还有昨天夜里押解他的那四个人当中的两个，还有巴塞德。人们全都冲到外边看街上的表演去了。巴塞德向其余几个提议，“那就让她拥抱他吧，那不过是一会儿的事儿。”这个建议得到了默许，于是他们把她从一排排座位上举到法庭的高台上，他在那儿身子靠在被告席的隔板上，才能把她抱在怀里。

“再见了，我心灵上珍爱的宝贝。我给我的爱人作临别祝福。我们还会再见，在困乏人得享安息[①]的地方。”

她丈夫把她拥在心口，说了这番话。

“我经得住，亲爱的夏尔。我从上天得到支持；不要为我难过。给我们的孩子作临别的祝福吧。”

“你替我祝福她。你替我吻她。你替我向她告别。”

“我的丈夫。别忙！等一会儿！”这时他正在从她怀里挣扎出来。“我们不会分别很久。我知道这会让我渐渐心碎；但是只要可能，我就会尽我的责任，而等我撇下她的时候，上帝会赐给她朋友的，就像他对我做的那样。”

她父亲原来就跟随着她，要不是达奈伸出一只手来抓住他，他就已经向他们俩跪下了。达奈喊道：

“别，别！你做了什么事情，你做了什么事情，竟要你向我们下跪！我们现在明白了，你内心里从前作了什么样的斗争。我们现在明白了，在你对我的家世起了疑心，弄清楚了以后，你忍受了多少痛苦。我们现在明白了，为了你亲爱的女儿，你竭力克服了本能的反感。我们竭诚感激你，以全部的爱和孝心感谢你。愿上天保佑你！”

她父亲唯一的回答是把十指插到自己的白发中去，一边乱揉乱扯，一边发出一声痛苦的呼号。

“只能这样，毫无办法，”这囚犯说，“所有的事情结果都凑到了一起。我一直徒劳地想履行我可怜的母亲的嘱托，就是为了履行这一嘱托，我才第一次来到你身边。这样的罪恶决不会带来善果，这样

---

① 引自《圣经·旧约·约伯记》第3章第17节。

判决之后

不幸的开端自然不会有较好的结局。想开点儿，并原谅我。上帝保佑你！”

他给带走的时候，他妻子放开他，站在那儿看着他，双手合拢，像在祈祷，而且脸上还有一种容光焕发、豁然开朗的表情，甚至还带着一种令人宽慰的微笑。等他出了犯人走的门，她转过身来，深情地将头靠在她父亲胸前，刚想跟他说话，就倒在了他脚下。

随后，西德尼 · 卡屯从他一直没挪动的那个不引人注意的角落闪出，走过来把她抱起。这时只有她父亲和劳瑞先生和她在一起。他扶起她，用手臂支撑着她的头的时候，他的胳膊哆嗦了。不过他表露出来的神色，并不仅是怜悯——其中还闪着一种自豪。

“我是不是把她抱到马车上去？我绝不会觉得她重的。”

他轻轻地抱着她走向门口，并满怀柔情把她放在一辆马车里。她父亲和他们的老朋友坐进了马车，他也在车夫旁边就座。

他们到达通向大门的甬道，不多几个小时以前，他曾暗中在此流连，自己想象着她的足迹曾经落在哪些凹凸不平的街石上；这时他又把她抱起，抱着她走上通向他们屋子的楼梯。他把她放在屋里的一把躺椅上，她的孩子和普若斯小姐俯身对她啜泣。

“不要叫醒她，”他轻声对普若斯小姐说。“她这样还好点儿；她不过是昏过去了，这样的时候别催她清醒过来。”

“啾，卡屯，卡屯，亲爱的卡屯！”小露茜喊着，在一阵悲痛之中，跳起来，激动地用双臂抱住他的脖子。“现在你既然来了，我想，你会做些事情来帮助妈妈，救出爸爸的！啾，看看她，亲爱的卡屯！你，也和所有爱她的人一样，能忍心看着她这样吗？”

他俯身对着这孩子，把她那娇嫩的脸蛋贴在他自己的脸上。他温柔地把她从身边推开，又凝视着那无知无觉的母亲。

“我走以前，”他说到这儿，停了一下——“我可以吻她吗？”

后来他们记起，在他弯下腰用嘴触到她的脸的时候，他咕哝了一些话。那孩子离他最近，后来她告诉他们，等她成了一位端庄的老太太的时候还告诉她的孙儿孙女，她那时听见他说，“一个你所钟爱的人的生命。”①

他走出去，来到隔壁屋子，突然朝跟在他后边的劳瑞先生和她父亲转过身来，并对她父亲说：

“就在昨天，你还有很大的影响，马奈特大夫，让它至少再试一次吧。这些法官，还有所有那些有权的人，都对你很友善，而且对你的功劳都很赞赏，是不是?”

“和夏尔有关的任何事都没有隐瞒过我。我原来怀有最大的把握，相信我可以救他出来；而且我是把他救出来过。”他极为苦恼地回答，说得很慢。

“那么再试试。从现在到明天下午，时间不多，很短促了，可是再试试看。”

“我打算试试。我一会儿也不会休息的。”

“那就好了。我知道，有你那样的精力以前是可以办大事的，虽然，”他微笑着叹了口气，加上一句，“从来还没有过像这样的大事。不过还是试一试吧！我们虚度光阴，生命就毫无价值，因此这件事倒是值得一搏的。即使它不值得，再把它放下也不会有什么损失。”

“我要直接到检察官和首席法官那儿去，”马奈特大夫说，“我还要到另外那些最好不指名道姓的人那儿去。我也要写信，还要——不过等会儿！大街上现在正在举行庆祝活动，天黑以前谁也找不到的。”

“那倒是真的。好吧！那顶多也不过是一种渺茫的希望，就是拖到天黑，也不会更为渺茫的。我是想知道你进行得怎么样；不过，记住！我什么也不期望。你大概在什么时候能见到这些掌握生死大权的人呢，

---

① 参阅第 2 卷第 13 章末段卡屯所说的话。

马奈特大夫?”

“我希望，天黑以后立即能见到，从现在起一两个小时之内。”

“四点以后很快就会黑了。咱们再满打出一两个小时。如果我九点钟到劳瑞先生那儿去，我是不是可以从我们的朋友，或者从你那儿，知道你已经做了些什么?”

“可以。”

“祝你顺利!”

劳瑞先生跟着西德尼到了外屋的门前，在他要走出去的时候，拍了拍他的肩膀，使他回过身来。

“我不抱任何希望，”劳瑞先生满腹忧愁地低声说道。

“我也不。”

“如果这些人当中有哪一个，或是他们所有的人，原来还打算饶了他——这是一种最大的假设；因为对他们来说，他的命或是任何人的命又算得了什么！——我也怀疑，在法庭上显示出那种情况之后，他们是否还敢再饶了他。”

“我也这么想。我从那吼声中听到了铡刀下落的声音。”

劳瑞先生用胳臂倚住门框，低头把脸俯在上面。

“别灰心，”卡屯很温柔地说，“别难过。我鼓励马奈特大夫去这么办，是因为我觉得，有朝一日她会感到宽慰。否则她会觉得，‘他这条命白白地就给断送或浪费了’，[①]而这会让她很难过。”

“是的，是的，是的，”劳瑞先生擦干眼泪回答着，“你做得对。但是可能再也见不着他了；根本没有真正的希望。”

“是的。可能再也见不着他了；根本没有真正的希望，”卡屯应声说着，随即迈开坚定的步子下楼了。

---

① 参见本书第 2 卷第 13 章。

第十二章　黑 夜 深 沉

西德尼·卡屯停在街上，有些决定不下要向何处去。“九点钟在台鲁森银行，”他脸上带着心事重重的神情说道。“在这段时间里让自己露露面儿，这样做是不是好？我想是的。这些人知道有我这么个人在这儿，那是最好不过的了。这是一种以防万一的保险办法，可能还是一种必不可少的准备。可是要小心，小心又小心！让我把这件事想透！”

他止住了已经开始向一个目标迈去的脚步，在开始黑下来的大街上拐了一两次弯儿，同时心里推测着可能发生的种种后果。他起初的感觉肯定下来了。“这些人知道有我这么个人在这儿，”他最后下了决心说，“那是最好不过的了。”于是他转身走向圣安东区。

那天德发日曾经说自己是近郊圣安东区一个酒铺的老板。一个熟悉这座城市的人，不用问任何人就可以毫无困难地找到他的酒铺。卡屯确定了它的位置之后，又从那些比较狭窄的街道出来，在一家小吃店吃了晚饭，并在饭后睡了一大觉。多年以来，他第一次没喝烈酒。昨天夜里他像一个和酒一刀两断的人那样，把白兰地慢慢洒在劳瑞先生的壁炉里，从那时起，他除了一点淡淡的甜酒之外，什么也没用过。

等他睡够醒来头脑一新地走到街上时，已经是晚上七点钟了。他一路朝圣安东区走去，在有一面镜子的橱窗前面停下，稍微整理了一下他那松垮垮的领巾和衣领，还有他那乱七八糟的头发。整理完毕，他就直奔德发日酒铺，走了进去。

酒铺里恰好没有什么酒客，只有那个手指乱动、嗓音嘶哑的雅克三号。此人他曾在陪审团那儿见过，这时正站在那个小小的柜台旁边，一边喝酒，一边和德发日夫妇聊天。复仇女在一边帮腔，就像是这铺子里正式的一员。

卡屯走进去落了座，故意用蹩脚的法语要一小量杯葡萄酒，德发日太太先是漫不经心地向他瞥了一眼，然后更仔细地看了一眼，然后又更仔细地看了一眼，然后自己向他走过去，问他，他要的是什么东西。

他重说了一遍已经说过的。

“英国人?”德发日太太问道，探询地挑起她那两道黑眉毛。

他看了她一会儿，仿佛尽管那是一个简单的法国字，他也是听了以后好久才明白过来，他用刚才那种外国口音很重的声调回答：“是的，太太，是的，我是英国人!”

德发日太太转身到柜台那儿去取酒。等他拿起一张雅各宾报，并假装琢磨着猜出了它们的意思，他听见她说，“我对你们起誓，活像埃弗瑞蒙德!”

德发日给他送了酒来，并对他道了晚安。

“什么?”

“晚上好。”

“啾，晚上好，公民，”把他酒杯倒满酒。“啊，好酒，我为共和国干杯。”

德发日回到柜台那儿说，“的确有点像。”太太严厉地反驳道，“我告诉你，很像。”雅克三号劝解道，“我知道你，太太，你心里琢磨他琢磨得太多了。”那位和蔼可亲的复仇女笑着加上一句：“是呀，我敢保！而且你正满心欢喜地巴望着明天再看见他一次呢!”

卡屯用食指慢慢指着，聚精会神、逐字逐句地看他那张报。他们都用胳臂支着柜台，凑在一块儿，低声说话。有一小会工夫，他们都一声不响地看着他，没有打扰他表现出来的那种对一篇雅各宾社论的专心注意，然后他们又继续谈话。

“太太说的是真的，”雅克三号说道。“干吗停止？这里面有一股很大的力量。干吗停止?”

“得了，得了，”德发日讲他的道理，“可是人总得适可而止。归根结底，问题还是到什么地方为止?”

“到斩尽杀绝，”太太说。

“妙极了!”雅克三号哇哇叫着。复仇女也是高度赞许。

“斩尽杀绝是个好主意，我的太太，”德发日相当烦恼地说，“一般说来，我对这并不反对。可是那位大夫太受罪了；今天你看见他了；宣读文稿的时候你注意到他的脸色了。”

“我注意到他的脸色了!”太太又轻蔑又生气地学说了一遍。“是呀，我注意到他的脸色了。我注意到他的脸色，不是一个共和国真正朋友的脸色。让他小心他的脸色吧!”

“你也注意到，我的太太，他女儿那个痛苦劲儿了，”德发日以一种求情的态度说，“那对他肯定是一种可怕的痛苦。”

“我注意到他女儿了，”太太学着说，“是呀，我注意到他女儿，不止一次，而是许多次。今天我注意到她了，另外一些时候，我也注意到她。我在法庭上注意到她，我还在监狱旁边的街上注意到她。让我只翘起一个手指头——!”她仿佛翘起了指头(那个听着他们谈话的人，眼睛一直都盯着他那份报纸)，又让它咔嚓一声落到她面前的格架上，就像铡刀落下一样。

“这位女公民真是了不起!”那个陪审员哇哇叫着说。

“她是个天使!”复仇女说，并拥抱她。

“至于你，”太太毫不容情地继续对她丈夫说，“这要是由你决定的——幸好这由不得你——甚至现在你都会去搭救这个人的。”

“不会!”德发日提出异议。“即使那是举手之劳，我也不会干。不过我会把事情做到这步就歇手的。我说，到此为止吧。”

“那么你看看，雅克，”德发日太太勃然大怒，说道，“你也看看，我的小复仇；你们俩都看看！听着！为了其他种种豪强霸道的罪行，我早已经把这一族人记在我的登记簿上了，注定要全部毁灭，斩草除根。问问我的丈夫，是不是这样。”

“是这样，”德发日没等人问就表示肯定了。

“那些轰轰烈烈的日子一开始，巴士底陷落的时候，他找到了今天这份文稿，把它带回家来，等到半夜里这个地方清静了，关门了，就在这里，就着这盏灯光，我们看了这份文稿。问问他，是不是这样。”

“是这样，”德发日表示肯定。

“那天夜里，等这份文稿读完，灯也着完了，天光从那些挡板上和铁栅栏中间透进来，那时候我告诉他，我有桩机密事要对他说。问问他，是不是这样。”

“是这样，”德发日又表示肯定。

“我告诉了他这桩机密事。我就像现在这样，用这双手捶着胸脯告诉他，‘德发日，我是在海边打鱼人当中长大的，这份巴士底狱文稿中所写的、让埃弗瑞蒙德兄弟两个害得那么苦的农民一家，就是我的一家。德发日，地上那个受了致命伤的小伙子的姐姐，就是我的姐姐，那个丈夫，就是我的姐夫，那个没出生的孩子，就是他们的孩子，那个兄弟，就是我的哥哥，那个父亲，就是我的父亲，那些死去的人，就是我死去的亲人。为那些事算账的责任，落到了我的头上！’问问他，是不是这样。”

“是这样，”德发日再次表示肯定。

“那么，去告诉‘狂风’和‘烈火’在哪儿停止吧，”太太回答道，“可是别来告诉我！”

她的这种怒火具有可怕的性质，她的两个听众从中得到一种恐怖的享受——这个静听他们谈话的人，不用看她就能感到她脸色煞白——而且都高度赞扬这种感情。德发日，一个软弱的少数派，插进一句半句话，说要记住侯爵那位富于同情心的妻子；不过，这只讨得他妻子又重复了一遍那最后的回答：“去告诉‘狂风’和‘烈火’在哪里停止吧；别来告诉我！”

酒客进来，这堆人散开了。这个英国酒客付了他应付的酒钱，糊里糊涂地数着找给他的零钱，并像一个新来乍到的人那样，请他们指点去国民宫的路。太太把他带到门口，手把手地指出那条路。这个英国客人当时并不是没有这样的念头，认为抓住那只胳臂，把它举起来，在那下边狠狠地使劲儿揍，倒可能是一桩好事。

不过他还是走了，而且很快就让狱墙的阴影吞没了。到了预定的钟头，他走出阴影，又在劳瑞先生屋里露面了。他看到这位年迈的先生正急躁不安地走来走去。老先生说，他一直和露茜在一起，直到几分钟之前才离开她来赴他的约会。她父亲自从近四点钟从银行出去，一直没有露面。她还抱着一线渺茫的希望，以为经他疏通有可能搭救夏尔，但那希望非常微弱，他已经去了五个小时：他能在哪儿呢?

劳瑞先生等到十点，但是马奈特大夫仍然未归，而他不愿离开露茜更久，于是他们安排好，他还是回到她那儿去，到午夜再到银行来。在这段时间，卡屯可以一个人在炉边等大夫。

他等了又等，直到时钟敲了十二下，可是大夫还没回来。劳瑞先生折回来了，没有得到他的任何消息，也没带来任何消息。他能在哪儿呢?

他们正在讨论这个问题，而且因为他迟迟不归几乎又构筑起微弱的希望了，这时他们忽然听到他在上楼梯。他一进屋，他们立刻就很清楚，一切都完了。

他是否到什么人那里去过，或者在整个这段时间里只是在大街上奔走，永远无法知道。他站在那儿盯着他们，他们没问他任何问题，因为他脸上的表情告诉了他们一切情况。

“我没法找到它，”他说，“可我必须得到它。它在哪儿?”

他光着头，没戴围巾，他孤苦无助地四下打量，一边说话，一边脱掉上衣，让它掉在地上。

“我的板凳在哪儿? 我到处找我的板凳来着，可是找不到它。他们把我的活儿弄得怎么样了? 时间紧迫，我一定得做完这双鞋。”

他们面面相觑，暗自都死了心。

“来呀，来呀!”他嘤嘤啜泣，可怜巴巴地说，“让我干活儿，把我的活儿给我。”

因为得不到回答，他就揪头发，在地上顿脚，像个撒泼的孩子。

“不要折磨一个可怜不幸的倒霉鬼，”他拼命喊着央求他们，“把活儿给我吧！要是今天夜晚这双鞋做不好，会有什么事落在我们头上呀?”

完了，彻底完了。

要想劝说他，或是让他恢复理智，显而易见是毫无希望的，因此——仿佛经过商量似地——他们两人都把一只手放在他肩膀上，哄着他坐到火炉前面，答应他立刻就会有活儿干。他缩在椅子里，对着余烬郁闷出神，泪流满面。仿佛自从幽居阁楼以来直到如今所发生的一切事情，都是一场转瞬即逝的幻影或梦境，劳瑞先生看到他又缩回去，成了德发日曾经收留过的那个形象。

他们俩都受到这种毁灭场面的感染，并感到可怕，但是当时并不是向这些感情屈服的时刻。他那孤苦无告的女儿，丧失了最后的希望和依恃，那么强烈地向他们两人求助。又一次，仿佛经过商量似的，他们相互对视了一下，脸上表示出同一个意见。卡屯先开口了。

“最后的希望也没有了；它本来就不大。是的，最好把他送到她那儿去。可是，在你走之前，你肯不肯镇镇静静地听听我的话？不要问我为什么我要有那些规定，并且一定要得到我要得到的许诺；我有一个理由——一个很充分的理由。”

“我不怀疑这点，”劳瑞先生答道。“继续说吧。”

他们中间那个坐在椅子上的形象，整个这段时间里都一成不变地来回摇摆着，呻吟着。他们说话时的调子，就仿佛他们是夜里在病床边看守病人。

卡屯躬身拾起上衣，它扔在那儿几乎绊住了他的脚。他这样做的时候，一个小夹子轻轻掉到了地上，大夫通常随身带着这个小夹子，把他每天的工作表放在里边。他把小夹子拾起来，里面有一张叠着的纸。“我们应该看看这个!”他说。劳瑞先生点头同意。他打开夹子，大声喊叫起来，“感谢上帝!”

“那是什么?”劳瑞先生着急地问。

“等会儿！让我到时候再说吧。首先，”他把手伸进自己的衣兜里，从里面拿出另一张纸，“这是一张证明，它能让我走出这座城市。你看看。你看见了吧——西德尼·卡屯，英国人?”

劳瑞先生展开那张纸拿在手上，目不转睛地看着他那张恳切认真的脸。

“帮我把它保存到明天。你还记得吧，我明天要去看他，我最好不把它带进监狱里去。”

“为什么不?”

“我不知道，我宁愿不带。呶，把马奈特大夫带在身上的这张纸拿着。这是一张同样的证明，能让他和他女儿以及她的孩子随时通过城门关卡和边界！你明白吗?”

“明白!”

“可能他是昨天弄到的，把这当作最后也是最保险的预防不测的措施。是什么日期签发的？不过没关系，不要再继续看了；把它和我的还有你的都小心放好。呶，看吧！直到这一两个小时之前我都毫不怀疑，他弄到了或者能够弄到这样一份证件。在吊销以前，很有用。不过它可能很快就要给吊销了，我有理由这样想，准会被吊销的。”

“他们没有危险吧?”

“他们有很大的危险。他们有被德发日太太控告的危险。我从她自己的嘴里知道的。今天晚上我无意之中听到那妇人的话，使我清清楚楚地看到了他们的危险。我没有耽误时间，在那以后，我又见过那密探。他证实了我的想法。他知道，一个住在监狱大墙边上的锯木匠，是受德发日夫妇制辖的，德发日太太一再教他，要他说见过她”——他从不提露茜的名字——“对犯人们打手势，作暗号。可以很容易预料到，这会成为一个普通的口实，说是有越狱阴谋，而且这将危及她的性命——也许还有她孩子的性命——也许还有她父亲的性命——因为他们俩都给人看见和她一起在那地方站过。别显得这么害怕。你会把他们全都搭救出去的。”

“老天保佑我去做，卡屯！可是怎么做呀?”

“我就要告诉你怎么做。这就要靠你了，而且也没有更好的人可依靠了。可以肯定，这次新控告要到明天以后才会进行，很可能得过两三天以后，更可能得过一个星期以后。你知道，哀悼或是同情吉洛汀刀下的牺牲者，是一条死罪，她和她父亲毫无疑问会犯这条罪，而这个妇人(她那种斩尽杀绝的复仇心理是难以言传的)会等着用这一点来使她控告的这个案子更有分量，并且使自己有加倍的把握。你听懂我的话了吗?”

“我那么聚精会神，而且对你所说的又那么坚信不疑，甚至眼前都看不见，”他碰了碰大夫的椅子背，“这种悲痛了。”

“你有钱，可以弄到能以最快速度到海边去的旅行工具。你回英国去的准备工作已经作完好多天了。明天一早，就让人把你的马准备好，这样它们下午两点就可以出发了。”

“这一定可以办到!”

他的态度那么热情洋溢，鼓舞人心，连劳瑞先生都受到了感染，变得像年轻人一样轻快敏捷了。

“你是个心地高尚的人。我不是说过吗？我们没有更好的人可以依靠了。今夜就告诉她你所知道的事情：她遭到的危险还关系到她的孩子和父亲。要把这些情况讲得清清楚楚的，因为她会情愿让自己那漂亮的头和她丈夫的头放在一起的。”刹那间，他的声音颤抖了，然后又像以前那样继续说下去，“为了她的孩子和父亲的原故，一定要让她懂得，必须在那个时刻同他们还有你，一起离开巴黎。告诉她，这是她丈夫临终的安排。告诉她，这事关系重大，比她敢于相信和希望的还要大。你知道，她父亲即使处于这种悲伤的状态，也会使自己服从她的，你不这么想吗?”

“我相信是这样。”

“我也这样想。不声不响地在这个院子里稳步做好所有这一切安排，甚至你自己也在马车里坐好。我一到你这儿，你就把我接进去，立即赶车上路。”

“我的理解是，不管在什么情况下，我都得等你吧?”

“你知道，我的证件和其他人的证件一起，都在你手里，而且你要给我留好位子。只等我的座位上有了人就立即出发，去英国!”

“噢，那么说，”劳瑞先生抓住他那虽然急切但却沉着镇定的手说，“这事还并不完全靠一个老头子，我身边还有一个年富力强的人呢。”

“靠上天保佑，你一定会有的！你要郑重地答应我，不管发生什么事，都不能让你改变我们现在彼此约定好的整个步骤。”

“什么事都不能，卡屯。”

“明天请你记住这些话：改变步骤或是耽误时间——不管是什么原因——那么哪条命都别想得救，而且好几条命都势必要牺牲。”

“我会记住的。我要忠实地履行我这份责任。”

“我也要履行我这份。啵，再见!”

尽管他带着严肃认真的微笑说了这句话，甚至还把这位老人的手放在唇边，可是当时他并未离开他。他帮他扶起那在逐渐熄灭的灰烬前摇来摆去的身躯，把大氅和帽子给他穿戴上，并哄他去找他一直哼哼唧唧要找到的那个板凳和活计。他走在他的另一侧，护送他走到那所房子的庭院。在那儿，那颗受尽煎熬的心——当年他在那难忘的时刻向它袒露自己的孤独的心时，那颗心是多么欢快幸福啊——已经守了整整一个可怕的夜晚。他走进那个院子，又单独在那里呆了一小会儿，仰望她屋子窗口的灯光。他离去之前，向那儿轻声地道了祝福，还有一声告别。

第十三章　五 十 二 个

在巴黎裁判所黑暗的附属监狱里，当天已判死刑的人在等死。他们的数目刚好和一年里星期的数目相同。五十二个人那天下午要乘这座城的生命之潮滚向无边无际、亘古不变的大海。在他们的一间间牢房把他们交割出去之前，新来占用的人就已派定了；在他们的血和昨天流的血汇合以前，明天要和他们的血混合起来的血，已经准备在一旁了。

五十二个人已经选定。从七十岁的税收包办(他的财富买不了他一条命)，到二十岁的女裁缝(她的贫穷卑微也救不了她)。由于种种恶习和无人照管而引起的生理上的疾病，会侵犯所有各种不同等级的受害人；而由于无法言传的苦难，难以容忍的压迫和毫无心肝的冷漠所产生的令人心寒的道德紊乱，也同样毫无区别地侵袭他们。

夏尔·达奈单独囚在一间牢房里，自从由法庭带到这里以后，一直没有抱过聊以自慰的幻想。从他听到的那份控诉的每句陈述中，他都听到了对他的宣判。他完全理解，任何个人的影响都不可能搭救他，因为他实际上是被几百万人判罪的，区区个人不会对他有任何帮助。

不过，他爱妻的面孔活生生的如在眼前，在这种情况下却要保持冷静头脑，忍受必须忍受的一切，也并非易事。他将生命把得很牢，而要松开则是非常非常困难的；经过逐渐努力，在这里一步一步放松了一点儿，在那里却抓得更紧了；他把力气运到那只手上，让它放松了，这只却又抓紧了。他的感情狂躁而又炽烈地波动，万千思虑疾速飞驰，不允许他听天由命，就此罢休。如果他有片刻想要听天由命，那么在他身后还得继续活下去的妻子女儿似乎也要反对，而使他那种考虑成为一种自私的行为。

但是，所有这些都是最初的情况。没过多久，他又想到，他必须面对的死亡并没有什么不光彩之处，而且每天都有许多人受屈含冤却踏着坚定的步伐走上了这条道路，这种想法使他打叠起了精神。随后而来的想法是，他那些至亲至爱的人能否在未来享有心境宁静，全靠他的镇静、刚毅。就这样，他得以把自己的思想境界提得更高，安下心来，此时，他渐渐进入一种更为宁静的状态。

在他被判罪的那天夜晚，天黑以前他在他那最后的旅途上跋涉了这么远。因为允许他买书写用具和一盏灯，他就坐下来写信，一直写到监狱里规定熄灯的时候。

他给露茜写了一封长信，向她说明，他在听她说起以前，对她父亲被捕入狱一事一无所知；在那份文稿公布以前，他也像她一样，对他父亲和叔叔在这一惨案中应负的责任懵然无知。他过去向她解释过，他对她本人隐瞒他那早已放弃的姓氏，是她父亲在他们订婚时附加的一个条件——如今已真相大白；这也是他们结婚那天早晨他要他一直信守的一项许诺。他请求她，为了她的父亲，永远不要去弄清楚，究竟她父亲是早已忘了有那么一份文稿，还是在往日的那个星期天，在庭院里那棵亲爱的法国梧桐树下说起那个塔楼故事的时候，她父亲又想起了(暂时想起，或者永远记住)还有那么一份文稿。如果他对这份文稿还保留有一点点记忆，那么毫无疑问，他也认为它已经随同巴士底一起毁掉了，因为民众从巴士底发掘出来的囚徒遗物早已公诸于世，而且他从来没有听到有人提起这些遗物中有这么一份文稿。他请求她——他接着写道，尽管他知道这没有必要——安慰她父亲，用她可以想出来的一切温和方式使他相信：他的确没有做过任何足以自谴自责的事，而且的确为他们全体的原故始终忘了自己。他除了愿她常怀他自己临终时满怀感激的爱情和祝福，愿她节哀，并对他们珍爱的孩子尽心，还祈求她以他们会在天堂团聚来安慰她父亲。

他又以同样的口气给她父亲本人写了一封信；但他告诉她父亲，他特地把妻儿托付给他照顾。而且他告诉他这点的时候，强烈希望把他从预料可能发生的沮丧颓唐或有害的对往事的沉湎中振作起来。

在写给劳瑞的信中，他把他们都托付给他，并把自己的一些具体事务解释清楚，写完这些，又加上了一些话语，表达他满怀感激的友谊和温暖亲切的依恋，一切都写完了。他从未想到卡屯。在他脑子里装满了其他人，满得连一次都没有想到他。

他有足够的时间，在熄灯之前写完这些信。他躺到草铺上的时候，觉得他已经和这个世界两清了。

但是，这个世界又在他睡梦中把他召回，展示了它那光明灿烂的种种形象。自由而又幸福，又回到叟候那所老房子里(虽然其中没有一点儿东西像那所真房子)，心情难以言喻地自在逍遥，又和露茜团圆，她告诉他，这一切都是一场梦，他也从未远离。停了一会儿，什么也记不清了，随后他甚至已被处死，而且又回到她这儿，已经死了，安安静静，他觉得他和以前也没有什么区别。又停了一会儿，什么都模模糊糊，然后他在幽暗的晨曦中醒来，不知道自己身在何处，也不知曾发生何事，随后突然闪过这种念头："这是我死的日子呀!"

就这样，他度过了这几个小时，迎来了那五十二颗人头就要落地的一天。而此时，他已经镇定自若，希望自己能怀着从容的英雄气概赴死，突然他那清醒的思想中又闪出了一种新的活动，很难加以控制。

他还从未见过那就要结果他性命的器物。它离地面有多高，有多少步台阶，他得往哪儿站，人们会怎样摆布他，摆布他的那些手会不会被染红，他们会叫他的脸转向哪边，他会不会是头一个或是最末一个：这些，还有许多诸如此类的问题，一点也不听从他的意志，无数次地反复冒出来。它们都与害怕无关；他一点儿也不觉得害怕。它们不过是出于一种奇怪的摆脱不掉的愿望，想知道那个时刻到来的时候要做什么；一种和它有关的与那一瞬即逝的时刻相比大得极不相称的愿望；一种更像是他内心深处某个别的心灵而不是他自己的心灵所感到的好奇心。

他踱来踱去，时间也一小时一小时地过去了，在这段时间里，钟敲打着他再也听不到的时刻。九点永远过去了，十点永远过去了，十一点永远过去了，十二点也快要到来并永远过去了。他与这些最后令他困惑不解的古怪思想活动争斗了一番，他终于占了上风。他踱来踱去，轻轻对自己反复叨念着亲人们的名字。最艰苦的挣扎过去了，他能摆脱漫无边际的胡思乱想，踱来踱去，为他自己和他们祈祷了。

十二点永远过去了。

他已经得到通知，那最后的时刻是三点，而且他知道，他会在比这更早一些的时候就给提出去，因为囚车还要沉重而缓慢地轰轰隆隆穿街过巷。因此他心里决定把两点作为界线，这样就能够在这段时间里给自己鼓劲儿，以便在这个时间以后，能够给别人鼓劲儿。

他有规律地来回踱着，双手抱在胸前，这时他与过去在拉弗斯监狱踱来踱去的那个囚犯，简直判若两人了。他听到一点钟敲了一下离他而去，并不感到惊奇。这个钟点也像其他钟点一样长短。他衷心感谢上帝使他恢复了自制，他心想，“现在只有一个钟头了。”于是又来回踱起来。

门外石砌过道上有脚步声，他站住了。

钥匙插进了锁眼，转了一下。门打开以前，也许是打开的当时，一个人用英语低声说道，“他从来没在这儿看见过我；我一直躲着他。你一个人进去；我在附近等着，别耽误时间!”

门很快打开又关上了，于是西德尼·卡屯站在他眼前，和他面对面，一言不发，目不转睛，眉宇之间含着一丝微笑，一个手指放在嘴唇上以示告诫。

他的神情当中有一种那么神采奕奕、引人注目的东西，使得这囚犯乍一见他，甚至怀疑他是自己想象出来的一个幻影了；可是他说话了，这确实是他的声音；他握住囚犯的手，而且这确实是他真真切切地在握手。

“在尘世所有的人当中，你最没有想到会看到我吧?”他说。

“我简直不能相信这是你。我到现在也很难相信。你该不是一个”——一种担忧突然闪现在他脑海——“囚犯吧?”

“不是。我极其偶然地得到了左右这里一个看守的力量，并借着这点关系来到你眼前。我从她——你妻子那儿来，亲爱的达奈。”

这囚犯紧紧地握住了他的手。

“我给你带来了她的一个要求。”

“什么要求?”

“一种最热切、急迫而又坚决的恳求，是那个对你来说非常亲切、非常熟悉的声音以最令人感动的声调向你说的。”

这囚犯把自己的头转过去了一点。

“你没有时间问我为什么我把它带来，或者它是什么意思，我没有时间告诉你。你必须照办——脱下你穿的那双靴子，穿上我的这双。”

囚犯身后，靠着牢房墙壁有把椅子。卡屯向前逼近，以闪电般的速度把他推在椅子上，这时他自己已经脱掉靴子，光脚站在他面前。

“穿上我这双靴子。用你的双手拿着它们，使劲穿，快!”

“卡屯，这地方是无法逃走的；那是绝对办不成的。你只会跟我一起死。这是发疯。”

“如果我要求你逃走，那是发疯；可是我要求了吗? 等我要求你走出这扇门的时候，你再告诉我，这是发疯，而你再继续留在这儿吧。摘下那条领巾，换上我这条，脱下那件上衣，换上我这件。在你换衣服的时候，让我从你头发上解下这条发带，把你的头发弄散，弄成我这样子!”

他以惊人的神速，以显得超乎自然的意志和行动，强使他换了所有这些东西。这囚犯在他手里像是一个幼童。

“卡屯，亲爱的卡屯! 这是发疯。这不能成功，这永远办不到，一直有人企图这么办，可都失败了。我哀求你，别以自己的死来增加我的痛苦。”

“我是要求你，亲爱的达奈，出这个门吗？我要求你那样的时候，你再拒绝。这张桌子上有笔、墨水和纸。你的手是不是还能很镇定地写字?”

“在你进来的那阵儿，能。”

“再镇定下来，把我要说的写下来。快，朋友，快!”

达奈用手捂着不知所措的头，在桌子前面坐下。卡屯则右手插在前胸衣襟里，紧靠他旁边站着。

“一字不差地照我说的写。”

“写给谁呢?”

“谁也不写。”卡屯一直把手放在前胸衣襟里。

“我写日期吗?”

“不写。”

这囚犯每问一个问题都抬头看看。卡屯站在他旁边，手插在前胸衣襟里，俯身往下看着。

“‘如果你还记得，’”卡屯口述道，“‘很久以前我们之间说过的话，你看到这个就会很容易理解了。我知道，你一定记着那些话。照你的性格，你是不会忘记它们的。’”

他正把手从衣襟里抽出来。这囚犯莫名其妙，匆匆忙忙地写着，碰巧朝上看了一下。那只手停住了，紧紧握住什么东西。

“你写了‘忘记它们的’吗?”卡屯问。

“我写了。你手里是一件武器吗?”

“不是，我没带武器。”

“你手里是什么?”

“你马上就会知道了。继续写；只剩下很少几句话了。”他又口述道，“我庆幸，我能证实它们的时刻来到了。我这样做，并不是令人遗憾或是悲伤的事情!”他眼睛盯着写字的人说这些话的时候，他的手慢慢地、轻轻地挪下来，靠近了写字人的脸。

笔从达奈手中掉到了桌子上，他茫然地看看周围。

“那是什么气体?”他问道。

“气体?”

“什么东西从我这儿飘过?”

“我没觉出来有什么东西；这儿不可能有什么东西。拿起笔来写完。快，快!”

仿佛这囚犯的记忆受了损害或是神经紊乱了。他努力集中自己的注意力。他睡眼蒙眬，呼吸也和以前不一样了，他看着卡屯，卡屯——他的手又放进衣襟里——目不转睛地看着他。

“快，快!”

这囚犯又一次俯身纸上。

“‘如果情况不是这样，’”卡屯的手又一次小心翼翼、轻轻地偷偷放下，“‘我也就利用不了要更长时间才能到来的这次机会了。如果情况不是这样，’”那只手伸到了囚徒的脸上，“‘我就只好承担更加多的责任了。如果情况不是这样——’”卡屯看着那支笔，看到它已经歪歪扭扭，写出来的东西都无法辨认了。

卡屯的手再也不伸到衣襟里去了。这囚徒带着责备的神情跳起身来，可是卡屯的手一动不动地紧紧捂在他的鼻孔上，卡屯的左臂则搂住他的腰。达奈昏昏沉沉地和这个前来替他赴死的人争斗了几秒钟，可是过了大约一分钟光景，他就失去知觉，躺倒在地了。

卡屯动作很快，他的两只手和他的心一样忠实于他的计划，他自己穿上了囚徒放在一旁的衣裳，把头发梳到后边，用囚徒刚才束的发带把头发系住。然后，他轻声叫道，“来呀，进来吧!”那密探于是就进来了。

“你看见了吧?”卡屯单腿跪在这人事不省的人旁边，把那张纸塞进他的衣襟里，向上看着说道：“你冒的风险很大吗?”

“卡屯先生，”密探怯懦地用手指打了一个榧子答道，“只要你诚心履行你承诺的全部约定，那在这里事务这样忙乱当中，我那方面并没什么风险。”

“不要怕我。我到死都会诚心履行的。”

“卡屯先生，如果要让五十二这个数字不出空缺，你就一定得这样。你穿上这套衣服凑好这个数，我也就不害怕了。”

“别害怕。我很快就不能加害于你了，上帝保佑，其他人很快也就要远离这儿了！现在，找个帮手把我抬到马车里去。”

“把你?”密探神情紧张地说。

“把他，嗨，跟我调了个儿的人。你是从带我进来的那扇门出去吗?”

“当然。”

“你带我进来的时候，我就又软弱，又头昏，现在你带我出去的时候，我昏得更厉害了。这番死别已经把我压垮了。这种事情在这儿经常发生，而且太经常了。你的命在你自己手里攥着。快！叫帮手来!”

“你发誓不出卖我?”密探最后又迟疑了，哆哆嗦嗦地问。

“哎呀，哎呀!”卡屯跺着脚回答道，“难道我没有郑重其事地赌过咒、发过誓要把这件事做到底，而使得你到现在还要浪费宝贵的时间?你亲自把他抬到你知道的那个院子里去，亲自把他放到马车里，亲自把他交给劳瑞先生，亲自告诉他不要给他吃解药，只要有新鲜空气就行了，告诉劳瑞先生要他记住昨天晚上我说的话和昨天晚上他做出的许诺，然后就把马车赶走!”

密探抽身出去了，于是卡屯自己坐在桌旁，双手支着前额。密探很快就回来了，带来两个人。

“这是怎么啦?”其中一个一边说，一边打量着这昏倒的人。“看到他的朋友中了圣吉洛汀的彩票，竟然难过成这个样子?”

“如果这个贵族没有中彩，一个地道的爱国者难过的程度差不多也就像这样吧。”另一个说。

他们抬起这个不省人事的人，放在他们带到门口的担架上，弯下身去要把他抬走。

“时间很短了，埃弗瑞蒙德，”密探用告诫的口吻说道。

“我知道得很清楚，”卡屯答道。“我请求你对我的朋友多多照料，去吧。”

“那么来吧，小子们，”巴塞德说。“把他抬起来，走吧!”

门关了，卡屯一个人留下来。他竭尽全力凝神谛听外边的动静，想听听有没有什么表示可疑或报警的声音。什么声音也没有。钥匙转动，门户砰砰作响，脚步经过远处的过道，没有发出异常的叫喊声，没有异常的忙乱。他比较轻松地缓了口气，在桌旁落了座，又倾听起来，一直听到钟敲了两点。

他开始听到有动静了，但这并不让他害怕，因为他懂得这意味着什么。几个牢房门接连打开了，最后是他的。一个狱吏，手里拿了张名单，往里看了看，仅仅说了声，“跟我来，埃弗瑞蒙德!”于是他跟着他走进远处一间黑暗的大屋子。这是一个阴暗的冬日，屋内的阴影，再加上屋外的阴影，使他只能依稀辨认出给带到这里来的人，他们的胳臂都捆着。有些站着，有些坐着。有的悲痛万分，不停走动；但这种人只有几个。大多数，都一言不发，一动不动，死死凝视着地面。

他站在一个昏暗的墙角里，五十二个人中有些人随他之后给带了进来，有一个人经过时停下来拥抱他，似乎认识他。这使他直打哆嗦，因为非常害怕给人发现；但是这个人走过去了。这之后又过了一小会儿工夫，一个身材瘦小，像个孩子似的年轻姑娘，从他看见她坐着的位子上站起来。她那甜美瘦削的脸上毫无血色，那对逆来顺受的大眼睛圆睁着，她走过来对他说话。

“埃弗瑞蒙德公民，”她说，用冰冷的手碰了他一下。“我是个可怜的小女裁缝，和你一起蹲过拉弗斯监狱。”

他嗫嚅着回答：“不错。我忘了他们控告你什么了?”

“阴谋。不过公正的老天爷知道，我什么罪也没有。哪里可能呢？谁会想到来跟我这样一个可怜、软弱的小东西一起搞阴谋呢？”

她说这句话时带着的那种凄惨的苦笑，感动得他热泪夺眶而出。

“我并不怕死，埃弗瑞蒙德公民，可我什么也没做。如果这个要为我们穷人做那么多好事的共和国，因为我死就能得到好处，那我并不是不愿意去死；可我不知道，这怎么能做得到，埃弗瑞蒙德公民。我是这样一个可怜、软弱的小东西啊！”

他的心温暖体贴着这个可怜的姑娘，把她当作世上最后一件它要去温暖和体贴的东西。

“我听说你给释放了，埃弗瑞蒙德公民。我本来希望那是真的。”

“是真的。可是我又给抓回来，判了死罪。”

“要是我能和你坐同一辆车，埃弗瑞蒙德公民，你肯让我抓着你的手吗？我并不害怕，可我又小又弱，这样做会给我添点勇气。”

那双逆来顺受的眼睛抬起来仰望他的脸，他看到那双眼睛里突然闪过一阵怀疑，随后又是惊讶的神色，他抓起她那因劳累和饥饿而瘦削的幼嫩手指，用嘴唇亲了亲。

“你为他死吗？”她悄悄说道。

“还为他的妻子和孩子。嘘！是的。”

“嗽，你愿意让我抓着你那勇敢的手吗，素不相识的人？”

“嘘！愿意，我可怜的小妹妹，一直到最后。”

正要笼罩监狱的这一片阴影，在正午过后不久的同一个时辰，也正要笼罩那人群熙攘的关卡。这时，一辆要驶出巴黎的马车赶上前来接受检查。

“来的是什么人？马车里面坐的都是什么人？证件！”

证件递出来给他们看了。

“亚历山大·马奈特。医生。法国人。哪个是他？”

这个是他，这个无可奈何、口齿不清地咕噜着胡言乱语的老人，给指出来了。

“很显然，这位大夫公民头脑不大健全吧？这种革命高烧太厉害，他受不了啦。”

他太受不了啦。

“哈哈！这种病让很多人受罪呢。露茜。他女儿。法国人。哪个是她?”

这个是她。

“这显然就是她。露茜，埃弗瑞蒙德的妻子，是吗?”

是。

“哈哈！埃弗瑞蒙德另有约会。露茜，她的孩子，英国人。这是她吗?”

是的，这正是她。

“亲我吧，埃弗瑞蒙德的孩子。呶，你已经亲了一个地道的共和派啦；这对你们家族可是件新鲜事儿；记住这个！西德尼 · 卡屯。律师。英国人。哪个是他?”

他躺在这儿，在马车的这个角落里。他也给指出来了。

“显然，这个英国律师昏过去了?”

但愿他呼吸到比较新鲜的空气就能缓过来。听说他健康欠佳，因为和他那个为共和国所弃绝的朋友告别，又过于悲痛。

“就因为这些吗？那可并没有什么了不得的！很多人都为共和国所弃绝，必须在小窗口①那儿往外瞧。加维斯 · 劳瑞。银行行员。英国人。哪个是他?”

“我就是他。当然，最后一个。”

就是这位加维斯 · 劳瑞回答了刚才提出的所有问题。就是这位加维斯 · 劳瑞，早就下了车，站在那儿，用手扶着马车门，回答这一伙长官

① 指断头机的框架。

的问题。他们悠然自得地围着马车转，又悠然自得地跨上车厢，看看车棚顶上简单的行李；那些乡下人闲待在马车四周，挤近马车门口，贪婪地往里面看；一个小孩，由他母亲抱着，朝马车伸出小胳臂，好去摸摸这个已经到吉洛汀那儿去了的贵族的妻子。

“看看你们的证件，加维斯·劳瑞，字都签好了。”

“可以走了吗，公民?”

“可以走了，往前走吧，我的驿车车夫们！一路顺风!”

“我向你们致敬，公民们。——这第一道险关通过了!”

又是加维斯·劳瑞说了这几句话，同时仰天握紧了十指。马车里有恐怖的气氛，有哭泣的声音，还有那失去知觉的旅客沉重的呼吸声。

“我们是不是走得太慢了？能不能叫他们走快点儿?”露茜紧紧靠着那老人问。

“那就像是逃跑了，我的宝贝。我不能催他们催得太紧；那会引起怀疑的。”

“看看后边，看看后边，看看是不是有人追我们?”

“路上空空荡荡，我最亲爱的。到现在为止，还没有人追我们。”

三三两两的房舍在我们身边闪过去了，还有孤零零的几座农场，损毁了的建筑物，染坊，鞣皮作坊之类，开阔的乡村，树叶秃裸的林荫道。在我们下边是凹凸不平的硬石板路，两边是深深的烂泥坑。有时候我们冲进路边的泥泞，以躲开使我们颠簸摇摆的石头；有时候我们陷进车沟里，动弹不得。那时候我们是那么急不可耐，痛苦难忍，我们惊恐万状，匆匆忙忙，一心只想跳出去逃跑——躲藏——做什么都可以，只要不停下来。

走过开阔的田野，又经过损毁的建筑物，孤零零的农场，染坊，鞣皮作坊之类地方，三三两两的农舍，树叶秃裸的林荫道。这些人是不是骗了我们，又从另一条路把我们送回去？这不是第二次又走过同一个地方吗？感谢上天，不是的。一个村子。看看后边，看看后边，看是不是有人在追我们。嘘！到驿馆了。

从容不迫地，我们的那四匹马给卸下来了；从容不迫地，这辆卸了马的马车停在小街上，全然没有半点会再启程的样子；从容不迫地，新换的马匹从远处走进视线可及的地方，一匹跟着一匹；从容不迫地，新的驿车车夫咂着、编着鞭梢跟来了；从容不迫地，刚才的那些车夫数着他们的钱，加来加去，算错了数，结果很不满意。整个这段时间，我们每个人心事重重的心都怦怦直跳，那频率远远超过最快的马以最快的速度飞奔疾驰的脚步。

终于，新换的车夫坐上了他们的座位，原来的车夫留在了后面。我们穿过村庄，上了山，又下了山，直上了低湿地。突然，车夫们打着慷慨激昂的手势交谈起来，把马勒住，马几乎完全靠后腿直立起来。有人追我们来了吗?

“嘿！坐车的，那你们说吧!”

“是怎么回事?”劳瑞先生从窗口往外问道。

“他们说是多少?”

“我不明白你的意思。”

“——在刚才那一站，他们说今天有多少个上了吉洛汀?”

“五十二个。”

“我说的是吧！了不起的数目！我的这位公民同胞硬要说是四十二个；还有十个脑袋得再加上去呢。吉洛汀干得漂亮。我爱它。驾，沃!”

夜越来越深沉了。他动得多一点儿了；他渐渐苏醒过来，说的话也可以听懂了；他以为他们[①]还在一起；他叫着他的名字问他，他手里拿着什么。唦，怜悯我们吧，仁爱的上苍，保佑我们吧！看看外边，看看外边，看是不是有人追我们。

风正从我们后面扫过来，云正从我们后面飞过来，月亮正从我们后

① 指达奈和卡屯。

面冲过来，这整个狂野的黑夜在追我们；不过到此为止，还没有别的什么在追我们。

第十四章　编 织 完 结

在那五十二个人等死的同一时刻，德发日太太和复仇女还有那革命陪审团的雅克三号，暗中举行了预兆不祥的会议。德发日太太不是在那个酒铺里，而是在前修路工那个锯木工的工棚里，和这两员大臣进行了讨论。锯木工本人并未参加会议，而是奉命待得远一点，像个外围的仆从，不问到他不得说话，不受到邀请也不能提供意见。

“可是我们的德发日，毫无疑问是个好样的共和派呀，呃?”雅克三号说。

“在法国没有更好的了，”这个伶牙俐齿的复仇女尖着嗓子坚决支持。

“安静，小复仇，”德发日太太眉头微微一皱，把手放在她副将的嘴上。

“听我说。我丈夫，公民同胞，是个好样的共和派和勇敢的人；他对共和国有大功，而且得到它的信任。可是我丈夫有他的弱点，他竟软弱到对这个大夫动慈悲心。”

“这可是太可惜了，”雅克三号哇哇叫着说，将信将疑地摇着头，把他那凶狠的手指头放在饥饿的嘴上，“这可不大像个好样的公民；这是件憾事。”

“你们看，”太太说，“我对这个大夫可一点儿也不在乎，我。他长着脑袋也可，丢了也可，全凭我的高兴；这对我都一样。不过埃弗瑞蒙德家的人一定要斩草除根，那个妻子和那个孩子，一定要跟着那个当丈夫和父亲的去。”

“她可为这个长了个漂亮的脑袋，”雅克三号哇哇叫着说。“我看见那个脑袋上长着蓝眼珠、金黄头发。参孙要是把他们抓起来，他们会看起来煞是迷人。”他虽然是个吃人的魔鬼，说起话来却像个美食家。

德发日太太垂下了眼帘，若有所思。

“那孩子也是，”雅克三号嘴上说着，心里想得有滋有味。“长着金黄头发和蓝眼珠。我们在那儿还很少有孩子呢。那可真是一场好景致！”

“总而言之一句话，”德发日太太稍微出了一下神，又觉醒过来，“在这件事上，我信不过我丈夫。从昨夜起，我不但觉得不敢向他透露我的详细计划，而且还觉得，如果我迟迟不动，他有给他们报信的危险，那样他们就可能逃走。”

“绝不许可那样，”雅克三号哇哇叫着说，“谁也不准逃走。我们还没凑够一半的数呢。我们应该一天有一百二十个。”

“总而言之一句话，”德发日太太继续说，“我丈夫没有我这样的深仇大恨，要把这一家子斩尽杀绝，我没有他那样的旧情谊，会对这个大夫动什么感情。因此我必须自己动手。过来，小公民。”

这锯木工怕得要命，对她恭恭敬敬，服服帖帖，走上前来，把手举到红帽子跟前。

“小公民，”德发日太太厉声说道，“谈到她给犯人们打的那些信号，你是否已准备好，今天就能出庭作证？”

“哎，哎，怎么不能呢！”锯木工喊道。“每天，风雨无阻，从两点到四点，总是打信号，有时候带着那小东西，有时不带。我全都知道。我一直亲眼看见的。”

他一边说一边做尽了各种手势，仿佛附带着模仿那各式各样大量信号当中的一小部分似的，其实他根本就没见过。

“很清楚，是谋反，”雅克三号说，“再明白不过了！”

“陪审团没问题吧？”德发日太太问道，把眼睛转向他，阴沉沉地笑了笑。

“亲爱的女公民，相信爱国的陪审团吧。我替我的陪审员同仁们保证。”

“呶，让我想想，”德发日太太说着，又琢磨起来。“再想想看！我能为了我丈夫饶过那个大夫吗？怎么弄我都无所谓。我能饶了他吗?”

“他也可以算上一个人头，”雅克三号低声言道。“我们的人头还真不够数呢；我觉得，这有点儿可惜。”

“我看见她的时候，他正和她一起在打信号，”德发日太太肯定地说；“我不能说到一个而不提另一个；再说，我不能沉默，把这个案子全部托付给他，这儿的这个小公民。因为我并不是个蹩脚证人。”

复仇女和雅克三号二人争先恐后地热烈断言，她是最值得赞颂、最了不起的证人。这个小公民也不甘落后，宣称她是天仙似的证人。

“他只好去碰碰他自己的运气了，”德发日太太说，“不，我不能饶了他！你们俩三点钟有事；你们要去看今天处死刑的这一批人——你呢?”

这问题是向锯木工提出的，他急急忙忙作了肯定的回答，并抓住时机表白了几句，说他是最热心的共和派；如果有什么事妨碍了他，让他不能享受一边抽着午后那袋烟，一边享受国家剃头匠那种滑稽表演的乐趣，那他实际上就会是一个最凄凉可怜的共和派了。在这里，他的感情实在过于外露了，甚至会令人感到怀疑(德发日太太那用轻蔑的神气盯着他的一对黑眼珠也许已经流露出对他的怀疑了)，他一天二十四小时都在为他自己个人的安危而提心吊胆。

“我也同样要去那同一个地点。”太太说，“等那个完了事——比如说，今晚八点——你上我这儿来，在圣安东区，然后我们在我这个区提出对这些人的控告。”

锯木工说，他能为这位女公民效劳，感到自豪和荣幸。这位女公民两眼盯着他，他开始局促不安起来，像条小狗似地避开了她的视线，缩回到他的木柴堆中，拿起锯把来掩盖他那局促不安的样子。

德发日太太招呼陪审员和复仇女走过来，靠门再近些，在这里向他们进一步阐述她的意见。

“她现在会在家里，等着他死的那个时刻。她会悲伤难过。她会处于这样一种思想状态，会指责共和国的审判。她会对共和国的敌人充满同情。我要到她那儿去。”

“多么值得赞叹的妇女，多么令人崇拜的妇女！”雅克三号欣喜若狂地喊道。“啊，我的宝贝！”复仇女叫着，拥抱了她。

“拿着我的毛活儿，”德发日太太说着，把毛活儿放在她副将手里。“在我平常坐的地方给我留个位子。给我占住我平常坐的椅子。你直接到那儿去，因为今天聚在那儿的观众很可能比往常更多。”

“我愿意服从我的头领的命令。”复仇女欢快地说，并吻了她的脸颊。“你不会迟到吧?”

“我在开始以前就会到那儿。”

“还要赶在囚车到达以前。你一定要到啊，我的心肝儿，”复仇女在她身后叫着，因为她已经转身走上了大街，“在囚车到达以前！”

德发日太太轻轻摆了摆手，表示她听见了，她一定会适时到达，于是就穿过泥泞，拐过狱墙。她一路走远，复仇女和雅克三号以目光追随着她，对她那绰约的身姿和超人的天生懿德大加赞赏。

那个时代有很多女人，时代潮流在她们身上所造成的变化令人胆寒；但是她们当中没有一个人比此时正走在大街上的这个冷酷女人更加令人望而生畏。个性强悍而又无所畏惧，感觉锐利而又行动敏捷，意志坚决，她那种美丽似乎不仅使她本人立场坚定，满怀仇恨，而且能推动他人从直觉上赏识这些品质；不管在什么情况下，多事之秋总会使这样一个女人崭露头角。不过，因为她从童年起就满怀受屈含冤之感和对一个阶级的刻骨仇恨，时机一到，就把她造就成了一只母老虎。她绝无恻隐之心。即使她本来还有这种美德，那她也早就把它丢得一干二净了。

一个清白无辜的人要为他祖辈的罪孽去死，这对她来说算不了什么。她看到的不是他，而是他们。他的妻子要成为寡妇，他的孩子要成为孤儿，这对她也算不了什么；这种惩罚还不够抵罪，因为她们天生是她的仇敌，又是她的捕获物，所以根本没有权利活着。向她求告也毫无希望，因为她没有任何恻隐之心，哪怕对她本人也是如此。如果在她多次参加的巷战中，有一次她倒在街头，她也不会怜悯自己；如果下令要她明天去挨那一铡刀，她也不会产生任何比较温柔的感情，而只不过是萌发一种要和送她去那儿的人互换位置的强烈可怕的愿望而已。

德发日太太的粗劣长袍里面怀的就是这么一颗心。那可真是一件十分合适的长袍，漫不经心地穿在身上，显得相当古怪，而她那乌黑的头发在那顶粗劣的红帽子下面，也显得很为丰厚。她怀里藏着一把实弹手枪，腰间藏着一把锐利的匕首。这么一副装备，又迈着这么一种性格的人坚定自信的步伐，带着从小姑娘时代起就惯于赤足裸腿走在褐色海滩上的那种轻快自如的姿态，德发日太太沿着大街小巷一路走着。

此刻，那辆旅行马车正在等着它最后一名乘客到来好启程。昨夜，劳瑞先生筹划这次旅行时，想到带着普若斯小姐同行的困难，他颇费了一番心思。这不仅是希望马车不要超重，而且还要让检查马车和乘客的时间减到最小限度，这是至关重要的；因为他们能否逃脱，可能就寄望于在这儿在那儿节省下来的几分几秒。经过一番心急如焚的考虑，最后他提出，可以自由离开这座城市的普若斯小姐和杰瑞，乘坐那个时期谁都知道的最轻便马车，到三点钟再出发。因为没有行李拖累，他们很快就会赶上这辆马车，在路上超过它，预先在前面给它订好马，这样在夜间那些宝贵的时刻，就可以大大方便马车的行程，在那种时候，耽搁时间是最令人害怕的事。

普若斯小姐看到，这种安排使她在这刻不容缓的危急关头，确有真正效劳的希望，高兴得叫起好来。她和杰瑞看着马车出发，知道了所罗门送来的是谁，提心吊胆地过了大约十分钟的光景，如今正在完成他们去追那辆马车的准备工作。正在这个时候，德发日太太穿街过巷，一路走来，离这个寓所越来越近了。要不是他们还在里边商议，这里早就空无一人了。

“现在你怎么打算，克软彻先生?”普若斯小姐激动万分，简直说不出话，坐立不安，难以活命了：“咱们别从这个院子里动身，你看怎么样？今天已经有一辆马车从这儿出去了，这可能会引起怀疑。”

“我的意见是，小姐，”克软彻先生回答，“你说得对。不论怎样，我都站在你一边，不管是对是错。”

“我为我们的宝贝们又害怕，又盼望，弄得心里乱糟糟的，”普若斯小姐大哭着说，“简直没法儿想办法了，你有什么办法没有？我亲爱的好克软彻先生?”

“要说往后的生活打算，小姐，”克软彻先生答道，“我想我是有的。可眼前要叫我这个上帝保佑的老脑袋动脑筋想办法，我可什么办法都没有。你肯不肯赏光，小姐，听我说说我要许愿的两件事和要发的誓？我希望在这个紧急关头把它们口头儿说说。”

“噢，看在上帝的分上，”仍旧在大哭的普若斯小姐喊道，“立刻把它们说出来吧，然后像个男子汉大丈夫似的，把它们搁到一边儿去。”

“第一，”克软彻浑身哆哆嗦嗦，说话时面色灰白，神情严肃。“他们那些可怜人要是平平安安地走脱了，我就再也不干那桩事了，再也不了!”

“我敢完全肯定，克软彻先生，”普若斯小姐答道，“不管那是什么事，你再也不会干了，我还请求你，不要觉得必须特意具体指明那是什么事。”

“是了，小姐，”杰瑞答道。“不会跟你明说的。第二，他们那些可怜人要是平平安安地走脱了，那么我就再也不会干涉克软彻太太跪在地上祷告了，再也不了!”

“不管会怎样处理家务，”普若斯小姐竭力擦干眼睛，使自己镇定下来，说道，“我也不怀疑，最好是完全由克软彻太太自己做主——啾，我可怜的宝贝们呀！”

“还有，我还得再说一点，小姐，”克软彻先生大有那种令人生畏的在布道坛上滔滔不绝的样子①，他继续说道，“把我的话记着，并由你亲自告诉克软彻太太——我对下跪的看法已经改变了，我诚心诚意地希望克软彻太太眼下就正跪着。”

“得啦，得啦，得啦！我希望她是跪着，我亲爱的人，”心乱如麻的普若斯小姐喊着。“我还希望这恰中她的心意。”

“别让，”克软彻先生说，显得更加严肃，更加缓慢，更加有要大讲特讲的样子，“别让我一向所说的或做的，妨碍我现在对这些可怜人的真诚愿望！别不让我们全都一齐下跪祷告(要是这样还方便的话)，让他们脱离这场倒霉的危险；别这样，小姐，我说的，别——这——样。”这就是克软彻先生的结论，他徒然努力想了许久，也没想出个更好的结论。

而德发日太太还在穿街过巷，一路走来，越来越近。

“如果我们能回到故土，”普若斯小姐说，“你可以信得过我，你这么令人感动地说出来的话，我一定会尽我所记得的和听懂的告诉克软彻太太；而且不管怎样，你可以完全放心，我会负责证明，在这可怕的时刻，你完全是诚诚恳恳的。现在，请让咱们想想吧！我的尊敬的克软彻先生，让咱们想想吧！”

德发日太太还在穿街过巷，一路赶来，越来越近。

“你要是先走，”普若斯小姐说，“去拦住马车，别到这儿来，而在别的什么地方等我，这样是不是最好？”

---

① 17至18世纪英国牧师布道时间很长，现在时间紧迫，克软彻以此方式讲话，故吓人。

克软彻先生认为这样可能最好。

“你在哪儿等我?”普若斯小姐问。

克软彻先生已经晕头转向了，除了圣殿栅栏，什么地方也想不起来。哎呀，圣殿栅栏在几百英里之外呢，而德发日太太则确实越走越近了。

“在教堂门旁边，”普若斯小姐说。“在两座塔楼之间靠近大教堂门口接我上车，是不是离正路很远?”

“不远，小姐，”克软彻先生答道。

“那么，拿出男子汉大丈夫的样子来，”普若斯小姐说，“直接到驿馆去，让他们这样改变一下。”

“你知道，我离开你有点不放心，”克软彻先生摇着头犹犹豫豫地说。“我们不知道会发生什么事。”

“老天，我们确实不知道，”普若斯小姐回答道，“可是别为我担心。三点钟在大教堂或是尽可能靠近那里的地方，接我上车。我敢说，这肯定比我们从这儿走要好。我对这事很有把握。好啦！祝福你，克软彻先生！你要想着的——不是我，而是可能要靠咱们俩才能获救的那些人!”

这么一番言论，加之普若斯小姐十分痛苦地恳求着，用自己的双手抓住他的双手，使克软彻先生下了决心。他表示鼓励地点了一两下头，立即走出去改变原来的安排，留下她照她自己提出的那样随后再赶去。

想出了一种万全措施并且正在付诸行动，这使普若斯小姐大为放心。必须使自己的外表泰然自若，好在街上不引起特别的注意，想到这一层又使她放下心来。她看了看自己的表，已经两点二十。她不能再耽误时间了，必须立刻做好准备。

普若斯小姐心乱如麻，害怕待在这些空洞洞的屋子里，也怕那些想象中的面孔从一扇扇敞开的门后面偷看。她弄来一盆凉水，开始冲洗她那红肿的眼睛。她时时充满狂乱的恐惧不安，所以一分钟也不愿意让那冲下来的水流遮住她的视线，她不时停下来四下张望，看看是不是有人在看她。有一次这样停下的时候，她吓得向后倒退，并叫喊起来，因为她看到一个人影站在屋里。

水盆掉在地上摔碎了，水流到了德发日太太脚边。这双脚一路踏过层层血污，以奇特顽强的方式走过来和水遭遇了。

德发日太太冷冷地看着她，说道，“埃弗瑞蒙德的妻子，她在哪儿?”

普若斯小姐脑子里突然闪过一个念头：所有的门都大开着，这会提醒人知道他们逃跑了。她的第一个动作就是关上这些门。这间屋子有四个门，她把它们都关上了。随后她自己把守在原来露茜住的那间内室的门口。

她飞快地做着这些事，德发日太太的黑眼睛一直跟着她，等她做完，就停在她身上。普若斯小姐身上没有一点美的地方，悠悠岁月并未使她外表上的那种野性驯服，也未使那凶相变得柔和；但是她也是一个坚定不移的女人，不过是另一种方式的而已，这时她用眼睛一寸又一寸地仔细打量着德发日太太。

“从你的举止神情来看，你大概是魔鬼的老婆，”普若斯小姐喘着气说。“不过，你可别想占我的上风。我是个英国女人。”

德发日太太盯着她，觉得不屑一顾，但是又与普若斯小姐颇有同感：她们俩都是决一死战的架势。她看到眼前是个麻利干练、难以对付、坚韧结实的女子，和劳瑞先生在过去那些岁月中所看到的那个非常强悍能干的女子的形象一般无二。她清清楚楚地知道，这个普若斯小姐是这一家的挚友；普若斯小姐也清清楚楚地知道，这个德发日太太是这一家的死敌。

“我要去那儿，”德发日太太朝那个害人性命的地方轻轻摆了摆手，“他们已经在那儿给我占好了位子，放好了毛线活，我是顺路来问候她的。我想见见她。”

“我知道你居心不良，”普若斯小姐说，“你可以相信，我要坚决反抗。”

她们各说各的语言，谁也听不懂谁的话；彼此都很注意，一心一意想从神情举止上猜测出这些听不懂的话究竟是什么意思。

“在这种时候，她藏起来不见我，对她没好处，”德发日太太说。“好的爱国者会知道，这是什么意思。让我见她。去告诉她，我想见她。你听见没有?”

“就算你那对眼睛是装卸床用的绞盘，”普若斯小姐答道，“我可是个英国四柱床，它们别想起动我一分一厘，别想，你这个歹毒的外国婆子；我还够你对付的。”

德发日太太大概弄不清这些成语的具体含义；但是就她能猜懂的来说，她知道她受到了轻慢。

“蠢猪似的笨婆子!”德发日太太皱着眉头说。“我不跟你搭话。我要见她。要么去告诉她，我要见她，要么别在门口挡道，让我上她那儿去!”她怒气冲冲地摆了摆右手，说明的也正是这番意思。

“我从来就没想到还有必要懂得你那种胡说八道的语言；不过我愿意把我这身衣服之外的所有东西都拿出来，好弄清楚你是不是猜到了真情或一部分真情。”

两个人都目不转睛地盯着对方的眼睛。德发日太太原来一直站在普若斯小姐开头发觉她站的那个地方，没有挪动一下；可是现在却向前走了一步。

“我是个不列颠人，”普若斯小姐说，“我是豁出去了。我才不在乎自己呢。我知道，我把你拖在这儿的时间越长，我那花大姐就越有希望，你要是敢用一根手指头碰碰我，我就让你头上那些黑头发一根儿不留!”

这位普若斯小姐就这样急促地说着，每说一句话就摇一下头，瞪一下眼，而且每句话都是一口气说完的。这位普若斯小姐可是一辈子都没打过一次架的。

可是，她的勇气发自那易动感情的天性，而这种天性又使她止不住热泪盈眶。这样一种勇气，德发日太太简直无法理解，她甚至错把它当作了软弱。“哈哈！”她大笑起来，“你这个可怜虫！你算个啥！我自己向那个大夫通报。”于是她提高嗓门喊起来，“大夫公民！埃弗瑞蒙德的妻子！埃弗瑞蒙德的孩子！随便你们哪一个，唯独不要这个可怜的傻瓜，快来给我这位德发日女公民答话！”

也许是随后寂静无声，也许是普若斯小姐脸上的表情隐约透露了什么，也许与这两种暗示都没有关系，德发日太太突然产生了疑惑，仿佛有声音暗中对她说，他们走了。她急速打开那三扇门，朝里面看了一下。

“这些屋子都乱七八糟的，这儿匆匆忙忙打过行李，地上还有许多零零碎碎的东西。你身后那间屋子一个人也没有吧！让我看看。”

“决不！”普若斯小姐说，她完全明白这个要求，就像德发日太太完全明白她的回答一样。

“他们要是不在那间屋里，他们就是走了，那还是能够追上，抓回来，”德发日太太自言自语地说。

“只要你不知道他们是不是在那间屋子里，你就没法确定该怎么办，”普若斯小姐也自言自语地说，“再说，我要是能不让你知道，你就别想知道；再说，知道也罢，不知道也罢，只要我能拖住你，你就别想离开这儿。”

“我从开头就上了大街，什么也挡不住我，我要把你撕得粉碎，不过我还是只要你离开这扇门，”德发日太太说。

“我们是单独两个人在一所僻静院子里的高楼顶上。大概谁也听不见我们的声音，我求上帝给我浑身力气把你困在这儿，你在这儿被困住的每一分钟，对我的宝贝来说，都值十万畿尼。”普若斯小姐说。

德发日太太朝门口扑过来。刹那间，普若斯小姐猛然用双臂抱住了她的腰，紧紧把她搂住。德发日太太挣扎捶打都毫无用处。普若斯小姐具有强劲坚韧的爱的力量，这永远比恨强大得多，她紧紧抱住她，在她们进行争斗的时候，甚至把她从地上提了起来。德发日太太的两只手朝她脸上又打又抓；可是普若斯小姐埋着头，拦腰抱住她，比一个溺水要死的人还更用劲地死死抓住她。

不久，德发日太太的手不打了，在她那给紧紧箍住的腰间摸着。“它在我胳臂底下呢，”普若斯小姐从牙缝里挤出话来，“你休想把它抽出去。我比你力气大，我为这个感谢老天。我要一直箍住你，直到咱们俩哪一个晕倒或是死了为止!”

德发日太太的手又摸自己的胸口，普若斯往上一看，看到了那是什么，朝它猛击了一下，打出了一道火光和一声巨响，然后，只剩下她一个人站在那里——让烟迷住了眼睛。

所有这些不过是一秒钟的事，等烟消散，留下的是可怕的寂静。烟，同这个悍妇的灵魂一样，在空中飘远了，她的身体则躺在地上，没有一丝生气。

起初，普若斯小姐对她所处的这种情况惊慌害怕，她绕过死尸，尽量离得远远的，跑下楼去大声呼救，但毫无结果。幸好她想起了她所作所为造成的后果，及时控制住了自己，又回来了。再走进门去是很可怕的，但她还是进去了，甚至走得靠她很近，去取软帽和她必须穿戴的别样东西。她把这些穿戴好了，出来站到楼梯口，先关好门，锁上，拿下钥匙。她随后在楼梯上坐了几分钟，一边喘气，一边哭泣，然后站起身，匆匆走了。

她运气好，软帽上有一块面纱，否则她很难走过大街而不给人拦住；也是运气好，她天生长相就显得那么特别，所以破了相也不会像其他女人那样显眼。她需要利用这两方面的便利条件，因为她脸上的指痕伤得很深，头发给揪得乱七八糟，衣服虽然用颤巍巍的手草草整理了一番，还是撕扯得皱皱巴巴。

过桥的时候，她把门钥匙扔到了河里。她比她的护卫早几分钟到达大教堂，等在那里的时候，她心想：要是那把钥匙已经让网捞上来了，要是它给认出来了，要是门打开了，里面的死尸给发现了，要是她在城门口给挡住，送往监狱并被控杀人，那会怎么样。她正在这样浮想联翩，护卫露面了，接她上车，带她走了。

“街上有吵闹的声音吗?”她问他。

“就是平常那些声音呀，”克软彻先生答道，对她的问题和仪容惊讶不已。

“我听不见你的话，”普若斯小姐说，“你说什么啦?”

克软彻先生重复他说的话也是枉然；普若斯小姐听不见他的话。“那我就点点头吧，”克软彻先生想着，感到莫名其妙，“不管怎么说，她总会看得见的。”而她也确实看见了。

“现在大街上有没有吵闹的声音?”普若斯小姐立即又问。

克软彻先生又点点头。

“我听不见。”

“一个钟头就变聋了?”克软彻先生百思不得其解，“她碰上了什么事?”

“我觉得，”普若斯小姐说，“刚才仿佛有一道火光和砰地一声，那砰地一声就是我这辈子听见的最后一次声音了。”

“哎呀，她别是得了什么怪病了吧!”克软彻先生说着，越来越忐忑不安。“她别是喝了点什么来给自己壮胆儿吧? 哎呀！那些吓人的囚车轱辘过来了！你能听见那个吗，小姐?”

“我什么也听不见，”普若斯看见他对她说话才说道。“啾，我的好人啊，那先是声音很大的砰地一响，随后是一片寂静，这种寂静仿佛僵住不动，保持不变，在我这后半辈子永远也打不破了。”

“她要是听不见那些吓人的囚车轱辘过来，它们就快走到头了，”克软彻先生回过头去瞟了一眼，“那么我的看法是，她确实永远也听不见这个世界上的声音了。”

她确实永远也听不见了。

第十五章　足 音 永 逝

沿着巴黎的街道，送死囚的大车轰隆而过，声音沉重，粗粝刺耳。六辆囚车给吉洛汀女士送去今天的美酒。古往今来人类的想象力创造出了多少贪得无厌、吞食一切的妖魔鬼怪，吉洛汀则集其大成，汇为一体！而在土壤、气候条件多样的法兰西，还没有一棵草苗，一片树叶，一根枝条，一条枝蔓，一粒胡椒，具备了比产生这种恐怖更为有利的生长和成熟条件。再一次用类似的锤子敲击人性使之变形，那就会把人性本身扭绞成歪曲的形象。再一次播种下同样淫逸和压迫的种子，就必然会结出同样品种的果实来。

六辆囚车沿着大街隆隆滚动。时间，你这个法力无边的法师，再把那些东西变回原样吧，那么就可以看到，它们本是专制君王的华贵御辇，是封建贵族的车骑扈从，是那浓妆艳抹的荡妇豪奢的妆台，是那并非我父的殿而成为贼窝①的教堂，是那忍饥挨饿的千百万农民的茅屋！不行，那伟大的术士庄严地完成了造物主的指令，却永远不会倒转他变形的过程。在那充满睿智的《天方夜谭》故事里，先知对那些中了法术的人说：“如果你照上帝的意志变成这种样子，那就保持这种样子吧！但是，如果你仅仅是由于偶然的法术而变成这种形状，那你就恢复原形。”毫无变化，毫无希望，囚车隆隆前进。

这六辆大车黢黑的车轮一路滚滚向前，仿佛在大街上的人群中翻出一道弯弯曲曲的长犁沟。两排人面像犁垡似地翻向两边，而这些犁铧不

---

① 参见《圣经 · 新约 · 马太福音》第 21 章第 13 节。

停地前进。这些房屋里的普通居民对这种场面早已习以为常，因此许多窗口已经无人探头，另外有些窗口，虽然有人用眼睛巡视囚车里的面孔，他们手上的活儿却并未中途停下。这家那家来了看热闹的客人；于是主人便带着博物馆馆长或权威解说员的某种自命不凡的神气，伸出一根手指头对这辆那辆大车指指点点，好像是在说，谁昨天坐在这儿，谁前天在那儿。

至于囚车里的乘客，有些无动于衷地观看着这些事物和他们最后所走道路两旁的所有事物，另一些则对生活和人世露出留恋之情。有些人垂头丧气地坐着，一言不发。还有些人对自己的外表形象那么注意，他们用在戏院里、图画上见过的那种目光看着群众。有些人闭目沉思，或是努力收敛起他们那涣散的思想。只有一个人，有着一副疯疯癫癫的可怜相，给吓得晕晕乎乎，像是喝醉了酒一样，唱着歌，还想跳舞。全体之中没有一个露出乞求人们怜悯的表情和姿态。

有一队七拼八凑、斑驳陆离的骑兵和囚车并排前进，有些人常常仰起脸来对着他们中的一些人，问他们某个问题。看来他们问的几乎总是那同一个问题，因为人们问过之后总是推推搡搡涌向第三辆大车，而与那辆车并排行进的骑兵，也时时用剑指出车里的一个男人。那主要的好奇心是想弄清哪个是他；他低着头站在囚车后部，和一个还是小姑娘模样的女子谈着话，她坐在车边上，抓着他的手。他对周围的情景毫不好奇，也不留意，一味对那姑娘说着。在长长的圣荣街上，不时响起一片反对他的呼声。如果说他对他们略有所动的话，那也仅仅是摇摇头，使头发更加散乱地披到脸上，同时显出一丝恬静的微笑。他的胳膊绑着，不容易触到自己的脸。

在一座教堂的阶梯上，那密探兼狱羊站在那儿等囚车过来。他朝头一辆车里张望，那儿没有。他又朝第二辆车里张望，那儿也没有。他已经在问自己了："他把我出卖了吗?"这时他脸上豁然开朗，因为他看见第三辆车了。

“哪个是埃弗瑞蒙德?”他背后一个人问。

“那个，在那后面的。”

“手放在一个姑娘手里的?”

“就是。”

这人喊起来，“打倒埃弗瑞蒙德！把所有的贵族都送上吉洛汀去！打倒埃弗瑞蒙德!”

“嘘！嘘!”这密探胆怯地恳求他。

“为什么不，公民?”

“他就要还那笔债了，再过五分钟就要还了。让他清静清静吧。”

但是，此人继续高呼：“打倒埃弗瑞蒙德!”埃弗瑞蒙德的脸有一会儿转向了他。埃弗瑞蒙德于是看见了那密探，并聚精会神地盯着他，然后径自过去了。

时钟在敲三点了。在民众当中翻耕的那条犁沟转了一个弯进入行刑的地方，也就是终点。那原来翻向两边的垄背此时坍塌合拢，紧跟在最后耕过来的那个犁铧后面，因为所有人都一齐跟着走向吉洛汀。在它前面，是一排妇女，坐在椅子上，像在公园里看游艺节目似的，还忙着织毛线活。复仇女站在最前面的一把椅子上，四下寻找她的朋友。

“泰雷兹!”她尖着嗓子喊叫，“谁看见她了？泰雷兹·德发日!”

“她以前从没错过机会。”一个织毛线活的姐妹说道。

“没有。这次她也不会错过，”复仇女气急败坏地喊着。“泰雷兹!”

“再大声点儿。”那个女人建议说。

唉！再大声点儿，复仇女，还要更大声点，而她还是不会听见。还要更大，复仇女，还要加点诅咒发誓之类的话，可还是没法儿把她叫来。另外派几个妇女到处找她去，不知她在什么地方绊住了；然而，虽然这些传口讯的人干过轰轰烈烈的事，她们自己是否愿意跑那么远的路去找她，也大成问题!

“运气真不好!”复仇女喊道，在椅子上直跺脚，“囚车已经来了!而且埃弗瑞蒙德一眨眼的工夫就要就地正法了，可她不在这儿！看，她的毛线活在我手里，她的椅子空着在等她。我喊得直冒火，心也凉了!”

复仇女从椅子上下来，口里说着这番话的时候，那些囚车开始往下卸人了。吉洛汀女士的那些执法人穿好法衣，准备停当。咔嚓！——一个人头举起来了，那些织毛线活的妇女在一眨眼工夫之前这个头还能说话思考的时候，简直看都没有抬起头来看它一眼，这时开始数数了：“一。”

第二辆囚车空出来，走过去了；第三辆走过来。咔嚓！——于是那些织毛线活的妇女，手中的活儿从不迟疑或停顿一下，数了“二”。

给人当作埃弗瑞蒙德的那个人下车了，那小女裁缝跟在他后面给提了出来。他下车的时候也没有松开她那逆来顺受的手，而是照他答应过的那样，一直握着它。他轻轻地让她把背朝着那架不断嗖嗖地上上下下的机器，她看着他的脸，向他道谢。

“亲爱的陌生人，要是没有你，我就不会这么镇定，因为我天生是个可怜的小东西，胆小怕事；我也不会让自己的思想提高到去想那位过去就给处死了的‘他’①，使我们今天在这儿还能怀着希望，感到安慰。我觉得是老天把你送给我的。”

“或者说，把你送给我的。”西德尼·卡屯说。“用你的眼睛一直看着我，亲爱的孩子，别的什么也别在意。”

“我握着你的手的时候，我什么也不在意。他们要是干得麻利，我把手松开的时候，我也会什么都不在意的。”

“他们会麻利的，别怕!”

这两人站在迅速减少的受戮者当中，却旁若无人地说着话。眼对着眼，声应着声，手握着手，心连着心。这两个同属万物之母的一对儿

① 指在十字架上钉死的耶稣。

女，本来相隔天壤，迥然不同，此时却在冥冥之路邂逅相逢，同归故土，去到她的怀抱里安息。

“勇敢好义的朋友，你能让我最后问你一个问题吗？我很愚昧无知，而这个问题——总让我有那么一点儿不安。”

“告诉我那是什么问题。”

“我有个表妹，是我唯一的亲人，她像我一样也是个孤儿，我爱她爱得很深。她比我小五岁，住在南方乡下一个农夫家里。贫穷把我们拆散了，她对我的遭遇又一点儿也不知道——因为我不会写信——再说即使我会，我又怎么能告诉她呢！像现在这样倒好！”

“是啊，是啊，这样倒好。”

“咱们一路走来的时候，我心里一直在想，现在我看着你那给了我这么大支持的和善而又坚强的脸，心里也还在想：如果这个共和国真为穷人办好事，而且穷人渐渐少挨饿，也少受各种各样的罪，她就会活得很长；她甚至会活到老。”

“那又怎么样呢，我好心的妹妹？”

“要是那样，”她那双充满耐性、毫无怨艾的眼睛热泪盈眶，两片嘴唇稍微张大了一点儿，哆嗦着：“你觉得，在我相信你我都会得到慈悲庇护的那个更好的世界上，在我等她的时候，我会不会觉得时间太长了？”

“不会的，我的孩子；在那儿没有时间，也没有烦恼。”

“你对我的安慰太大了！我是这么无知。我现在可以吻你吗？时辰到了吧？”

“是的，可以。”

她吻了他的嘴唇；他也吻了她的；他们庄严地彼此祝福。他松开她那消瘦的手时，她没有哆嗦。那张逆来顺受的脸上只有甜美、坚定的灵光。她在他前面一个去了——永远去了；那些织毛线活的女人数了“二十二”。

“耶稣说，复活在我，生命也在我；信我的人，虽然死了，也必复活；凡活着信我的人，必永远不死。”

那许多嘟嘟哝哝的声音，那许多仰望的脸，人群外围向前拥挤的那许多脚步声，就这样一齐汹涌向前，像一股掀起的巨浪，一泻千里，奔流直下。二十三。

那天晚上全城各处都在谈论他，说在所有那些上吉洛汀的人当中，他最为镇定自若，面不更色。许多人还说：他显得庄严崇高，有如先知。

在这同一把铡刀之下声名最为卓著的受难者之一——一个女子①——不久前曾在这同一断头台脚下要求，允许她把她当时的想法书诸纸上。如果他当时有机会发表意见，而且他的意见又具有预言性，那么它们就会是这样的：

“我看见了巴塞德，还有克莱、德发日、复仇女、那陪审员、那法官，那一长串从旧的压迫者毁灭消亡的废墟上兴起的新压迫者，在这惩罚工具尚未丧失目前的功能之前，就消灭在它的手下。我看见一座美丽的城市和伟大的人民从这个深渊中升起，而且我看见，经过未来的悠悠岁月，在他们求得真正自由的斗争中，在他们反复的成功与失败中，目前这个时代的罪恶，以及使它得以产生的过去那个时代的罪恶，慢慢地就会得到惩罚，并且自行消亡。

“我看见，我为他们献出生命的那些幸存者，在那我再也不能重见的英国，过着和平宁静、有益于人的生活，生机勃勃而又快乐幸福。我看见，她怀中抱着娇儿，取了我的名字；我看见她的父亲，上了年纪，弓腰驼背，但已恢复常态，诚恳地对待他诊所里的每一个人，而且宁静

① 指罗兰夫人，法国大革命时吉伦特派领袖之一，后被捕入狱，1793 年 11 月上断头台。临刑前她要求写下自己当时的思想，未能获准，于是面对自由神像说出一句名言：“啊，自由，多少罪恶假汝之名以行！”

安谧。我看见那个善良的老人，那么多年以来一直是他们的朋友，在十年之后将所有的遗产留给他们，安然去世。

“我看见，我在他们心中，在他们下一代以及世世代代心中，享有一个神圣的地位。我看见她，一个皤然老妪，在我的忌辰为我哭泣。我看见她和她的丈夫，走完他们的人生旅程，最后肩并肩躺在那他们长眠的土中床榻之上，我知道，我在他们俩各自的心灵中，比他们彼此在对方的心灵中，更受尊重，更为神圣。

“我看见，那个过去抱在她怀中、取了我的名字的孩子长大成人，在我一度走过的生活道路上攀登，节节成功。我看见，他的成功如此辉煌，因而我的名字也因他而显得光彩。我看见，我在那条道路上留下的污点都褪尽消失。我看见，他，正直法官和堂堂男子中的佼佼者，带着一个又取了我的名字、长着我熟悉的前额和金黄头发的男孩，来到此地——那时，此地看来很漂亮，没有一点现今这种不成样子的痕迹——我还听见他以温柔、颤抖的声音，给那男孩讲我的故事。

“我现在做的是一桩大好事情，远远胜过我一向所作所为。我现在去的是一处大好归宿，远远胜过我一向所知所解。”

译文名著精选书目

傲慢与偏见	〔英〕简·奥斯丁　著　王科一　译
简·爱	〔英〕夏洛蒂·勃朗特　著　祝庆英　译
基督山伯爵	〔法〕大仲马　著　韩沪麟　周克希　译
少年维特的烦恼	〔德〕歌德　著　侯浚吉　译
茶花女	〔法〕小仲马　著　王振孙　译
呼啸山庄	〔英〕艾米莉·勃朗特　著　方平　译
悲惨世界	〔法〕雨果　著　郑克鲁　译
堂吉诃德	〔西班牙〕塞万提斯　著　张广森　译
红与黑	〔法〕司汤达　著　郝运　译
雾都孤儿	〔英〕狄更斯　著　荣如德　译
欧叶妮·葛朗台／高老头	〔法〕巴尔扎克　著　王振孙　译
莎士比亚四大悲剧	〔英〕莎士比亚　著　孙大雨　译
泰戈尔抒情诗选	〔印〕泰戈尔　著　吴岩　译
乱世佳人	〔美〕玛格丽特·米切尔　著　陈良廷等　译
鲁滨孙历险记	〔英〕笛福　著　黄杲炘　译
安娜·卡列尼娜	〔俄〕列夫·托尔斯泰　著　高惠群等　译
十日谈	〔意〕薄伽丘　著　方平　王科一　译
福尔摩斯探案精选	〔英〕柯南·道尔　著　梅绍武　屠珍　译
老人与海	〔美〕海明威　著　吴劳等　译
漂亮朋友	〔法〕莫泊桑　著　王振孙　译
巴黎圣母院	〔法〕雨果　著　管震湖　译
双城记	〔英〕狄更斯　著　张玲　张扬　译
最后一片叶子	〔美〕欧·亨利　著　黄源深　译
瓦尔登湖	〔美〕梭罗　著　徐迟　译
一九八四	〔英〕奥威尔　著　董乐山　译
复活	〔俄〕列夫·托尔斯泰　著　安东　南风　译
三个火枪手	〔法〕大仲马　著　郝运　王振孙　译
苔丝	〔英〕哈代　著　郑大民　译
变色龙	〔俄〕契诃夫　著　汝龙　译
钢铁是怎样炼成的	〔俄〕奥斯特洛夫斯基　著　王志冲　译
浮士德	〔德〕歌德　著　钱春绮　译
太阳照常升起	〔美〕海明威　著　赵静男　译
莎士比亚喜剧五种	〔英〕莎士比亚　著　方平　译
理智与情感	〔英〕简·奥斯丁　著　武崇汉　译
罪与罚	〔俄〕陀思妥耶夫斯基　著　岳麟　译
羊脂球	〔法〕莫泊桑　著　郝运　王振孙　译
鼠疫	〔法〕加缪　著　刘方　译
青年艺术家画像	〔爱尔兰〕乔伊斯　著　朱世达　译

我是猫	〔日〕夏目漱石 著 刘振瀛 译
神曲	〔意〕但丁 著 朱维基 译
红字	〔美〕霍桑 著 苏福忠 译
到灯塔去	〔英〕伍尔夫 著 瞿世镜 译
格列佛游记	〔英〕斯威夫特 著 孙予 译
大卫·考坡菲	〔英〕狄更斯 著 张谷若 译
道连·葛雷的画像	〔英〕王尔德 著 荣如德 译
童年/在人间/我的大学	〔俄〕高尔基 著 高惠群等 译
城堡	〔德〕卡夫卡 著 赵蓉恒 译
汤姆·索亚历险记	〔美〕马克·吐温 著 张建平 译
九三年	〔法〕雨果 著 叶尊 译
铁皮鼓	〔德〕格拉斯 著 胡其鼎 译
卡拉马佐夫兄弟	〔俄〕陀思妥耶夫斯基 著 荣如德 译
远大前程	〔英〕狄更斯 著 王科一 译
马丁·伊登	〔美〕杰克·伦敦 著 吴劳 译
名利场	〔英〕萨克雷 著 荣如德 译
嘉莉妹妹	〔美〕德莱塞 著 裘柱常 译
细雪	〔日〕谷崎润一郎 著 储元熹 译
哈克贝里·芬历险记	〔英〕马克·吐温 著 张万里 译
儿子与情人	〔英〕劳伦斯 著 张禹九 译
野性的呼唤	〔英〕杰克·伦敦 著 刘荣跃 译
牛虻	〔英〕伏尼契 著 蔡慧 译
包法利夫人	〔法〕福楼拜 著 周克希 译
达洛卫夫人	〔英〕伍尔夫 著 孙梁 苏美 译
永别了，武器	〔美〕海明威 著 林疑今 译
喧哗与骚动	〔美〕福克纳 著 李文俊 译
猎人笔记	〔俄〕屠格涅夫 著 冯春 译
圣经故事	〔美〕阿瑟·马克斯威尔 著 杨佑方等 译
希腊神话	〔俄〕库恩 编著 朱志顺 译
格林童话	〔德〕格林兄弟 著 施种等 译
月亮和六便士	〔英〕毛姆 著 傅惟慈 译
失乐园	〔英〕弥尔顿 著 刘捷 译
海底两万里	〔法〕凡尔纳 著 杨松河 译
丧钟为谁而鸣	〔美〕海明威 著 程中瑞 译
安徒生童话	〔丹麦〕安徒生 著 任溶溶 译
了不起的盖茨比	〔美〕菲茨杰拉德 著 巫宁坤等 译
虹	〔英〕劳伦斯 著 黄雨石 译
摩格街谋杀案	〔英〕爱伦·坡 著 张冲 张琼 译
坎特伯雷故事集	〔英〕乔叟 著 黄杲炘 译
战争与和平	〔俄〕列夫·托尔斯泰 著 娄自良 译
环游地球八十天	〔法〕凡尔纳 著 任倬群 译
人生的枷锁	〔英〕毛姆 著 张柏然 张增健 倪俊 译